Bibliothek der Abenteuer

Lewis Wallace
BEN HUR

Lewis Wallace
BEN HUR

Aus dem Amerikanischen übertragen und bearbeitet
von Helmut Schareika

Arena

CIP-Titelaufnahme der Deutschen Bibliothek

Wallace, Lewis:
Ben Hur / Lewis Wallace. Aus d. Amerikan. übertr. u. bearb. von Helmut Schareika. – Gekürzte Ausg., 1. Aufl. – Würzburg : Arena, 1988.
(Bibliothek der Abenteuer)
Einheitssacht.: Ben Hur ‹dt.›
ISBN 3-401-04274-2
NE: Schareika, Helmut [Bearb.]

1. Auflage 1988

Originaltitel: »Ben Hur: A Tale of the Christ«
Der Text der vorliegenden (gekürzten) Ausgabe wurde übersetzt und bearbeitet von Helmut Schareika

Einbandgestaltung: Karl Müller-Bussdorf
Gesamtherstellung: Pfälzische Verlagsanstalt/Landau
ISBN 3-401-04274-2

Inhalt

Fünftes Buch

Sechstes Buch

Siebtes Buch

Achtes Buch

Erstes Buch

Der Kamelreiter

Der Dschebel es Subleh ist ein mehr als fünfzig Meilen langer Gebirgszug, so schmal, daß er auf der Karte wie eine von Süden nach Norden sich windende Raupe erscheint. Wenn man von seinen Klippen aus den Pfad der untergehenden Sonne verfolgt, sieht man nichts als die Arabische Wüste, wo die den Weinbauern von Jericho so verhaßten Ostwinde seit jeher ihren Tummelplatz haben. Der Fuß des Gebirges ist tief mit vom Euphrat hierhergewehtem Sand bedeckt; es bildet so einen Schutzwall für die Weidegründe von Moab* und Ammon im Westen – Gegenden, die sonst auch einen Teil der Wüste gebildet hätten.

Der Araber hat allem und jedem südlich und östlich von Judäa seine Sprache aufgeprägt; so ist der alte Dschebel in seiner Ausdrucksweise der Vater zahlloser Wadis, die das Gelände durchfurchen und dabei die Römerstraße durchschneiden; in der Regenzeit nehmen sie die reißenden Gebirgswasserströme auf und leiten sie in den Jordan, aus dem dann das Tote Meer gespeist wird. Aus einem dieser Wadis kam ein Reiter hervor, mit Richtung auf das Tafelland der Wüste.

Nach seiner Erscheinung zu urteilen, war er gut fünfundvierzig Jahre alt. Sein ehedem schwarzer, breit über die Brust wallender Bart wies schon weiße Strähnen auf. Das Gesicht war braun wie geröstete Kaffeebohnen und so von einem roten *kufijeh* – wie die Kinder der Wüste heutzutage ein solches Tuch nennen – eingehüllt, daß es nur teilweise sichtbar war. Hin und wieder hob er die Augen; sie waren groß und dunkel. Bekleidet war er mit dem im Osten verbreiteten wallenden Gewand, dessen Einzelheiten nicht genauer beschrie-

* vgl. Erläuterungen

ben werden können, denn er saß unter einem kleinen Zelt und ritt ein großes weißes Dromedar.
Zwei Stunden lang eilte das Tier in gleichmäßigem Trab, immer genau nach Osten zu, dahin. Die ganze Zeit lang verharrte der Reiter in seiner Stellung, blickte nicht nach rechts noch nach links. In der Wüste mißt man die Entfernung nicht nach Meilen, sondern nach *saat,* das bedeutet Stunde, und *manzil,* das bedeutet Halt: etwa zehn Landmeilen entsprechen dem ersten und etwa vierzig bis siebzig dem letzteren; aber das sind nur die Werte für ein gewöhnliches Kamel. Ein Tier aus echt syrischem Stall macht die zehn Meilen mit Leichtigkeit. Bei voller Geschwindigkeit ist es schneller als die normalen Winde.
Das Gesicht der Landschaft wechselte bald, so schnell kamen Reiter und Kamel voran. Der Dschebel erstreckte sich längs des westlichen Horizonts wie ein blaßblaues Band. Ein Tell, oder Hügel aus Lehm und festem Sand, erhob sich hier und dort. Dann und wann ragten Basaltsteine mit ihren runden Kronen empor, Vorposten des Gebirges gegen die Streitkräfte der Ebene; alles übrige jedoch war Sand, bald sanft und wellig wie am Strand, bald geradezu zu Gebirgskämmen aufgehäuft; hier rollende Wogen, dort lang hingezogene Anhebungen. Gleichzeitig änderte sich auch die Atmosphäre. Die Sonne, die Tau und Nebel aufgesogen hatte und nun hoch am Himmel stand, wärmte die Brise, die den Wanderer unter dem Sonnensegel umstreichelte, und tauchte die Erde in eine matte, milchene Weiße; der Himmel flimmerte.
Zwei weitere Stunden verstrichen ohne Rast oder Abweichung von der Richtung. Der Pflanzenwuchs hörte vollends auf. Der verkrustete Sandboden zerbrach bei jedem Schritt rasselnd in Flocken.
Genau um Mittag blieb das Dromedar von selbst stehen und stieß jenen stöhnenden, klagenden Schrei aus, mit dem seinesgleichen gegen Überanstrengung zu protestieren pflegt und manchmal nach Aufmerksamkeit und Rast heischt. Sein Herr geriet daraufhin in Bewegung, wie aus dem Schlaf erwachend. Er schlug die Vorhänge seines *houdah* hoch, blickte

auf die Sonne, musterte die Gegend nach jeder Seite hin lange und sorgfältig, als wolle er sich eines bestimmten, vereinbarten Ortes vergewissern. Befriedigt vom Ergebnis der Überprüfung atmete er tief ein und nickte, wie um zu sagen: Endlich! Alsbald kreuzte er die Hände über der Brust, neigte den Kopf und verrichtete ein stilles Gebet. Nach Erfüllung der frommen Pflicht schickte er sich an abzusteigen. Mit dem Rufe »Ikh! Ikh!«, den zweifellos schon die Lieblingskamele Hiobs gehört hatten, gab er seinem Tier das Zeichen zum Niederknien. Langsam und grunzend gehorchte das Dromedar.
Der Reiter setzte den Fuß auf den schlanken Hals und trat auf den Sand.

Die drei Fremden

Wie es sich jetzt zeigte, war der Mann von bewundernswertem Körperbau, weniger hochgewachsen, als vielmehr kräftig. Er löste die Seidenschnur, die das *kufijeh* auf seinem Kopf hielt, und strich die krausen Falten zurück, bis das Gesicht frei war – ein kraftvolles Antlitz von fast schwarzer Färbung. Doch die niedrige, breite Stirn, die Adlernase, die leicht nach oben gewendeten äußeren Augenwinkel, das reiche, strenge, metallisch glänzende Haar, das in vielen Flechten bis zur Schulter herabfiel, waren Zeichen einer unmöglich zu verbergenden Abstammung. So sahen die Pharaonen und später die Ptolemäer aus, so mußte Misraim, der Vater der Ägypter, ausgesehen haben. Er trug den *kamis,* ein weißes, engärmeliges Baumwollhemd, vorn offen, bis an die Knöchel reichend und am Hals und auf der Brust bestickt, darüber einen braunen wollenen Mantel, der heute, und aller Wahrscheinlichkeit nach auch damals, *aba* genannt wird, ein Oberkleid mit langem Schoß und kurzen Ärmeln, das innen mit einem Futter aus Baumwolle und Seide gemischt versehen und dunkelgelb eingesäumt war. Seine Füße wurden von Sandalen

geschützt, die mit Riemen aus weichem Leder befestigt waren. Eine Schärpe hielt den *kamis* um seinen Leib fest.
Die Glieder des Reiters waren steif, denn der Ritt war lang und beschwerlich gewesen; daher rieb er sich die Hände und stampfte mit den Füßen und umschritt das treue Tier, das seine glänzenden Augen, voller Zufriedenheit mit Wiederkäuen beschäftigt, geschlossen hatte. Oft hielt er im Gehen inne und prüfte, die Augen mit den Händen überschattend, die Wüste bis zum äußersten Rand des Blickfeldes. Jedesmal, wenn sein Blick die Runde gemacht, überschattete Enttäuschung sein Gesicht, kaum spürbar, doch genug, um einem scharfsinnigen Beobachter zu verraten, daß er Gesellschaft erwartete.
Trotz aller Enttäuschung konnte nur wenig Zweifel daran bestehen, daß der Fremde fest auf die Ankunft der erwarteten Gesellschaft vertraute. Denn er ging zuerst zu der Sänfte und holte aus dem Behälter, der dem von ihm innegehabten Platz gegenüberhing, einen Schwamm und einen kleinen Krug mit Wasser, womit er dem Kamel Augen, Gesicht und Nüstern wusch. Danach zog er aus demselben Behältnis ein rundes, rot-weiß gestreiftes Tuch, ein Bündel Stangen und ein kräftiges Rohr. Dieses erwies sich alsbald als ein Satz ineinandergesteckter Rohre, die aneinandergefügt die mittlere Stange für ein Zelt bildeten, höher als sein Kopf. Nachdem die Stange im Boden verankert und die anderen Stangen ringsum eingepflanzt waren, breitete er das Tuch darüber aus und war buchstäblich »zu Hause«.
Bald war alles fertig. Er trat hinaus, und sieh da! im Osten war ein dunkler Flecken in der Ferne der Wüste zu bemerken. Wie festgewurzelt blieb er stehen; seine Augen weiteten sich, ein Schauder kroch durch seinen Leib, als habe ihn etwas Übernatürliches berührt. Der Fleck wurde größer; wurde groß wie eine Hand; schließlich nahm er bestimmte Formen an. Wenig später kam ein großes, weißes Dromedar in Sicht, das genaue Gegenstück zu seinem; es trug ebenfalls ein *houdah,* die in Hindustan übliche Reisesänfte. Der Ägypter kreuzte die Hände über der Brust und blickte zum Himmel.

»Gott allein ist groß!« rief er aus; seine Augen füllten sich mit Tränen, Ehrfurcht durchschauerte ihn. Der Fremde kam näher und näher und hielt schließlich an. Er gewahrte das kniende Kamel, das Zelt und den Mann, der in Betstellung am Eingang stand. Er kreuzte gleichfalls die Arme, neigte den Kopf und verrichtete stumm ein Gebet; wenig später stieg er vom Kamel herab auf den Sand und ging dem Ägypter entgegen wie dieser ihm. Einen Augenblick sahen sie einander an; dann umarmten sie sich.

»Friede sei mit dir, o Diener des wahren Gottes!« sagte der Fremde.

»Und Friede mit dir, o Bruder des wahren Glaubens! – Friede sei dir und Willkomm'!« erwiderte der Ägypter.

Der Ankömmling war groß und hager, hatte ein mageres Gesicht mit tiefliegenden Augen, Haar und Bart weiß, und eine Gesichtsfarbe zwischen Zimt und Bronze. Seine Erscheinung war würdevoll, stattlich, ernst. Nur seine Augen zeigten menschliche Regungen; als er sein Gesicht von des Ägypters Brust hob, funkelten sie von Tränen.

Sie blickten nach Norden, von wo, schon gänzlich zu erkennen, ein drittes Kamel von derselben Weiße wie die andern wie ein Schiff herangeschaukelt kam. Sie verharrten nebeneinander – warteten, bis der Ankömmling herangekommen war, abstieg und auf sie zuschritt.

»Friede sei mit Euch, o mein Bruder!« sagte er und umarmte den Inder.

Und der Inder antwortete: »Gottes Wille geschehe!«

Der letzte Ankömmling war seinen Freunden ganz unähnlich; er war von leichterer Statur und von weißer Gesichtsfarbe; leichtes, wogendes Haar umkrönte seinen schmalen, schönen Kopf; die Wärme seiner dunkelblauen Augen zeugte von feinfühligem Geist und von herzlichem, tapferem Charakter. Er trug keine Kopfbedeckung und war unbewaffnet. Unter den Falten einer tyrischen Decke, die er mit natürlicher Anmut als Gewand trug, zeigte sich eine kurzärmelige Tunika mit weitem Halsausschnitt, die von einem Band zusammengehalten war und fast auf die Knie reichte; Hals,

Arme und Beine waren unbedeckt. Unnötig, dem Wißbegierigen zu sagen, von welcher Abstammung er war; wenn er nicht selbst von den Hainen Athens kam, so gewiß seine Vorfahren.
Als sich seine Arme von dem Ägypter lösten, sagte dieser mit zitternder Stimme: »Der Geist hat mich als ersten hierhergebracht, daher weiß ich, daß ich zum Diener meiner Brüder erkoren bin. Das Zelt ist aufgerichtet, und das Brot liegt zum Brechen bereit. Laßt mich meines Amtes walten.«
Er nahm jeden bei der Hand und führte sie hinein; löste ihre Sandalen und wusch ihnen die Füße; goß Wasser über ihre Hände und trocknete sie mit Tüchern.
Darauf führte er sie zum Mahle und setzte sie so, daß sie einander anblickten. Gleichzeitig neigten sie das Haupt, kreuzten die Arme über der Brust und sprachen gemeinsam und laut das folgende schlichte Tischgebet:
»Vater von allen – Gott! –, was wir hier haben, ist von Dir. Nimm unseren Dank und segne uns, daß wir weiter stets Deinen Willen tun.«
Mit den letzten Worten hoben sie die Augen und blickten einander verwundert an. Jeder hatte in einer Sprache gesprochen, die die andern noch nicht gehört hatten; doch jeder verstand genau, was gesagt wurde. Sie waren tief bewegt; denn durch das Wunder verspürten sie die Gegenwart Gottes.

Kaspar der Grieche

Um nach der Weise der Zeit zu sprechen; die gerade beschriebene Begegnung fand statt im Jahre Roms 747. Es war Dezember, und Winter herrschte in den Gebieten östlich des Mittelmeers.
»Einem Wanderer in einem fremden Land ist nichts so angenehm wie seinen Namen aus Freundesmund zu hören«, sagte der Ägypter, der den Vorsitz des Mahles übernahm. »Vor uns

liegen viele Tage gemeinsamer Gesellschaft. Es ist Zeit, daß wir einander kennenlernen. Wenn es genehm ist, soll also der, der zuletzt kam, als erster sprechen.«

Darauf begann, zuerst langsam und zurückhaltend, der Grieche:

»Was ich zu erzählen habe, meine Brüder, ist so seltsam, daß ich kaum weiß, wo ich beginnen oder was ich mit Schicklichkeit vortragen soll. Weit entfernt von hier im Westen liegt ein Land, das gewiß nie vergessen werden wird; schon deswegen, weil die Welt zu sehr sein Schuldner sein wird, und zwar für Dinge, die den Menschen die reinsten Freuden gewähren: Künste, Philosophie, Redekunst und Literatur. Das Land, von dem ich spreche, ist Griechenland. Ich bin Kaspar, Sohn des Kleanthes von Athen. Mein Volk hat sich ganz der Kunst und der Wissenschaft hingegeben, und ich habe dieselbe Leidenschaft geerbt. Zwei unserer Philosophen, die größten der vielen, künden der eine die Lehre von der Seele in jedem Menschen und ihrer Unsterblichkeit, der andere die Lehre des Einen, unendlich gerechten Gottes. Von der Vielzahl der Gegenstände, über die in den Philosophenschulen gesprochen wird, wählte ich diese beiden als allein einer Lösung wert aus; denn ich dachte mir, es müsse eine noch unbekannte Beziehung zwischen Gott und der Seele geben. Bei diesem Gegenstand kann der Mensch mit seinem Geist nur bis zu einem Punkt gelangen, einer festen, unüberschreitbaren Mauer; dort angekommen, bleibt ihm nichts als stehenzubleiben und laut um Hilfe zu rufen. Auch ich tat es; doch keine Stimme drang zu mir über die Mauer. Vor lauter Verzweiflung zog ich mich von den Städten und Schulen zurück.«

Bei diesen Worten erhellte ein ernstes, zustimmendes Lächeln das hagere Gesicht des Inders.

»Im Norden meiner Heimat, in Thessalien« fuhr der Grieche fort, »gibt es einen Berg, der als Wohnsitz der Götter bekannt ist, wo Zeus, den meine Landsleute für den obersten Gott halten, seine Wohnung hat: Olymp ist sein Name. Dorthin begab ich mich. Ich fand eine Höhle in einem Hügel, wo der

Berg von Westen her nach Südosten hin ausläuft; dort nahm ich Wohnung und gab mich der Meditation hin – nein, jeder Atemzug war ein Gebet in dem Warten auf Offenbarung. Eines Tages sah ich einen Mann von einem vorbeisegelnden Schiff über Bord stürzen. Er schwamm ans Ufer. Ich nahm ihn auf und pflegte ihn. Er war ein Jude, bewandert in der Geschichte und den Gesetzen seines Volkes; und von ihm gewann ich das Wissen, daß der Gott meiner Gebete wirklich existierte, ja, seit Jahrhunderten ihr Gesetzgeber, Herrscher und König war. War das nicht die Offenbarung, von der ich geträumt hatte? Der so zu mir gesandte Mann erzählte mir mehr. Er sagte, die Propheten, die in den Jahrhunderten nach der ersten Offenbarung mit Gott wandelten und redeten, hätten erklärt, Er werde wiederkommen. Er nannte mir die Namen der Propheten und zitierte ihre eigenen Worte aus den heiligen Büchern. Er erzählte mir weiter, daß die zweite Ankunft unmittelbar bevorstehe, daß man eben jetzt in Jerusalem darauf warte.

Als der Jude fort und ich wieder allein war, läuterte ich meine Seele mit einem neuen Gebet – daß ich auserwählt sein möge, den König zu sehen, wenn Er gekommen, und Ihn anzubeten. Eines Nachts saß ich beim Eingang meiner Höhle und versuchte, den Geheimnissen meines Daseins näherzukommen; denn wenn ich diese kenne, kenne ich Gott. Plötzlich sah ich über dem Meer unter mir, oder eher in der Dunkelheit, die es einhüllte, einen Stern aufleuchten; langsam stieg er auf und kam immer näher, und er stand über dem Hügel und über meiner Tür, so daß sein Licht voll auf mich schien. Ich fiel nieder und versank in Schlaf, und in meinem Traum hörte ich eine Stimme sagen:

›O Kaspar! Dein Glaube hat gesiegt! Gesegnet seiest du! Mit zweien anderen, die von den äußersten Teilen der Erde herkommen, sollst du Ihn sehen, der verheißen ward, und sollst ein Zeuge für Ihn sein in Seinem Namen. Am Morgen steh auf und sieh, daß du sie triffst, und vertraue dem Geiste, der dich führen wird.‹

Und am Morgen erwachte ich mit dem Geist in mir als Licht,

der heller leuchtete als die Sonne. Ich legte mein Einsiedlergewand ab und kleidete mich wie ehedem. Aus einem Versteck holte ich den Schatz, den ich aus der Stadt mitgebracht hatte. Ein Schiff segelte vorüber. Ich rief es an, wurde an Bord genommen und landete in Antiochia. Dort kaufte ich das Kamel samt seiner Ausrüstung. Durch die Gärten und Haine, die die Ufer des Orontes zieren, reiste ich nach Emesa, Damaskus, Bostra und Philadelphia; von dort hierher. Und so, meine Brüder, kennt ihr meine Geschichte. Laßt mich nun euch zuhören.«

Melchior der Inder

Der Ägypter und der Inder sahen einander an; der erstere winkte mit der Hand; der letztere verneigte sich und begann: »Unser Bruder hat wohl gesprochen. Mögen meine Worte ebenso weise sein.«
Er hielt inne, überlegte einen Augenblick und fing wieder an: »Was meinen Namen betrifft, Brüder, so nennt man mich Melchior. Ich spreche zu euch in einer Sprache, die, wenn sie nicht die älteste, zumindest die früheste ist, für die eine Schrift erfunden wurde – ich meine das Sanskrit aus Indien. Ich bin von Geburt Inder.
Brahma, so heißt es, sei der Schöpfer unseres Volkes gewesen; dies habe er im Verlaufe der Schöpfung in vier Kasten eingeteilt. Zuerst bevölkerte er die Welten in der Tiefe und die Himmel in der Höhe; als nächstes richtete er die Erde für irdische Geister ein; dann ging von seinem Mund die Kaste der Brahmanen hervor, ihm am ähnlichsten, die höchste und edelste Kaste, die einzigen Lehrer der Veden, die zu gleicher Zeit in vollendetem Zustand von seinen Lippen flossen, vollkommene Bücher in jeder nützlichen Wissenschaft. Aus seinen Armen entsprossen als nächstes die Kschatrija, die Krieger; seiner Brust, dem Sitz des Lebens entsprangen die Waischja, das sind alle Erzeuger – Schäfer, Bauern, Kauf-

leute; aus seinem Fuß schließlich, als Zeichen ihrer Erniedrigung, gingen die Schudra hervor, die Knechte, zu niedrigen Diensten an den andern Klassen verdammt – Sklaven, Diener, Arbeiter, Künstler.
Ich bin als Brahmane geboren. Mein Leben war entsprechend, bis in die kleinste Handlung, für jede Stunde genau geregelt. Meine erste Nahrungsaufnahme; wie mir mein voller Name gegeben wurde; das erste Hinaustragen, daß ich die Sonne sehe; die Bekleidung mit der dreifachen Schnur, wodurch ich einer der Zwiegeborenen wurde; meine Einführung in die erste Stufe des Brahmanenlebens – all das wurde mit heiligen Texten und starren Zeremonien zelebriert.
Der Teil des Lebens eines Brahmanen, der ›erste Stufe‹ heißt, ist seine Studienzeit. Als ich in die ›zweite Stufe‹ eintreten sollte, das heißt heiraten und einen Hausstand gründen, zog ich alles in Zweifel, sogar Brahma; ich war ein Ketzer.
In meiner Außenseiterstellung suchte ich nach der Einsamkeit, in der ich mich vor allem, außer vor Gott verstecken konnte. Ich folgte dem Ganges bis an seine Quelle, hoch oben im Himalaja. Durch Schluchten, über Felsen, Gletscher entlang, an sternhoch scheinenden Berggipfeln vorbei gelangte ich so zum Lang-Tso-See, einem See von wunderbarer Schönheit, der am Fuß des Tise Gangri, des Gurla und des Kailas Parbot schläft, Riesen, die mit ihren Schneekronen immerwährend vor der Sonne prunken. Dort, am Mittelpunkt der Erde, wo Indus, Ganges und Brahmaputra entspringen und ihren verschiedenen Lauf nehmen, wollte ich allein mit Gott bleiben, betend, fastend, in Erwartung des Todes.«
Wieder hielt er inne und faltete inbrünstig die sehnigen Hände.
»Eines Nachts ging ich am Seeufer spazieren und sprach zur lauschenden Stille: ›Wann wird Gott kommen und Sein Eigentum fordern? Gibt es denn keine Erlösung?‹ Auf einmal begann ein Licht zitternd aus dem Wasser heraus zu glühen; alsbald stieg ein Stern in die Höhe, bewegte sich auf mich zu und blieb über mir stehen. Der Glanz betäubte mich. Wäh-

rend ich auf dem Boden lag, hörte ich eine Stimme von unendlicher Milde sagen: ›Deine Liebe hat gesiegt. Gesegnet seiest du, o Sohn Indiens! Die Erlösung ist nahe. Mit zweien anderen, aus fernen Winkeln der Erde, sollst du den Erlöser sehen und Zeuge davon sein, daß Er gekommen ist. Am Morgen erhebe dich und sieh, daß du sie triffst; leg all dein Vertrauen in den Geist, der dich leiten wird.‹
Von dem Augenblick an war das Licht in mir; daher wußte ich, es war die sichtbare Gegenwart des Geistes. Allein wanderte ich, furchtlos, denn der Geist war bei mir und ist es noch. Welche Ehre für uns, o Brüder! Wir sollen den Erlöser sehen – zu Ihm sprechen, Ihn anbeten! – Ich bin fertig.«

Balthasar der Ägypter

Der lebhafte Grieche brach in Freudenrufe und Glückwünsche aus; darauf sprach der Ägypter mit dem ihm eigentümlichen Ernst:
»Ich grüße Euch, meine Brüder. Ihr habt viel gelitten, und ich freue mich über Euren Sieg. Wenn Ihr beide mir zuhören mögt, werde ich Euch jetzt erzählen, wer ich bin und wie ich genannt werde.
Ihr beide spracht von Euren Ländern; das war sehr wichtig, und ich werde es Euch erklären. Doch um die Erklärung vollständig zu machen, laßt mich zuerst von mir und meinem Volk sprechen. Ich bin Balthasar der Ägypter.«
Die letzten Worte wurden leise gesprochen, doch mit einer derartigen Würde, daß sich beide Zuhörer vor dem Sprecher verneigten.
»Es gibt viele Vorzüge, die ich für mein Volk in Anspruch nehmen könnte«, fuhr er fort, »doch ich will mich mit einem begnügen. Die Geschichte hat mit uns begonnen. Wir waren die ersten, die Erinnerungen festhielten und so verewigten. Daher kennen wir keine Überlieferungen; und anstelle der Dichtkunst bieten wir Euch zuverlässige Gewißheit.«

Der Ägypter nahm einen Zug aus einem Wasserkrug neben sich und fuhr fort:
»Ich wurde in Alexandria geboren, als Prinz und Priester, und genoß die für meine Klasse übliche Erziehung. Doch sehr früh wurde ich unzufrieden. Ein Teil des anerzogenen Glaubens bestand in dem Glauben, daß die Seele nach dem Tode, nach der Vernichtung des Körpers, sogleich ihre ursprüngliche Wanderung wiederholte, nämlich von der niedersten Form der Lebewesen hin zur höchsten und letzten Existenz, dem Menschendasein, und zwar, ohne je zu einem Leben im Tode zu führen. Als ich von dem Lichtreich der Perser hörte, von einem Paradies jenseits der Brücke Chinevat, in das nur die Guten gelangen, verfolgte mich dieser Gedanke. Tag und Nacht brütete ich über den vergleichbaren Vorstellungen von der Ewigen Wanderung und vom Ewigen Leben im Himmel. Wenn, wie mein Lehrer gelehrt hatte, Gott gerecht war, warum gab es dann keinen Unterschied zwischen den Guten und den Schlechten? Schließlich wurde ich mir klar, ja gewiß, als Schlußfolgerung des Gesetzes, auf das ich die Religion in ihrem Kern zurückführte, daß der Tod nur der Trennungspunkt war, an dem die Schlechten zurückgelassen werden und die Gläubigen zu einem höheren Leben emporsteigen. Nicht das Nirwana Buddhas, nicht die Ruhe im Nichts wie bei Brahma, o Melchior, noch das Leben im Hades, wie sie, o Kaspar, der Olympische Glaube allen Angehörigen der Erde zugesteht, sondern das Leben – tätiges, fröhliches, ewigwährendes Leben, Leben mit Gott! Die Entdeckung führte zu einer neuen Frage. Warum sollte die Wahrheit länger ein Geheimnis des selbstsüchtigen Trostes der Priesterschaft bleiben? Der Grund, sie zu unterdrücken, bestand nicht mehr. Die Philosophie hatte uns wenigstens die Freiheit der Meinungen gebracht. In Ägypten herrscht über uns Rom und nicht wie ehedem Ramses. Eines Tages stand ich in Bruchion, dem elegantesten und belebtesten Viertel Alexandrias, auf und predigte. Osten und Westen trafen sich in meiner Zuhörerschaft. Gelehrte der Bibliothek, Priester des Serapeions, Müßiggänger aus dem Museum, Besucher der Renn-

bahn, Landleute aus der Rhakotis – eine bunte Menge –, sie alle hielten an, um mir zuzuhören. Ich predigte von Gott, von der Seele, von Richtig und Falsch, vom Himmel und dem Lohn des tugendhaften Lebens. Meine Zuhörer verwunderten sich zuerst, dann lachten sie. Ich versuchte es wieder; sie bombardierten mich mit Schmähversen, bedeckten meinen Gott mit Spott und verdunkelten meinen Himmel mit Hohnlachen. Um keine Zeit mehr zu verschwenden, gab ich vor ihnen auf.«

Der Inder seufzte tief auf und sagte: »Der Feind des Menschen ist der Mensch, mein Bruder.«

Balthasar verfiel in Schweigen.

»Ich habe viel über die Ursache meines Mißerfolgs nachgedacht und sie endlich herausgefunden«, sagte er fortfahrend. »Stromaufwärts, eine Tagesreise von der Stadt entfernt, gibt es ein Dorf von Hirten und Landleuten. Ich nahm ein Boot und fuhr hin. Abends rief ich die Leute zusammen, Männer und Frauen, die Ärmsten der Armen. Ich predigte zu ihnen genauso wie den Leuten von Bruchion. Sie lachten nicht. Am nächsten Abend sprach ich wieder, und sie glaubten und freuten sich und trugen die Neuigkeit weiter. Von dem Tag an, o Brüder, reiste ich den Nil auf und ab, zu den Dörfern und zu allen Stämmen, predigte Einen Gott, ein rechtschaffenes Leben und vom Lohn im Himmel. Ich habe Gutes bewirkt – es ist nicht an mir zu sagen, wieviel. Ich weiß auch, daß jener Teil der Welt reif dafür ist, den zu empfangen, den wir suchen.« Die dunkelfarbigen Wangen des Sprechers erröteten leicht, doch er überwand seine Gefühle und fuhr fort: »Brüder, die Welt ist jetzt in einem Zustand, daß es mehr als nur menschlicher Befugnis bedarf, sie zu erneuern; der Erneuerer muß nicht nur in Gottes Namen kommen, er muß auch Beweise für seine Verkündigung haben. Er muß alles, was er sagt, für die Menschen spürbar vorführen, sogar Gott. Wer in dieser Zeit kann den Glauben des Menschen so festigen außer Gott selbst? Um die Menschheit zu erlösen – ich meine nicht, sie zu vernichten –, um sie zu *erlösen,* muß Er sich den Menschen wieder zeigen. *Er muß selbst kommen.«*

Tiefe Bewegung ergriff die drei.
»Sind wir nicht dabei, Ihn zu suchen?« rief der Grieche aus.
»Ihr versteht, warum mein Versuch fehlgeschlagen ist«, sagte der Ägypter nach einer Pause. »Ich war nicht dazu berufen. Zu erkennen, daß mein Werk nutzlos sein würde, machte mich unsagbar unglücklich. Mehr als ein Jahr lang suchte ich Zuflucht im Gebirge. Die Frucht des Palmbaums nährte meinen Körper, das Gebet meinen Geist. Eines Nachts ging ich in dem Hain nahe dem See spazieren. ›Die Welt stirbt. Wann wirst Du kommen? Warum darf ich die Erlösung nicht erleben, o Gott?‹ So betete ich. In dem kristallenen Wasser funkelten die Sterne. Einer von ihnen schien seinen Platz zu verlassen und zur Oberfläche hinaufzusteigen; der Glanz blendete meine Augen. Dann bewegte er sich auf mich zu, blieb über meinem Kopf stehen, als wär's in Reichweite meiner Hand. Ich stürzte nieder und verbarg mein Gesicht. Eine Stimme, nicht von dieser Erde, sprach: ›Deine guten Werke haben gesiegt! Gesegnet seiest du, o Sohn Misraims! Die Erlösung kommt. Mit zweien anderen, von den entlegensten Stätten der Welt, sollst du den Erretter sehen und für Ihn zeugen. Am Morgen erhebe dich und sieh, daß du sie triffst. Und wenn ihr alle in der heiligen Stadt Jerusalem angekommen, fragt die Leute: Wo ist Er, der neugeborene König der Juden? Denn wir haben Seinen Stern im Osten gesehen und sind gesandt, Ihn anzubeten. – Leg all dein Vertrauen in den Geist, der dich geleiten wird.‹«
Stille trat ein. Wenig später wurde das Zelt abgebrochen, die Freunde stiegen auf und ritten los, einer hinter dem andern, geführt von dem Ägypter.
Nach und nach kam der Mond herauf. Und wie die drei hohen, weißen Gestalten geräuschlos durch das opalene Licht dahineilten, wirkten sie wie Gespenster, die vor gräßlichen Schatten entflohen. Plötzlich, nicht viel höher als die Spitze eines Hügels, flackerte in der Luft vor ihnen ein züngelndes Licht auf; als sie es ansahen, zog sich die Erscheinung zu einem gleißenden Lichtpunkt zusammen. Ihre Herzen schlugen schnell, ihr Inneres war aufgewühlt. Und sie riefen

wie mit einer Stimme: »Der Stern! Der Stern! Gott ist mit uns!«

Der Joppe-Markt

An der westlichen Mauer von Jerusalem befindet sich das Bethlehem- oder Joppe-Tor. Der Platz davor ist einer der bemerkenswertesten der Stadt. In den Tagen Salomons herrschte dort reger Verkehr; da waren Kaufleute aus Ägypten und Händler aus Tyrus und Sidon. Nahezu dreitausend Jahre sind seitdem vergangen, und noch immer findet an dem Punkt eine Art Handel statt. Ein Pilger, der eine Nadel wünscht oder eine Niete, eine Gurke oder ein Kamel, ein Haus oder ein Pferd, ein Darlehen oder Linsen, Datteln oder einen Dolmetsch, eine Melone oder einen Mann, eine Taube oder einen Esel, braucht nur am Joppe-Tor danach zu fragen. Manchmal herrscht ein so reges Leben dort, daß man sich fragt, was für ein Platz der alte Markt wohl in den Tagen Herodes' des Erbauers gewesen sein mochte! Und in jene Zeit und auf jenen Markt soll der Leser jetzt geführt werden.

Zunächst ist es ein Anblick äußerster Unordnung – ein Durcheinander von Treiben, Stimmen, Farben und Dingen, besonders in der Gasse und auf dem Hof. Der Boden dort ist mit ungeformten Fliesen belegt, von denen aus jeder Schrei, jedes Getöse, jedes Hufschlagen in die Höhe steigt und sich dort mit dem Gemurmel und Gelärme vermischt, das zwischen den festen, überhängenden Mauern hin und her wogt. Wenn man sich jedoch nur ein wenig unter die Menge mischt, nur ein bißchen Vertrautheit gewinnt mit dem, was vor sich geht, wird es möglich sein, sich zurechtzufinden.

Hier döst ein Esel unter Körben, voll von Linsen, Bohnen, Zwiebeln und Gurken, die frisch von den Gärten und Terrassen Galiläas hergebracht wurden. Wenn der Mann daneben nicht gerade mit der Bedienung von Kunden beschäftigt ist, ruft er mit einem nur dem Eingeweihten verständlichen

Geschrei seine Waren aus. Nichts kann schlichter sein als seine Kleidung – Sandalen, und eine ungebleichte, ungefärbte Decke, die über die Schulter geworfen und um den Leib von einem Gürtel zusammengehalten wird. Daneben, weit imposanter und bizarrer, doch kaum so geduldig wie der Esel, kniet ein Kamel, grobknochig, graues, rauhes Fell, mit langen, zottigen Büscheln rötlicher Haare unter der Kehle, Hals und Körper, dazu eine Ladung merkwürdig ineinandergestellter Kisten und Körbe auf einem riesigen Sattel. Der Besitzer ist ein Ägypter, klein, wendig und von einer Gesichtsfarbe, die einiges vom Staub der Straßen und dem Sand der Wüste mitbekommen hat. Er trägt ein verschlissenes *tarbuschi*, ein lockeres Gewand ohne Ärmel und Gürtel, das vom Hals bis auf die Knie reicht. Er ist barfuß. Das Kamel grunzt ungeduldig unter der Last und zeigt gelegentlich seine Zähne; der Mann schreitet indes gleichgültig mit dem Leitriemen auf und ab und preist die ganze Zeit sein frisches Obst aus den Hainen von Kedron an – Trauben, Datteln, Feigen, Äpfel und Granatäpfel.

An der Ecke, wo die Gasse sich in den Hof öffnet, sitzen einige Frauen mit dem Rücken gegen die grauen Mauersteine gelehnt. Ihre Kleidung entspricht jener der unteren Klassen des Landes – ein linnener Rock, der sich über die ganze Länge der Person erstreckt und lose um den Leib zusammengehalten ist; dazu ein Schleier, breit genug, neben dem Kopf auch die Schultern einzuhüllen. Ihre Ware ist in einer Anzahl irdener Krüge, wie man sie im Orient heute noch zum Wasserholen benutzt, und in einigen Lederflaschen aufbewahrt. Zwischen den Krügen und Flaschen spielt ein halbes Dutzend Kinder; sie wälzen sich auf dem Steinpflaster, achten nicht auf die Menge und auf die Kälte, sind oft in Gefahr, bleiben jedoch stets unversehrt. Ihr brauner Körper, die pechschwarzen Augen, das dichte, ebenfalls schwarze Haar bezeugen ihre jüdische Herkunft. Von Zeit zu Zeit blicken die Mütter unter dem Schleier hervor und preisen in der Landessprache ihre Waren an: in den Flaschen Traubensaft und in den Krügen ein kräftigeres Getränk. Ihre Bitten verlieren sich gewöhnlich im allgemeinen Tumult, und sie fahren schlecht im Vergleich zu ihren vielen männlichen Konkurrenten, starken Kerlen mit nackten Beinen, schmutzigen Tunikas und langen Bärten, die mit ihren Flaschen, die sie auf den Rücken geschnallt haben, umhergehen und rufen: »Honigwein! Trauben aus En-Geddi!« Wenn ein Kunde einen von ihnen anhält, schwingt er die Flasche nach vorn, nimmt den Verschluß ab und gießt den tiefroten Saft der süßlichen Beere in den bereitgehaltenen Becher.

Kaum weniger geräuschvoll sind die Vogelhändler, die Tauben, Enten, häufig auch Nachtigallen feilbieten. Die Händler versäumen es selten, wenn sie die Vögel aus den Netzen entgegennehmen, auf das gefahrvolle Leben der Vogelfänger hinzuweisen, die kühn in den Klippen herumklettern, bald mit Händen und Füßen an Felsspitzen hängen, bald sich in einem Korb in tiefste Felsspalten hinablassen.

Und zwischen Juwelenhändlern – gewitzte Burschen, in Purpur und Blau gekleidet, mit gewaltigen weißen Turbanen auf dem Kopf, voll bewußt der Macht, die das Glitzern eines Bandes oder der schneidende Glanz des Goldes, sei es in einem Armband, einer Halskette oder in einem Finger- oder Nasenring, ausübt –, zwischen Haushaltswarenhändlern, zwischen Kleidungströdlern und Salbenhökern, zwischen Hausierern mit Waren jeder Art, nutzlosen und nützlichen, plagen sich hier und dort und überall die Viehhändler ziehend und zerrend, schreiend und schmeichelnd mit ihrem Vieh – Eseln, Pferden, Kälbern, Schafen, blökenden Ziegen und unbeholfenen Kamelen, Tieren jeder Art, mit Ausnahme des geächteten Schweines. Sie alle sind dort, nicht einzeln für sich, wie beschrieben, sondern viele Male wiederholt; nicht an einer Stelle versammelt, sondern überall auf dem Markt verteilt, ein buntes Gewimmel, wohin man auch blickt.

Nach diesem Blick auf die Gasse und den Hof, auf die Verkäufer und ihre Artikel muß der Leser nunmehr seine Aufmerksamkeit den Besuchern und Käufern zuwenden, die man am besten außerhalb der Tore beobachten kann, wo sich ein genauso vielfältiges und lebhaftes Schauspiel bietet, vielleicht sogar noch mehr, denn dort findet man beieinander den Anblick von Zelten, Buden und Lagerstätten, einen weit größeren Raum und eine noch größere Menge, die sich mit noch größerer Einheit tummelt, dazu den strahlenden Glanz der orientalischen Sonne.

Ankunft in Jerusalem

Es war die dritte Stunde des Tages; viele Leute waren schon fort, doch das Gedränge setzte sich fast unvermindert fort. Unter den neu Angekommenen befand sich eine Gruppe neben der südlichen Mauer, bestehend aus einem Mann, einer Frau und einem Esel, die nähere Aufmerksamkeit erfordert.
Der Mann stand neben dem Kopf des Tieres; er hielt den Leitriemen in der Hand und lehnte auf einem Stab, der ihm gleichzeitig zum Antreiben und als Stütze zu dienen schien. Er war gekleidet wie die übrigen Juden um ihn, außer daß seine Kleidung vergleichsweise neu wirkte. Er sah sich mit dem halb neugierigen, halb leeren staunenden Blick eines Fremden aus der Provinz um.
Der Esel kaute gemächlich an einem Büschel grünen Grases, von dem es auf dem Markt in Fülle gab. In seiner schläfrigen Genügsamkeit ließ sich das Tier weder von dem geschäftigen Treiben noch von dem Lärm ringsum stören; es kümmerte sich auch nicht um die Frau, die in einem gepolsterten Sattelkissen auf seinem Rücken saß. Ein Oberkleid aus dunklem Wollstoff bedeckte sie vollständig, und ein weißer Schleier verhüllte ihren Kopf und Hals.
Endlich wurde der Mann angesprochen.
»Bist du nicht Josef aus Nazareth?«
Der Sprecher stand nahe bei ihm.
»So heiße ich«, antwortete Josef und wandte sich gemessen um. »Und du – ah! Friede sei mir dir, mein Freund, Rabbi Samuel!«

»Dasselbe wünsche ich dir.« Der Rabbi hielt inne, sah die Frau an und fügte dann hinzu: »Friede sei mit dir und mit deinem Haus und all deinen Gehilfen.«
In diesem Augenblick wurde der Schleier zur Seite gezogen, und einen kurzen Moment lang war das ganze Gesicht der Frau sichtbar. Die Augen des Rabbi wanderten zu ihr hinüber, und er hatte gerade Zeit genug, ein Gesicht von seltener Schönheit zu sehen; ihr Blick zeugte von dem regen Interesse an dem Gespräch. Wangen und Stirn erröteten, und der Schleier wurde wieder vorgezogen.
»Deine Tochter ist schön«, sagte der Rabbi mit gedämpfter Stimme.
»Sie ist nicht meine Tochter«, antwortete Josef.
Des Rabbis Neugierde war geweckt; als Josef das bemerkte, beeilte er sich, weiter zu erklären: »Sie ist das Kind von Joachim und Anna aus Bethlehem, von denen du bestimmt schon gehört hast, denn sie waren sehr angesehen . . .«
»Ja«, bemerkte der Rabbi ehrerbietig, »ich kenne sie. Sie stammen in gerader Linie von David ab. Ich habe sie gut gekannt.«
»Nun, sie sind jetzt tot«, fuhr der Nazarener fort. »Sie sind in Nazareth gestorben. Joachim war nicht reich, doch er hat seinen Töchtern Marian und Maria ein Haus und einen Garten hinterlassen. Dies ist eine von ihnen; und um ihr Erbteil zu bewahren, mußte sie nach dem Gesetz ihren nächsten Verwandten heiraten. Sie ist jetzt meine Frau.«
»Und du warst –?«
»Ihr Onkel.«
»Ach ja! Und weil ihr beide in Bethlehem geboren seid, zwingt dich jetzt der Römer, sie dorthin mitzunehmen, damit sie auch gezählt wird.«
Der Rabbi faltete die Hände, blickte voller Zorn zum Himmel hoch und rief aus: »Der Gott Israel lebt noch! Die Rache ist Sein!«
Mit diesen Worten drehte er sich um und ging unvermittelt weiter. Ein Fremder, der in der Nähe stand und Josefs Verwunderung beobachtete, sagte ruhig:

»Rabbi Samuel ist ein Eiferer. Judas selbst ist nicht hitziger.«
Eine Stunde später zog Josef mit Frau und Esel zum Tor hinaus, wandte sich nach links und nahm die Straße nach Bethlehem. Der Abstieg zum Tal von Hinnom war sehr unwegsam, hier und dort mit vereinzelt stehenden wilden Olivenbäumen geschmückt. Vorsichtig und behutsam ging der Nazarener zu seiten der Frau, den Leitriemen in der Hand.

Sie war nicht älter als fünfzehn. Ihre Figur, Stimme und Haltung bezeugten, daß sie sich im Übergang vom Mädchen zur Frau befand. Das Gesicht war oval, seine Farbe eher blaß als hell. Die Nase war makellos, die leicht geöffneten Lippen voll und reif, womit sie den Mundlinien einen Ausdruck von Wärme, Zartheit und Vertrauen verliehen; die Augen waren groß und blau, von gesenkten Lidern und langen Wimpern beschattet. Eine Flut goldenen Haares, frisiert in der Art jüdischer Bräute, fiel lose über ihren Rücken bis auf das Sattelkissen hinab, auf dem sie saß. Hals und Nacken hatten jene flaumige Weichheit, die man bisweilen antrifft und die den Künstler in Zweifel darüber läßt, ob sie auf die Gesichtskontur oder -farbe zurückgeht. Zu diesen Reizen der Gestalt und des Aussehens kamen noch solche, die weniger leicht benannt werden können – eine gewisse Reinheit, die nur die Seele verleihen kann, und ein Hauch von Verklärung, wie er jene auszeichnet, deren Denken mehr aufs Überirdische gerichtet ist. Oft erhob sie mit zitternden Lippen ihren Blick zum fast weniger blauen Himmel; oft kreuzte sie die Hände über der Brust wie zum Gebet; oft hob sie den Kopf wie jemand, der eifrig einer rufenden Stimme lauscht.

So zogen sie durch die große Ebene und erreichten schließlich die Anhöhe Mar Elias; von hier erblickten sie durch ein Tal Bethlehem, das alte »Brothaus«, dessen weiße Mauern einen Hügelkamm krönten und über dem Braun blätterloser Haine hervorleuchteten. Hier machten sie Rast, während Josef auf einige Plätze heiligen Ruhms hinwies; dann stiegen sie ins Tal hinab hin zum Brunnen, bei dem Davids kühne Männer eine ihrer wunderbaren Heldentaten vollbracht hatten. Der enge Platz war dicht von Menschen und Tieren bevölkert. Furcht überkam Josef, Furcht, daß da, falls die Stadt genauso überfüllt sein sollte, vielleicht keine Unterkunft für die zarte Maria zu finden sei. Ohne Verzögerung eilte er weiter, vorbei an dem Steinpfeiler, der Rachels Grab bezeichnete, den mit Gärten bewachsenen Hang hinan, ohne jemand von den vielen Personen zu grüßen, die er unterwegs traf, bis er vor dem Tor des Khans anlangte, der damals außerhalb des Stadttors lag, wo mehrere Straßen aufeinandertrafen.

Suche nach Unterkunft

Um ganz verstehen zu können, was dem Nazarener in dem Khan widerfuhr, muß der Leser daran erinnert werden, daß die Gasthäuser des Orients sich von denen des Westens unterscheiden. Sie hießen alle Khan, ein persisches Wort, und waren in ihrer einfachsten Form nichts anderes als umzäuntes Gehege, also ohne Haus oder Schuppen, oft ohne Tor oder Eingang. Ihre Lage wurde gewählt unter dem Gesichtspunkt von Schatten, Verteidigungsmöglichkeit oder Wasser. Von solcher Art waren die Herbergen, die Jakob aufnahmen, als er eine Frau in Padan-Aram zu suchen auszog. Die einzigartige Art und Weise, wie diese Herbergen betrieben wurden, war am meisten dazu angetan, westlichem Verständnis höchst merkwürdig zu erscheinen. Es gab keinen Wirt oder Wirtin; keinen Verwalter, keinen Koch, keine Küche; nur ein Wärter am Tor war das einzig sichtbare Zeugnis einer Leitung oder einer Besitzerschaft. Ankommende Fremde blieben nach Belieben, ohne bezahlen zu müssen. Folge dieses Systems war, daß, wer immer kam, seine Nahrung oder seine Kochausrüstung selbst mitbringen oder von Händlern im Khan kaufen mußte. Dieselbe Regel traf zu für Bett und Bettzeug sowie für das Futter der Tiere. Wasser und Schutz waren alles, was er vom Besitzer erwartete, und die waren umsonst. Der Friede in den Synagogen mochte bisweilen durch krakeelende, streitende Parteien gestört werden; der in den Khans niemals.

Der Khan von Bethlehem, vor dem Josef und seine Frau haltmachten, gehörte zu den ordentlichen seiner Art; er war weder zu primitiv noch übermäßig komfortabel. Es war ein Bau in rein orientalischem Stil; das heißt, es war ein viereckiger Klotz aus rohen Steinen, ein Stockwerk hoch und mit flachem Dach, ohne Fenster und mit nur einem Haupteingang – einem Torweg an der östlichen oder Vorderseite. Die Straße führte so nah am Tor vorbei, daß Kreidestaub die Schwelle halb bedeckte. Eine Umzäunung aus flachen Felsen, die an der nordöstlichen Ecke des Gebäudes anfing, erstreckte sich viele Meter weit den Abhang hinunter bis zu einem Punkt, von wo aus sie westwärts bis zu einem Kalksteinfelsen weiterlief – ein sicherer Schutz gegen Tiere, wie ihn ein namhafter Khan auf jeden Fall aufweisen mußte.

In einem Ort wie Bethlehem gab es nur einen Scheich, und also konnte es nicht gut mehr als einen Khan geben. Und obwohl Josef in dem Ort geboren worden war, hatte er doch wegen seines langen Aufenthalts anderswo keinerlei Anspruch auf Gastfreiheit in der Stadt. Insofern steigerte sich, bevor er in die Nähe des großen Hauses kam, während er noch den Hang hinaufstieg und sich abmühte, den Esel auf dem schroffen Gelände zur Eile anzutreiben, in ihm die Angst, er könne keine Unterkunft mehr in dem Khan finden, zu einer peinvollen Beklemmung; denn die Straße war dichtgedrängt mit Männern und Burschen, die in großer Geschäftigkeit ihr Vieh, ihre Pferde und Kamele ins Tal hinab und von unten heraufführten, die einen hin zum Wasser, die anderen zu den benachbarten Höhlen. Und als er dicht herangekommen war, wurde seine Unruhe durch die Entdeckung einer Menschenmenge, die das Tor zu dem Gebäude umlagerte, nicht gerade gemildert, während die sich anschließende Einfriedung trotz ihrer Ausdehnung schon überfüllt zu sein schien.

»Wir kommen nicht an die Tür heran«, sagte Josef in seiner

ruhigen Art. »Wir wollen hier anhalten und, wenn es geht, erfragen, was los ist.«
Der Aufseher saß auf einem großen Zedernblock vor dem Tor. Gegen die Wand hinter ihm lehnte ein Speer. Ein Hund kauerte an seiner Seite auf dem Block.
»Der Friede Jahwes sei mit dir«, sagte Josef, als er endlich vor dem Aufseher stand.
»Was du gibst, mögest du wiederfinden; und wenn du es gefunden, sei es dir und den Deinen tausendfältig vermehrt«, gab der Wächter bedächtig zurück, ohne sich zu rühren.
»Ich bin gebürtig aus Bethlehem«, sagte Josef in sehr ruhiger Weise. »Ist hier nicht noch Platz für –«
»Nein.«
»Du hast vielleicht schon von mir gehört – Josef von Nazareth. Dies ist das Haus meiner Väter. Ich stamme aus dem Geschlecht Davids.«
Auf diese Worte gründete der Nazarener seine Hoffnung. Wenn sie nichts nutzten, war ein weiterer Versuch vergeblich, sogar das Angebot etlicher Schekel.
Der Versuch verfehlte seine Wirkung nicht. Der Torwärter glitt von dem Zedernblock und sagte, ehrfurchtsvoll, die Hand an den Bart gelegt: »Rabbi, ich kann dir nicht sagen, wann sich dieses Tor das erste Mal öffnete, um einen Wanderer willkommen zu heißen, aber es ist mehr als tausend Jahre her, und in dieser ganzen Zeit ist kein Vorfall bekannt, daß ein rechtschaffener Mann hätte umkehren müssen, es sei denn, es hätte keinen Raum mehr gegeben, ihn unterzubringen. Wenn es so mit dem Fremden gehalten wurde, muß der Wärter, der einen Mann aus dem Geschlecht Davids abweist, erst recht einen Grund haben. Deswegen begrüße ich dich nochmals; und wenn du mit mir gehen magst, will ich dir zeigen, daß es keinen Platz mehr im Hause gibt – weder in den Zimmern noch in den Kammern, auch nicht im Hof, nicht einmal auf dem Dach.« Josef ließ nicht ab.
»Der Hof ist groß«, sagte er.
»Ja, aber er ist voll von Waren – Seidenballen, Säcken mit Gewürzen, alles mögliche.«

Dann verlor das Gesicht des Bittenden etwas von seinem Gleichmut; die glanzlosen starren Augen senkten sich, und er sagte mit Wärme: »Es geht nicht um mich, aber ich habe meine Frau bei mir, und die Nacht ist kalt, kälter als in Nazareth. Sie kann nicht unter freiem Himmel übernachten. Gibt es vielleicht noch Raum in der Stadt?«
»Diese Leute«, der Wärter wies mit seiner Hand auf die Menge vor dem Tor, »haben alle in der Stadt gesucht und berichten, daß alle Möglichkeiten erschöpft sind.«
Wieder betrachtete Josef den Boden und sagte, halb zu sich selbst: »Sie ist so jung; wenn ich sie draußen auf dem Hügel lagern lasse, wird der Frost sie umbringen.« Dann sprach er wieder zu dem Aufseher: »Vielleicht hast du ihre Eltern gekannt, Joachim und Anna; sie sind auch aus Bethlehem gebürtig und wie ich Nachfahren Davids.«
»Ja, ich kannte sie. Es waren rechtschaffene Leute. Ich war noch ganz jung damals.«
Diesmal suchten des Wärters Augen gedankenvoll den Boden.
Plötzlich hob er den Kopf.
»Wenn ich dir auch keinen Raum schaffen kann«, sagte er, »kann ich dich doch nicht abweisen. Rabbi, ich will für dich tun, was ich kann. Wieviel seid ihr?«
Josef überlegte und erwiderte dann: »Meine Frau und ein Freund mit seiner Familie aus Bath-Dagon, einer kleinen Stadt in Richtung Joppe; insgesamt sechs.«
»Sehr gut. Ihr sollt nicht draußen auf dem Hügel liegen. Hol deine Leute und beeil dich; du weißt, wenn die Sonne hinter dem Berg verschwindet, bricht schnell die Nacht herein, und es ist bald soweit.«
»Ich gebe dir den Segen des obdachlosen Wanderers; der des beherbergten wird folgen.«
Mit diesen Worten ging der Nazarener voll Freude zurück zu Maria und dem Freund aus Bath-Dagon. Wenig später holte der letztere seine Familie herauf, und die Frauen bestiegen die Esel. Die Frau war recht matronenhaft, die Töchter Abbilder von dem, was sie in ihrer Jugend gewesen sein mußte.

Als sie sich der Tür näherten, erkannte der Wärter sogleich, daß sie der unteren Klasse angehörten.
»Dies ist meine Frau, von der ich sprach«, sagte der Nazarener, »und dies sind unsere Freunde.«
Maria hatte den Schleier angehoben.
»Blaue Augen und goldenes Haar«, murmelte der Wärter bei sich und sah nur sie. »So sah der junge König aus, als er vor Saul trat, um zu singen.«
Dann nahm er Josef den Leitriemen ab und sagte zu Maria: »Friede sei mit dir, o Tochter Davids.« Dann zu den anderen: »Friede euch allen!« Darauf zu Josef: »Rabbi, folgt mir.«
Die Gruppe wurde in einen breiten, mit Steinen bepflasterten Gang geführt, durch den sie in den Hof des Khans gelangten. Einem Fremden wäre die Szene seltsam vorgekommen; doch sie nahmen nur wahr, daß die Kammern, die ihnen von allen Seiten dunkel entgegengähnten, und der Hof selbst von Menschen übervoll waren. Durch eine Gasse, die zwischen den sich türmenden Waren freigelassen worden war, und einen Gang ähnlich dem am Eingang gelangten sie in das sich an das Haus anschließende Gehege zu Kamelen, Pferden und Eseln, die angebunden in dichten Gruppen vor sich hin dösten; dazwischen lagen die Wärter, Männer aus vielerlei Ländern, die ebenfalls schliefen oder schweigsam Wache hielten. Sie gingen langsam den Hang des bevölkerten Hofes hinab, denn die störrischen Tragtiere der Frauen hatten ihren eigenen Willen. Schließlich wandten sie sich zu einem Pfad hin, der zu dem grauen Kalksteinfelsen führte, der den Khan im Westen überragte.
»Wir gehen zur Höhle«, sagte Josef kurz.
Der Aufseher verweilte, bis Maria an seiner Seite war.
»Die Höhle, zu der wir gehen«, sagte er zu ihr, »muß ein Zufluchtsort deines Vorfahren David gewesen sein. Von dem Feld unterhalb von uns und von dem Brunnen unten im Tal pflegte er seine Herden hierher in Sicherheit zu bringen; und später, als er König war, kam er hierher zurück zu dem alten Haus, um sich zu erholen und auszuruhen, und dann brachte er stets eine Menge Tiere mit. Die Krippen sind noch

genauso wie zu seiner Zeit. Besser ein Bett auf dem Boden, wo er geschlafen hat, als im Hof oder zur Straße hin. Ah, hier ist das Haus vor der Höhle!«
Das Gebäude war klein und schmal, es ragte nur ein wenig aus dem Felsen hervor, an den es mit der Hinterseite gebaut war, und besaß kein einziges Fenster. An der Vorderseite befand sich eine Tür, die in riesigen Angeln hing und dick mit ockerfarbenem Ton verschmiert war. Der hölzerne Riegel des Schlosses wurde zurückgeschoben, und als die Tür geöffnet war, rief der Wärter:
»Tretet ein!«
Die Gäste traten ein und blickten sich um. Es wurde ihnen sofort klar, daß das Haus nur den Eingang zu einer natürlichen Höhle oder Grotte verdecken sollte, die wahrscheinlich vierzig Fuß lang, neun oder zehn Fuß hoch und zwölf oder fünfzehn Fuß breit war. Das Licht strömte durch die Tür auf einen unebenen Boden, fiel auf Haufen von Getreide und Heu sowie auf irdene Gefäße und andere Haushaltsgeräte, die die Mitte des Raumes bedeckten. An den Seitenwänden befanden sich Krippen, die aus Stein gemauert waren, niedrig genug für Schafe. Es gab keinerlei Stallungen oder irgendwelche Unterteilungen. Staub und Spreu färbten den Boden gelb, füllten alle Spalten und Löcher und verdickten die Spinngewebe, die von der Decke wie schmutzige Leinenfetzen herabhingen; sonst war der Ort sauber und offensichtlich genauso bequem wie die gewölbten Kammern des eigentlichen Khans. Wahrscheinlich hatte eine Höhle sogar als Vorbild und erste Anregung für derlei Kammern gedient.
»Tretet ein«, sagte der Aufseher. »Diese Strohhaufen auf dem Boden sind für Wanderer wie ihr. Nehmt davon, was ihr braucht.«
Dann sprach er zu Maria: »Kannst du hier ruhen?«
»Der Platz ist heilig«, antwortete sie.
»Ich lasse euch dann allein. Friede sei mit euch!«
Als er gegangen war, machten sie sich daran, die Höhle wohnlich herzurichten.

Ein Licht um Mitternacht

Anderthalb, vielleicht auch zwei Meilen südöstlich von Bethlehem liegt eine Ebene, die durch einen Gebirgszug von der Stadt getrennt ist. Außer daß das Tal gegen die Nordwinde gut geschützt war, war es über und über bewachsen mit Sykomoren, Zwergeichen und Pinien, während die angrenzenden Schluchten und Hohlwege mit Oliven- und Maulbeerdickicht bestanden waren; alles das war zu dieser Jahreszeit von unschätzbarem Wert für die Ernährung von Schafen, Ziegen und Rindern, aus denen die Wanderherden bestanden.

An der von der Stadt am weitesten entfernten Seite, nah unter einem Felsen, lag ein ausgedehnter *mârâh,* eine Schafhürde, jahrhundertealt.

An jenem Tage, dessen Ereignisse die vorhergehenden Kapitel einnehmen, führte eine Anzahl von Schafhirten auf der Suche nach frischem Wasser für ihre Herden diese hinauf zu der besagten Ebene. Und vom frühen Morgen an hallten die Haine wider von Rufen, von Axtschlägen, vom Blöken der Schafe und Ziegen, vom Geklingel der Glocken, vom Gebrüll der Rinder und vom Bellen der Hunde. Als die Sonne unterging, trieben sie ihre Tiere zu dem *mârâh,* und bei Einbruch der Nacht hatten sie alles sicher auf dem Feld. Dann zündeten sie beim Gatter ein Feuer an, aßen von ihrem einfachen Mahl und setzten sich nieder zu Rast und Gespräch, während einer Wache hielt.

Ohne den Wachehaltenden waren es sechs Männer. Bald rückten sie nahe dem Feuer dicht zusammen, einige saßen, die anderen lagen auf dem Bauch. Da sie gewöhnlich barhäuptig gingen, stand ihr Haar in dicken, struppigen, sonnengebrannten Büscheln auf dem Kopf; der Bart bedeckte ihren Hals und fiel in Flechten auf die Brust herab. Mäntel aus Ziegen- und Lammfell, das Vlies noch daran, hüllten sie vom Nacken bis zum Knie ein; die Arme waren frei. Breite Gürtel hielten ihr rauhes Kleid um den Leib fest. Ihre Sandalen waren von gröbster Machart; über der rechten Schulter hingen Taschen mit Nahrungsmitteln und Steinen, die sie für die Schleudern gesammelt hatten, mit denen sie bewaffnet waren. Auf dem Boden neben jedem lag der Krummstab, ein Sinnbild seines Berufs und Waffe zur Verteidigung.

So waren die Hirten Judäas! Dem Aussehen nach rauh und wild wie die hageren Hunde, die mit ihnen rund um das Feuer lagerten, in Wirklichkeit von schlichtem Gemüt und weichem Herzen, Eigenschaften, die sie teils dem einfachen Leben verdankten, das sie führten, vor allem aber ihrer beständigen Sorge für liebenswerte, hilflose Geschöpfe.

Während sie sich noch unterhielten und bevor die erste Wache vorbei war, legten sie sich, einer nach dem andern, nieder, um zu schlafen, jeder dort, wo er gesessen hatte.

Die Nacht war klar, frisch und voller Sterne wie die meisten Winternächte in dem Hügelland. Es war windstill. Die Luft schien rein wie nie, und die Stille war mehr als Schweigen; es war eine heilige Stille, ein Zeichen, daß der Himmel sich herniederneigte, um der lauschenden Erde etwas Gutes zuzuflüstern.

Vor dem Gatter schritt der Wächter, dicht in seinen Mantel gehüllt, auf und ab; von Zeit zu Zeit hielt er inne, wenn sich unter den schlafenden Herden etwas regte oder wenn draußen im Gebirge der Schrei eines Schakals zu hören war. Mitternacht schien nicht näherkommen zu wollen; doch schließlich war es soweit. Seine Aufgabe war erfüllt; jetzt der traumlose Schlaf, mit dem die Arbeit ihre erschöpften Kinder segnet. Er ging zum Feuer hin, blieb jedoch stehen; ein Licht erstrahlte um ihn, sanft und weiß, wie das des Mondes. Er wartete atemlos. Das Licht wurde stärker; vorher unsichtbare Dinge waren jetzt zu erkennen; er sah das ganze Feld und alles, was es barg. Ein eisiges Frösteln, schneidender als das durch die frostige Luft verursachte, ein Frösteln voller Furcht durchfuhr ihn. Er blickte nach oben; die Sterne waren verschwunden; das Licht fiel hernieder wie aus einem Fenster am Himmel; wie er es ansah, wurde es immer gleißender. Von Schrecken ergriffen, rief er:

»Wacht auf! Wacht auf!«

Die Hunde sprangen auf und rannten heulend davon. Die Herden rückten erschrocken dichter zusammen.
Die Männer fuhren hoch, die Waffen in der Hand.
»Was ist los?« fragten sie wie aus einem Mund.
»Seht!« rief der Wachehaltende, »der Himmel steht in Flammen!«
Auf einmal wurde das Licht unerträglich hell; sie bedeckten die Augen und sanken auf die Knie. Dann fielen sie, von Furcht gepackt, blind und fast ohnmächtig mit dem Gesicht zu Boden, und sie wären gestorben, hätte nicht eine Stimme zu ihnen gesagt:
»Fürchtet euch nicht!«
Sie horchten auf.
»Fürchtet euch nicht: denn siehe, ich verkünde euch große Freude, die allen Menschen widerfahren wird.«
Die Stimme klang so sanft und weich, daß sie nicht die Stimme eines Menschen sein konnte, und so mild und hell, daß sie ganz von ihr durchdrungen und mit Zuversicht erfüllt wurden. Sie erhoben sich auf die Knie und gewahrten, wie sie ehrfurchtsvoll aufblickten, inmitten eines großen Lichtkranzes die Erscheinung eines Mannes, der in ein leuchtendweißes Gewand gekleidet war; über seinen Schultern leuchteten die Spitzen zusammengefalteter Flügel hervor; ein Stern über seinem Haupt strahlte mit ruhigem Glanz so hell wie der Abendstern; seine Hände streckten sich segnend gegen sie aus; sein Antlitz war heiter und göttlich schön.
Sogleich fuhr der Engel fort:
»Denn euch ist heute in der Stadt Davids ein Erretter geboren, der ist der Messias, der Herr!«
Wieder machte er eine Pause, während seine Worte sich in ihr Gedächtnis einprägten.
»Und dies soll euch ein Zeichen sein«, sagte der Verkünder als nächstes. »Ihr werdet das Kind finden, eingewickelt in Windeln und in einer Krippe liegend.«
Der Bote sprach nicht weiter; seine gute Botschaft war verkündet; doch er blieb noch eine Zeitlang. Plötzlich begann das Licht, dessen Mittelpunkt er schien, sich rosig zu färben

und zu zittern; sodann erblitzten in der Höhe, soweit die Männer sehen konnten, weiße Flügel, und es war ein Kommen und Gehen strahlender Gestalten, und Stimmen wie von einer Menge sangen einstimmig:
»Ehre sei Gott in der Höhe, und Frieden auf Erden bei den Menschen Seines Wohlgefallens!«
Nicht nur einmal erklang das Loblied, sondern viele Male. Dann hob der Bote seine Augen, wie um die Genehmigung eines andern in weiter Ferne einzuholen; seine Flügel bewegten sich und breiteten sich langsam und majestätisch aus, an der Oberseite weiß wie Schnee, im Schatten von vielfältigen Farben wie Perlmutt. Als sie viele Ellen über seine Körpergröße hinaus ausgebreitet waren, erhob er sich leichthin und entschwand mühelos den Blicken der Hirten, und das Licht mit ihm. Noch lange nachdem er entschwunden war, erscholl vom Himmel herab der Refrain, der mit zunehmender Entfernung immer leiser wurde: »Ehre sei Gott in der Höhe, und Frieden auf Erden bei den Menschen Seines Wohlgefallens.«
Als die Hirten wieder ganz zu sich gekommen waren, sahen sie einander fassungslos an, bis einer von ihnen sagte: »Das war Gabriel, des Herrn Bote für die Menschen.«
Keiner antwortete.
»Der Messias, der Herr ist geboren; hat er nicht so gesagt?«
Dann fand ein anderer seine Stimme wieder und entgegnete: »Das hat er gesagt.«
»Und hat er nicht auch gesagt, in der Stadt Davids? Das ist unser Bethlehem dort! Und daß wir Ihn als Kind in Windeln finden würden?« – »Und in einer Krippe liegend.«
Der erste Sprecher blickte gedankenverloren in das Feuer und sagte schließlich, wie von einem plötzlichen Entschluß gepackt: »Es gibt nur einen Ort in Bethlehem mit Krippen; nur einen, und das ist in der Höhle neben dem alten Khan. Brüder, laßt uns gehn und sehen, was geschehen ist. Die Priester und Gelehrten haben lange auf den Messias gewartet. Jetzt ist Er geboren, und der Herr hat uns ein Zeichen gegeben, durch das wir Ihn erkennen können. Laßt uns aufbrechen und Ihn anbeten.«

»Aber die Herden?«
»Der Herr wird sich ihrer annehmen. Laßt uns Eile machen.«
Dann erhoben sich alle und verließen den *mârâh.* Sie gingen um den Berg herum und durch die Stadt und gelangten zum Tor des Khans.
Die Tür zur Höhle stand offen. Drinnen brannte eine Laterne, und sie traten ohne weiteres ein.
»Friede sei mit euch«, sagte der, der die Wache gehalten hatte, zu Josef. »Hier sind Leute, die nach einem Kind suchen, das diese Nacht geboren wurde und das man daran erkennen kann, daß es in Windeln gewickelt ist und in einer Krippe liegt.«
Einen Augenblick lang regte sich das Gesicht des ruhigen Nazareners; sich umdrehend sagte er: »Hier ist das Kind.«
Sie wurden zu einer der Krippen geführt, und dort lag das Kind. Die Laterne wurde herbeigebracht, und die Hirten standen stumm da. Das Kleine gab kein Zeichen von sich; es war wie alle anderen Neugeborenen.
»Wo ist die Mutter?« fragte der Wächter.
Eine der Frauen nahm das Baby und legte es Maria, die daneben ruhte, in die Arme. Die Zuschauer versammelten sich um die beiden.
»Es ist der Messias!« sagte endlich ein Hirt.
»Der Messias!« wiederholten sie alle und sanken auf die Knie zum Gebet. Einer von ihnen wiederholte verschiedene Male:
»Es ist der Herr, und Seine Herrlichkeit erfüllt Erde und Himmel.«
Die schlichten Männer, die keinen Zweifel kannten, küßten den Saum des Kleides der Mutter und entfernten sich wieder mit freudigem Gesicht. Im Khan weckten sie alle Leute und erzählten ihnen, die sich um sie drängten, ihre Geschichte; und die Stadt hindurch und den ganzen Weg zurück zum *mârâh* über sangen sie den Refrain der Engel: »Ehre sei Gott in der Höhe, und Frieden auf Erden bei den Menschen Seines Wohlgefallens.«
Die Geschichte verbreitete sich rasch und wurde von dem Licht, das überall gesehen worden war, bestätigt. Und am

nächsten Tage und die Tage darauf wurde die Höhle von neugierigen Leuten besucht, von denen die einen glaubten, der größere Teil jedoch lachte und spottete.

Die drei Weisen in Jerusalem

Am elften Tag nach der Geburt des Kindes in der Höhle, um die Mitte des Nachmittags, näherten sich die drei Weisen auf der Straße von Sichem her Jerusalem. Nachdem sie den Bach Kidron überschritten hatten, trafen sie viele Leute, von denen niemand versäumte, anzuhalten und neugierig hinter ihnen her zu sehen.

Wenn man sich Jerusalem von Norden nähert, muß man eine nach Süden hin abfallende Ebene durchqueren, so daß das Damaskus-Tor in einer Talsenke liegt. Die Straße ist schmal und durch langen Gebrauch tief ausgehöhlt; stellenweise ist sie schwer passierbar wegen der durch die Regengüsse losgewaschenen Pflastersteine.

»Gute Leute«, sagte Balthasar, strich sich über den geflochtenen Bart und beugte sich von seinem Sitz herab, »liegt nicht Jerusalem ganz in der Nähe?«

»Ja«, antwortete die Frau, in deren Arme sich ein Kind geflüchtet hatte. »Wenn die Bäume dort auf der Anhöhe etwas niedriger wären, könntet Ihr die Türme auf dem Marktplatz sehen.«

Balthasar warf dem Griechen und dem Inder einen Blick zu und fragte dann: »Wo ist der neugeborene König der Juden?«

Die Frauen blickten einander an, ohne zu antworten.

»Habt ihr nicht von Ihm gehört?«

»Nein.«

»Nun, so erzählt allen, daß wir Seinen Stern im Osten haben aufgehen sehen und gekommen sind, Ihn anzubeten.«

Darauf ritten die Freunde weiter. Auch anderen stellten sie die gleiche Frage, mit demselben Ergebnis. Eine große Gruppe, die sie auf dem Weg zur Grotte Jeremias' trafen,

war so erstaunt über die Frage und die äußere Erscheinung der Reisenden, daß sie umkehrte und ihnen in die Stadt folgte.
Schließlich gelangten sie zu einem sehr hohen, gewaltigen Turm, der das Tor überragte, das dem heutigen Damaskus-Tor entsprach, und die Stelle markierte, wo die drei Straßen von Sichem, Jericho und Gibeon zusammentrafen. Ein römischer Soldat hielt Wache. Das Volk, das jetzt den Kamelen folgte, bildete nun einen Zug von solchem Ausmaß, daß es die Müßiggänger mit sich zog, die um das Portal herumlungerten. Daher sahen sich die drei, als Balthasar anhielt, um zur Wache zu sprechen, sofort von einem dichten Kreis Menschen umringt, die begierig waren, alles zu sehen und zu hören, was vor sich ging.
»Friede sei mit dir«, sagte der Ägypter mit klarer Stimme.
Die Wache gab keine Antwort.
»Wir kommen von weit her, um den neugeborenen König der Juden zu suchen. Kannst du uns sagen, wo Er ist?«
Der Soldat hob seinen Helm und rief laut.
Aus einer Wohnung rechts vom Durchgang trat ein Offizier hervor.
»Macht Platz«, schrie er die Menge an, die dichter herandrängte; als sie nur langsam zu gehorchen schien, schwang er energisch seinen Speer bald rechts, bald links, und verschaffte sich so Raum.
»Was wollt Ihr?« fragte er Balthasar im Dialekt der Stadt.
Und Balthasar antwortete ebenso: »Wo ist der neugeborene König der Juden?«
»Herodes?« fragte der Offizier verwirrt.
»Herodes hat sein Königtum vom Cäsar in Rom; nein, nicht Herodes.«
»Einen anderen König der Juden gibt es nicht.«
»Aber wir haben den Stern gesehen dessen, den wir suchen, und sind gekommen, Ihn anzubeten.«
Der Römer war perplex.
»Geht weiter«, sagte er schließlich. »Geht weiter. Ich bin kein Jude. Stellt die Frage den Gelehrten in den Tempeln oder

Annas, dem Priester. Oder, noch besser, Herodes selbst. Falls es noch einen König der Juden gibt, er wird ihn finden.« Darauf machte er den Fremden den Weg frei, und sie passierten das Tor. Doch bevor sie in die schmale Straße einritten, zögerte Balthasar und sagte zu seinen Freunden: »Wir sind zur Genüge angekündigt. Bis Mitternacht wird die ganze Stadt von uns und unserer Sendung gehört haben. Begeben wir uns jetzt zum Khan.«

Begegnung mit Herodes

Später am Abend lagen die drei Männer wach in einer Kammer des Khans. Während sie so dalagen, trat ein Mann unter den Bogen ein und warf einen Schatten in den Raum.
»Wacht auf!« sagte er zu ihnen. »Ich bringe Euch eine Botschaft, die nicht unbeachtet bleiben darf. Mein Herr, der König, hat mich gesandt, Euch in den Palast zu laden, wo er privat mit Euch sprechen möchte.«
»Des Königs Wille ist unser Wille«, sagte Balthasar zu dem Boten. »Wir wollen dir folgen.«
Ohne ein Wort begaben sich die Weisen ihrem Führer hinterher. Schließlich erreichten sie ein Portal, das über der Straße errichtet war. Dann wurden sie durch Gänge und Bogenhallen, durch Höfe und nicht immer erleuchtete Kolonnaden hindurch, über lange Treppenfluchten, an unzähligen Kreuzgängen und Gemächern vorbei in einen Turm von großer Höhe geführt. Plötzlich hielt der Führer an, wies durch eine geöffnete Tür und sagte:
»Tretet ein. Dort ist der König.«
Die Luft des Gemaches war drückend erfüllt mit dem Duft des Sandelholzes, die gesamte Inneneinrichtung war überaus luxuriös und kostbar. Ein langfloriger Teppich war in der Mitte auf dem Boden ausgebreitet, und auf ihm stand ein Thron.
Sie traten unaufgefordert bis an den Rand des Teppichs vor

und verbeugten sich. Der König läutete eine Glocke. Ein Diener trat ein und stellte drei Sessel vor den Thron.
»Setzt Euch«, sagte huldvoll der Monarch. »Vom Nordtor«, fuhr er fort, als sie Platz genommen hatten, »erhielt ich heute nachmittag Bericht von der Ankunft dreier Fremder, die seltsam beritten waren und aussahen, als ob sie aus fernen Ländern kämen. Seid Ihr diese Männer?«
Der Ägypter bekam ein Zeichen von dem Griechen und dem Inder und antwortete unter einer sehr tiefen Verneigung: »Wären wir nicht, wer wir sind, hätte der mächtige Herodes, dessen Ruhm wie Weihrauch ist für die ganze Welt, nicht nach uns gesandt. Wir können nicht zweifeln, daß wir diese Fremden sind.«
Herodes akzeptierte diese Rede mit einer Handbewegung.
»Wer seid Ihr? Woher kommt Ihr?« fragte er und fügte bedeutsam hinzu: »Es spreche jeder für sich selbst.«
Sie erstatteten ihm nun einer nach dem andern Bericht, indem sie einfach Stadt und Land ihrer Geburt und die Strecke bezeichneten, die sie nach Jerusalem gekommen waren. Einigermaßen unbefriedigt, fragte Herodes sie direkter aus.
»Gibt es noch einen anderen König der Juden?«
Der Ägypter erbleichte nicht.
»Ja, er wurde soeben geboren.«
Ein Ausdruck des Schmerzes flog über das dunkle Gesicht des Herrschers, wie wenn sein Geist von einer quälenden Erinnerung durchstreift würde.
»Nicht mir, nicht mir!« rief er aus.
Vielleicht zogen die anklagenden Bilder seiner ermordeten Kinder an ihm vorbei; als er sich von seiner Gefühlsregung, worin immer sie bestanden hatte, wieder erholt hatte, fragte er ruhig: »Wo ist der neue König?«
»Das, o König, wollten wir fragen.«
»Ihr versetzt mich in Erstaunen – ein Rätsel, schwieriger als irgendein salomonisches«, fuhr dieser fort. »Wie Ihr seht, bin ich in dem Alter, wo Neugierde ebenso unbesiegbar ist wie in der Kindheit, wo es grausam ist, mit ihr zu scherzen. Erzählt

mir weiter, und ich will Euch ehren, wie Könige einander ehren. Sagt mir alles, was Ihr über das Neugeborene wißt, und ich will mit Euch nach ihm suchen. Und wenn wir ihn gefunden haben, will ich tun, was Ihr wünscht; ich will ihn nach Jerusalem holen und ihn zur Herrscherkunst erziehen; ich will meine Gunst beim Cäsar benutzen, um ihn in hohe Ämter und Ehren zu bringen. Eifersucht soll nicht zwischen uns treten, so schwöre ich. Doch erzählt mir zuerst, wie Ihr, so weit voneinander getrennt durch Meere und Wüsten, alle dazu kamt, von ihm zu hören.«
»Ich will Euch wahrheitsgemäß berichten, o König.«
»Sprecht weiter«, sagte Herodes.
Balthasar richtete sich auf und sagte feierlich: »Es gibt einen Allmächtigen Gott.«
Herodes war sichtlich erschrocken.
»Er hieß uns, hierher zu kommen, und versprach, daß wir den Erlöser der Welt finden würden; daß wir Ihn sehen würden und Ihn anbeten sollten, und Zeugnis geben sollten davon, daß Er gekommen sei. Als Zeichen sahen wir jeder einen Stern. Sein Geist begleitete uns. O König, Sein Geist ist jetzt mit uns.«
Ein überwältigendes Gefühl ergriff die drei. Der Grieche hielt mit Mühe einen Aufschrei zurück. Herodes' Blicke schossen schnell von einem zum andern; er war argwöhnischer und noch weniger zufrieden als zuvor.
»Ihr spottet meiner«, sagte er. »Wenn nicht, erzählt mir mehr. Was soll geschehen nach der Ankunft des neuen Königs?«
»Die Errettung der Menschen.«
»Wovon?«
»Von ihrer Schlechtigkeit.«
»Wie?«
»Durch das Handeln Gottes – durch Glauben, Liebe und gute Taten.«
»Dann also –«, Herodes hielt inne, und von seinem Blick hätte kein Mensch auf die Gefühle schließen können, mit denen er fortfuhr: »– seid Ihr die Boten des Messias. Ist das alles?«

Balthasar verneigte sich tief.
»Wir sind Eure Diener, o König.«
Der Herrscher berührte eine Glocke, und der Diener erschien.
»Bring die Geschenke«, sagte der König.
Der Diener ging hinaus, kehrte indes nach einer kurzen Weile zurück und überreichte, vor jedem der Gäste niederkniend, einem jeden einen Übermantel in scharlachroter und blauer Farbe, dazu einen goldenen Gürtel. Sie nahmen die Geschenke mit einem Kniefall, der orientalischen Dankesbezeugung, entgegen.
»Ein Wort noch«, sagte Herodes, als die Zeremonie beendet war. »Zu dem Offizier am Tor und jetzt auch zu mir habt Ihr von einem Stern gesprochen, den Ihr im Osten gesehen hättet.«
»Ja, Seinen Stern, den Stern des Neugeborenen.«
»Wann ist er erschienen?«
»Als wir geheißen wurden, hierher zu kommen.«
Herodes erhob sich mit einer Geste, die die Audienz beendete.
Von seinem Thron auf sie zutretend, sagte er mit dem Ausdruck größter Huld:
»Wenn Ihr, wie ich glaube, erlauchte Männer, tatsächlich die Boten des neugeborenen Messias seid, wisset, daß ich diese Nacht die weisesten Männer in jüdischen Dingen gefragt habe, und sie sagen übereinstimmend, daß Er in Bethlehem in Judäa geboren werden sollte. Ich sage Euch, gehet dorthin; geht und sucht sorgfältig nach dem Kind; und wenn Ihr Ihn gefunden habt, gebt mir Nachricht davon, daß ich komme und Ihn anbete. Auf dem Weg dorthin soll Euch nichts hinderlich sein.«
Und sich in den Mantel hüllend, verließ er das Gemach.
Unmittelbar darauf kam der Führer und geleitete sie zurück zur Straße und von dort bis zum Khan. Dort am Tor sagte der Grieche impulsiv: »Laßt uns nach Bethlehem ziehen, o Brüder, wie der König geraten hat.«
»Ja«, rief der Inder auf. »Der Geist brennt in mir.«

»Es sei«, sagte Balthasar mit gleicher Wärme. »Die Kamele sind bereit.«
Sie beschenkten den Wächter des Khans, bestiegen ihre Sättel, ließen sich den Weg zum Joppe-Tor zeigen und brachen auf. Am Tor angekommen, wurden die großen Flügel entriegelt, und sie ritten hinaus aufs offene Land, auf demselben Weg, den kurz zuvor Josef und Maria gewandert waren. Als sie das Tal von Hinnom durchquert hatten und auf der Ebene von Rephaim angelangt waren, tauchte ein Licht auf, zunächst undeutlich und schwach. Ihr Puls schlug schnell. Das Licht nahm rasch an Stärke zu; sie schlossen die Augen gegen sein gleißendes Leuchten; als sie wieder aufzublicken wagten, sieh da! Der Stern! Ein Stern wie jeder andere am Himmel, doch ganz niedrig bewegte er sich langsam vor ihnen her. Sie falteten die Hände und stießen im Übermaß der Freude einen Schrei aus:
»Gott ist mit uns! Gott ist mit uns!« wiederholten sie immer wieder jubelnd, den ganzen Weg lang, bis der Stern sich aus dem Tal jenseits von Mar Elias erhob und unbeweglich über einem Haus auf dem Hang eines Hügels in der Nähe der Stadt stehenblieb.

Das Kind

Es war gerade der Beginn der dritten Wache; in Bethlehem brach der Morgen im Osten über den Bergen an, aber so schwach, daß es im Tale noch Nacht war. Der Wächter auf dem Dach des alten Khan zitterte in der frostigen Luft und lauschte den ersten erkennbaren Lauten, mit denen das Leben, erwachend, die Morgenröte begrüßt, als ein Licht über dem Hügel erschien und sich dem Haus näherte. Er dachte, es sei eine Fackel in irgendeines Menschen Hand; dann dachte er, es sei ein Meteor; das Leuchten wurde jedoch immer stärker, bis es ein Stern geworden war. Heftig erschrocken schrie er laut auf; alles stürzte aus dem Innern aufs Dach hinaus. Die Erscheinung näherte sich weiter in schwingender Bewegung. Felsen, Bäume und Straße darunter erschienen wie in der Grelle eines Blitzes, so hell, daß es die Leute blendete. Die furchtsameren unter den Zuschauern sanken auf die Knie und beteten, das Gesicht in den Händen vergraben; die kühnsten bedeckten ihre Augen, duckten sich und riskierten furchtsame Blicke. Bald lagen der Khan und die ganze Gegend ringsum unter dem unerträglichen, strahlenden Glanz. Die, die aufzublicken wagten, gewahrten den Stern, wie er direkt über dem Haus vor der Höhle stillstand, wo das Kind geboren worden war.

Am Höhepunkt dieses Schauspiels kamen die Weisen herauf, stiegen am Tor von ihren Kamelen und erheischten Zutritt. Als der Aufseher seinen Schrecken so weit gemeistert hatte, daß er ihnen Beachtung schenken konnte, schob er die Riegel beiseite und öffnete ihnen. Die Kamele sahen in dem unnatürlichen Licht gespensterhaft aus, und neben dem fremdländischen Aussehen der drei Besucher lagen in ihren Gesichtern und ihrem Auftreten ein Eifer und eine Erregung, die des Wächters Furcht und Phantasie noch mehr weckte; er taumelte zurück und war eine Zeitlang unfähig, auf die gestellte Frage zu antworten.

»Ist dies nicht Bethlehem in Judäa?«

Andere traten hinzu, und ihre Gegenwart gab ihm wieder Sicherheit.

»Nein, dies ist nur der Khan; die Stadt liegt weiter oben.«

»Befindet sich hier nicht ein neugeborenes Kind?«

Die Zuschauer wandten sich einander verwundert zu, doch einige von ihnen antworteten: »Ja, ja.«

»Führt uns zu Ihm«, sagte der Grieche ungeduldig.

»Führt uns zu Ihm«, rief Balthasar, seine ernste Zurückhaltung durchbrechend. »Wir haben Seinen Stern gesehen, grad den, welchen ihr über dem Haus erblickt, und sind gekommen, Ihn anzubeten.«

Der Inder faltete die Hände und rief aus: »Gott lebt wahrhaftig! Macht Eile, macht Eile! Der Erretter ist gefunden. Gesegnet, gesegnet sind wir vor allen Menschen!«

Die Leute kamen vom Dach herunter und folgten den Fremden, wie diese durch den Hof und hinaus ins Gehege geführt wurden; beim Anblick des Sterns, der noch über der Höhle stand, allerdings weniger weißglühend als zuvor, wandten sich einige erschrocken zurück; der größere Teil ging weiter. Als die Fremden sich dem Haus näherten, erhob er sich; wie sie an der Tür anlangten, stand er verschwindend hoch oben über ihnen; als sie eintraten, entschwand er vollends ihrem Blick. Und alle, die Zeugen waren dessen, was dann geschah, erfaßte die Überzeugung, daß eine heilige Beziehung bestehen mußte zwischen dem Stern und den Fremden, die sich zumindest auch auf einige Bewohner der Höhle erstreckte. Als die Tür geöffnet wurde, drängten sie hinein.
Die Unterkunft war hinreichend von einer Laterne erleuchtet, so daß die Fremden die Mutter finden konnten und das Kind wach in ihrem Schoß.
»Ist das dein Kind?« fragte Balthasar Maria.
Und sie, die alles, was das Kleine betraf, in ihrem Herzen bewahrte und abwägte, hielt es hoch in das Licht und sagte: »Dies ist mein Sohn.«
Und sie fielen nieder und beteten Ihn an.

Zweites Buch

Wie Judäa römische Provinz wurde

Der Leser muß jetzt eine Zeitspanne von einundzwanzig Jahren überspringen, hin zum Beginn der Verwaltung des Valerius Gratus, des vierten kaiserlichen Statthalters von Judäa – eine Zeit, die als durch politische Kämpfe in Jerusalem zerrissen in Erinnerung bleiben wird, wenn nicht gar als der exakte Zeitpunkt, wo der Schlußteil des Kampfes zwischen dem Juden und dem Römer eingeleitet wurde.

In der Zwischenzeit war Judäa mancherlei Wandlungen unterworfen worden, besonders hinsichtlich seines politischen Status'. Herodes der Große starb innerhalb eines Jahres nach der Geburt des Kindes – starb so elend, daß die christliche Welt Grund hat zu glauben, er sei von göttlichem Zorn getroffen worden. Wie alle großen Herrscher, die ihr Leben damit zubringen, die von ihnen geschaffene Macht zu stärken, träumte er davon, Thron und Krone zu vererben, der Gründer einer Dynastie zu werden. In dieser Absicht verfügte er durch sein Testament, daß sein Land unter seine drei Söhne Antipas, Philipp und Archelaos aufgeteilt werde, von denen der letzte den Königstitel übernehmen sollte. Das Testament wurde notwendigerweise Augustus zur Bestätigung unterbreitet, die er auch vollzog bis auf einen Punkt: Er enthielt Archelaos den Königstitel vor, bis dieser seine Befähigung und seine Ergebenheit unter Beweis gestellt hatte; statt dessen machte er ihn zum Ethnarchen und gestattete ihm, in dieser Eigenschaft neun Jahre lang zu regieren, dann aber wurde er wegen schlechter Verwaltung und seiner Unfähigkeit, die revoltierenden Elemente, die um ihn herum anwuchsen und erstarkten, in Schach zu halten, nach Gallien ins Exil verbannt.

Der Cäsar war nicht damit zufrieden, Archelaos nur abzusetzen; er versetzte dem Stolz des Volkes von Jerusalem mancherlei Schläge und verletzte scharf die Gefühle der hochnäsigen Stammgäste des Tempels. Er verwandelte Judäa in eine römische Provinz und verleibte es der Präfektur Syrien ein. So wurde die Stadt also nicht mehr königlich vom Palast aus, den Herodes auf dem Berg Zion zurückgelassen hatte, regiert, sondern fiel in die Hände eines Offiziers von zweitem Rang, eines Prokurators, wie er hieß, der mit dem Palast in Rom durch den Legaten von Syrien in Verbindung stand, der in Antiochia residierte. Um die Demütigung noch schmerzlicher zu machen, durfte der Prokurator sich nicht einmal in Jerusalem niederlassen; Cäsarea wurde sein Amtssitz. Am meisten erniedrigend, besonders aufreizend und besonders wohlüberlegt dabei war, daß das von der ganzen Welt am meisten verachtete Samaria Judäa als Teil derselben Provinz zugeschlagen wurde.

Judäa war schon achtzig Jahre und länger römische Provinz gewesen – eine lange Zeit für die römischen Machthaber, die Eigenheiten des Volkes zu studieren, Zeit genug wenigstens, um zu erkennen, daß der Jude, bei all seinem Stolz, in Ruhe regiert werden könnte, wenn nur seine Religion respektiert würde. In Verfolgung dieser Politik hatten sich die Vorgänger von Gratus sorgfältig davor zurückgehalten, sich irgendwie in die heiligen Bräuche ihrer Untertanen einzumischen. Doch er wählte einen anderen Kurs: beinahe seine erste Amtshandlung bestand darin, den Hohenpriester Annas zu vertreiben und dessen Stelle Ismail, dem Sohn des Fabus, zu geben.

Annas, das Idol seiner Partei, hatte seine Macht getreulich im Interesse seines kaiserlichen Herrn verwendet. Eine römische Garnison hielt die Antonia-Burg besetzt; eine römische Wache stand vor den Palasttoren; ein römischer Richter sprach Recht, im Zivil- und im Strafbereich; das römische Steuersystem, das gnadenlos durchgeführt wurde, preßte Stadt und Land gleichermaßen aus; täglich, stündlich, auf tausend verschiedenen Wegen wurde das Volk ausgequetscht und gequält und erfuhr so den Unterschied eines Lebens in Unabhängigkeit und in Unterwerfung; doch Annas hielt sie vergleichsweise ruhig. Rom hatte keinen treueren Freund, und er ließ seinen Verlust auch alsbald verspüren. Als er seine Amtskleidung Ismail, dem neuen Amtsinhaber, übergeben hatte, begab er sich von den Tempelhöfen hin zum Rat der Separatisten und wurde der Führer einer neuen Gruppierung.

Gratus, der Prokurator, der sich so auf keine Partei mehr stützen konnte, sah die Feuer der Empörung, die fünfzehn Jahre lang in nassen Rauch versunken waren, wieder zu zurückkehrendem Leben aufglimmen. Einen Monat, nachdem Ismail das Amt erhalten hatte, befand es der Römer für nötig, ihn in Jerusalem aufzusuchen. Als die Juden, die ihn von den Mauern aus mit Pfuirufen überschütteten und auszischten, seine Wache das Nordtor der Stadt passieren und zur Antonia-Burg marschieren sahen, verstanden sie den wahren Zweck seines Besuchs – um eine ganze Kohorte von Legionären wurde die frühere Garnison verstärkt, und die Last ihres Jochs konnte jetzt straflos noch mehr auf sie drücken. Falls der Prokurator es für wichtig erachtete, ein Exempel zu statuieren, wehe dem, der zuerst Anstoß erregte!

Freundesabschied

Die vorausgehende Erklärung ist wichtig, wenn der Leser nun eingeladen wird, in einen der Gärten des Palastes auf dem Berg Zion zu blicken. Es war im Juli an einem Mittag, als die Sommerhitze auf dem Höhepunkt war.

Der Garten war auf allen Seiten von Gebäuden eingegrenzt, die sich stellenweise bis zu zwei Stockwerken erhoben; Veranden überschatteten Türen und Fenster des Untergeschosses, während Bogengänge mit kräftigen Säulen das Obergeschoß schmückten und schützten. Hier und dort gingen die Bauten in niedrige Säulengänge über, die die Winde ungehindert durchstreichen und andere Teile des Hauses sichtbar werden ließen, so daß man seine Pracht und Schönheit um so besser erkennen konnte. Die Anlage des Gartens war dem Auge gleichermaßen gefällig. Da waren Wege, Rasenflächen, Strauchwerk und etliche größere Bäume, seltene Palmenarten und Gruppen von Johannisbrot-, Aprikosen- und Walnußbäumen. Nach allen Richtungen fiel das Gelände von einem Mittelpunkt aus leicht ab, an dem sich ein marmornes Wasserbassin befand, das in Abständen von kleinen Toren durchbrochen war, die bei Öffnung das Wasser in kleine Kanäle entlang den Spazierwegen entleerten – eine kluge Vorrichtung, um den Platz vor der zu oft eintretenden Trockenheit in der Gegend zu schützen.

Nicht weit von dem Springbrunnen entfernt lag ein kleiner Teich, der mit seinem klaren Wasser ein Gebüsch von Rohrpflanzen und Oleandern nährte, wie sie am Jordan und unten am Toten Meer wachsen. Zwischen dem Gebüsch und dem Teich saßen, unbeeindruckt von der Sonne, die in der windstillen Luft voll auf sie schien, zwei junge Männer, der eine etwa neunzehn, der andere siebzehn, in ernste Gespräche vertieft.

Sie sahen beide gut aus, und auf den ersten Blick hätte man sie als Brüder ansehen mögen. Beide hatten schwarze Augen und schwarzes Haar; ihre Gesichter waren tiefbraun, und sitzend schienen sie jeder von einer Größe, wie sie ihrem Altersunterschied entsprach.

Der ältere trug eine Kopfbedeckung. Eine lose, bis auf die Knie reichende Tunika war seine ganze Kleidung, bis auf Sandalen und einen hellblauen Mantel, der unter ihm auf seinem Platz ausgebreitet war. Das Gewand ließ seine Arme und Beine frei, die genauso braun waren wie das Gesicht; nichtsdestoweniger ließen eine gewisse Anmut in seiner Art, die Feinheit der Gesichtszüge und die gewählte Sprache seine Stellung erkennen. Die Tunika, aus weichster Wolle, grau, an Hals, Ärmeln und am Saum rot umrandet, von einer mit Quasten geschmückten seidenen Kordel um den Leib gehalten, wies ihn als Römer aus. Und wenn er dann und wann beim Sprechen seinen Gefährten hochmütig ansah und ihn wie einen Untergeordneten anredete, mochte man ihn fast entschuldigen, denn er stammte aus einer vornehmen Familie – selbst für Rom –, ein Umstand, der zu jener Zeit jede Anmaßung rechtfertigte. In den schrecklichen Kriegen zwischen Julius Cäsar und seinen großen Feinden war ein Messala ein Freund des Brutus gewesen. Nach der Schlacht bei Philippi hatte er sich, ohne Einbuße an seiner Ehre, mit dem Sieger ausgesöhnt. Als später Oktavian um die Alleinherrschaft kämpfte, unterstützte Messala ihn. Als Imperator Augustus erinnerte sich Oktavian des Dienstes und überschüttete die Familie mit Ehren. Unter anderem sandte er, als Judäa zu einer römischen Provinz geworden war, den Sohn seines alten Gefolgsmannes nach Jerusalem und übertrug ihm die Eintreibung und Verwaltung der in diesem Gebiet erhobenen Steuern. In diesem Dienst war der Sohn seitdem verblieben und teilte den Palast mit dem Hohenpriester. Der eben beschriebene junge Mann war sein Sohn, der die Angewohnheit besaß, bei jeder Gelegenheit an die Beziehungen zwischen seinem Großvater und den großen Römern seiner Tage zu erinnern.

Der Gefährte des Messala war schmächtiger von Gestalt; seine Kleidung bestand aus feinem weißen Leinen nach der in Jerusalem üblichen Mode; ein Tuch bedeckte seinen Kopf, das von einer gelben Kordel gehalten wurde und so angelegt war, daß es die Stirn frei ließ und über den Nacken herabfiel. Ein in den Unterschieden der einzelnen Nationalitäten bewanderter Beobachter hätte, eher aufgrund des Studiums seiner Gesichtszüge als seiner Kleidung, bald seine jüdische Abkunft erkannt. Die Stirn des Römers war hoch und schmal, seine Nase scharf, adlerähnlich, die Lippen hingegen dünn und gerade, die Augen wiederum kalt und unter den Brauen verborgen. Die Stirn des Israeliten hingegen war niedrig und breit; die Nase lang mit weiten Flügeln; die Oberlippe, die leicht die untere beschattete, kurz und zu den Grübchen am Mundwinkel hin gebogen wie der Bogen Cupidos – Merkmale, die in Verbindung mit dem runden Kinn, den vollen Augen und den ovalen, in weinähnlichem Glanz geröteten Wangen seinem Gesicht die Weichheit, Kraft und

Schönheit verliehen, die seinem Volk eigen waren. Die Anmut des Römers war ernst und zurückhaltend, die des Juden reich und sinnenfreudig.

»Hast du nicht gesagt, der neue Prokurator kommt morgen an?«

»Ja, morgen«, antwortete Messala.

»Wer hat dir das gesagt?«

»Ich hörte, wie Ismail, der neue Palastverwalter – ihr nennt ihn Hohenpriester –, es heute nacht meinem Vater sagte.«

Der junge Messala war in Rom erzogen worden und noch nicht lange zurückgekehrt; er hatte die dort üblichen Gewohnheiten und Manieren angenommen: die kaum merkliche Bewegung des äußeren Winkels des unteren Augenlids; das entschiedene Krausziehen des entsprechenden Nasenflügels; seine schleppende Redeweise, die vorzüglich geeignet schien, die Vorstellung einer allgemeinen Gleichgültigkeit zu erwecken oder eher noch Gelegenheit für rhetorisch wirksame Pausen zu geben. Des jüdischen Jünglings Wangen färbten sich noch röter, und vielleicht hatte er den Rest der Rede nicht gehört, denn er verharrte stumm, den Blick wie abwesend in die Tiefen des Teichs gesenkt.

»In diesem Garten haben wir Abschied voneinander genommen. ›Der Friede des Herrn sei mit dir!‹ – das waren deine letzten Worte. ›Die Götter mögen dich bewahren!‹ hatte ich gesagt. Kannst du dich erinnern? Wie viele Jahre sind seitdem vergangen?«

»Fünf«, antwortete der Jude und starrte in das Wasser. »Ich erinnere mich. Du gingst fort nach Rom. Ich sah dich aufbrechen und weinte, denn ich hatte dich sehr gern. Die Jahre sind vergangen, und du bist zu mir zurückgekommen, gebildet, fürstlich – ich scherze nicht; und doch –, und doch wünschte ich, du wärst der Messala, als der du fortgegangen bist.«

Der feine Nasenflügel des Spötters zuckte, und seine Sprechweise wurde noch gedehnter, als er sagte: »Im Ernst, mein Freund, inwiefern bin ich nicht derselbe wie vorher? Laß mich dich verstehen. Worin habe ich dich verletzt?«

Der andere atmete tief ein und sagte, an der Kordel um seinen Leib nestelnd: »In den fünf Jahren habe ich auch einiges gelernt. Ich kenne den Abstand zwischen einem unabhängigen Königreich und der unbedeutenden Provinz, wie Judäa eine ist. Ich wäre gemeiner und abscheulicher als ein Samaritaner, wenn ich die Erniedrigung meines Vaterlandes nicht spürte. Ismail ist nicht Hoherpriester nach Recht und Gesetz und kann es nicht sein, solange der edle Annas lebt; doch er ist ein Levite, einer jener Geweihten, die über Jahrtausende hin dem Herrn, dem Gott unseres Glaubens, gedient und ihn angebetet haben.«

Messala unterbrach ihn mit beißendem Gelächter. »Oh, ich verstehe dich jetzt. Ismail, sagst du, hat sich des Amtes unrechtmäßig bemächtigt. Beim trunkenen Sohn der Semele, was ist das nur, ein Jude! Alle Menschen und Dinge, sogar Himmel und Erde, ändern sich; aber ein Jude nie. Für ihn gibt es kein Rückwärts und kein Vorwärts. Er ist, was seine Vorfahren zu Anfang waren. Nun sag mir, was ist das Leben eines Juden mehr? Ich werde Soldat. Und du, mein Judah – ich bedaure dich –, was kannst du sein?«

Der Jude rückte näher zum Teich; Messala sprach noch gedehnter: »Ja, ich bedaure dich, mein bester Judah. Von der Schule in die Synagoge; dann in den Tempel; dann – welche Krönung! – ein Sitz im Hohen Rat. Ein Leben ohne Aussichten. Die Götter mögen dir helfen! Doch ich –«

Judah blickte auf zu ihm, gerade zur rechten Zeit, um zu sehen, welcher Anflug von Stolz sein hochmütiges Gesicht erhitzte, als er fortfuhr:

»Doch ich – ha! die Welt ist noch nicht ganz erobert. Auf dem Meer gibt es ungesehene Inseln. Im Norden existieren Völker, die noch niemand aufgesucht hat. Der Ruhm, den Zug Alexanders in den Fernen Osten vollendet zu haben, ist noch zu erringen. Siehst du, welche Möglichkeiten vor einem Römer liegen? Wenn ich Präfekt bin und Judäa habe, um mich zu bereichern, mach' ich dich – zum Hohenpriester.«

Der Jude wandte sich aufgebracht zum Gehen.

»Geh nicht fort«, sagte Messala.

Der andere blieb unentschlossen stehen.
»Bei den Göttern, Judah, wie heiß die Sonne scheint!« rief der Patrizier aus, da er die Verwirrung seines Freundes bemerkte. »Suchen wir Schatten auf.«
Judah antwortete kalt: »Wir sollten besser auseinandergehen. Ich wünschte, ich wäre nicht gekommen. Ich suchte einen Freund und finde einen –«
»Römer«, sagte Messala schnell.
Die Hände des Juden ballten sich, doch er beherrschte sich wieder und begab sich davon. Messala erhob sich, nahm den Mantel von der Bank, schwang ihn über die Schulter und folgte hinterher. Als er ihn eingeholt hatte, legte er ihm die Hand auf die Schulter und ging neben ihm weiter.
»In dieser Weise – meine Hand so – pflegten wir zu gehen, als wir Kinder waren. Gehen wir jetzt so bis zum Tor.«
Offenkundig versuchte Messala, ernst und freundlich zu sein; doch er konnte den gewohnheitsmäßigen spöttischen Ausdruck von seinem Gesicht nicht loswerden. Judah gestattete diese Vertraulichkeit.
»Du bist ein Knabe. Ich bin ein Mann; laß mich wie ein solcher sprechen.«
Die Selbstgefälligkeit des Römers war herrlich.
Jetzt waren sie am Tor angelangt. Judah blieb stehen und nahm Messalas Hand sanft von seiner Schulter; er blickte ihn an, Tränen in den Augen.
»Ich verstehe dich, denn du bist ein Römer; du kannst mich nicht verstehen – ich bin ein Israelit. Du hast mir heute Schmerz zugefügt, indem du mich überzeugtest, daß wir nie mehr die Freunde werden sein können, die wir gewesen sind – nie. Hier gehen wir auseinander. Der Friede des Gottes meiner Väter sei mit dir.«
Messala bot ihm die Hand; der Jude ging weiter durch das Tor. Als er gegangen war, verharrte der Römer eine Weile stumm; dann ging auch er durch das Tor und sagte zu sich mit einem Hochwerfen des Kopfes:
»Sei es also. Eros ist tot, Mars regiert.«

Rückkehr nach Hause

Nicht lange nachdem der junge Jude den Römer am Palast beim Marktplatz verlassen hatte, hielt er vor dem Westtor des Hauses seiner Familie an und klopfte. Die kleine Tür – die in einem der Torflügel hing – wurde geöffnet. Er trat hastig ein und versäumte es, den Gruß des Pförtners zu erwidern.

Um eine Vorstellung von der inneren Anlage des Gebäudes zu gewinnen und um zu sehen, was dem jungen Mann weiter widerfuhr, wollen wir ihm folgen.

Der Gang, in den er jetzt trat, war einem engen Tunnel mit paneelierten Wänden und durchlöcherter Decke nicht unähnlich. Auf beiden Seiten gab es steinerne Sitzbänke, durch lange Benutzung fleckig geworden und glattgesessen. Zwölf oder fünfzehn Stufen brachten ihn in einen länglich von Nord nach Süd verlaufenden Hof, an den auf allen Seiten außer der östlichen zweistöckige Häuser angebunden zu sein schienen; das Untergeschoß war in gleichmäßige Räume eingeteilt, das obere hatte Terrassen und war mit starken Brüstungen bewehrt. Das Kommen und Gehen der Diener auf den Terrassen; das Geräusch mahlender Mühlsteine; die Wäschestücke, die auf Leinen aufgehängt waren; die Hühner und Tauben, die sich auf dem Platz tummelten; die Ziegen, Kühe, Esel und Pferde, die in den Räumen untergebracht waren; ein massiver Wassertrog, offenbar für den allgemeinen Gebrauch: all dies wies darauf hin, daß dieser Hof zum Wirtschaftsbereich des Eigentümers gehörte. Im Osten befand sich eine Trennmauer, die von einem Gang, ganz ähnlich dem ersten, durchbrochen war.

Nach Durchquerung des zweiten Ganges gelangte der junge Mann in einen zweiten, geräumigen, quadratischen Hof, der mit Gebüsch und Weinstöcken bestanden war und durch Wasser aus einem Bassin in der Nähe eines Vorbaus frisch und grün gehalten wurde. Die Räume hier waren hoch, luftig und von rot-weiß gestreiften Vorhängen beschattet. Die Eingangsbögen zu den Räumen ruhten auf rebenumrankten Säu-

len. Eine Treppenflucht auf der Südseite führte zu den Terrassen des Obergeschosses hoch, über die große Markisen zum Schutz gegen die Sonne gespannt waren. Eine weitere Treppe reichte von den Terrassen zum Dach, dessen Rand von einem skulptierten Gesims und einer Brustwehr aus gebrannten sechseckigen, hellroten Lehmziegeln begrenzt war. Hier war darüber hinaus noch eine peinliche Reinlichkeit feststellbar, die keinen Staub in den Winkeln, nicht einmal ein gelbes Blatt auf einem Strauch duldete und so beträchtlich zu dem wunderbaren Gesamteindruck beitrug; insofern konnte sich jeder Besucher, der die liebliche Luft einatmete, im vorhinein ein Bild von der Vornehmheit der Familie machen, an die zu wenden er sich anschickte.
Im Hof wandte sich der junge Bursche nach rechts, nahm einen Spazierweg durch das Gebüsch, das zum Teil in Blüte stand, hin zur Treppe und stieg zur Terrasse hinauf, die mit weißen und braunen, stark abgenutzten Platten gepflastert war. Unter der Markise hindurch trat er in eine Tür und gelangte in ein Gemach, das vom Fallen des Vorhangs hinter ihm verdunkelt wurde. Trotzdem schritt er über einen Fliesenfußboden weiter bis zu einem Diwan und warf sich auf ihn, das Gesicht nach unten; er blieb regungslos liegen, die Stirn in den gekreuzten Armen vergraben.
Als die Nacht hereinbrach, erschien eine Frau in der Tür und rief; er antwortete, und sie trat ein.
»Das Abendessen ist vorüber, und es ist Nacht. Ist mein Sohn nicht hungrig?« fragte sie.
»Nein«, antwortete er.
»Bist du krank?«
»Ich bin schläfrig.«
»Deine Mutter hat nach dir gefragt.«
»Wo ist sie?«
»Im Sommerhaus auf dem Dach.« Er richtete sich auf.
»Sehr gut. Bring mir etwas zu essen.«
»Was möchtest du?«
»Was du willst, Amrah. Ich bin nicht krank, nur irgendwie lustlos.«

Nach einer Weile kehrte sie zurück und brachte auf einem Holztablett eine Schale Milch, einige dünne Scheiben Weißbrot, einen gebratenen Vogel und Honig und Salz. An einem Ende des Tabletts stand ein silberner Becher voll Wein, auf dem andern eine bronzene, angezündete Handlampe.
Sie schob einen Stuhl vor den Diwan, stellte das Tablett darauf und kniete dann dicht daneben nieder, um ihn zu bedienen. Ihr Gesicht war das einer fünfzigjährigen Frau, von dunkler Haut und mit dunklen Augen, das im Moment von einem milden Blick voll fast mütterlicher Zärtlichkeit geprägt war. Sie war eine Sklavin von ägyptischer Abstammung, der auch nicht das heilige fünfzigste Jahr die Freiheit hätte bringen können; sie hätte sie auch nicht angenommen, denn der Junge, um den sie sich kümmerte, war ihr Leben. Sie hatte ihn im Säuglingsalter ernährt, als Kind für ihn gesorgt und hätte den Dienst nicht abbrechen können. Für sie konnte er nie ein Mann werden.
Judah sprach nur einmal während des Mahles.
»Du erinnerst dich, Amrah«, sagte er, »an Messala, der mich hier früher tagelang besucht hat?«
»Ja, ich entsinne mich.«
»Er ist vor einigen Jahren nach Rom gegangen und jetzt zurückgekehrt. Ich habe ihn heute getroffen.« – Ein Schaudern des Abscheus packte den jungen Mann.
»Ich wußte, daß etwas passiert war«, sagte sie sehr interessiert. »Ich konnte Messala nie leiden. Erzähl mir alles.«
Doch er versank in Grübeln und antwortete auf ihre wiederholten Fragen nur: »Er hat sich sehr verändert, und ich werde nichts mehr mit ihm zu tun haben.«
Als Amrah das Tablett wegnahm, ging auch er hinaus und begab sich von der Terrasse über das Dach hin zu einem Turm, der an der Nordwestecke des Palastes stand. Wäre er ein Fremder gewesen, hätte er vielleicht einen Blick auf den Bau geworfen, soweit es die Dunkelheit erlaubte – eine niedrige dunkle Masse, mit Gittern, Pfeilern und einer Kuppel versehen. Durch einen halb aufgezogenen Vorhang trat er ein. Das Innere lag ganz im Dunkeln, außer daß durch Bogen-

öffnungen an allen vier Seiten der von Sternen erleuchtete Himmel zu sehen war. In einer der Öffnungen sah er, gegen ein Diwanpolster gelehnt, die Gestalt einer Frau, undeutlich sogar in ihrem weißen, wallenden Gewand. Auf das Geräusch seiner Schritte hin ließ sie den Fächer in der Hand ruhen, wobei die Juwelen, mit denen er besetzt war, im Sternenlicht funkelten, setzte sich auf und rief:
»Judah, mein Sohn!«
»Ich bin es, Mutter«, antwortete er und eilte auf sie zu.
Neben ihr kniete er nieder, sie legte die Arme um ihn und preßte ihn unter Küssen an die Brust.

Judah, der Sohn Hurs

Die Mutter nahm ihre bequeme Haltung wieder ein, während der Sohn sich auf den Diwan setzte und den Kopf in ihren Schoß legte. In der Stadt war es still.
»Amrah erzählte mir, daß dir etwas passiert ist«, sagte sie, seine Wange streichelnd. »Als mein Judah ein Kind war, durften kleine Dinge ihn ruhig erregen, doch jetzt ist er ein Mann. Er darf nicht vergessen« – ihre Stimme wurde sehr sanft –, »daß er eines Tages mein Held sein soll.«
Sie redete in der Sprache, die im Lande fast schon vergessen war, in der Sprache, in welcher Rebekka und Rahel vor Benjamin gesungen hatten.
Diese Worte schienen ihn aufs neue nachdenklich zu machen; nach einer Weile jedoch ergriff er die Hand, mit der sie ihm zugefächelt hatte, und sagte: »Ich bin oben auf dem Marktplatz gewesen. Ich habe den jungen Messala besucht.«
Eine gewisse Veränderung in seiner Stimme zog die Aufmerksamkeit der Mutter auf sich. Eine Vorahnung beschleunigte den Schlag ihres Herzens; sie ließ den Fächer wieder ruhen.
»Messala!« sagte sie. »Was konnte er denn sagen, das dich so beunruhigt?«

»Was Messala sagte, Mutter, war an sich schon verletzend genug; doch zusammen mit der Art, in der er es sagte, war einiges unerträglich. Heute zum ersten Mal hat er sich im Gespräch mit mir über unsere Bräuche und Gott lustig gemacht. Wie du es von mir verlangt hättest, habe ich endgültig mit ihm Schluß gemacht. Und jetzt, liebe Mutter, möchte ich erst recht ganz genau wissen, ob es einen Grund für die verächtliche Haltung der Römer gibt. Worin bin ich ihm unterlegen? Sag mir, Mutter – und das ist es, was mich bedrückt –, warum darf ein Sohn Israels nicht all das tun, was ein Römer tut?«
Der junge Israelit erzählte sodann seine ganze Unterhaltung mit Messala und verweilte besonders auf dessen verächtlichen Äußerungen über die Juden, ihre Bräuche und ihren sehr eingegrenzten Lebenskreis.
Ängstlich, ihn zu unterbrechen, hörte die Mutter zu; sie erkannte voll, worum es sich handelte. Judah war zu dem Palast am Marktplatz gegangen, angezogen von der Zuneigung zu einem Spielgefährten, von dem er gedacht hatte, er sei noch genau derselbe wie beim Abschied Jahre zuvor; er traf einen Mann, und anstelle von fröhlicher Rückerinnerung an die Spiele der Vergangenheit, war dieser Mann nur voll von Gedanken an die Zukunft gewesen, sprach nur über zu gewinnenden Ruhm, über Reichtümer und Macht.
»Es hat nie ein Volk gegeben«, begann sie, »das sich den andern gegenüber nicht für wenigstens ebenbürtig hielt; nie eine große Nation, mein Sohn, die nicht sich selbst für die größte hielt. Wenn der Römer auf Israel herabblickt und lacht, wiederholt er nur die Narrheit des Ägypters, des Assyrers und des Makedonen; und da sie über Gott lachen, wird das Ergebnis dasselbe sein.«
Ihre Stimme wurde sicherer.
»Was das betrifft, was du tun sollst, mein Junge – diene dem Herrn, dem Gott Israels, nicht Rom. Für ein Kind Abrahams gibt es keinen Ruhm außer auf den Wegen des Herrn, und dort ist der Ruhm groß.«
»Ich darf also Soldat werden?« fragte Judah.

»Warum nicht? Nannte Moses nicht Gott einen Herrn der Heerscharen?«
Darauf herrschte langes Schweigen im Sommergemach.
»Du hast meine Erlaubnis«, sagte sie schließlich. »Wenn du nur dem Herrn anstelle des Cäsaren dienst.«
Er war einverstanden mit der Bedingung und fiel nach und nach in Schlaf. Die Mutter erhob sich, legte ihm ein Kissen unter den Kopf und ging, nachdem sie ihm einen Schal übergeworfen und ihn zärtlich geküßt hatte.

Ein Unfall und eine Verhaftung

Als Judah erwachte, stand die Sonne über den Bergen. Die Tauben erfüllten die Luft scharenweise mit dem Schimmer ihrer weißen Flügel; gegen Südost gewahrte er den Tempel, eine goldene Erscheinung im Blau des Himmels. Doch das waren ganz vertraute Dinge, und sie erhielten nur einen kurzen Blick. Auf der Ecke des Diwans, dicht bei ihm, saß ein kaum fünfzehn Jahre altes Mädchen, das zur Begleitung einer Harfe sang, die auf ihrem Knie ruhte und die sie anmutig schlug.
Tirzah war ihr Name, und wie sie einander anblickten, war ihre Ähnlichkeit unverkennbar. Ihre Gesichtszüge waren regelmäßig wie die seinen und waren von demselben jüdischen Typus; sie besaßen nur noch den Reiz kindlicher Unschuld. Es war unmöglich, ihr Anmut, Zierlichkeit und Schönheit abzustreiten.
»Sehr hübsch, meine Tirzah, sehr hübsch«, sagte er begeistert.
»Das Lied?« fragte sie.
»Ja – und die Sängerin ebenso. Weißt du noch ein so schönes Lied?«
»Sehr viele. Aber lassen wir sie jetzt. Amrah hat mich geschickt; sie bringt dir dein Frühstück, du brauchst nicht herunterzukommen. Sie muß jeden Moment hier sein. Sie

denkt, du bist krank – daß dir gestern etwas zugestoßen ist.«
»Was sagst du dazu, Tirzah? Ich gehe fort.«
»Fort? Wann? Wohin? Weswegen?«
Er lachte.
»Drei Fragen, alle in einem Atemzug. Du bist ganz schön neugierig!« Im nächsten Moment wurde er wieder ernst. »Du weißt, daß ich nach dem Gesetz einen Beruf ergreifen muß. Unser guter Vater gab mir ein Beispiel. Auch du würdest mich verachten, wenn ich die Ergebnisse seines Fleißes und seines Könnens in Untätigkeit vergeudete. Ich gehe nach Rom.«
»Oh, ich will mit dir gehen.«
»Du mußt bei Mutter bleiben. Wenn wir beide sie verlassen, wird sie sterben.«
Der Glanz wich von ihrem Gesicht.
»Ach ja, ja! Aber – mußt du gehen? Hier in Jerusalem kannst du alles lernen, was du für einen Kaufmann brauchst – wenn du daran denkst.«
»Nein, daran denke ich nicht. Das Gesetz verlangt nicht, daß der Sohn wird, was der Vater war.«
»Was kannst du denn sonst werden?«
»Soldat«, antwortete er, mit einem gewissen Stolz in der Stimme. Tränen traten ihr in die Augen.
»Man wird dich töten.«
»Wenn es Gottes Wille ist, sei es. Aber, Tirzah, nicht alle Soldaten werden getötet.«
Sie schlang die Arme um seinen Hals, wie um ihn zurückzuhalten.
»Wir sind so glücklich! Bleib zu Hause, mein Bruder.«
»Das Zuhause kann nicht immer bleiben, was es ist. Auch du wirst in nicht allzuferner Zeit fortgehen.«
»Niemals.«
Er lächelte über ihre Entschlossenheit.
»Ein Prinz aus dem Stamm Juda oder irgendeinem andern wird bald kommen und nach meiner Tirzah verlangen und mit ihr davonreiten, damit sie das Licht eines anderen Hauses sei. Was soll dann aus mir werden?«

Schluchzen war ihre Antwort.
»Krieg ist ein Geschäft«, fuhr er noch nüchterner fort. »Um es vollständig zu erlernen, muß man zur Schule gehen, und es gibt keine Schule wie ein römisches Lager.«
»Du würdest doch nicht für Rom kämpfen?« fragte sie, den Atem anhaltend.
»Auch du, selbst du hassest Rom. Die ganze Welt haßt es. Darin, liebe Tirzah, finde den Grund für die Antwort, die ich dir gebe: Ja, ich will für Rom kämpfen, wenn es mich dafür nur lehrt, wie ich eines Tages gegen es kämpfe.«
»Wann willst du gehen?«
Amrahs Schritte wurden hörbar.
»Pscht«, sagte er. »Laß sie nicht erfahren, woran ich denke.«
Die treue Sklavin trat mit dem Frühstück ein und setzte das Tablett auf einen Stuhl vor beide hin; dann blieb sie, weiße Tücher über dem Arm, um sie zu bedienen. Die beiden tauchten ihre Finger in eine Wasserschale und spülten sie gerade, als ein Lärm ihre Aufmerksamkeit fesselte. Sie lauschten und erkannten kriegerische Musik von der Straße nördlich des Hauses her.
»Soldaten aus dem Prätorium! Ich muß sie sehen«, rief Judah aus, sprang vom Diwan und rannte hinaus. Einen Augenblick später lehnte er über der Ziegelbrüstung, die das Dach an der äußersten Nordostecke bewehrte, so vertieft, daß er Tirzah nicht bemerkte, die an seine Seite trat und eine Hand auf seine Schulter legte.
Von ihrem Standpunkt aus – das Dach war das höchste weit ringsum – konnten sie nach Osten über die Häuser hin bis hin zur gewaltigen Antonia-Burg sehen, die schon als Zitadelle für die Garnisonen und militärisches Hauptquartier des Gouverneurs erwähnt worden war.
Die Straße, nicht breiter als zehn Fuß, war hier und dort von Brücken überspannt, offenen und bedeckten, die sich wie die Dächer längs der Straße allmählich mit Männern, Frauen und Kindern anfüllten, die von der Musik herausgerufen worden waren. Das Wort »Musik« paßt hier kaum; was die Leute beim Heraustreten hörten, war eher ein Geschmetter von Trompe-

ten und jener noch schrilleren *litui,* den bei den Soldaten so beliebten Signaltrompeten.
Nach einer Weile kam der Zug in Sichtweite der beiden auf dem Haus der Familie Hur. Zuerst eine Vorhut Leichtbewaffneter – meist Schleuderer und Bogenschützen –, die in weiten Abständen marschierten; danach ein Trupp schwerbewaffneter Infanterie mit Langschilden und *hastae longae,* das sind Langspeere, wie sie in den Zweikämpfen vor Troja benutzt wurden; darauf folgten die Musiker; schließlich ein Offizier, der allein ritt, jedoch dicht von einer berittenen Wache gefolgt wurde; nach ihnen wieder ein Zug ebenfalls schwerbewaffneter Infanterie in dichten Reihen, der die Straße von Mauer zu Mauer ausfüllte und endlos zu sein schien.
Die bronzenen Glieder der Männer; die taktmäßige Bewegung ihrer Schilde von rechts nach links; das Funkeln der Schuppen, Schnallen, Brustplatten und Helme, alles perfekt poliert; das Schwingen der Federbüsche oben auf den Helmspitzen; das Wiegen der Feldzeichen und eisenbeschlagenen Speere; der feste, selbstbewußte Tritt, exakt abgemessen; das ernste und wachsame Auftreten; die maschinengleiche Einförmigkeit der ganzen sich bewegenden Masse – all dies machte Eindruck auf Judah, mehr als etwas, das gefühlt als gesehen wurde. Zwei Dinge zogen seine Aufmerksamkeit auf sich. Das war einmal der Adler der Legion, eine vergoldete Figur hoch oben auf einer langen Stange, mit ausgebreiteten Flügeln, die über seinem Kopf zusammenstießen; er wußte, daß der Adler, als er aus seinem Gemach im Turm herausgeholt wurde, mit göttlichen Ehren empfangen worden war.
Das andere war der Offizier, der allein inmitten der Marschsäule ritt. Er war barhäuptig, ansonsten voll bewaffnet. An seiner linken Seite trug er ein Kurzschwert; in der Hand jedoch hielt er einen Kommandostab, der wie eine Rolle weißen Papiers aussah. Er saß auf einem purpurnen Tuch anstatt eines Sattels; goldbesetztes Zaumzeug und gelbseidene, an der unteren Kante gefranste Zügel ergänzten die Satteldecke.

Während der Mann noch in weiter Ferne war, konnte Judah beobachten, daß seine Gegenwart der zuschauenden Menge Anlaß zu aufgebrachter Erregung gab. Sie lehnten sich über die Brustwehren oder traten mutig heraus und schüttelten die Fäuste gegen ihn, folgten ihm mit lautem Geschrei und spuckten auf ihn, wenn er unter den Brücken herkam; die Frauen warfen ihm dazu ihre Sandalen nach, bisweilen sogar mit dem Ergebnis, daß sie ihn trafen. Als er näher kam, wurden die gellenden Schreie unterscheidbar – »Räuber! Tyrann! Römischer Hund! Nieder mit Ismail! Gebt uns unsern Annas zurück!«

Als er ganz nah war, konnte Judah sehen, daß der Mann, wie es ganz natürlich war, die Gleichgültigkeit keineswegs teilte, die seine Soldaten so vorzüglich zur Schau trugen. Sein Gesicht war finster und verdrossen, und die Blicke, die er gelegentlich seinen Verfolgern zuwarf, waren voller Drohungen; die sehr Furchtsamen schraken davor zurück.

Der junge Mann hatte von der Sitte gehört, die dem Beispiel Julius Cäsars folgte, nach der die Oberbefehlshaber als Zeichen ihres Ranges in der Öffentlichkeit nur mit einem Lorbeerkranz auf dem Haupt auftraten. An diesem Zeichen erkannte er den Offizier – *Valerius Gratus, der neue Prokurator von Judäa!*

Um die Wahrheit zu sagen, der Römer, über den sich die Wut des Volkes ergoß, hatte das Mitgefühl des jungen Juden. Als er daher die Ecke des Hauses erreichte, beugte sich Judah noch weiter über die Brüstung, um ihn vorbeiziehen zu sehen, und stützte sich dabei mit einer Hand auf einen Ziegel, der schon lange einen unbemerkt gebliebenen Sprung besaß. Der Druck war stark genug, das äußere Stück des Ziegels zu lösen. Ein jäher Schreck schoß durch den jungen Burschen. Er streckte die Hand aus, um das Geschoß festzuhalten, doch es sah so aus, wie wenn jemand etwas von sich wegschleuderte. Der Versuch schlug fehl – nein, er bewirkte sogar, daß das Bruchstück noch weiter hinaus über die Mauer flog. Er schrie mit all seiner Kraft. Die Soldaten der Wache blickten hoch; das gleiche tat der Offizier, und in

dem Moment traf ihn das Wurfgeschoß; er fiel wie tot von seinem Sitz.
Die Kohorte stoppte; die Wachen sprangen von ihren Pferden und beeilten sich, ihren Kommandanten mit ihren Schilden zu bedecken. Auf der andern Seite jubelte das Volk, das Zeuge der Szene gewesen war und nicht im geringsten daran zweifelte, daß der Wurf absichtlich geschehen war, dem jungen Mann zu, als der sich noch in vollem Anblick über die Brüstung beugte, wie versteinert durch das, was er beobachtete, und in Erwägung der Folgen, die ihm blitzartig einfielen.
Er erhob sich mit bleichem Gesicht von der Brüstung.
»O Tirzah, Tirzah! Was wird aus uns werden?«
»Was ist geschehen? Was bedeutet das alles?« fragte sie in plötzlicher Angst.
»Ich habe den römischen Gouverneur getötet. Der Ziegel hat ihn getroffen. Ich habe es nicht absichtlich getan, Tirzah – es war ein Unfall«, sagte er, ruhiger.
»Was werden sie tun?« fragte sie.
Er sah auf den immer noch zunehmenden Tumult auf der Straße und auf den Dächern und dachte an das verdrossene Gesicht des Gratus. Wenn er nicht tot war, wie weit würde seine Rache gehen? Und wenn er tot war, zu welcher Wut würde die Gewalt des Volkes die Legionäre aufpeitschen? Um einer Antwort auszuweichen, lehnte er sich wieder über die Brüstung, gerade als die Wache dem Römer wieder auf das Pferd half.
»Er lebt, er lebt, Tirzah! Gepriesen sei der Herr, der Gott unserer Väter! – Hab keine Angst, Tirzah. Ich werde erklären, wie es passiert ist, und sie werden sich an unseren Vater und seine Verdienste erinnern und uns nichts tun.«
Er führte sie gerade zum Sommerhaus, als das Dach unter ihren Füßen bebte und starke Holzbohlen krachend zerbarsten, gefolgt von einem Schrei der Überraschung und Todesangst, offenbar unten vom Hof her. Er hielt inne und horchte. Der Schrei wiederholte sich; dann hörte man das Vorwärtsstürmen vieler Schritte, Stimmen erhoben sich in Wut,

gemischt mit Stimmen von Betenden; darauf das Kreischen von Frauen in Todesangst. Die Soldaten hatten das Nordtor eingeschlagen und waren nun im Besitz des Hauses. Das schreckliche Gefühl, gejagt zu werden, befiel ihn. Seine erste Regung war zu fliehen; aber wohin? Nur Flügel hätten ihm helfen können. Tirzah griff, die Augen voll wilder Furcht, nach seinem Arm.

»O Judah, was bedeutet das?«

Eben wurden die Bediensteten niedergemetzelt – und seine Mutter?! War nicht eine der Stimmen, die er hörte, die ihre? Mit all dem Rest seines Willens sagte er: »Bleib hier und wart auf mich, Tirzah. Ich gehe runter und schaue, was los ist, dann komme ich zurück.«

Seine Stimme klang nicht so standhaft, wie er wünschte. Sie klammerte sich dichter an ihn.

Lauter, durchdringender, keine Täuschung mehr, erhob sich der Schrei seiner Mutter. Er zögerte nicht länger.

»Also komm, gehen wir.«

Die Terrasse oder Galerie am Fuße der Treppe war voll von Soldaten. Andere Soldaten rannten mit gezückten Schwertern durch die Gemächer. An einer Stelle klammerte sich eine Anzahl Frauen auf den Knien aneinander oder baten um Gnade. Daneben kämpfte eine andere Frau mit zerrissenen Gewändern und langen, über das Gesicht strömenden Haaren, um sich von einem Mann loszureißen, der all seine Kraft aufbringen mußte, um sie festzuhalten. Ihre Schreie waren die durchdringendsten von allen, sie durchschnitten den Lärm und waren bis aufs Dach hinaufgedrungen. Auf sie sprang Judah zu, seine Schritte waren lang und flink, fast flog er dahin. »Mutter, Mutter!« rief er. Sie streckte die Hände nach ihm aus, doch eben als er sie fassen wollte, wurde er ergriffen und beiseite gerissen. Dann hörte er jemand laut sagen:

»Das ist er!«

Judah sah sich um und erblickte – Messala!

»Was, das ist der Attentäter – das?« sagte ein großer Mann in Legionärsbewaffnung von feinster, prächtigster Ausführung.

»Was, er ist ja noch ein Knabe!«

»Götter!« antwortete Messala, ohne seine gedehnte Sprechweise zu vergessen. »Eine neue Philosophie! Was würde Seneca zu der Annahme sagen, daß ein Mann alt sein muß, bevor er genug hassen kann, um zu töten. Ihr habt ihn: und das ist seine Mutter; drüben seine Schwester. Ihr habt die ganze Familie.«

Aus Liebe zu ihnen vergaß Judah seinen Streit.

»Hilf ihnen, Messala! Denk an unsere Kindheit und hilf ihnen. Ich – Judah – bitte dich.«

Messala tat, als höre er nicht.

»Ich kann euch hier nicht weiter nützen«, sagte er zu dem Offizier. »Auf der Straße unten gibt es mehr zu tun. Nieder mit Eros, es lebe Mars!«

Mit den letzten Worten verschwand er. Judah verstand ihn, und in der Bitterkeit seiner Seele flehte er zum Himmel.

»In der Stunde Deiner Rache, o Herr«, sagte er, »sei mein die Hand, die an ihn gelegt wird!«

Unter großer Mühe machte er sich näher an den Offizier heran.

»Herr, die Frau, die Ihr hört, ist meine Mutter. Verschont sie, verschont meine Schwester drüben. Gott ist gerecht. Er wird Euch Gnade für Gnade erweisen.«

Der Mann schien bewegt.

»Zum Turm mit den Frauen!« rief er. »Aber tut ihnen nichts zuleide. Ihr seid mir für sie verantwortlich.« Dann zu denen, die Judah festhielten: »Holt Stricke und bindet ihm die Hände, dann führt ihn auf die Straße hinab. Seine Strafe wartet auf ihn.«

Die Mutter wurde fortgebracht. Die kleine Tirzah, ganz betäubt vor Furcht, folgte in ihrem Hauskleid ohne Widerstand ihren Bewachern. Judah warf einen letzten Blick auf beide und bedeckte das Gesicht mit den Händen, wie um sich die Szene unvergänglich einzuprägen. Vielleicht vergoß er Tränen, doch niemand sah sie.

Dann fand in ihm etwas statt, was man zu Recht das Wunder des Lebens nennen könnte. Doch es gab kein Anzeichen

dafür, daß er eine große Wandlung durchgemacht hatte, außer daß jener weiche Zug von seinen Lippen verschwunden war, als er seinen Kopf hob und die Arme hinhielt, um sich fesseln zu lassen. In diesem Augenblick hatte er die Kindheit abgestreift und war ein Mann geworden.
Der Offizier wartete draußen, während ein Trupp Männer das Tor wiederherrichtete.
Auf der Straße hatte der Kampf fast aufgehört. Jenseits des Punktes, sich um sich selbst zu sorgen, hatte Judah nichts anderes im Sinn als die Gefangenen, unter denen er vergeblich nach seiner Mutter und Tirzah ausspähte.
Plötzlich erhob sich vom Boden, wo sie gelegen hatte, eine Frau und rannte zurück zum Tor, auf Judah zu. Vor ihm sank sie nieder und umfaßte seine Knie, die Augen verhüllt von den wirren, staubbedeckten schwarzen Haaren.
»Amrah, gute Amrah«, sagte er zu ihr, »Gott helfe dir, ich kann nicht.« Sie konnte nicht sprechen.
Er beugte sich nieder und flüsterte: »Du mußt leben, Amrah, für Tirzah und meine Mutter. Sie werden zurückkommen, und –«
Ein Soldat zog sie beiseite; darauf sprang sie auf und enteilte durch das Tor und den Gang in den leeren Hof.
»Laß sie gehen«, rief der Offizier. »Wir werden das Haus versiegeln, dann wird sie verhungern.«
Die Männer nahmen ihre Arbeit wieder auf; als sie damit fertig waren, begaben sie sich zur Westseite. Auch das Tor wurde gesichert, danach war der Palast der Familie Hur nicht mehr betretbar.

Araber am Brunnen

Am nächsten Tag zog eine Abteilung Soldaten zum verödeten Palast, um die Tore endgültig zu schließen. Die Ecken der Flügel wurden mit Wachs verputzt und an der Seite eine Bekanntmachung auf lateinisch angenagelt:

In der Vorstellung des hochmütigen Römers erschien diese knappe Ankündigung ausreichend für den Zweck; und so war es.
Wiederum einen Tag später näherte sich um die Mittagszeit ein Dekurio mit seiner zehnköpfigen Reitertruppe Nazareth von Süden – das heißt aus Richtung Jerusalem.
Ein Gefangener, den die Reiter bewachten, erregte die Neugierde der Dorfbewohner. Er ging zu Fuß, den Kopf unbedeckt, halbnackt, die Hände auf dem Rücken zusammengebunden. Ein Riemen, der an seinen Handgelenken befestigt war, war um den Hals eines Pferdes geschlungen. Eine dichte Staubwolke folgte dem Zug, die ihn in gelben Nebel einhüllte. Matt taumelte er vorwärts, wund an den Füßen. Die Dörfler konnten sehen, daß er noch jung war.
Am Brunnen ließ der Dekurio halten und stieg, mit den meisten seiner Leute, vom Pferd. Der Gefangene sank in den Staub der Straße hinab, wie betäubt und ohne etwas zu fragen: offensichtlich hatte er das höchste Stadium der Erschöpfung erreicht. Die Dorfbewohner traten näher; er war noch ein Knabe.
Während sie so neugierig dastanden und die Henkelkrüge unter den Soldaten von Mund zu Mund gingen, kam ein Mann die Straße von Sapphoris herab. Als eine Frau ihn erblickte, rief sie aus: »Seht! Da drüben kommt der Zimmermann. Jetzt werden wir etwas hören.«
Die Person, von der sie sprach, besaß ein sehr ehrwürdiges Äußeres. Dünne weiße Locken fielen unter dem Rand seines Turbans hervor, und ein noch weißerer Bart wallte vorn sein grobes graues Gewand herab. Er ging langsam, denn außer seinem Alter trug er noch einige Werkzeuge – eine Axt, eine Säge und ein Zugmesser, alles sehr primitiv und schwer – und war offensichtlich schon eine längere Strecke unterwegs. Dicht herangekommen, blieb er stehen und musterte die Versammlung.
»O Rabbi, guter Rabbi Josef!« rief eine Frau und rannte auf

ihn zu. »Hier ist ein Gefangener; komm, frag die Soldaten nach ihm, daß wir erfahren, wer er ist und was er getan hat, und was sie mit ihm tun wollen.«
Das Gesicht des Rabbi blieb unbewegt; er warf jedoch einen Blick auf den Gefangenen und trat zu dem Offizier.
»Der Friede des Herrn sei mit dir!« sagte er mit ungemindertem Ernst.
»Und derjenige der Götter mit dir«, entgegnete der Dekurio.
»Kommt Ihr von Jerusalem?«
»Ja.«
»Euer Gefangener ist jung.«
»An Jahren, ja.«
»Darf ich fragen, was er getan hat?«
»Er ist ein Attentäter.«
Verwundert wiederholten die Leute das Wort, doch Rabbi Josef fuhr fort zu fragen.
»Ist er ein Sohn Israels?«
»Er ist ein Jude«, sagte der Römer trocken. »Ich weiß nichts von euren Stämmen, aber ich kann von seiner Familie sprechen«, fuhr der Sprecher fort. »Ihr habt vielleicht schon von einem Fürsten aus Jerusalem gehört, der Hur heißt – Ben Hur haben sie ihn genannt. Er lebte in den Tagen des Herodes.«
»Ich habe ihn gesehen«, sagte Josef.
»Nun, das ist sein Sohn.«
Von allen Seiten her wurden Rufe laut, und der Dekurio beeilte sich, sie zu unterdrücken.
»In den Straßen Jerusalems hätte er vorgestern beinahe den edlen Gratus getötet; er hat ihm vom Dach eines Palastes – seines Vaters, glaube ich – aus einen Ziegel auf den Kopf geschleudert.«
Die Unterhaltung wurde von einer Pause unterbrochen, während der die Nazarener den jungen Ben Hur wie ein wildes Tier anstarrten.
»Hat er ihn getötet?« fragte der Rabbi.
»Nein.«
»Er ist verurteilt?«
»Ja – zu den Galeeren auf Lebenszeit.«

»Der Herr helfe ihm!« sagte Josef, auf einmal aus seiner Gleichmütigkeit aufgeschreckt.
Darauf legte ein junger Mann, der zusammen mit Josef gekommen, doch bisher unbeobachtet hinter ihm stehengeblieben war, eine Axt nieder, die er getragen hatte, ging zu dem großen Stein neben dem Brunnen und nahm von ihm einen Krug mit Wasser. Die Handlung ging so ruhig vor sich, daß er sich, bevor die Wache hätte einschreiten können, wenn es in ihrer Absicht gelegen hätte, über den Gefangenen beugte und ihm zu trinken anbot.
Die sanft auf seine Schulter gelegte Hand weckte den unglücklichen Judah auf, und als er aufblickte, sah er ein Gesicht, das er niemals mehr vergaß – das Gesicht eines Jungen in ungefähr seinem Alter, überschattet von goldig glänzendem kastanienbraunem Haar; ein Gesicht, überstrahlt von dunkelblauen Augen, gleichzeitig so sanft, so anziehend, so voll von Liebe und heiliger Zielstrebigkeit, daß die Kraft ihres Blicks unwiderstehlich war. Die bitteren Gefühle des Juden, gehärtet durch die Tage und Nächte des Leidens, voller Gedanken an Rache, schmolzen unter dem Blick des Fremden und wurden wie die eines Kindes. Er setzte seine Lippen an den Krug und trank lange und in vollen Zügen. Kein Wort tauschten die beiden untereinander aus.
Und so trafen sich zum ersten Male Judah und der Sohn Marias.

Drittes Buch

Quintus Arrius

Die Stadt Misenum gab ihren Namen auch dem Vorgebirge, das sie krönte, einige Meilen südwestlich von Neapel. Eine Anzahl Ruinen ist alles, was von ihr jetzt noch übrig ist. Doch im Jahre des Herrn 24, in das wir jetzt den Leser versetzen möchten, war der Ort einer der wichtigsten der Westküste Italiens.

In dem erwähnten Jahr hätte ein Wanderer, der zu dem Vorgebirge gekommen wäre, um sich an dem dort gebotenen Ausblick zu ergötzen, eine Mauer erstiegen und, mit der Stadt im Rücken, über die Bucht von Neapolis geschaut, damals so bezaubernd wie heute; und dann hätte er, wie heute, auf den unvergleichlichen Strand geblickt, auf den rauchenden Bergkegel, den sanftblauen Himmel und die tiefblauen Wogen, Ischia hier und Capri dort; von der einen Insel zur andern und wieder zurück, durch die purpurne Luft, wäre sein Blick gestreift; schließlich – denn auch die Augen ermüden am Anblick des Schönen wie der Gaumen an Süßigkeiten –, schließlich hätte er auf ein Schauspiel niedergeschaut, das der moderne Tourist nicht sehen kann – auf die halbe römische Reserveflotte, die dort manövrierte oder vor Anker lag. So betrachtet, war Misenum ein sehr geeigneter Ort für die Zusammenkunft dreier großer Männer, um die Welt in Muße unter sich aufzuteilen.

Der Wächter auf der Mauer über dem Tor wurde eines kühlen Septembermorgens von einer Gesellschaft gestört, die in lauter Unterhaltung die Straße herunterkam. Er warf einen Blick auf sie und verfiel dann wieder in seinen Halbschlaf.

Die Gesellschaft zählte etwa zwanzig oder dreißig Personen, von denen die größere Anzahl Sklaven mit Fackeln in der Hand waren, die nur eine kleine Flamme hatten, dafür aber um so mehr Rauch abgaben, der den Duft indischer Narde in der Luft zurückließ. Die Herren gingen Arm in Arm voraus. Einer von ihnen, augenscheinlich fünfzig Jahre alt, leicht kahl, einen Lorbeerkranz auf seinen spärlichen Locken tragend, schien, nach der ihm gewidmeten Aufmerksamkeit zu urteilen, die Hauptperson einer stimmungsvollen Zeremonie zu sein. Sie alle trugen weite Togen aus weißer Wolle, die breit mit Purpur gesäumt waren. Ein Blick hatte dem Wächter genügt. Er wußte, ohne zu fragen, daß sie von hoher Stellung waren und nach einer festlichen Nacht einen Freund zum Schiff begleiteten. Eine genauere Erklärung wird das Gespräch bringen, das sie führten.

»Nein, Quintus«, sagte einer zu dem mit dem Kranz, »es ist nicht recht von Fortuna, dich so schnell von uns wegzunehmen. Erst gestern bist du von den Meeren jenseits der Säulen des Herakles zurückgekehrt. Du hast dir ja noch nicht einmal wieder den Landtritt angewöhnt.«

»Beim Kastor! Wenn ein Mann nach Frauenart schwören darf«, sagte ein anderer, der dem Wein allzusehr zugesprochen hatte, »wir wollen nicht jammern. Unser Quintus will nur zurückgewinnen, was er heute nacht verloren hat. Würfel auf einem rollenden Schiff sind nicht Würfel an Land – he, Quintus?«

»Lästere Fortuna nicht!« rief ein dritter aus. »Sie ist nicht blind und launisch. Zu Antium, wo unser Arrius sie befragt hat, antwortete sie ihm mit Kopfnicken, und auf See ist sie bei ihm und hält das Ruder. Sie nimmt ihn von uns, doch gibt sie ihn nicht immer wieder mit neuen Siegen zurück?«

»Die Griechen nehmen ihn fort von uns«, fiel ein anderer ein. »Sie laßt uns schmähen, nicht die Götter. Über ihren Geschäften haben sie vergessen, wie man kämpft.«

Mit diesen Worten passierte die Gesellschaft das Tor und gelangte zur Mole, die Bucht herrlich im Morgenlicht vor ihnen. Dem alten Seefahrer erschien das Plätschern der Wellen wie ein Gruß. Tief atmete er ein, als sei der Duft des Wassers lieblicher als jener der Narde, und hielt die Hand in die Luft.

»Meine Gaben opferte ich zu Praeneste, nicht in Antium –

und seht! Wind vom Westen. Danke, o Fortuna, meine Mutter«, sagte er ernst. Die Freunde wiederholten den Ausruf, und die Sklaven schwenkten die Fackeln.
»Sie kommt – seht dort drüben«, fuhr er fort, auf eine Galeere außerhalb der Mole weisend. »Was braucht der Seefahrer eine andere Herrin?«
Er blickte auf das nahende Schiff und sah seinen Stolz bestätigt. Ein weißes Segel war am niedrigen Mast festgemacht, die Ruder tauchten ein, hoben sich, schwebten einen Moment, tauchten wieder ein in flügelgleicher Bewegung und in gleichmäßigem Takt.
Des Seemanns Augen waren erfüllt von seinem Schiff.
»Welche Anmut, welche Freiheit! Ein Vogel kann nicht weniger sorglos sein gegen die schäumenden Wogen. Seht!« sagte er und fügte sogleich hinzu: »Verzeih, Lentulus. Ich fahre in die Ägäis; und da ich gleich aufbreche, will ich euch den Anlaß nennen – aber behaltet es für euch. Der Handel zwischen Griechenland und Alexandria ist kaum weniger bedeutend, wie ihr vielleicht gehört habt, als der zwischen Alexandria und Rom. Vielleicht habt ihr auch schon von den Piraten aus der Chersones gehört, die sich am Pontus Euxinus eingenistet haben. Bei den Bakchen, es gibt keine verwegeneren! Gestern kam Nachricht nach Rom, daß sie mit einer Flotte zum Bosporus heruntergerudert sind, die Galeeren von Byzanz und Chalkedon versenkt, die Propontis heimgesucht haben und, immer noch ungesättigt, in die Ägäis eingedrungen sind. Die Kornhändler fürchten um ihre Schiffe im östlichen Mittelmeer. Sie haben sich an den Imperator selbst gewandt, und von Ravenna gehen heute hundert Galeeren ab und von Misenum –«, er machte eine Pause, wie um die Neugierde seiner Freunde anzustacheln, und endete mit besonderem Nachdruck: »eine«.
»Glücklicher Quintus Arrius! Wir gratulieren dir.«
Je deutlicher das Schiff in Sicht kam, um so mehr zog es seine Aufmerksamkeit auf sich; voller Begeisterung blickte er auf seine Galeere. Endlich schwang er die losen Zipfel seiner Toga in der Luft; als Antwort auf sein Zeichen wurde über

den *aplustra,* d. h. dem fächerartigen Aufbau am Heck des Schiffes, eine scharlachrote Flagge gesetzt; gleichzeitig erschienen einige Matrosen an den Schanzkleidern und kletterten an den Tauen behende zur *antemna,* der Rah, hinauf und entrollten das Segel. Der Bug wurde gedreht, und der Takt der Ruder erhöhte sich auf anderthalb, so daß das Schiff in rasender Geschwindigkeit direkt auf ihn und seine Freunde zueilte. Er beobachtete das Manöver mit einem erkennbaren Glanz in den Augen. Die schnelle Antwort des Schiffes auf die Steuerung, die Beständigkeit, mit der es den Kurs einhielt, waren besonders wichtige Eigenschaften, auf die man sich in Aktion voll verlassen können mußte.

»Bei den Nymphen!« rief einer der Freunde aus. »Wir dürfen nicht länger sagen, unser Freund wird groß werden; er ist schon groß. Unsere Liebe wird sich nun berühmter Taten erfreuen können. Hast du noch mehr Neuigkeiten für uns?«

»Nein«, erwiderte Arrius. »Was ihr jetzt über die Sache wißt, ist in Rom zur Stunde schon nichts Neues mehr, besonders zwischen dem Palast und dem Forum. Der Duumvir ist verschwiegen. Was ich unternehmen soll, wo ich meine Flotte finden werde, wird er mir an Bord mitteilen, wo ein versiegeltes Paket auf mich wartet. Wenn ihr heute jedoch Opfer für irgendeinen Altar habt, betet zu den Göttern für einen Freund, der irgendwo in Richtung auf Sizilien herumrudert und herumsegelt. Aber da ist das Schiff, es legt gleich an«, sagte er, sich dem Schiff zuwendend. »Seine Herren interessieren mich, sie werden mit mir segeln und kämpfen. Es ist keine leichte Sache, an ein Ufer wie dieses anzulegen. Laßt uns ihre Gewandtheit und Geschicklichkeit prüfen.«

»Was, das Schiff ist neu für dich?«

»Ich habe es noch nie gesehen, und ich weiß auch noch nicht, ob ein einziger Bekannter darauf ist.«

»Ist das gut?«

»Es macht nur wenig. Wir Seeleute werden schnell miteinander bekannt; unsere Liebe wie unser Haß werden aus plötzlicher Gefahr geboren.«

Das Schiff gehörte zur Klasse der *naves liburnicae* – lang, schmal, mit großem Tiefgang und auf Geschwindigkeit und schnelle Manöver ausgelegt. Der Bug war prachtvoll verziert. Ein Wasserstrahl schoß in die Höhe, als es vorbeiglitt, und besprengte den ganzen Schiffsschnabel, der sich in anmutiger Krümmung zwei Mannshöhen hoch über das Deck erhob. An den Seiten befanden sich Figuren von Tritonen, die Muscheln bliesen. Unterhalb des Bugs, am Kiel befestigt und unter der Wasserlinie nach vorn gerichtet, befand sich das *rostrum,* der Schiffsschnabel, eine Vorrichtung aus massivem, mit Eisen verstärktem und bewehrtem Holz, die in Aktion als Rammbock benutzt wurde. Kräftige Schanzkleider erstreckten sich über die volle Länge des Schiffes vom Bug bis zum Heck, die geschmackvoll mit Zinnen verziert waren; unterhalb des Schanzkleids befanden sich drei Reihen Öffnungen, jede mit einer Kappe oder einem Schild aus Ochsenhaut bedeckt, in denen sich die Ruder, sechzig rechts und sechzig links, bewegten. Des weiteren waren *caducei,* Heroldsstäbe, als Verzierung am hochaufragenden Schiffsschnabel angebracht. Zwei gewaltige Taue liefen quer über den Bug und bezeichneten die Zahl der Anker, die auf dem Vorderdeck verstaut waren.

Die Einfachheit des Oberwerks machte deutlich, daß die Mannschaft sich hauptsächlich auf die Ruder stützte. Mittschiffs, ein wenig mehr zum Bug hin, stand ein Mast, der durch Vor- und Backstage und Wanttaue gehalten wurde, die an Ringen auf der inneren Seite der Schanzkleider befestigt waren. Die Takelage diente der Führung und Befestigung eines großen quadratischen Segels und der Rahe, an welcher dieses hing. Über dem Schanzkleid war das Deck sichtbar.

Außer den Seeleuten, die das Segel gerefft hatten und sich noch auf der Rahe aufhielten, konnte die Gesellschaft auf der Mole nur noch einen weiteren Mann erkennen, und der stand behelmt und mit einem Schild bewehrt am Bug.

Die einhundertundzwanzig eichenen Ruderblätter, die vom Reinigen mit Bimsstein und dem stetigen Waschen der Wellen weiß und glänzend waren, hoben und senkten sich wie von einer Hand bewegt und brachten die Galeere mit einer

Geschwindigkeit voran, die mit der eines frühen Dampfers durchaus konkurrieren könnte.
Mit einer derart anscheinend reißenden Geschwindigkeit kam das Schiff heran, daß die Landratten aus der Gesellschaft des Tribuns in Angst und Schrecken versetzt wurden. Da erhob unvermittelt der Mann am Bug die Hand mit einer besonderen Geste; auf dieses Zeichen hin hoben sich die Ruder, schwebten einen Moment in der Luft und senkten sich dann abrupt wieder hinab. Das Wasser schäumte und brodelte um sie herum; die Galeere erzitterte in allen Planken und stoppte wie erschreckt. Eine weitere Handbewegung, und wieder hoben sich die Ruder, drehten sich flach und senkten sich; doch diesmal wurden die auf der rechten Seite zum Heck hin eingetaucht und nach vorn gedrückt, während die auf der linken zum Bug hin eingetaucht und nach achtern gezogen wurden. Das wiederholte sich dreimal. Das Schiff drehte sich wie um eine Achse nach rechts, dann fing es der Wind, und es legte sanft mit der Breitseite an der Mole an.
Als die Ruder die Mole berührten, wurde vom Steuermannsdeck aus eine Brücke heruntergelassen. Dann wandte sich der Tribun mit einem bisher noch nicht gezeigten Ernst an seine Begleiter und sagte:
»Die Pflicht ruft, meine Freunde.«
Er breitete seine Arme zu der Gesellschaft hin aus, und einer nach dem andern kam und ließ sich zum Abschied umarmen.
»Die Götter mögen dich geleiten, o Quintus«, sagten sie.
»Lebt wohl«, entgegnete er.

Die römische Galeere

Um die Mittagszeit jenes Tages glitt die Galeere über das Meer an Paestum vorbei. Der Wind kam noch von Westen und füllte das Segel zur Zufriedenheit seines Meisters. Die Wachen waren eingerichtet. Auf dem Vorderdeck war der Altar zurechtgemacht und mit Salz und Gerste bestreut worden; zuvor hatte der Tribun feierliche Gebete an Jupiter und Neptun und alle Okeaniden gerichtet und unter Gelübden Wein vergossen und Weihrauch verbrannt. Jetzt saß er, eine wahrhaft martialische Gestalt, in der großen Kabine, um seine Leute besser beobachten zu können.

Entspannt in den großen Sessel gerekelt, schaukelte sich Arrius nach der Bewegung des Schiffes. Das Soldatenkleid hatte er halb über seine Tunika geworfen, das Schwert hing am Gürtel. Mit wachsamem Auge musterte er seine Mannschaft, die ihn genauso aufmerksam beobachtete. Kritisch überprüfte er alles, doch am längsten verharrte sein Blick auf den Ruderern. Der Leser hätte zweifellos dasselbe getan, nur mit dem Unterschied, daß er sie voll Mitleid angesehen hätte, während der Tribun als Herr über das Schiff natürlich vorwärts dachte und nur den Erfolg der Ruderer im Auge hatte.

Das Schauspiel war an sich sehr einfach. Die Kabine entlang waren an den Schiffsplanken, wie es auf den ersten Blick schien, drei Reihen von Bänken befestigt; wenn man näher hinsah, erkannte man jedoch, daß es eine Folge aufsteigender Bänke war, die zweite hinter und über der ersten, die dritte über und hinter der zweiten. Um die sechzig Ruderer auf einer Seite unterzubringen, waren neunzehn Bänke mit einem Abstand von je etwa einem Meter vorgesehen, und eine zwanzigste Bank war so unterteilt, daß ihre eigentliche dritte Sitzreihe unterhalb der sonstigen ersten angebracht war. Die Anordnung gewährte jedem Ruderer bei der Arbeit genügend Raum, wenn er nur mit seinen Gefährten bei den Bewegungen genau den Takt einhielt. Das Prinzip war dabei das gleiche wie bei Soldaten, die in dichter Reihe in rhythmischem Tritt marschierten. Die Anordnung ermöglichte zudem eine Vermehrung der Bänke je nach der Länge der Galeere.

Die Ruderer auf den jeweils ersten und zweiten Bänken saßen, während die auf der dritten längere Ruder führen und somit stehen mußten. Die Ruder waren am Griff mit Blei beschwert und hingen nahe dem Schwerpunkt in beweglichen Riemen, die das Flachdrehen ermöglichten, gleichzeitig

aber auch mehr Geschicklichkeit erforderten, weil eine schlingernde Welle jeden Moment einen unachtsamen Ruderer ergreifen und von seinem Sitz wirbeln konnte. Jedes Ruderloch war gleichzeitig ein Luftloch, durch das dem gegenübersitzenden Ruderer reichlich frische Luft zuströmte. Licht fiel durch das Gitterwerk ein, das den Boden zwischen dem Deck und dem Schanzkleid über ihnen bildete. In mancher Hinsicht hätte daher die Lage der Männer weit schlimmer sein können. Doch man darf sich nicht vorstellen, daß es irgendein Vergnügen in ihrem Leben gab. Jedes Gespräch unter ihnen war verboten. Tag für Tag nahmen sie stumm ihre Plätze ein; in den Stunden der Arbeit konnten sie nicht des anderen Gesicht sehen; ihre kurzen Ruhepausen dienten dem Schlaf und der Nahrungsaufnahme. Nie lachten sie; niemand hörte je einen von ihnen singen. Was nützt die Zunge, wenn nur ein Seufzer oder ein Stöhnen davon kündet, was die Männer fühlen, während sie gezwungenermaßen schweigend denken? Das Leben dieser armen Teufel war wie ein unterirdischer Strom, der langsam und mühevoll seinem Ausgang zufließt, wo immer dieser auch sein mochte.
Stunde um Stunde schaukelte der Tribun in seinem Sessel und blickte bald nach rechts, bald nach links, an alles andere mehr denkend als an das elende Los der Sklaven auf den Bänken. Ihre Bewegungen, präzise und auf beiden Seiten des Schiffes exakt die gleichen, wurden nach einer Weile monoton; dann machte er sich ein Spiel daraus, einzelne herauszusondern. Mit seinem Griffel notierte er sich, wenn er etwas zu beanstanden hatte, und dachte daran, daß er unter den Piraten, falls alles gutging, bessere Leute für die Plätze finden würde.
Es war nicht nötig, die Namen der Sklaven zu behalten; die Galeeren, auf die sie gebracht wurden, waren gleichzeitig ihr Grab. Sie wurden daher der Einfachheit halber mit Nummern bezeichnet, die auf den ihnen zugewiesenen Bänken aufgemalt waren. Als der scharfe Blick des Tribuns so auf jeder Seite von Sitz zu Sitz wanderte, gelangte er schließlich zu Nummer 60.

Die Bank von Nummer 60 erhob sich leicht über die Plattform und war nur wenige Fuß entfernt. Das Licht, das durch das Gitterwerk über seinem Kopf schimmerte, erlaubte dem Tribun, den Ruderer genau zu sehen. Er stand aufrecht und war wie alle seine Gefährten nackt bis auf einen Gürtel um die Lenden. Manches jedoch sprach zu seinen Gunsten. Er war sehr jung, nicht älter als zwanzig. Überdies war Arrius ein Kenner in Fragen männlichen Aussehens; an Land pflegte er die Gymnasien, die Sportschulen, zu besuchen und die berühmtesten Athleten zu bewundern.
Wie er ihn so musterte, beobachtete Arrius, daß der Jüngling recht hoch gewachsen und seine Glieder, die oberen wie die unteren, einzigartig proportioniert waren. Die Arme waren vielleicht zu lang, doch dieser Fehler wurde gut von einer Masse Muskeln verdeckt, die bei manchen Bewegungen anschwollen und sich verknoteten wie verwickelte Taue. Jede Rippe an dem runden Oberkörper war erkennbar. Doch die Magerkeit war jene, um die man sich in den Palästren, den öffentlichen Sportstätten, so sehr abmühte. Zugleich lag in den Bewegungen des Ruderers eine gewisse Harmonie, die, außer daß sie zur Auffassung des Tribuns von einem wohlgestalteten Körper paßte, zugleich seine Neugierde und allgemeines Interesse erregte.
»Bei den Göttern«, sagte er zu sich, »der Bursche macht Eindruck auf mich. Er verspricht etwas. Ich will mehr über ihn wissen.«
In dem Moment direkt erhaschte der Tribun den gewünschten Blick – der Ruderer drehte sich um und sah ihn an.
»Ein Jude! Und ein Knabe!«
Unter dem fest auf ihn gehefteten Blick wurden die großen Augen des Sklaven noch größer, das Blut schoß ihm bis zur Stirn hinauf, das Ruderblatt zögerte in seiner Hand. Doch sofort fiel der Hammer des Antreibers mit einem ärgerlichen Krachen hernieder. Der Ruderer machte weiter, wandte das Gesicht von seinem Beobachter ab und ließ das Ruder, als sei er persönlich getadelt worden, halb in Flachdrehung sinken. Als er dann wieder zu dem Tribun hinblickte, war er weit

mehr erstaunt – denn er begegnete einem freundlichen Lächeln.
Inzwischen fuhr die Galeere in die Meerenge von Messina ein, glitt an der Stadt dieses Namens vorbei und wandte sich dann, die Wolke über dem Ätna achtern zurücklassend, nach Osten.
Sooft Arrius zu seiner Plattform in der Kabine zurückkehrte, beobachtete er den Ruderer und sagte beständig bei sich selbst: »Der Bursche hat Geist. Ein Jude ist kein Barbar. Ich will mehr über ihn wissen.«

Der Galeerensklave

Am vierten Tag nach der Abfahrt eilte die *Astraea* – so hieß die Galeere – durch das Ionische Meer. Der Himmel war klar, und die Winde bliesen, als trügen sie das Wohlwollen aller Götter.
Arrius war irgendwie ungeduldig und verbrachte viel Zeit an Deck. Er nahm von allem, was sein Schiff betraf, sorgfältig Kenntnis und war in der Regel sehr zufrieden. In der Kabine, wenn er in seinem großen Sessel schaukelte, kehrten seine Gedanken immer wieder zu dem Ruderer auf Nummer 60 zurück.
»Kennst du den Mann, der gerade von der Bank dort kommt?« fragte er schließlich den Antreiber.
»Nummer 60?« fragte er zurück.
»Ja.«
Der Aufseher sah den Ruderer musternd an, der gerade vorbeiging.
»Wie du weißt«, antwortete er, »ist das Schiff erst vor einem Monat fertiggestellt worden, und die Männer sind genauso neu für mich wie das Schiff.«
»Er ist Jude«, bemerkte Arrius nachdenklich.
»Der edle Quintus ist ein guter Beobachter.«
»Er ist sehr jung«, fuhr Arrius fort.

»Aber unser bester Ruderer«, sagte der andere. »Ich habe gesehen, daß sein Ruder sich biegt, bis es fast bricht.«
»Was für einen Charakter hat er?«
»Er ist gehorsam; weiter weiß ich nichts. Einmal richtete er eine Bitte an mich.«
»Weswegen?«
»Er wünschte, daß ich ihn abwechselnd auf der rechten und auf der linken Seite rudern lasse.«
»Hat er einen Grund angegeben?«
»Er habe beobachtet, daß die Männer, die immer nur auf derselben Seite rudern, mißgestaltet würden. Dazu gab er an, falls eines Tages ein Sturm aufkomme oder es zur Schlacht komme, würde er vielleicht ausgewechselt und dann sei er dienstunfähig.«
»Beim Jupiter! Die Idee ist neu. Was sonst hast du noch an ihm beobachtet?«
»Er ist reinlicher als seine Gefährten.«
»Darin ist er ein Römer«, sagte Arrius beifällig. »Weißt du nichts von seiner Geschichte?«
»Kein Wort.«
Der Tribun überlegte eine Weile und kehrte zu seinem Sitz zurück.
»Wenn ich an Deck sein sollte, wenn er abgelöst wird«, sagte er nach einer Pause, »schick ihn zu mir. Laß ihn allein kommen.«
Ungefähr zwei Stunden später stand Arrius unter den *aplustra* der Galeere, in der Stimmung dessen, der rasch einem sehr wichtigen Ereignis entgegengeführt wird und nichts anderes tun kann, als zu warten. Da sah er, daß der Ruderer sich näherte.
»Der Aufseher nannte dich den edlen Arrius und sagte, es sei dein Wille, daß ich dich hier aufsuche. Ich bin gekommen.«
In seiner Stimme lag etwas, das auf ein Leben zumindest teilweise unter vornehmem Einfluß hindeutete; die Augen waren klar und offen und eher neugierig als trotzend. In stiller Anerkennung der Wirkung sprach der Römer zu ihm als älterer zum jüngeren, nicht wie ein Herr zu einem Sklaven.

»Der Aufseher sagt mir, du seist sein bester Ruderer.«
»Der Aufseher ist sehr freundlich«, antwortete der Ruderer.
»Dienst du schon lange?«
»Ungefähr drei Jahre.«
»An den Rudern?«
»Ich kann mich nicht erinnern, daß ich einen Tag Ruhe vor ihnen gehabt hätte.«
»Die Arbeit ist hart; nur wenige Männer ertragen sie ein Jahr lang, ohne zusammenzubrechen, und du – du bist noch ein Knabe.«
»Der edle Arrius vergißt, daß der Geist eine bedeutende Rolle bei der Ausdauer spielt. Mit seiner Hilfe gedeihen manchmal die Schwachen, während die Starken untergehen.«
»Nach deiner Sprache bist du ein Jude.«
»Meine Vorfahren, die lange vor dem ersten Römer lebten, waren Hebräer. Mein Vater war ein Fürst aus Jerusalem und besegelte als Kaufmann die Meere. Er war bekannt und geehrt im Empfangssaal des großen Augustus.«
»Sein Name?«
»Ithamar, aus dem Hause Hur.«
Erstaunt hob der Tribun die Hand.
»Ein Sohn Hurs – du?«
Nach einer Weile des Schweigens fragte er: »Was hat dich hierhergebracht?«
Judah senkte den Kopf, und seine Brust arbeitete schwer. Als er seine Gefühle genügend gemeistert hatte, sah er dem Tribun ins Gesicht und antwortete:
»Ich bin angeklagt worden, ein Attentat auf Valerius Gratus, den Prokurator, versucht zu haben.«
»Du!« rief Arrius noch erstaunter aus und trat einen Schritt zurück.
»Du bist dieser Attentäter! Ganz Rom hallte wider von der Geschichte. Ich hörte sie auf meinem Schiff auf dem Fluß bei Lodinum.«
Die beiden sahen einander schweigend an.
»Ich dachte, die Familie Hur sei ausgetilgt von der Erde«, sagte Arrius wieder als erster.

Eine Flut zarter Erinnerungen wischten den Stolz des jungen Mannes beiseite; Tränen traten ihm auf die Wangen.
»Mutter – Mutter! Und meine kleine Tirzah! Wo sind sie? O Tribun, edler Tribun, wenn du etwas von ihnen weißt« – er rang flehend die Hände –, »sag mir alles, was du weißt. Sag mir, ob sie am Leben sind – wenn sie leben, wo sind sie und in welcher Lage? Oh, ich bitte dich, berichte mir.«
»Gestehst du deine Schuld ein?« fragte Arrius ernst.
Eine plötzliche Veränderung überkam den jungen Mann, so vollständig, daß es fast wunderbar schien. Die Stimme wurde scharf; die Hände ballten sich; jede Fiber erzitterte; die Augen blitzten.
»Du hast von dem Gott meiner Väter gehört«, sagte er, »dem unendlichen Jahwe. Bei Seiner Wahrhaftigkeit und Allmacht und bei der Liebe, mit der Er Israel von Anbeginn an geleitet hat, schwöre ich: ich bin unschuldig.«
Der Tribun war sehr bewegt.
»Hattest du keinen Prozeß?« fragte er, plötzlich stehenbleibend.
»Nein.«
Der Römer hob überrascht den Kopf. »Kein Prozeß – keine Zeugen! Wer hat über dich Recht gesprochen?«
Man sollte sich erinnern, daß die Römer zu keiner Zeit so sehr das Gesetz und seine Formen liebten wie zu Zeiten ihres Niedergangs.
»Sie haben mich mit Stricken gefesselt und in ein Verlies des Turms geschleppt. Ich habe niemand gesehen, keiner sprach mit mir. Am nächsten Tag haben Soldaten mich ans Meer gebracht. Seitdem bin ich Galeerensklave.«
»Was hättest du als Beweis vorbringen können?«
»Ich war ein Knabe, viel zu jung zum Verschwörer. Gratus war für mich ein Fremder. Wenn ich vorgehabt hätte, ihn zu töten, wäre das nicht die Zeit und der Ort gewesen. Er ritt inmitten einer Legion, und es war heller Tag. Ich hätte nicht entfliehen können. Ich gehörte zu einer Klasse, die Rom sehr freundlich gesonnen war. Mein Vater war wegen seiner Verdienste für den Cäsar ausgezeichnet worden. Wir hatten ein

großes Vermögen zu verlieren. Der Untergang wäre mir, meiner Mutter und meiner Schwester sicher gewesen. Ich hatte keinen Grund für Rachegefühle, während andererseits zahlreiche Rücksichten – Besitz, Familie, Leben, Gewissen, das Gesetz – für einen Sohn Israels der Lebensatem – mir die Hand zurückgehalten hätten, wenn auch die böse Absicht sehr stark in mir gewesen wäre. Ich war nicht verrückt. Der Tod war der Schande vorzuziehen; und glaube mir, bitte, er ist es jetzt noch.«
»Wer war bei dir, als der Wurf getan wurde?«
»Ich war oben auf dem Haus – dem Haus meines Vaters. Tirzah war bei mir, an meiner Seite, die Seele der Güte. Wir lehnten zusammen über der Brustwehr, um die Legion vorbeimarschieren zu sehen. Ein Ziegel gab nach unter meiner Hand und fiel auf Gratus. Ich dachte, ich hätte ihn getötet. Wie entsetzt ich war!«
»Wo war deine Mutter?«
»In ihrem Gemach unten.«
»Was wurde aus ihr?«
Ben Hur ballte die Hände und rang nach Luft.
»Ich weiß nicht. Ich sah, wie sie fortgeschleppt wurde – das ist alles, was ich weiß. Sie holten jedes lebende Wesen aus dem Haus heraus, sogar das dumme Vieh, und versiegelten die Tore. Die Absicht war, daß sie nie zurückkehrte. Ich bitte auch für sie. Oh, nur ein Wort! Sie wenigstens war unschuldig. Ich kann vergeben – doch verzeih, edler Tribun. Ein Sklave wie ich sollte nicht von Vergebung oder Rache sprechen. Ich bin lebenslang ans Ruder gefesselt.«
Arrius hörte angespannt zu. Er nahm alle Erfahrungen, die er mit Sklaven gemacht hatte, zu Hilfe. Wenn das in diesem Fall gezeigte Gefühl geheuchelt war, war die Schauspielerei perfekt; andererseits, wenn es echt war, konnte nicht an der Unschuld des Juden gezweifelt werden. Und wenn er unschuldig war, mit welch blinder Wut war dann die Macht ausgeübt worden! Eine ganze Familie ausgerottet, um einen Unglücksfall zu rächen. Der Gedanke schockierte ihn.
Diesmal war der Tribun in Verlegenheit und zögerte. Seine

Macht war groß. Er war Herr des Schiffes. Seine vorgefaßte günstige Meinung trieb ihn zur Gnade. Sein Glaube war gewonnen. Doch, sagte er bei sich, es gab keinen Grund zur Eile – oder vielmehr, er hatte Eile, nach Kythera zu kommen; auf den besten Ruderer konnte er dann nicht verzichten; er würde warten; er würde noch mehr erfahren, um schließlich sicher sein zu können, daß es sich wirklich um den Fürsten Ben Hur handelte, und daß er von aufrichtigem Charakter war. Gewöhnlich waren Sklaven Lügner.
»Es ist gut«, sagte er laut. »Geh an deinen Platz zurück.«

Vorbereitung zur Schlacht

In der Bucht von Antemona, östlich der Insel Kythera, sammelten sich die hundert Galeeren. Der Tribun widmete hier einen Tag der Inspektion der Schiffe. Darauf segelte er nach Naxos, der größten Insel der Kykladen, auf der Mitte zwischen den Küsten Griechenlands und Asiens; von hier aus konnte er alles beherrschen, was vorbeikam. Gleichzeitig war er auch in der Position, den Piraten umgehend nachzusetzen, egal ob sie in der Ägäis oder draußen auf dem Mittelmeer auftauchten.
Als die Flotte geordnet auf die gebirgigen Küsten der Insel zuruderte, kam eine Galeere von Norden in Sicht. Arrius fuhr ihr entgegen. Es stellte sich heraus, daß es ein Transportschiff aus Byzanz war, und von seinem Kommandanten erfuhr Arrius die Einzelheiten, die er notwendig wissen mußte.
Die Piraten stammten von all den entlegeneren Gestaden des Pontus Euxinus. Selbst Tanais, an der Mündung des Flusses gelegen, der den Sumpf Maiotis gespeist haben soll, war unter ihnen vertreten. Ihre Vorbereitungen hatten sie mit größtmöglicher Geheimhaltung getroffen. Das Geschwader bestand aus gut sechzig gutbemannten und gutausgerüsteten Galeeren. Einige waren Zweiruderer, der Rest mächtige Drei-

ruderer. Der Kommandant war ein Grieche, und die Lotsen, denen man nachsagte, sie seien mit allen Meeren des Ostens vertraut, waren ebenfalls Griechen. Die Beute war unschätzbar gewesen. Nicht nur auf dem Meer herrschte Schrecken; die Städte schlossen nachts die Tore und sandten ihre Leute auf die Mauern. Der Verkehr war fast ganz zum Erliegen gekommen.

Wo waren die Piraten jetzt?

Bald erhielt Arrius hierauf Antwort.

Nach der Plünderung von Hephaistia auf der Insel Lemnos war der Feind durch die Thessalische Inselgruppe gesteuert und nach den letzten Nachrichten in den Buchten zwischen Euböa und Hellas verschwunden.

So lauteten die Berichte.

Wenn der Leser eine Karte von Griechenland und der Ägäis zur Hand nimmt, wird er bemerken, daß die Insel Euböa vor der klassischen Küste wie ein Schutzwall liegt; zwischen ihr und dem Festland liegt ein gut hundertzwanzig Meilen langer und durchschnittlich kaum acht Meilen breiter Kanal. Der nördliche Eingang hatte einst die Flotte des Xerxes hereingelassen, und jetzt nahm er die verwegenen Plünderer vom Pontus Euxinus auf. Die Städte entlang dem Pelasgischen und Melischen Meerbusen waren reich und die Beute verführerisch. In Anbetracht aller Gesichtspunkte kam Arrius also zu der Überlegung, die Räuber könnten irgendwo unterhalb der Thermopylen zu finden sein. Die Gelegenheit war willkommen, und er entschloß sich, sie im Norden und Süden einzukesseln; nicht eine Stunde war zu vergeuden; sogar die Früchte und der Wein und die Frauen von Naxos waren zurückzulassen. Also legte er los, ohne Halt, auf direkter Route, bis kurz vor Anbruch der Nacht der Berg Oche, gegen den Himmel aufragend, zu sehen war und die Lotsen die Küste von Euböa meldeten.

Auf ein Zeichen hin stand die Flotte still. Als die Fahrt wiederaufgenommen wurde, führte Arrius eine Abteilung von fünfzig Galeeren den Kanal hinauf, während eine zweite gleich starke Abteilung sich zur Seeseite der Insel hinwandte

mit dem Befehl, in aller Eile zum oberen Einlaß zu fahren und von dort einzudringen.
Keine Abteilung war den Piraten an Zahl gleich, doch wurde dieser Mangel durch andere Vorteile aufgewogen, darunter nicht zuletzt durch eine Disziplin, die bei einer zügellosen, wenngleich tapferen Horde unmöglich wäre. Außerdem hatte der Tribun die schlaue Rechnung gemacht, daß wenn eine Abteilung zufällig geschlagen werden sollte, die andere den Feind in seinem Siegesrausch leicht überwältigen würde.
Inzwischen saß Ben Hur weiter am Ruder und wurde alle sechs Stunden abgelöst. Die Rast in der Bucht von Antemona hatte ihn erfrischt, so daß das Ruder erträglich war und der Aufseher auf der Plattform keinen Fehler entdeckte.
Als die letzten Strahlen der untergehenden Sonne von der Kabine verschwunden waren, hielt die Galeere immer noch Kurs Nord. Um die Zeit herum strömte der Duft von Weihrauch vom Deck herunter.
»Der Tribun ist am Altar«, dachte er. »Ob wir kurz vor einer Schlacht stehen?«
Als Ben Hur schließlich den Tribun auf die Plattform steigen und Waffen anlegen sowie Helm und Schild bereitlegen sah, war nicht länger am Sinn der Vorbereitungen zu zweifeln, und er bereitete sich auf die letzte Schmach vor, die sein Dienst für ihn bereithielt.
An jeder Bank war fest eine Kette mit schweren Fußeisen angebracht. Diese legte nun der Aufseher den Ruderern einem nach dem andern an, in der Reihenfolge der Nummern; er ließ keine Wahl, als zu gehorchen, und im Fall eines Unglücks gab es keine Möglichkeit zu entkommen.
Jedermann auf den Bänken empfand die Schande, Ben Hur noch schärfer als seine Gefährten. Bald kündigte ihm das Rasseln der Ketten an, daß der Aufseher bei seiner Runde näher kam. Gleich war die Reihe an ihm, aber würde nicht der Tribun für ihn einschreiten?
Ben Hur wartete unruhig.
Der Aufseher kam näher. Jetzt war er bei Nummer 1 – das Klirren der eisernen Ketten klang entsetzlich. Endlich Num-

mer 60! Mit der Kraft der Verzweiflung hielt Ben Hur sein Ruder in der Schwebe und streckte seinen Fuß dem Offizier entgegen. Da rührte sich der Tribun – setzte sich auf und gab dem Aufseher ein Zeichen.
Dieser trat zum Tribun hin und zeigte lächelnd auf Nummer 60. »Welche Kraft!« sagte er.
»Und welcher Geist«, antwortete der Tribun. »Beim Jupiter, er ist besser ohne die Eisen. Leg sie ihm nicht mehr an.«
Mit diesen Worten streckte er sich wieder auf dem Sessel aus.
Stunde um Stunde segelte das Schiff unterstützt von den Rudern in Wasser, das kaum vom Wind gekräuselt wurde. Wer keinen Dienst hatte schlief, Arrius auf seinem Platz, die Soldaten auf dem Boden.
Die tiefere Dunkelheit vor Tagesanbruch lag auf den Wassern, und alles war in Ordnung auf der *Astraea,* als ein Mann vom Deck herabstieg, schnell zur Plattform eilte, wo der Tribun schlief, und ihn weckte. Arrius stand auf, legte Helm, Schwert und Schild an und begab sich zum Kommandanten der Soldaten.
»Die Piraten sind ganz in der Nähe. Auf und bereit!« sagte er und ging ruhig und zuversichtlich zur Treppe.

Die Piraten

Jede Seele an Bord, sogar das Schiff, erwachte. Die Offiziere begaben sich auf ihre Posten. Die Matrosen ergriffen die Waffen und wurden hinauskommandiert; in jeder Hinsicht sahen sie jetzt wie Legionäre aus. Bündel von Pfeilen und Arme voll Wurfspieße wurden an Deck geschafft. Bei der Mitteltreppe stellte man Ölbehälter und kleine Baumwollballen bereit. Zusätzliche Laternen wurden angezündet. Eimer wurden mit Wasser gefüllt. Die pausierenden Ruderer versammelten sich unter Bewachung vor dem Aufseher. Die Vorsehung wollte es, daß Ben Hur einer von ihnen war.

Auf ein vom Deck angegebenes Signal, das dem Aufseher von einem kleinen, an der Treppe postierten Offizier übermittelt wurde, wurden die Ruderer auf einmal gestoppt.
Was bedeutete das?
Unter den hundertzwanzig an die Bänke geketteten Sklaven war nicht einer, der sich diese Frage nicht gestellt hätte. Doch es gab nur wenig Zeit für solche Gedanken. Ein Geräusch wie der Ruderschlag von Galeeren zog Ben Hurs Aufmerksamkeit von achtern auf sich. Die *Astraea* schaukelte inmitten gegenläufiger Wogen. Der Gedanke an eine Flotte in der Nähe schoß ihm durch den Kopf, eine manövrierende Flotte, die sich vielleicht zum Angriff formierte. Sein Blut geriet in Wallung.
Ein weiteres Signal wurde an Deck heruntergegeben. Die Ruder tauchten ein, und die Galeere setzte sich unmerklich in Bewegung. Kein Geräusch von draußen, kein Geräusch von drinnen, doch jedermann unter Deck suchte schon instinktiv einem Stoß zu begegnen; das Schiff selbst schien diese Stimmung zu erfassen, hielt den Atem an und duckte sich wie ein Tiger.
In einer solchen Situation vergeht die Zeit unmerklich; so konnte sich Ben Hur kein Urteil über die zurückgelegte Strecke bilden. Endlich erscholl auf Deck ein volles, helles, langgezogenes Trompetensignal. Der Aufseher schlug auf den Resonanztisch, daß er widerhallte; die Ruderer streckten sich in voller Länge nach vorn, tauchten die Ruder tiefer ein und zogen plötzlich mit ihrer ganzen vereinten Kraft an. Die Galeere, die in allen Planken erzitterte, antwortete mit einem Sprung. Weitere Trompeten stimmten in den Lärm ein – alle vom Heck, keine am Bug; von hier war nur kurz ein anwachsender Tumult von Stimmen zu hören. Es folgte ein wuchtiger Schlag. Die Ruderer vor der Plattform des Aufsehers wankten, einige stürzten nieder. Das Schiff prallte zurück, erholte sich und schoß unwiderstehlicher als zuvor nach vorn. Schrille und laute Schreckensschreie von Männern erhoben sich, die das Geschmetter der Trompeten und das Mahlen und Krachen der Kollision übertönten. Dann

fühlte Ben Hur, daß etwas gerammt wurde, ein Zermalmen, Krachen, Bersten, Überfluten. Die Männer um ihn sahen einander erschreckt an. Ein Triumphschrei an Deck – der Schnabel der Römer hatte gesiegt! Doch wo waren die, welche die See ertränkt hatte? Welche Sprache redeten sie? Aus welchem Land waren sie?

Keine Pause, kein Halt! Die *Astraea* raste vorwärts. Einige Soldaten rannten die Treppe hinunter, tauchten die Baumwollballen in die Ölbehälter, warfen sie hoch, Kameraden entgegen, die oben an der Treppe standen; die Ballen mußten nur noch angezündet werden, und der Kampf gewann neue Schrecken.

Jetzt krängte die Galeere so stark, daß die obersten Ruderer nur mit Mühe ihre Bänke behaupten konnten. Wieder ein Hurrageschrei der Römer und gleichzeitig Schreie der Verzweiflung. Ein gegnerisches Schiff war an den Enterhaken des großen Krans am Bug erfaßt und in die Luft gehoben worden, dann fallengelassen, so daß es wohl untergetaucht war.

Das Geschrei nahm zu an Backbord und Steuerbord; vorne, hinten schwoll der unbeschreibliche Lärm an. Gelegentlich gab es ein Krachen, gefolgt von plötzlichen Schreckensrufen: weitere Schiffe waren in den Grund gebohrt worden und ihre Mannschaften in den Strudeln versunken.

Aber noch war der Kampf nicht ganz für eine Seite entschieden. Dann und wann wurde ein Römer in voller Rüstung durch die Luke herabgetragen und lag blutend, zuweilen sterbend, auf dem Boden.

Bisweilen drangen auch Rauchschwaden, vermischt mit Dampf und dem Gestank brennenden Menschenfleischs, unter Deck und verwandelte das Dämmerlicht in trübes Gelb. Nach Luft ringend, wußte Ben Hur, daß sie durch die Qualmwolke eines in Flammen stehenden Schiffes fuhren, das zusammen mit den an die Bänke geketteten Ruderern verbrannte.

Die *Astraea* war die ganze Zeit über in Bewegung. Plötzlich stoppte sie. Die Ruder vorn wurden den Ruderern aus den

Händen geschlagen, sie selbst stürzten von ihren Bänken. Auf Deck hörte man ein wildes Getrampel und an den Seiten ein Mahlen von kollidierenden Schiffen. Zum ersten Mal war das Schlagen des Hammers in dem Getöse untergegangen. Männer sanken voller Angst zu Boden oder sahen sich in der Suche nach einem Versteck um. Inmitten des Tumults stürzte ein Körper kopfüber durch die Luke herab oder wurde herabgeschleudert und fiel neben Ben Hur. Er betrachtete den halbnackten Leichnam; massiges Haar verdeckte das Gesicht, unter ihm der Schild aus Rinderhaut und Flechtwerk – ein Barbar, ein Angehöriger der weißhäutigen Völker des Nordens, dem der Tod Beute und Rache entrissen hatte. Wie kam er dorthin? Eine eiserne Hand hatte ihn vom gegnerischen Deck gerissen – nein, die *Astraea* war geentert worden! Die Römer kämpften auf ihrem eigenen Deck. Schreckenskälte ergriff den jungen Juden; Arrius wurde hart bedrängt – vielleicht kämpfte er um sein Leben. Wenn er erschlagen würde! Gott Abrahams behüte! Die Hoffnungen und Träume, so spät gekommen, waren sie nur Hoffnungen und Träume? Mutter und Schwester – Haus – Heim – das Heilige Land – sollte er es nach allem nicht wiedersehen? Das Getöse über ihm wütete; er blickte sich um; unter Deck herrschte ein wirres Durcheinander – die Ruderer an den Bänken wie gelähmt, die Mannschaft rannte wie blind hin und her.

Nur eine kurze Strecke lag zwischen ihm und der Treppe der Achterluke. Mit einem Sprung war er dort und befand sich schon auf halber Treppe – hoch genug, um einen kurzen Blick auf den vom Feuer blutroten Himmel zu werfen, auf die Schiffe längsseits, das mit Schiffen und Wracks bedeckte Meer, den Kampf um das Lotsendeck, die Menge Angreifer und die geringe Anzahl der Verteidiger –, als er auf einmal den Halt unter den Füßen verlor und nach hinten stürzte. Der Boden schien sich zu heben und in Stücke zu bersten; dann brach der Heckteil des Rumpfes im Nu auseinander, und als habe es die ganze Zeit darauf gewartet, strömte das Wasser zischend und schäumend herein. Um Ben Hur wurde alles Dunkelheit und strudelndes Wasser.

Die eindringende Flut warf ihn wie einen Holzklotz vorwärts in die Kabine, wo er ertrunken wäre, wäre er in der sinkenden Bewegung nicht zurückgerissen worden. Fadentief unter der Wasseroberfläche spie ihn die hohle Masse aus, und mit den losen Trümmern zusammen trieb er nach oben. Dabei ergriff er etwas und klammerte sich daran. Die Zeit unter Wasser erschien wie eine Ewigkeit, länger, als es wirklich war; endlich erreichte er die Oberfläche; tief einatmend füllte er die Lungen mit frischer Luft, schüttelte das Wasser aus Haaren und Augen, kletterte höher auf die Planke, die er ergriffen hatte, und blickte um sich.

Der Tod war ihm unter den Wellen dicht gefolgt; auch jetzt, über Wasser, wartete er noch auf ihn, in vielfältiger Gestalt. Rauch lag auf dem Meer wie halbdurchsichtiger Nebel, durch den hier und dort ein intensives Leuchten hindurchdrang. Ben Hur erkannte schnell, daß es Schiffe waren, die in Flammen standen. Die Schlacht dauerte an; es war nicht auszumachen, wer der Sieger war. Innerhalb seines Sehkreises kamen dann und wann Schiffe vorbei, die Schatten quer durch die Lichter warfen. Aus den schwärzlich-braunen Wolken weiter entfernt heraus vernahm er das Krachen weiterer kollidierender Schiffe.

Da hörte er sehr schnelle Ruderschläge und gewahrte eine Galeere, die auf ihn zukam. Der hohe Bug schien doppelt hoch, und der rote Lichtschein, der auf den vergoldeten Schnitzereien spielte, gab ihm das Aussehen einer Schlange. Unter dem Rumpf wurde das Wasser schäumend aufgewühlt.

Er legte los und stieß die breite und unlenksame Planke vorwärts. Sekunden waren kostbar – eine halbe Sekunde konnte ihn retten oder verderben. In der Verzweiflung seiner Anstrengung blitzte aus dem Meer, eine Armeslänge vor ihm, ein Helm wie ein Goldstrahl auf. Ihm folgten zwei Hände mit ausgestreckten Fingern – groß waren die Hände und stark –, die, was sie einmal festhielten, nicht leicht wieder loslassen würden. Ben Hur wich entsetzt vor ihnen zurück. Der Helm hob sich höher und mit ihm der Kopf, den er einschloß – dann zwei Arme, die wild auf das Wasser zu schlagen begannen –, der Kopf drehte sich nach hinten und ließ das Gesicht erkennen. Der Mund stand weit offen; die Augen waren geöffnet, doch starr; das Gesicht war überzogen von der blutlosen Blässe eines Ertrinkenden – nichts konnte gräßlicher sein! Doch Ben Hur stieß bei dem Anblick einen Schrei der Freude aus, und wie das Gesicht wieder unterging, faßte er den Leidenden an der Kette, die den Helm unter dem Kinn festhielt, und zog ihn zu der Planke.

Der Mann war Arrius, der Tribun.

Eine Zeitlang schäumte und strudelte das Wasser heftig um Ben Hur herum, der seine ganze Kraft aufwenden mußte, um sich an seinen Halt zu klammern und des Römers Kopf über Wasser zu halten. Die Galeere war vorbeigefahren und hatte die beiden kaum außerhalb der Schläge ihrer Ruder verschont. Mitten durch schwimmende Menschen, behelmte und barhäuptige, fuhr sie dahin, im Kielwasser nichts als das Meer mit Feuer übersprühend. Ein dumpfer Krach, gefolgt von einem lauten Geschrei, ließ den Retter wieder von seinem Schützling aufschauen. Eine gewisse wilde Freude rührte an sein Herz – die *Astraea* war gerächt.

Danach ging die Schlacht weiter. Widerstand wurde zur Flucht. Doch wo waren die Sieger? Ben Hur war sich bewußt, wie sehr seine Freiheit und das Leben des Tribunen vom Ausgang abhingen. Er wuchtete die Planke unter ihn, bis sie ihn trug, danach galt seine ganze Sorge dem Bemühen, ihn dort zu halten. Langsam dämmerte der Morgen. Voller Hoffnung, doch manchmal auch voller Furcht, beobachtete er das Nahen des Tages. Was würde er bringen? Die Römer oder die Piraten? Falls die Piraten, war sein Schützling verloren.

Endlich brach der Tag voll an; es war windstill. Linker Hand sah er das Land, doch zu weit, einen Versuch zu wagen. Hier und dort trieben Männer wie er. An vielen Stellen war das Meer von verkohlten und manchmal rauchenden Trümmern geschwärzt. In einiger Entfernung lag eine Galeere, deren Segel zerfetzt von der gekippten Rahe herabhing; die Ruder lagen still. Noch weiter entfernt konnte er sich bewegende

Flecken ausmachen; er dachte, es seien vielleicht fliehende oder verfolgende Schiffe, oder auch weiße Vögel im Fluge. So verstrich eine Stunde. Seine Besorgnis nahm zu. Wenn nicht bald Hilfe kam, würde Arrius sterben. Manchmal schien er schon tot, so still lag er da. Er nahm ihm den Helm ab und dann, mit größter Mühe, den Brustpanzer; das Herz schlug unregelmäßig. Er schöpfte Hoffnung hieraus und hielt durch. Er konnte nichts anderes tun, als zu warten und, nach der Art seines Volkes, zu beten.

Die Rettung

Die Qualen nach der Errettung vor dem Ertrinken scheinen heftiger als das Ertrinken selbst. Schließlich, zu Ben Hurs Freude, erlangte Arrius die Sprache wieder.
Nach und nach erst, nach unzusammenhängenden Fragen – wo er sei, von wem und wie er gerettet worden sei –, kam er auf die Schlacht zu sprechen. Der Zweifel, wer gesiegt habe, brachte seine Geisteskräfte wieder voll in Schwung, was nicht zuletzt ein wenig durch die lange Ruhe bewirkt wurde – soweit man diese auf ihrem zerbrechlichen Halt finden konnte. Nach einer Weile wurde er gesprächig.
»Unsere Rettung, sehe ich, hängt vom Ausgang des Kampfes ab. Ich sehe auch, was du für mich getan hast. Um es frei herauszusagen, du hast mein Leben unter eigenem Risiko gerettet. Ich erkenne es uneingeschränkt an; und was immer kommt, du hast meinen Dank. Mehr als das, wenn Fortuna mir wohlgesonnen ist und wir wohlbehalten aus dieser Gefahr herauskommen, werde ich es dir so vergelten, wie es einem Römer geziemt, der Macht und Mittel hat, seinen Dank zu beweisen. Wenn ich überlebe, werde ich dich freilassen und dich deiner Heimat und Familie wiedergeben; oder du gehst selbst des Wegs, der dir am besten gefällt. Hörst du?«
»Ich konnte nicht anders als hören. Dort kommt ein Schiff.«

»Aus welcher Richtung?«
»Von Norden.«
»Kannst du an äußeren Zeichen seine Nationalität erkennen?«
»Nein. Ich habe am Ruder gedient.«
»Hat es eine Flagge?«
»Ich kann keine sehen.«
Arrius schwieg eine Weile, wie in tiefes Nachdenken versunken. »Hält das Schiff noch dieselbe Richtung?« fragte er schließlich.
»Immer noch.«
»Sieh jetzt nach der Flagge.«
»Es hat keine.«
»Auch kein anderes Zeichen?«
»Es hat keine Segel gesetzt und hat drei Ruderbänke; es kommt schnell heran – mehr kann ich nicht sagen.«
»Ein siegreicher Römer hätte viele Flaggen gehißt. Es muß ein feindliches Schiff sein.«
Oft sah Ben Hur zu dem nahenden Schiff hinüber. Arrius ruhte gleichgültig, die Augen geschlossen.
»Bist du sicher, daß es ein feindliches Schiff ist?« fragte Ben Hur.
»Ich denke«, war die Antwort.
»Es hält an und setzt ein Boot aus.«
»Siehst du seine Flagge?«
»Gibt es kein anderes Zeichen, an dem man es erkennen kann, wenn es ein Römer ist?«
»Dann hat es einen Helm auf der Mastspitze.«
»Dann sei guter Dinge. Ich sehe den Helm.«
Arrius war sich noch nicht sicher.
»Die Männer in dem kleinen Boot holen die Schwimmenden herein. Piraten sind nicht so menschlich.«
»Vielleicht brauchen sie Ruderer«, antwortete Arrius, vielleicht in Erinnerung an Zeiten, wo er zu dem Zweck Leute gerettet hatte.
Ben Hur beobachtete die Handlungen der Fremden genau.
»Das Schiff fährt weiter«, sagte er.
»Wohin?«

»Da drüben, rechts von uns, liegt eine Galeere; ich glaube, sie ist verlassen. Jetzt steuert das Schiff auf sie zu. Jetzt legt es seitwärts an. Jetzt sendet es Männer an Bord.«
Da öffnete Arrius die Augen; seine Ruhe war vorbei.
»Danke du deinem Gott«, sagte er nach einem Blick auf die Galeeren zu Ben Hur, »dank deinem Gott, wie ich meinen Göttern danke. Ein Pirat würde jenes Schiff versenken, nicht retten. Dadurch und durch den Helm auf dem Mast erkenne ich, daß es Römer sind. Der Sieg ist mein. Fortuna hat mich nicht verlassen. Wir sind gerettet. Wink mit der Hand – ruf ihnen zu – hol sie schnell herbei! Ich werde Duumvir, und du! Ich habe deinen Vater gekannt und geliebt. Er war wirklich ein Fürst. Er hat mich gelehrt, daß ein Jude kein Barbar ist. Ich werde dich mit mir nehmen. Ich werde dich zu meinem Sohn machen. Danke deinem Gott, und ruf die Soldaten herbei. Beeil dich! Die Verfolgung muß weitergehen. Kein Räuber soll entfliehen. Treib sie an!«
Judah erhob sich auf die Planke, winkte mit dem Arm und rief mit aller Kraft; schließlich zog er die Aufmerksamkeit der Seeleute in dem kleinen Boot auf sich; im Nu waren sie aufgenommen.
Arrius wurde auf der Galeere mit all den Ehren empfangen, die einem von Fortuna so begünstigten Helden gebührten. Auf einem Ruhebett an Deck hörte er den Bericht von den Einzelheiten vom Schluß des Kampfes. Als die noch lebenden Schiffbrüchigen alle gerettet und die Beute in Sicherheit gebracht war, ließ er aufs neue seine Kommandantenflagge hissen und nahm eilig Kurs nach Norden, um Anschluß an seine Flotte zu gewinnen und den Sieg zu vervollständigen. Zur rechten Zeit trafen die fünfzig Schiffe, die den Kanal herabkamen, auf die flüchtigen Piraten und rieben sie vollständig auf; nicht einer entkam. Um den Ruhm des Tribunen noch zu erhöhen, wurden zwanzig Galeeren des Feindes erbeutet.
Bei der Rückkehr von seiner Fahrt wurde Arrius auf der Mole von Misenum herzlich empfangen. Der ihn begleitende junge Mann zog sehr bald die Aufmerksamkeit seiner

Freunde dort auf sich; auf ihre Fragen hin, wer er sei, erzählte ihnen der Tribun in höchst herzlicher Weise die Geschichte seiner Rettung und stellte ihnen den Fremden vor, wobei er sorgfältig all das ausließ, was dessen Vorgeschichte betraf. Am Ende der Erzählung rief er Ben Hur zu sich und sagte mit liebevoll auf seine Schulter gelegter Hand:

»Gute Freunde, dies ist mein Sohn und Erbe, der, da er mein Eigentum – sofern ich nach dem Willen der Götter etwas zurücklasse – bekommen soll, euch unter meinem Namen vorgestellt sein soll. Ich bitte euch alle, ihn zu lieben, wie ihr mich liebt.«

So rasch es die Umstände erlaubten, wurde die Adoption formell vollzogen. Und auf diese Weise hielt der tapfere Römer das Versprechen, das er Ben Hur gegeben hatte, und verschaffte ihm einen glücklichen Zutritt zur Welt des kaiserlichen Hofes. Einen Monat nach Arrius' Rückkehr wurde mit dem größten denkbaren Aufwand an Pracht im Theater des Scaurus das *armilustrium,* die Siegesfeier, gehalten. Eine Seite des Gebäudes war ganz mit Kriegstrophäen bedeckt, unter denen sich als die bemerkenswertesten und am meisten bewunderten die zwanzig Schiffsschnäbel befanden, vervollständigt durch die zugehörigen *aplustra,* die von ebenso vielen Galeeren abgenommen worden waren. Darüber, lesbar für die achtzigtausend Zuschauer im Theater, befand sich diese Inschrift:

DEN PIRATEN IM GOLF VON EURIPOS
ENTRISSEN
VON
QUINTUS ARRIUS
DUUMVIR

Viertes Buch

Rückkehr nach Osten

Wir kommen jetzt in den Juli im Jahre des Herrn 29, und zwar nach Antiochia, der Königin des Ostens, nächst Rom die stärkste, wenn nicht volkreichste Stadt der Welt.
Eine Transportgaleere fuhr von den blauen Gewässern des Meeres in die Mündung des Orontes ein. Es war Vormittag. Die Hitze war groß; dennoch befanden sich alle, die sich dieses Vorrecht zunutze machen konnten, an Deck, unter anderen auch Ben Hur.
In den fünf Jahren war der junge Jude zum Mann herangewachsen. Obwohl das weiße Leinengewand, das er trug, seine Figur einigermaßen verhüllte, war seine Erscheinung ungewöhnlich attraktiv. Mehr als eine Stunde lang hatte er im Schatten des Segels gesessen, und in der Zeit hatten einige Mitreisende seiner eigenen Nationalität vergebens versucht, ihn in ein Gespräch zu ziehen. Seine Antworten auf ihre Fragen waren kurz, trotzdem höflich gewesen; er sprach lateinisch. Die Reinheit seiner Sprache, seine kultivierten Manieren, seine Schweigsamkeit taten das Ihre, die Neugierde um so mehr anzustacheln.
Die Galeere hatte auf der Überfahrt an einem der Häfen Zyperns haltgemacht und einen Hebräer von höchst ehrwürdiger Erscheinung, ruhig, reserviert, väterlich, an Bord genommen. Ben Hur wagte, ihm einige Fragen zu stellen; die Antworten bewirkten, daß er Vertrauen faßte, und führten schließlich zu einer ausgedehnten Unterhaltung.
Es traf sich ebenfalls, daß, als die Galeere von Zypern in die Mündungsbucht des Orontes einfuhr, zwei andere Schiffe zur selben Zeit in den Fluß einliefen, die draußen auf dem Meer gesichtet worden waren, und ihr begegneten; dabei hißten beide fremden Boote eine kleine Flagge von leuchtendstem Gelb. Viele Vermutungen bezüglich der Bedeutung

der Signale wurden angestellt. Schließlich wandte sich ein Passagier an den ehrwürdigen Hebräer um Auskunft über die Sache.

»Ja, ich kenne die Bedeutung der Flaggen«, antwortete er. »Sie bezeichnen nicht die Nationalität – es sind nur Kennzeichen des Eigentümers.«

»Hat der Eigentümer viele Schiffe?« – »Ja.«

»Kennt Ihr ihn?«

»Ich hatte geschäftlich mit ihm zu tun.«

Die Passagiere sahen den Sprecher an, als wollten sie ihn bitten, fortzufahren.

»Er lebt in Antiochia«, sprach der Hebräer in seiner ruhigen Weise weiter. »Sein enormer Reichtum hat die öffentliche Aufmerksamkeit auf ihn gelenkt, und was man über ihn sagt, ist nicht immer freundlich. In Jerusalem lebte ein Fürst aus sehr alter Familie mit Namen Hur.«

Judah war bestrebt, sich zusammenzunehmen, doch sein Herz schlug schneller.

»Der Fürst war ein Kaufmann, ein Geschäftsgenie. Er setzte viele Unternehmungen ins Werk, die teils nach dem Fernen Osten, teils nach dem Westen reichen. In den großen Städten hatte er Zweigstellen. Die in Antiochia stand unter der Leitung eines Mannes namens Simonides, von dem einige sagen, er sei ein Sklave der Familie gewesen, zwar mit griechischem Namen, doch ein Israelit. Der Herr ist auf See ertrunken. Sein Geschäft lief jedoch weiter und war kaum weniger erfolgreich. Nach einiger Zeit überkam Unglück die Familie. Des Fürsten einziger Sohn, kaum herangewachsen, versuchte, den Prokurator Gratus umzubringen, in einer der Straßen Jerusalems. Nur um ein Haar mißlang der Versuch, und seitdem hat man nichts mehr von ihm gehört. Tatsächlich traf der Zorn des Römers das ganze Haus – nicht einer des Namens blieb am Leben. Ihr Palast wurde versiegelt und dient jetzt den Tauben als Niststätte; das Vermögen wurde beschlagnahmt; alles, was als Eigentum der Hurs ermittelt wurde, wurde konfisziert. Der Prokurator heilte seine Verletzung mit einer goldenen Salbe.«

Die Passagiere lachten.
»Ihr meint, er behielt den ganzen Besitz?« sagte einer von ihnen.
»So sagt man«, antwortete der Hebräer. »Ich erzähle die Geschichte nur, wie ich sie gehört habe. Und, um fortzufahren, Simonides, der des Fürsten Geschäftsführer hier in Antiochia gewesen war, machte nach kurzer Zeit auf eigene Rechnung ein Handelsgeschäft auf und wurde in unglaublich kurzem Zeitraum der erste Kaufmann der Stadt. In Nachahmung seines Herrn sandte er Karawanen nach Indien; und zur See hat er im Augenblick Galeeren genug, um eine königliche Flotte zu bilden. Man sagt, nichts schlage ihm fehl. Seine Kamele sterben nicht, es sei denn an Alter; seine Schiffe gehen nie unter; und wenn er einen Holzsplitter in den Fluß würfe, würde er ihm als Gold zurückkommen.«
»Wie lange macht er das schon?«
»Keine zehn Jahre.«
»Er muß einen guten Start gehabt haben.«
»Ja, man sagt, der Prokurator habe von des Fürsten Vermögen nur das genommen, was zur Hand war – Pferde, Vieh, Häuser, Land, Schiffe, Güter. Das Geld konnte nicht gefunden werden, obwohl davon eine Unsumme dagewesen sein muß. Was daraus geworden ist, ist ein ungelöstes Geheimnis.«
»Nicht für mich«, sagte ein Passagier mit einem höhnischen Grinsen.
»Ich verstehe Euch«, antwortete der Hebräer. »Andere haben Euren Gedanken auch schon gehabt. Daß der alte Simonides damit seinen Start finanziert hat, ist allgemeine Meinung. Auch der Prokurator ist der Meinung – oder ist es gewesen –, denn zweimal in fünf Jahren ließ er den Kaufmann ergreifen und der Folter aussetzen.«
Judah umklammerte das Tau, das er festhielt, mit aller Kraft.
»Man sagt«, fuhr der Erzähler fort, »daß in dem Leib des Mannes kein heiler Knochen zurückblieb. Das letzte Mal, als ich ihn sah, saß er in einem Sessel, ein formloser Krüppel.«
»So gefoltert!?« riefen verschiedene Zuhörer in einem Atem aus.

»Krankheit hätte eine solche Entstellung nicht hervorrufen können. Doch das Leiden machte keinen Eindruck auf ihn. Alles, was er besaß, besaß er rechtmäßig, und er machte davon rechtmäßigen Gebrauch – das war das höchste, was sie ihm auspressen konnten. Jetzt jedoch ist er vor Verfolgung sicher. Er hat eine Handelslizenz, die von Tiberius persönlich unterzeichnet ist.«

Als die Stadt in Sicht kam, waren die Passagiere an Deck, darauf erpicht, daß ihnen nichts von dem Schauspiel entgehe. Endlich wurden die Leinen geworfen, die Ruder eingelegt, und die Reise war zu Ende. Ben Hur suchte den ehrwürdigen Hebräer.

»Laßt mich Euch einen Moment stören, bevor wir uns verabschieden.«

Der Mann verneigte sich zustimmend.

»Eure Geschichte von dem Kaufmann hat mich neugierig gemacht; ich möchte ihn sehen. Ihr nanntet ihn Simonides?«

»Ja. Er ist ein Jude mit griechischem Namen.«

»Wo kann man ihn finden?«

Die Bekanntschaft warf ihm einen scharfen Blick zu und antwortete dann: »Man möchte denken«, sagte er, »daß der reichste Mann in Antiochia ein Geschäftshaus entsprechend seinem Wohlstand besitze, doch wenn Ihr ihn am Tage finden wollt, folgt dem Fluß bis zu jener Brücke; darunter wohnt er in einem Gebäude, das wie der Strebepfeiler der Mauer aussieht. Vor der Tür befindet sich ein großer Landeplatz, der immer mit Waren überfüllt ist, teils gerade angekommen, teils zur Verladung bereit. Die Flotte, die dort festgemacht liegt, ist seine. Ihr könnt nicht verfehlen, ihn zu finden.«

»Ich danke Euch.«

»Der Friede unserer Väter sei mit Euch.«

»Und mit Euch.«

Hiermit trennten sie sich.

Die erste Begegnung mit Simonides

Am nächsten Tag suchte Ben Hur in der Frühe, ohne sich um die Stadt zu kümmern, das Haus des Simonides auf. Durch ein mit Zinnen versehenes Tor gelangte er zu einer ununterbrochenen Reihe von Lagerhäusern, von dort den Fluß hinauf mitten durch eine geschäftige Menschenmenge hindurch zur Seleukischen Brücke. Unter ihr machte er eine Pause, um die Umgebung in sich aufzunehmen.

Dort, direkt unter der Brücke, lag das Haus des Kaufmanns, eine Masse unbehauener, keinem Stil zugehöriger Steine; es sah aus wie der Strebepfeiler der Mauer, gegen die es lehnte. Zwei gewaltige Tore an der Front bildeten den Zugang zum Kai. Einige schwervergitterte Löcher nahe dem Dach dienten als Fenster. Unkraut wucherte in den Spalten, und stellenweise waren die sonst kahlen Steine von dunklem Moos befleckt.

Die Tore standen offen. Durch das eine zog das Geschäft ein, durch das andere heraus, und alles hastete und eilte sich.

Beherzt trat er in das Haus.

Das Innere bildete ein geräumiges Warenlager, wo Güter aller Art sorgfältig nach Sorten geordnet aufgehäuft und verstaut waren. Trotz dem trüben Licht und der stickigen Luft bewegten sich die Leute flink hin und her; stellenweise sah er Arbeiter mit Säge und Hammer Kisten für den Schiffsversand anfertigen.

Endlich trat ein Mann auf ihn zu und sprach ihn an.

»Was wünscht Ihr?«

»Ich wollte den Kaufmann Simonides sprechen.«

»Bitte, folgt mir hierher.«

Durch eine Anzahl zwischen den Waren frei gelassenen Pfaden gelangten sie schließlich zu einer Treppenflucht; oben angelangt, fand er sich auf dem Dach des Warenlagers wieder, vor einem Gebäude, das nicht besser beschrieben werden kann denn als ein kleines, auf einem anderen erbautes Steinhaus, das vom Landungsplatz aus unsichtbar war und westlich von der Brücke unter freiem Himmel lag. Das von einer kleinen Mauer umsäumte Dach sah wie eine Terrasse aus, die zu seinem Erstaunen mit herrlichen Blumen geschmückt war; in der reichen Umgebung kauerte das Haus als quadratischer Block da, nur durch eine Tür an der Vorderseite unterbrochen. Ein peinlich sauberer Pfad führte zu der Tür, begrenzt von in voller Blüte stehenden persischen Rosensträuchern. Den süßen Duft des Rosenöls einatmend, folgte er dem Führer.

Am Ende eines dunklen Ganges im Innern blieben sie vor einem halb geöffneten Vorhang stehen. Der Mann rief: »Ein Fremder wünscht den Herrn zu sprechen.«

Eine klare Stimme antwortete: »In Gottes Namen, laß ihn eintreten.«

In der Mitte des Raumes befanden sich zwei Personen – ein Mann, der in einem Sessel mit hohem Rücken und breiten Lehnen, mit weichen Kissen bestückt, ruhte; und zu seiner Linken ein fast schon zur Frau herangereiftes Mädchen, das sich an den Rücken des Sessels lehnte. Bei ihrem Anblick fühlte Ben Hur das Blut zu Kopf steigen; er verneigte sich, sowohl um sich wieder zu fangen als in Ehrerbietung, und übersah so, wie sich zitternd und zuckend die Hände des Sitzenden hoben, um ihn zu begrüßen – eine innere Erregung, die so schnell verschwand, wie sie gekommen war. Als Ben Hur die Augen hob, befanden sich die beiden in derselben Stellung, nur war die Hand des Mädchens von der Lehne gesunken und ruhte leicht auf der Schulter des alten Mannes; beide sahen ihn unverwandt an.

»Wenn du der Kaufmann Simonides bist und ein Jude« – Ben Hur hielt einen Moment inne –, »dann sei der Friede des Gottes unseres Vaters Abraham mit dir und – den Deinen.«

Das letzte Wort war an das Mädchen gerichtet.

»Ich bin Simonides, von dem du sprichst, von Geburtsrecht ein Jude«, antwortete der Mann mit einer einzigartig klaren Stimme. »Ich bin Simonides und ein Jude; und ich erwidere deinen Gruß mit der Bitte zu erfahren, wer mich zu sprechen wünscht.«

Ben Hur sah ihn an, wie er zuhörte, und wo die Gestalt des

Mannes gesunde Rundungen hätte aufweisen müssen, war nur eine formlose Masse, in den Tiefen der Kissen versunken und bedeckt von einem gesteppten Mantel aus dunkler Seide. Über der Masse strahlte ein königlich proportioniertes Haupt – der ideale Kopf eines Staatsmannes und Eroberers –, unten breit und mit gewölbter Stirn, so wie Michelangelo einen Cäsar modelliert hätte. Weißes Haar fiel in dünnen Locken über die weißen Brauen und verstärkte so das Schwarz der Augen, die wie trübe Lichter dazwischen leuchteten. Das Gesicht war blutleer und von vielen Falten, besonders unter dem Kinn, durchfurcht. Mit anderen Worten: Kopf und Gesicht waren die eines Mannes, der eher die Welt in Bewegung setzen könnte als die Welt ihn – eines Mannes, der sich zweimal ein dutzendmal zu dem formlosen Krüppel, der er war, foltern ließ, ohne zu stöhnen, noch weniger als zu gestehen; ein Mann, der eher sein Leben hingab, als einen Punkt von seinem Vorhaben abzustreichen; ein Mann, der in Waffen geboren und nur durch Liebe zu besiegen war. Ihm streckte Ben Hur seine offenen Hände, die Handflächen nach oben, entgegen, als wolle er ihm zur gleichen Zeit den Frieden bieten, um den er bat.

»Ich bin Judah, der Sohn Ithamars, des verstorbenen Hauptes des Hauses Hur, und ein Fürst von Jerusalem.«

Des Kaufmanns rechte Hand lag – lang, dünn, durch das Leiden bis zur Unförmigkeit verkrüppelt – frei auf dem Mantel. Sie schloß sich fest zusammen; ansonsten gab es keinerlei Anzeichen irgendeines Gefühls auf seiner Seite; nichts bestätigte einen Anflug von Überraschung oder Interesse. Er gab nur die ruhige Antwort:

»Die Fürsten von Jerusalem sind immer willkommen in meinem Haus; du bist willkommen. Bring dem jungen Mann einen Sessel, Esther.«

Das Mädchen holte eine Ottomane aus der Nähe heran und brachte sie zu Ben Hur; dabei begegneten sich ihre Blicke.

»Der Friede unseres Herrn sei mit dir«, sagte sie sittsam. »Setze dich und ruhe.«

Ben Hur nahm nicht auf dem angebotenen Sitz Platz, sondern sagte: »Ich bitte den guten Herrn Simonides, mich nicht für einen Eindringling zu halten. Als ich gestern den Fluß heraufkam, hörte ich, er kenne meinen Vater.«

»Ich kannte den Fürsten Hur. Wir waren Teilhaber an verschiedenen Unternehmungen, die Kaufleute nach dem Gesetz durchführen können, um in Ländern jenseits des Meeres und der Wüste Gewinne zu erzielen. Doch setz dich, ich bitte dich, und, Esther, bring etwas Wein für den jungen Mann. Nehemias spricht von einem Sohn Hurs, der einst über halb Jerusalem herrschte; ein altes Haus, sehr alt, wahrhaftig! In den Tagen Moses' und Josuas fanden einige von ihnen sogar Gnade im Angesicht des Herrn und teilten unter den Menschen die Ehren mit jenen Fürsten. Es ist unwahrscheinlich, daß ihr direkter Nachkomme einen Becher Wein von den echten Reben Soreks zurückweisen wird, der auf den südlichen Hügelseiten Hebrons gewachsen ist.«

Bei diesen Worten war Esther wieder zurück mit einem Becher Wein, den sie aus einem Krug auf einem Tisch, ein wenig vom Sessel entfernt, eingeschenkt hatte, und reichte ihn Ben Hur mit gesenktem Blick. Er berührte sanft ihre Hand, um sie zurückzuschieben. Wieder trafen sich ihre Blicke. Dabei bemerkte er, daß sie sehr klein war, ihm kaum bis an die Schulter reichte, aber sehr anmutig war und ein schönes, liebliches Gesicht mit schwarzen, unbeschreiblich sanften Augen hatte. Sie ist lieb und hübsch, dachte er, und sieht aus wie Tirzah, wenn sie lebte. Arme Tirzah! Dann sagte er laut:

»Nein, dein Vater – wenn er dein Vater ist?«

Er hielt inne.

»Ich bin Esther, Simonides' Tochter«, sagte sie mit Würde.

»Dann, schöne Esther, wird dein Vater es mir nicht verübeln, wenn ich noch nicht von dem berühmten Wein nehme, bevor er meine weiteren Worte gehört hat. Ich hoffe auch, in deinen Augen nicht an Gnade zu verlieren. Bleib du jetzt hier mit mir einen Augenblick stehen.«

Beide wandten sich, wie in gemeinsamem Anliegen, dem Kaufmann zu. »Simonides«, sagte er mit fester Stimme,

»mein Vater hatte bei seinem Tode einen treuen Diener deines Namens, und mir wurde gesagt, du seist der Mann.«
Die verrenkten Glieder unter dem Mantel zuckten plötzlich, und die dünne Hand ballte sich.
»Weil ich der bin, der ich bin, bevor ich auf deine Frage eingehe, was mein Verhältnis zu dem Fürsten Hur betrifft, bring du zuerst, wie es recht und billig ist, Beweise für deine Abkunft bei. Hast du schriftliche Beweise? Oder einen persönlichen Zeugen?«
Die Frage war einfach und das Recht dazu unbestreitbar. Ben Hur errötete, faltete die Hände, stammelte und wandte sich verlegen ab.
Simonides bedrängte ihn.
»Die Beweise, die Beweise, sage ich! Breite sie vor mir aus – leg sie mir in die Hand!«
Doch Ben Hur hatte keine Antwort. Das Verlangen hatte er nicht vorausgesehen; und jetzt, da es an ihn gerichtet war, wurde ihm wie nie zuvor die schreckliche Tatsache bewußt, daß die drei Galeerenjahre alle Beweise seiner Identität vernichtet hatten; Mutter und Schwester waren fort, und so lebte er in der Erinnerung keines menschlichen Wesens mehr.
»Herr Simonides«, sagte er schließlich, »ich kann nur meine Geschichte erzählen; aber ich will es nur tun, wenn du dein Urteil solange zurückhältst und geneigt bist, mich wohlwollend anzuhören.«
»Sprich«, sagte Simonides, jetzt in der Tat Herr der Situation, »sprich, und ich werde um so lieber zuhören, da ich nicht geleugnet habe, du seist die Person, die du behauptest.«
Darauf fuhr Ben Hur fort und erzählte eilends seine Lebensgeschichte.
»Guter Simonides!« sagte Ben Hur darauf und trat einen Schritt vor, mit ganzer Seele Ausdruck suchend. »Ich sehe, du bist nicht überzeugt, ich stehe noch immer im Schatten des Mißtrauens.«
Der Kaufmann saß regungslos da, wie aus Marmor; er sagte kein Wort.

»Und nicht weniger klar sehe ich die Schwierigkeiten meiner Lage«, fuhr Ben Hur fort. »Alle meine römischen Verbindungen kann ich beweisen; ich brauche mich nur an den Konsul zu wenden, der gerade Gast des Prätors dieser Stadt ist; aber die Einzelheiten deiner Fragen an mich kann ich nicht beweisen. Ich kann nicht beweisen, daß ich meines Vaters Sohn bin. Die mir behilflich sein könnten – ach! Sie sind tot oder verschollen.«

Er verbarg sein Gesicht zwischen den Händen; da stand Esther auf, nahm den zurückgewiesenen Becher und sagte: »Der Wein ist aus dem Land, das wir alle so lieben. Trink, ich bitte dich!«

Ihre Stimme war lieblich wie die Rebekkas, als sie am Brunnen bei der Stadt Nahor den Trank bot; er sah, daß Tränen in ihren Augen standen, trank und sagte: »Tochter des Simonides, dein Herz ist voller Güte; und barmherzig bist du, daß du den Fremden den Wein mit deinem Vater teilen läßt. Gott segne dich! Ich danke dir.«

Dann wandte er sich wieder an den Kaufmann:

»Da ich keinen Beweis habe, daß ich meines Vaters Sohn bin, will ich von meiner Bitte an dich abstehen, o Simonides, und fortgehen, um dich nicht länger zu stören; laß mich nur sagen, daß ich nicht deine Rückkehr in die Dienstbarkeit suchte noch Rechenschaft über dein Vermögen. In jedem Fall hätte ich gesagt, wie ich jetzt sage, daß alles, was Produkt deiner Arbeit und deines Geistes ist, dir gehört. Behalte es in Frieden. Ich brauche nichts davon. Als der gute Quintus, mein Adoptivvater, auf die Reise ging, die seine letzte war, vermachte er mir sein fürstlich reiches Erbe. Wenn du daher wieder einmal an mich denken solltest, dann erinnere dich dieser Frage, deretwegen ich – und das schwöre ich bei den Propheten und Jahwe, deinem Gott und meinem – hauptsächlich hierhergekommen bin: Was weißt du, was kannst du mir erzählen über meine Mutter und Tirzah, meine Schwester, die jetzt an Schönheit und Anmut dieser hier gleichkommen würde, der Freude deines Lebens, wenn nicht dein Leben selbst? Oh, was kannst du mir über sie erzählen?«

Tränen rannen Esthers Wangen herab; der Kaufmann aber blieb eigensinnig und antwortete:
»Ich habe gesagt, ich kannte den Fürsten Hur. Ich erinnere mich, von dem Unglück gehört zu haben, das seine Familie überkam. Ich erinnere mich der Bitterkeit, mit der ich es hörte. Jener, der solches Elend über die Witwe meines Freundes gebracht hat, ist derselbe, der in demselben Geist auch mich verfolgt hat. Ich will noch weitergehen und dir sagen, daß ich sorgfältige Nachforschungen über die Familie angestellt habe, doch – ich habe dir nichts über sie zu erzählen. Sie sind verschwunden.«
Ben Hur stieß einen tiefen Seufzer aus.
»Dann – dann ist wieder eine Hoffnung zerbrochen!« sagte er, mit seinen Gefühlen kämpfend. »Ich bin Enttäuschungen gewöhnt. Ich bitte dich, mein Eindringen zu entschuldigen; und wenn ich dir lästig gewesen sein sollte, vergib mir um meines Kummers willen. Ich habe für kein Ziel mehr zu leben als für Rache. Lebt wohl!«
Am Vorhang drehte er sich noch einmal um und sagte einfach: »Ich danke euch beiden.«
»Friede sei auf deinen Wegen«, sagte der Kaufmann.
Esther konnte vor Schluchzen nicht reden.
Und so ging er fort.

Simonides erzählt seine Geschichte

Kaum war Ben Hur gegangen, als Simonides wie aus dem Schlaf zu erwachen schien: sein Gesicht bekam Farbe, das dumpfe Licht seiner Augen gewann Glanz zurück, und fröhlich sagte er:
»Esther, läute – schnell!«
Sie ging zum Tisch und läutete mit einer Glocke.
Eines der Wandpaneele verschob sich nach hinten, und durch die entstandene Türöffnung erhielt ein Mann Zutritt, der vor den Kaufmann hintrat und ihn mit einem Salem begrüßte.

»Malluch, hierher – näher an den Stuhl heran«, sagte sein Herr gebieterisch. »Ich habe einen Auftrag, der nicht fehlgehen darf, und wenn die Sonne von ihrer Bahn abkommt. Hör zu! Ein junger Mann geht gerade ins Lager hinunter – groß, gut aussehend, in israelitischer Kleidung. Folg ihm so treu wie sein Schatten und gib mir jeden Abend Bericht darüber, wo er ist, was er tut und in welcher Gesellschaft er sich befindet. Und wenn du, ohne entdeckt zu werden, seine Gespräche mithören kannst, berichte sie mir Wort für Wort, überhaupt alles, was Auskunft über seine Person gibt – seine Gewohnheiten, seine Absichten, seinen Lebenslauf. Verstehst du? Geh schnell! Wart, Malluch: wenn er die Stadt verläßt, geh ihm nach, und, merk auf, Malluch, sei wie ein Freund. Wenn er dich anspricht, sag ihm, was du bei der Gelegenheit passend findest, außer daß du in meinen Diensten stehst – davon kein Wort. Beeil dich, mach schnell!«
Der Mann grüßte wie zuvor und entfernte sich.
Darauf rieb sich Simonides lachend die blassen Hände.
»Was für ein Tag ist heute, Tochter?« sagte er in Hochstimmung. »Was für ein Tag ist heute? Ich möchte ihn mir merken als Tag, da das Glück gekommen ist. Sieh lachend nach, und sag es mir lachend, Esther.«
Seine Fröhlichkeit erschien ihr unnatürlich; und wie um ihn davon abzubringen, antwortete sie sorgenvoll: »Wehe mir, Vater, wenn ich je diesen Tag vergessen sollte!«
Seine Hände sanken nieder, das Kinn fiel auf die Brust und verlor sich in den tiefen Falten seines Gesichts.
»Während der junge Mann sprach, Esther, habe ich dich beobachtet, und es kam mir so vor, als habest du dich von ihm gewinnen lassen.«
Mit gesenktem Blick antwortete sie: »Sprichst du davon, Vater, daß ich ihm glaubte, ja, ich glaubte ihm.«
»In deinen Augen ist er also der verlorene Sohn des Fürsten Hur?«
»Wenn er es nicht ist –« Sie zögerte.
»Wenn er es nicht ist, Esther?«
»Ich bin deine Dienerin gewesen, Vater, seit meine Mutter

dem Ruf Gottes, des Herrn, gefolgt ist; an deiner Seite habe ich dich weise handeln sehen mit aller Art von gewinnsuchenden Männern, mit frommen und mit schlechten. Und jetzt sage ich, wenn der junge Mann wirklich nicht der Fürst ist, der zu sein er behauptet, dann hat vor mir die Falschheit nie so gut die Rolle aufrichtiger Wahrheit gespielt.«

»Beim Ruhme Salomons, Tochter, du sprichst ein ernstes Wort. Glaubst du, daß dein Vater Diener seines Vaters war?«

»Ich habe ihn so verstanden, daß er danach fragte wie nach etwas, von dem er nur gehört hatte.«

Eine Zeitlang schweifte Simonides' Blick über seine schwimmenden Schiffe, obwohl sie keinen Raum in seinen Gedanken hatten.

»Nun, du bist ein gutes Kind, Esther, von echt jüdischem Scharfsinn und alt und stark genug, eine traurige Geschichte zu hören. Gib also acht, ich werde dir von mir erzählen und von deiner Mutter, und von vielen anderen Dingen, die der Vergangenheit angehören, von denen du weder weißt noch träumst – von Dingen, die ich den römischen Verfolgern vorenthielt, um einer Hoffnung willen, und auch dir, damit du dich dem Herrn zuwendetest, grad so wie das Schilf zur Sonne ... Ich wurde in einer Gruft im Tale von Hinnom geboren, an der Südseite des Berges Zion. Mein Vater und meine Mutter waren hebräische Leibeigene, sie pflegten die Feigen- und Olivenbäume und die vielen Weinstöcke im Garten des Königs nahe beim Teich Siloam. Als Knabe half ich ihnen. Sie gehörten jener Klasse an, die für immer an den Dienst gebunden ist. Sie verkauften mich an den Fürsten Hur, der damals nach dem König Herodes der reichste Mann in Jerusalem war. Vom Garten sandte er mich in sein Warenhaus nach Alexandria in Ägypten, wo ich heranwuchs. Ich diente ihm sechs Jahre, und im siebenten wurde ich nach den Gesetzen Moses' frei.«

Esther klatschte leicht in die Hände.

»Oh, dann bist du nicht seines Vaters Sklave!«

»Nein, Tochter, höre. In jenen Tagen gab es Rechtsgelehrte in den Säulengängen des Tempels, die sich in heftigen Diskussionen befanden; sie sagten, Kinder von auf immer an die Sklaverei gebundenen Eltern hätten dasselbe Los zu teilen. Doch der Fürst Hur war in allen Dingen ein rechtschaffener Mann und legte das Gesetz nach der strengsten Schule aus, obwohl er ihr nicht angehörte. Er sagte, ich sei ein gekaufter hebräischer Sklave nach dem wahren Sinn des großen Gesetzgebers, und setzte mich durch versiegelte Urkunden, die ich jetzt noch habe, frei.«

»Und meine Mutter?« fragte Esther.

»Du sollst alles hören, Esther, sei geduldig. Bevor ich zu Ende gesprochen habe, sollst du sehen, daß es für mich leichter wäre, mich zu vergessen als deine Mutter ... Nach Beendigung meines Dienstes kam ich nach Jerusalem zum Passah-Fest. Mein Herr nahm mich gastlich auf. Ich liebte ihn bereits und bat, weiter in seinen Diensten bleiben zu dürfen ... Eines Tages war ich zu Gast in seinem Haus in Jerusalem. Eine Dienerin trat ein mit Brot auf einem Tablett. Sie kam zuerst zu mir. Damals sah ich deine Mutter zum ersten Mal und verliebte mich in sie. In meinem Herzen verborgen nahm ich sie mit. Nach einer Weile kam die Zeit, da ich den Fürsten bat, sie mir zur Frau zu geben. Er erklärte mir, sie sei Leibeigene auf Lebenszeit, aber er werde sie, um mir eine Gunst zu erweisen, freilassen, wenn sie es wünsche. Sie erwiderte meine Liebe, doch sie war glücklich, wo sie war, und lehnte die Freiheit ab. Ich bat und flehte und ging in langen Abständen immer und immer wieder hin. Sie werde meine Frau sein, sagte sie stets, wenn ich ihr Gefährte in der Knechtschaft würde. Unser Vater Jakob hatte zweimal sieben Jahre für seine Rachel gedient. Konnte ich es nicht ebenso für meine tun? Doch deine Mutter sagte, ich müsse gleich ihr auf Lebenszeit dienen. Ich ging fort, doch ich kehrte zurück. Sieh, Esther, sieh her!«

Er zeigte auf sein linkes Ohrläppchen.

»Siehst du die Narbe von der Ahle?«

»Ich sehe sie«, sagte sie, »und ich sehe, wie sehr du meine Mutter liebtest!«

»Lieben, Esther! Sie war mir mehr als die Sulamitin für den

singenden König, schöner, fleckenloser, eine Quelle im Garten, ein Brunnen lebenden Wassers, die Ströme des Libanons. Mein Herr brachte mich auf meine Bitte hin zu den Richtern, führte mich zurück zu seiner Tür, stach die Ahle durch mein Ohr in die Türe, und ich war sein Sklave auf immer. So gewann ich meine Rachel. War je eine Liebe wie die meine?«

Esther neigte sich herab und küßte ihn; beide schwiegen im Angedenken an die Tote.

»Mein Herr ertrank auf See, der erste Schmerz, der mich befiel«, fuhr der Kaufmann fort. »Trauer herrschte in seinem Hause und in meinem hier in Antiochia, meinem Wohnort damals. Jetzt, Esther, merk auf! Als der gute Fürst zu Tode kam, war ich schon Hauptverwalter, sein ganzes Vermögen unterlag meiner Verwaltung und Kontrolle. Urteile danach, wie sehr er mich liebte und mir vertraute. Ich eilte nach Jerusalem, um der Witwe Rechenschaft abzulegen. Sie bestätigte mir mein Amt als Verwalter. Ich wandte nun noch größeren Fleiß auf. Das Geschäft blühte und wuchs Jahr um Jahr. Zehn Jahre vergingen; da passierte der Streich, von dem du den jungen Mann hast erzählen hören – der Unfall, wie er es nannte, mit dem Prokurator Gratus. Der Römer gab es als einen Attentatsversuch aus. Unter diesem Vorwand zog er mit Billigung Roms das riesige Vermögen der Witwe und der Kinder für sich ein. Doch er blieb nicht dabei stehen. Um zu verhindern, daß je das Urteil aufgehoben werden könnte, beseitigte er alle Beteiligten. Von jenem schrecklichen Tage an bis heute ist die Familie Hur verschollen. Der Sohn, den ich als Kind gesehen hatte, wurde zur Galeere verurteilt. Die Witwe und die Tochter wurden vermutlich in eines der zahlreichen Verliese Judäas verbracht, die, wenn sie sich einmal hinter den Unglücklichen geschlossen haben, wie Gräber versiegelt und verschlossen sind. Sie schwanden aus der Erinnerung der Menschen so vollständig, als habe das Meer sie verschlungen. Wir konnten nicht erfahren, wie sie gestorben sind – ja, nicht einmal, ob sie tot sind.«

Esthers Augen waren feucht von Tränen.

»Du hast ein gutes Herz, Esther, wie deine Mutter; und ich bete darum, daß es nicht das Schicksal der meisten guten Herzen erleide – von den Unbarmherzigen und Blinden mit Füßen getreten zu werden. Doch höre weiter. Ich reiste hinauf nach Jerusalem, um meiner Wohltäterin zu helfen; am Stadttor wurde ich festgenommen und in die tiefen Verliese der Antonia-Burg verschleppt; warum, wußte ich nicht, bis Gratus selbst kam und von mir das Geld der Familie Hur verlangte. Er wußte, daß nach unseren jüdischen Geschäftsgepflogenheiten meine Unterschrift zur Auszahlung auf den verschiedenen Handelsplätzen der Welt genügte. Er verlangte von mir diese Unterschrift. Ich weigerte mich. Er hatte die Häuser, Ländereien, Güter, Schiffe und das ganze bewegliche Eigentum derer, denen ich diente; er hatte nicht ihr Geld. Ich sah, wenn ich die Gunst des Herrn behielt, daß ich ihr zerstörtes Glück wiederaufbauen konnte. Ich wies die Forderungen des Tyrannen zurück. Er ließ mich foltern, doch mein Wille hielt stand. Er ließ mich frei, ohne etwas gewonnen zu haben. Ich kam heim und begann von vorn, unter dem Namen des Simonides von Antiochia anstelle des Fürsten Hur von Jerusalem. Du weißt, Esther, wie sehr das Glück mir hold war und daß die Millionen des Fürsten sich in meinen Händen wunderbar vermehrten; du weißt, wie ich nach drei Jahren, als ich nach Cäsarea reiste, wieder verhaftet und ein zweites Mal von Gratus gefoltert wurde; er wollte das Bekenntnis von mir erzwingen, daß meine Güter und Gelder seinem Konfiskationsbefehl unterworfen seien; du weißt, er hatte keinen Erfolg wie zuvor schon. Mit gebrochenem Körper kam ich nach Hause und fand meine Rachel tot – gestorben aus Angst und Schmerz um mich. Der Herr, unser Gott, lenkt – und ich lebte. Vom Kaiser selbst erkaufte ich mir Freiheit vor Verfolgung und die Erlaubnis, in der ganzen Welt Handel zu treiben. Heute – gepriesen sei der Herr, der die Wolken zu seinem Streitwagen macht und auf den Winden wandelt! – heute, Esther, ist das, was meinen Händen zur Verwaltung anvertraut wurde, zu einer Summe von Talenten vervielfacht, die einen Cäsar bereichern könnte.«

Stolz hob er das Haupt. Ihre Augen trafen sich; jeder las die Gedanken des andern. »Was soll ich mit dem Schatz, Esther?« fragte er, ohne den Blick zu senken.
»Vater«, antwortete sie mit leiser Stimme, »hat nicht der rechtmäßige Eigentümer eben jetzt seinen Anspruch angemeldet?«
Noch immer wich sein Blick ihr nicht aus.
»Und du, mein Kind, soll ich dich als Bettlerin zurücklassen?«
»Aber, Vater, bin ich nicht, weil ich dein Kind bin, seine Leibeigene auf Lebenszeit? Und von wem steht geschrieben: ›Kraft und Ehre ist ihr Kleid, und freuen soll sie sich in zukünftigen Tagen‹?«
Ein Strahl unaussprechlicher Liebe erhellte sein Gesicht, als er sagte: »Der Herr ist gut zu mir gewesen auf vielen Wegen; doch du, Esther, bist der höchste Beweis Seiner Gunst.«
Er zog sie an die Brust und küßte sie viele Male.
Esther streichelte die welken Hände und sagte, als ob ihr Geist mit seinem zu den kommenden Ereignissen vorauseilte: »Er ist fort. Wird er wiederkommen?«
»Ja, der treue Malluch folgt ihm und wird ihn zurückbringen, wenn ich bereit bin.«
»Und wann wird das sein, Vater?«
»Nicht lange, nicht lange. Er wähnt alle seine Zeugen tot. Doch es lebt einer, der ihn bestimmt erkennen wird, wenn er wirklich der Sohn meines Herrn ist.«
»Seine Mutter?«
»Nein, Tochter, ich werde ihm den Zeugen vorführen; bis dahin überlassen wir die Sache dem Herrn. Ich bin müde. Ruf Abimelech.«
Esther rief den Diener, und sie kehrten in das Haus zurück.

Malluch, der Freund

Als Ben Hur aus dem großen Warenlager gestürmt war, geschah dies mit dem Gedanken, daß zu den vielen Fehlschlägen, die ihm bei der Suche nach seiner Familie schon widerfahren waren, ein neuer hinzukommen sollte. So teuer ihm die Personen waren, die er suchte, entsprechend niederdrückend war diese Vorstellung. Sie umhüllte ihn mit einem Gefühl äußerster Verlassenheit auf Erden, das mehr als irgend etwas anderes dazu angetan war, aus einer niedergeschlagenen Seele das verbleibende Interesse am Leben auch noch quälend herauszudrängen.

Vor Ben Hur befand sich jetzt ein Wald von Zypressenbäumen, jeder hoch wie eine Säule und gerade wie ein Mast. Er wagte sich in den schattigen Bezirk hinein und hörte das fröhliche Geschmetter einer Trompete. Kurz darauf erhob sich ein Mann und kam auf ihn zu.

»Ich wünsche dir Frieden«, sagte er freundlich.

»Danke«, erwiderte Ben Hur und fragte: »Gehst du denselben Weg wie ich?«

»Ich gehe zum Stadion, wenn du auch dahin gehst.«

»Zum Stadion?«

»Ja. Die Trompete, die du gerade gehört hast, war ein Ruf für die Teilnehmer. Ich würde mich freuen, wenn du mitkämst. Horch! Ich höre die Räder der Streitwagen. Sie fahren auf die Bahn.«

Ben Hur lauschte einen Moment, dann legte er seine Hand auf den Arm des Mannes und sagte, um sich vorzustellen: »Ich bin der Sohn des Duumvirn Arrius, und du?«

»Ich bin Malluch, ein Kaufmann aus Antiochia.«

»Nun, guter Malluch, die Trompete, das Knirschen der Räder und die Aussicht auf Zerstreuung reizen mich. Ich besitze einige Fertigkeit in diesen Übungen. In den Sportstätten Roms bin ich nicht unbekannt. Gehen wir zur Rennbahn.«

Malluch zögerte etwas und sagte dann schnell: »Der Duumvir war ein Römer, doch ich sehe seinen Sohn in der Kleidung der Juden.«

»Der edle Arrius war mein Adoptivvater«, antwortete Ben Hur.
»Ah! Ich sehe und bitte um Verzeihung.«
Sie passierten den Waldrand und gelangten zu einem Feld, auf dem eine Rennbahn angelegt war, an Form und Ausdehnung genau denen der Stadien entsprechend.
Ben Hur zählte die vorbeikommenden Wagen – neun im ganzen.
»Lobenswert, die Männer«, sagte er wohlwollend. »Ich dachte, hier im Orient begnügte man sich mit dem Zweigespann; aber sie sind ehrgeizig und spielen mit dem königlichen Vierspänner. Wir wollen sehen, was sie leisten!«
Acht der Viergespanne kamen an ihnen vorbei, einige im Schritt, andere im Trab, alle untadelig geführt. Dann folgte das neunte, im Galopp. Ben Hur brach in einen Aufschrei aus.
»Ich bin in den Ställen des Imperators gewesen, Malluch, doch bei unserm Vater Abraham gesegneten Andenkens, ich habe nie Pferde wie diese gesehen.«
Das letzte Viergespann brauste gerade vorüber. Auf einmal jedoch geriet es in Verwirrung. Jemand auf der Tribüne stieß einen lauten Schrei aus. Ben Hur wandte sich um und gewahrte einen alten Mann, der sich auf einem der oberen Sitzplätze halb aufgerichtet hatte; er hatte die Fäuste geballt und erhoben, die Augen blitzten wild, sein langer, weißer Bart zitterte. Einer der Zuschauer ganz in seiner Nähe begann zu lachen.
»Sie sollten wenigstens vor seinem Bart Ehrfurcht haben. Wer ist das?« fragte Ben Hur.
»Ein mächtiger Mann aus der Wüste, irgendwo hinter Moab; er besitzt ganze Herden von Kamelen und Pferde, die, so sagt man, von den Rennern der ersten Pharaonen abstammen. Scheich Ilderim ist sein Titel und Name.«
Der Lenker mühte sich inzwischen, das Viergespann zu beruhigen, doch ohne Erfolg. Jeder vergebliche Versuch erregte den Scheich um so mehr.
»Abaddon, hol ihn!« gellte der Patriarch schrill. »Lauft! fliegt! Hört ihr, Kinder?« Die Frage richtete sich an seine Diener,

augenscheinlich von seinem Stamm. »Hört ihr? Sie sind Kinder der Wüste wie ihr. Fangt sie – schnell!«
Das Toben der Pferde wurde immer wilder.
»Verfluchter Römer!« schüttelte der Scheich seine Faust nach dem Lenker. »Hat er nicht geschworen, er könne sie lenken, geschworen bei der ganzen Brut seiner lateinischen Götzen? – Nein, Hände weg – weg, sage ich! Sie würden rennen schnell wie Adler und sanft wie die Lämmer, hat er geschworen. Verflucht sei er – verflucht die Mutter von Lügnern, die ihn Sohn nennt. Schaut sie an, die unbezahlbaren. Er soll nur eins von ihnen mit der Peitsche berühren und –« Der Rest des Satzes ging unter in einem wilden Zähneknirschen. »Eilt vor sie und sprecht zu ihnen – ein Wort, eins ist genug, von dem Zeltlied, das euch eure Mütter sangen. O ich Tor, Tor, der ich war, einem Römer zu vertrauen!«
Einige von den Freunden des alten Mannes waren klug genug, sich zwischen ihn und die Pferde zu stellen. Glücklicherweise ging ihm der Atem aus, so daß sie ihr Vorhaben durchführen konnten.
Ben Hur glaubte den Scheich zu verstehen und empfand Sympathie für ihn.
Bevor der Patriarch mit seinen Flüchen zu Ende war, hatte ein Dutzend Hände nach den Zügeln der Pferde gegriffen und diese beruhigt. Um diese Zeit erschien ein weiterer Wagen auf der Rennbahn; und anders als die übrigen, waren Lenker, Gefährt und Renner genauso zurechtgemacht, wie sie sich am Tage des Finales im Zirkus präsentiert hätten.
Die anderen Rennteilnehmer waren mit Stillschweigen empfangen worden; der letzte Ankömmling war glücklicher. Während er sich der Tribüne, von der aus wir das Geschehen beobachteten, näherte, wurde er mit zunehmenden Beifallsbekundungen, Händeklatschen und Zurufen begrüßt, mit dem Ergebnis, daß sich die ganze Aufmerksamkeit ausschließlich auf ihn konzentrierte.
Das Erscheinen der prächtigen Pferde und des glänzenden Wagens veranlaßte Ben Hur, mit erhöhtem Interesse nach dem Lenker zu sehen.

Wer war er?
Jetzt gelangte die ganze Gestalt des Lenkers in Sicht. Ein Begleiter fuhr mit ihm, ein Myrtilos nach der klassischen Bezeichnung, wie es Männern von hohem Rang gestattet war, die dem Wettrennen huldigten. Ben Hur konnte nur den Lenker sehen, der aufrecht in dem Wagen stand, die Zügel mehrmals um den Leib geschlungen – eine ansehnliche Gestalt, nur leicht mit einer Tunika aus hellrotem Tuch bekleidet, in der rechten Hand die Peitsche, in der linken, den Arm leicht ausgestreckt und erhoben, die vier Leinen. Ben Hur stand wie versteinert, sein Instinkt und sein Gedächtnis hatten ihn treu geführt – *der Lenker war Messala!*

Begegnung mit Messala

Während Ben Hur die Treppen der Tribüne hinabstieg, erhob sich unten auf der letzten Stufe ein Araber und rief:
»Ihr Männer aus Ost und West, hört! Der edle Scheich Ilderim entbietet euch seinen Gruß. Mit vier Pferden, Söhnen der Lieblingsrosse des weisen Salomons, kam er hierher, um gegen die Besten anzutreten. Vor allem braucht er einen vorzüglichen Mann, der sie lenkt. Wer immer diese zu seiner Zufriedenheit lenken wird, diesem verspricht er Reichtum auf immer. So spricht mein Herr, Scheich Ilderim der Edle.«
Die Ankündigung verursachte unter den Leuten auf der Tribüne ein lebhaftes Gemurmel. Bis zum Abend wurde sie sicher überall hingetragen und in den Sportkreisen von Antiochia diskutiert. Als Ben Hur sie vernahm, blieb er stehen und blickte zögernd von dem Herold zum Scheich. Malluch dachte schon, er wolle auf das Angebot eingehen, doch er war erleichtert, als Ben Hur sich plötzlich zu ihm wandte und fragte: »Guter Malluch, wohin jetzt?«
»Zur Kastalia-Quelle.«
»Oh, die ist in der ganzen Welt bekannt! Gehn wir hin!«
Malluch beobachtete seinen Gefährten auf dem Weg genau

und bemerkte, daß seine gute Laune wenigstens für den Moment verschwunden war. Den Vorübergehenden schenkte er keinerlei Aufmerksamkeit; über die vielen wunderbaren Dinge, denen sie begegneten, verlor er kein Wort; schweigsam, ja sogar mürrisch, ging er langsam des Wegs.
Die Wahrheit war, daß der Anblick Messalas Ben Hur nachdenklich gestimmt hatte. Kaum eine Stunde schien ihm vergangen, daß die starken Hände ihn seiner Mutter entrissen hatten, kaum eine Stunde, daß der Römer die Tore seines Vaterhauses versiegelt hatte. Er zählte nach, wie oft er während seines hoffnungslos elenden Lebens auf der Galeere – wenn man das überhaupt Leben nennen konnte – neben seiner Arbeit sich damit beschäftigt hatte, Träume der Rache zu träumen; in allen war Messala der Mittelpunkt gewesen. Es mochte vielleicht, pflegte er zu sich zu sagen, ein Entrinnen für Gratus geben, doch für Messala – niemals! Und um sich in seinem Entschluß zu bestärken, wiederholte er immer und immer wieder: Wer hat uns den Verfolgern angegeben? Als ich ihn um Hilfe anflehte – nicht für mich selbst –, wer hat mich verspottet und ist lachend fortgegangen? Und immer hatte der Traum dasselbe Ende. Den Tag, da ich ihm begegne, hilf mir, du guter Gott meines Volkes!, hilf mir zu einer besonderen, angemessenen Rache.
Und nun war die Begegnung da.
Vielleicht wäre Ben Hurs Fühlen ein anderes gewesen, wenn er Messala arm und leidend getroffen hätte; doch dem war nicht so. Er fand ihn mehr als glücklich, in einem Glück voll Eleganz und Pracht – glitzernd wie Gold im Sonnenstrahl.
Was Malluch also für einen vorübergehenden Stimmungsverlust hielt, war mithin ein Abwägen dessen, wann die Begegnung stattfinden sollte und wie er es höchst denkwürdig gestalten könnte.
Nach einer Weile bogen sie in eine Eichenallee ein; Gruppen von Menschen gingen und kamen, Fußgänger und Reiter, Frauen in von Sklaven getragenen Sänften, dann und wann Wagen, die donnernd vorbeirollten.
Am Ende der Allee führte die Straße in leichter Senkung zu

einer Ebene hinab, in der sich rechter Hand eine steil aufragende graue Felswand befand und links eine offene Wiese. Bald lag die berühmte Kastalia-Quelle in Sehweite vor ihnen. Sie drängten sich durch eine dort versammelte Gruppe, und Ben Hur gewahrte einen Strahl sprudelnden Wassers, der sich aus einem Firststein in ein Bassin aus schwarzem Marmor ergoß, wo er nach vielem Zischen und Schäumen wie durch ein Abzugsrohr verschwand.
Bevor Ben Hur das Orakel befragen konnte, näherten sich einige Besucher über die Wiese, deren Erscheinung die Aufmerksamkeit der Gruppe am Brunnen und seine nicht weniger erregte.
Zunächst sah er ein Kamel, sehr groß und sehr weiß, das von einem Führer zu Pferde geleitet wurde. Auf dem Tier befand sich ein ungewöhnlich großes *houdah* von karmesinroter und goldener Farbe. Zwei weitere Reiter folgten dem Kamel mit langen Speeren in der Hand.
Doch wer waren der Mann und die Frau unter dem *houdah?* Jedes Auge grüßte sie mit fragender Neugierde.
Die Frau saß nach orientalischer Sitte, inmitten von Schleiern und Spitzen von unübertrefflicher Feinheit.
Ein hübsches Gesicht war zu sehen, ganz jugendlich und von ovaler Form. Seine Farbe war nicht weiß wie bei den Griechen, nicht brünett wie bei den Römern, nicht hell wie bei den Galliern, sondern besaß eher die Färbung, wie sie die Sonne des Oberen Nils auf einer Haut von solcher Durchsichtigkeit hervorbringt, daß das Blut auf Wangen und Stirn fast wie rötlicher Lampenschein hindurchscheint. Die natürlich großen Augen waren an den Lidern schwarz geschminkt, wie es im Orient seit undenklichen Zeiten üblich ist. Die Lippen waren leicht geöffnet und ließen durch ihr Scharlachrot Zähne von strahlendem Weiß erblicken.
Als ob sie von der Besichtigung der Leute und der Öffentlichkeit befriedigt sei, sprach das hübsche Geschöpf zu dem Führer, einem Äthiopier mit kräftigen Muskeln, nackt bis zur Taille, der das Kamel näher an die Quelle heranführte und es niederknien ließ; danach empfing er aus ihrer Hand eine

Schale, die er im Becken füllte. In dem Moment durchbrach das Geräusch von Rädern und das Trampeln von Pferden in schneller Bewegung die Stille, die ihre Schönheit hervorgerufen hatte, und mit einem lauten Aufschrei stoben die Anwesenden in jede Richtung auseinander.
»Der Römer will uns niederfahren. Paß auf!« rief Malluch Ben Hur zu. Dieser sah nach der Richtung, aus der die Geräusche kamen, und gewahrte Messala in seinem Wagen, der sein Viergespann direkt auf die Menge zutrieb. Diesmal sah er ihn in der Nähe und deutlich.
Das Auseinanderstieben der Menge ließ das Kamel ohne Deckung, das sonst vielleicht beweglicher sein mochte als andre Tiere seiner Art; doch die Pferdehufe waren schon fast auf ihm, und es ruhte mit geschlossenen Augen wiederkäuend da, in einem solchen Gefühl der Sicherheit, das ihm vielleicht durch eine lange Zeit der Verzärtelung anerzogen worden war. Der Äthiopier rang erschreckt die Hände. Der alte Mann im *houdah* suchte zu entfliehen; doch er war durch sein Alter behindert und konnte nicht einmal im Angesicht der Gefahr die Würde vergessen, die zu seiner Gewohnheit gehörte. Für die Frau war es zu spät, sich zu retten. Ben Hur stand ihnen am nächsten und rief Messala zu: »Halt an! Schau, wo du hinfährst! Zurück, zurück!«
Der Patrizier lachte unbekümmert. Ben Hur erkannte, daß es nur eine Chance zur Rettung gab, und schritt ein. Er packte das Zaumzeug des linken Jochpferds und seines Stangenpferds. »Hund eines Römers! Kümmert dich ein Leben so wenig?« rief er und bot all seine Kräfte auf. Die beiden Pferde bäumten sich auf und rissen die andern herum; die Drehung der Deichsel kippte den Wagen zur Seite; Messala entging gerade einem Sturz, während sein lässiger Myrtilos wie ein Klotz rückwärts auf den Boden schlug. Als die Umstehenden sahen, daß die Gefahr vorüber war, brachen sie alle in ein höhnisches Gelächter aus.
Die unvergleichliche Verwegenheit des Römers zeigte sich jetzt. Er löste die Leinen von seinem Körper und warf sie zur Seite; dann stieg er herab, ging um das Kamel herum, sah

Ben Hur an und sprach teils zu dem alten Mann, teils zu der Frau:
»Verzeiht, ich bitte Euch – ich bitte Euch beide. Ich bin Messala«, sagte er, »und bei der alten Mutter Erde schwöre ich, ich sah weder Euch noch Euer Kamel. Was diese guten Leute hier betrifft – vielleicht habe ich zu sehr auf meine Geschicklichkeit vertraut. Ich suchte über sie zu lachen – das Lachen ist jetzt auf ihrer Seite. Es mag ihnen guttun.«
Der gutmütige, gleichgültige Blick und die Gebärden paßten gut zu seinen Worten. Um zu hören, was er weiter zu sagen hatte, wurden die Anwesenden ganz ruhig. Überzeugt von seinem Sieg über die Menge der Beleidigten, wies er seinen Gefährten an, das Gespann in sicherere Entfernung zu bringen, und wandte sich dann dreist der Frau zu.
»Du stehst dem guten Mann hier nahe; seine Verzeihung werde ich, wenn sie nicht jetzt gewährt wird, hernach mit um so größerem Eifer zu erlangen suchen. Du bist seine Tochter, vermute ich!«
Hier unterbrach sie ihn.
»Willst du hierher kommen?« fragte sie lächelnd und mit einer anmutigen Neigung des Kopfes zu Ben Hur. »Nimm die Schale und fülle sie, ich bitte dich«, sagte sie zu ihm. »Mein Vater ist durstig.«
»Ich bin dein bereitwilliger Diener.«
Ben Hur wandte sich um, ihr den Gefallen zu tun, und befand sich Messala direkt vis-à-vis. Ihre Blicke trafen sich; der des Juden war trotzig-herausfordernd, der des Römers strahlte vor guter Laune.
»Oh, Fremde, ebenso schön wie grausam!« sagte Messala und winkte ihr mit der Hand zu. »Wenn Apollo dich nicht holt, sollst du mich wiedersehen. Da ich dein Heimatland nicht kenne, kann ich keinen Gott nennen, dem ich dich empfehlen soll; so will ich dich, bei allen Göttern – mir selbst empfehlen.«
Der Myrtilos hatte inzwischen das Viergespann wieder beruhigt und in Ordnung gebracht. Messala kehrte zu seinem Wagen zurück. Die Frau blickte ihm nach, wie er sich ent-

fernte, und was immer in ihrem Blick lag, Mißfallen sprach nicht daraus. Jetzt bekam sie das Wasser von Ben Hur gereicht; ihr Vater trank, dann hob sie die Schale an ihre Lippen und gab sie, sich niederbeugend, Ben Hur zurück, mit einer Gebärde, die an Anmut nicht ihresgleichen kannte.
»Behalte sie, wir bitten dich darum! Sie ist voller Segenswünsche – alle für dich!«
Unversehens hatte sich das Kamel erhoben, stand wieder auf den Füßen und wollte soeben weiterziehen, als der alte Mann rief:
»Komm du hierher.«
Ben Hur ging ehrfurchtsvoll zu ihm.
»Du hast uns Fremden heute einen guten Dienst erwiesen. Es gibt nur einen Gott. In Seinem heiligen Namen danke ich dir. Ich bin Balthasar, der Ägypter. In dem großen Palmenhain jenseits des Dorfes Daphne, im Schatten der Palmen, wohnt Scheich Ilderim der Edle in seinen Zelten, und wir sind seine Gäste. Besuch uns dort. Du sollst dort herzlich willkommen sein bei dankbaren Menschen.«
Ben Hur blieb zurück voller Verwunderung über die klare Stimme des Greises und sein ehrwürdiges Wesen. Wie er den beiden nachblickte, gewahrte er auch Messala, der ging, wie er gekommen war, fröhlich, gleichgültig und mit einem spöttischen Lachen.

Der Racheplan

In der Regel gibt es keinen sichereren Weg, sich das Mißfallen der Menschen zuzuziehen, als sich dort positiv hervorzutun, wo der andere versagt hat. In diesem Fall war Malluch glücklicherweise die Ausnahme von der Regel. Der Vorfall, dessen Zeuge er gerade gewesen war, hatte Ben Hur in seiner Achtung gehoben, denn er konnte ihm Mut und Geschick nicht absprechen; wenn er jetzt noch einen Einblick in die Geschichte des jungen Mannes gewinnen konnte, war der

Tag nicht ohne Erfolg für seinen guten Herrn Simonides. Was den letzteren Punkt betrifft, so waren es mit Blick auf das, was er schon hatte erfahren können, vor allem zwei Tatsachen: die Person, der er nachforschte, war Jude und der Adoptivsohn eines berühmten Römers. Dazu begann sich eine weitere Schlußfolgerung in dem schlauen Verstand des Abgesandten zu formulieren, die vielleicht von Bedeutung war: Zwischen Messala und dem Sohn des Duumvir bestand eine Beziehung irgendwelcher Art. Doch worin lag sie, und wie konnte er Gewißheit darüber erlangen? Bei aller Bemühung, die Wege und Mittel zur Lösung waren noch nicht zur Hand.

In der Hitze der Verlegenheit kam ihm Ben Hur selbst zu Hilfe. Er legte seine Hand auf Malluchs Arm und zog ihn aus der Menge heraus.

»Guter Malluch«, sagte er stehenbleibend, »kann ein Mensch seine Mutter vergessen? – Eines Tages geschah einem höheren römischen Beamten ein Unfall, als er an der Spitze einer Kohorte an unserem Haus vorbeiritt; die Legionäre zertrümmerten das Tor, drangen ein und verhafteten uns. Seitdem habe ich meine Mutter und meine Schwester nicht gesehen. Ich weiß nicht, ob sie noch leben oder tot sind. Ich weiß nicht, was aus ihnen geworden ist. Aber, Malluch, der Mann dort in dem Wagen war zugegen, als man uns trennte; er hat uns den Häschern übergeben; er hörte das Flehen meiner Mutter um ihre Kinder, und er lachte, als sie fortgeschleppt wurden. Man kann schwer sagen, was sich tiefer ins Gedächtnis eingräbt, Liebe oder Haß. Heute habe ich ihn von ferne erkannt – und, Malluch –«

Wieder ergriff er den Arm seines Zuhörers.

»Und, Malluch, er kennt das Geheimnis und trägt es jetzt bei sich, um das ich mein Leben geben würde: er könnte sagen, ob sie lebt, und wo sie ist, und wie es ihr geht – nein, sie beide! – der Schmerz läßt mir beide wie eine erscheinen – wenn sie beide tot sind, könnte er sagen, wo sie gestorben sind und woran, und wo ihre Gebeine warten, daß ich sie finde.«

»Und will er nicht?«
»Nein.«
»Warum?«
»Ich bin Jude, und er ist Römer.«
»Aber Römer haben Zungen, und Juden, wie verachtet sie auch sein mögen, haben Methoden genug, sie zu täuschen.«
»Für solche wie er? Nein; und außerdem, es handelt sich um ein Staatsgeheimnis. Meines Vaters gesamtes Vermögen wurde beschlagnahmt und aufgeteilt.«
Malluch nickte langsam mit dem Kopf, als wolle er das Argument anerkennen; dann fragte er von neuem: »Hat er dich nicht erkannt?«
»Er konnte nicht. Ich wurde zum Tode im Leben verurteilt und werde schon längst zu den Toten gezählt.«
»Ich wundere mich, daß du ihn nicht geschlagen hast«, sagte Malluch, sich einem Anflug von Leidenschaft überlassend.
»Das hätte bedeutet, ihn für mich auf immer nutzlos zu machen. Ich hätte ihn töten müssen, und der Tod, du weißt, bewahrt Geheimnisse noch besser als ein schuldbeladener Römer. Ich wollte ihm nicht das Leben nehmen, guter Malluch; gegen diese äußerste Möglichkeit schützt ihn, für jetzt wenigstens, der Besitz des Geheimnisses. Doch ich möchte ihn bestrafen, und falls du mir hilfst, will ich es versuchen.«
»Er ist Römer«, sagte Malluch, ohne zu zögern, »und ich bin vom Stamme Juda. Ich will dir helfen. Wenn du es möchtest, verlang mir einen Eid ab – den feierlichsten Eid.«
»Reich mir die Hand, das genügt.«
Als ihre Hände sich wieder lösten, sagte Ben Hur mit dem Gefühl der Erleichterung: »Was ich dir auftragen möchte, ist nicht schwer, guter Freund; es ist auch nicht belastend für das Gewissen. Machen wir uns daran!«
Sie nahmen den Weg, der nach rechts über die Wiese führte, von der oben gesprochen worden war. Ben Hur brach als erster das Schweigen.
»Kennst du Scheich Ilderim den Edlen?«
»Ja.«

»Wo ist der Palmenhain? oder vielmehr, wie weit liegt er jenseits des Dorfes Daphne?«
Malluch wurde von einem Zweifel berührt; er entsann sich der Nettigkeit, die ihm die Frau an der Quelle entgegengebracht hatte, und wunderte sich, daß der andere, den die Sorgen um seine Mutter quälten, dabei war, sie um der Lockung der Liebe willen zu vergessen. Doch er antwortete: »Der Palmenhain liegt zwei Stunden zu Pferde hinter dem Dorf und eine mit einem flinken Kamel.«
»Ich danke dir. Und noch eins. Sind die Wettspiele, von denen du mir erzählt hast, weithin bekannt gemacht worden, und wann werden sie stattfinden?«
Die Fragen waren nicht eindeutig; und wenn sie auch sein Vertrauen nicht völlig wiederherstellen konnten, so regten sie doch zumindest seine Neugierde an.
»O ja, es wird ein prachtvolles Schauspiel sein. Der Präfekt ist reich und könnte es sich erlauben, seinen Platz zu verlieren. Doch wie es so mit erfolgreichen Männern ist, seine Liebe zu Reichtümern hat keineswegs abgenommen. Und um einen Freund am Hofe zu gewinnen, wenn nicht noch mehr, muß er einigen Aufwand um den Konsul Maxentius treiben, der hierher kommt, um letzte Vorbereitungen zu einem Feldzug gegen die Parther zu treffen.«
»Nur eins noch, Malluch. Wann werden die Festlichkeiten stattfinden?«
»Ah! Verzeihung«, antwortete der andere. »Morgen, übermorgen«, zählte er laut, »dann kommt der Konsul an, wenn die Meergötter gnädig sind, wie die Römer sagen würden. Ja, am sechsten Tage von heute ab finden die Spiele statt.«
»Die Zeit ist kurz, Malluch, aber sie reicht.« Die letzten Worte wurden im Ton der Entschiedenheit gesprochen. »Bei den Propheten unseres alten Israel! Ich werde die Zügel wieder in die Hand nehmen. Warte! eine Bedingung: Ist es sicher, daß Messala unter den Teilnehmern sein wird?«
»Ja, Messala wird fahren«, antwortete Malluch. »Er ist auf verschiedene Weise auf die Teilnahme verpflichtet – durch die Ankündigungen auf den Straßen, in den Bädern und

Theatern, im Palast und in den Kasernen, und, was seinen Rücktritt ganz unmöglich macht, sein Name steht auf den Notiztäfelchen jedes jungen Verschwenders in Antiochia.«
»Wetten, Malluch?«
»Ja, Wetten. Und jeden Tag kommt er demonstrativ zum Trainieren, wie du ihn gesehen hast.«
»Ah! Und das sind der Wagen und die Pferde, mit denen er das Rennen machen will? Danke, ich danke dir, Malluch. Du hast mir schon gute Dienste geleistet. Ich bin zufrieden. Jetzt sei mein Führer zum Palmenhain und führe mich bei Scheich Ilderim dem Edlen ein.«
»Wann?«
»Heute. Seine Pferde können morgen vergeben sein.«
Malluch dachte einen Moment nach. »Am besten gehen wir direkt zu dem Dorf, das glücklicherweise in der Nähe liegt. Wenn man dann dort zwei flinke Kamele mieten kann, werden wir in nicht einer Stunde auf dem Weg sein.«
»Also, machen wir uns auf.«
Das Dorf war eine Ansammlung von Palästen inmitten schöner Gärten, dazwischen lagen Khans von fürstlichem Standard. Zum Glück konnten sie sich Dromedare besorgen, und auf ihnen begann nun der Ritt zu dem berühmten Palmenhain.

Der Palmenhain

Hinter dem Dorf war die Landschaft wellig und kultiviert. Es war in der Tat der Garten Antiochias; kein Fuß Boden blieb unbebaut. Die steilen Hänge der Hügel waren terrassiert; selbst die Hecken wirkten freundlicher durch die rankenden Weinreben, die nicht nur mit ihrem Schatten lockten, sondern auch mit dem süßen Versprechen künftigen Weins und Trauben in purpurner Reife.
Im Verlauf ihres Ritts gelangten die Freunde an den Fluß und folgten ihm mit den Windungen der Straße, bald über steile

Klippen, bald in Täler hinein, alle wie bestimmt für Landsitze. Und während das Land in vollem Blätterschmuck von Eichen und Sykomoren, von Myrten und von Lorbeerbäumen, von Maulbeerbäumen und duftendem Jasmin stand, erglänzte der Fluß vom schräg einfallenden Sonnenlicht, das hätte schlafen können, wo es einfiel, wenn nicht Schiffe in endloser Prozession gewesen wären, die mit der Strömung herabglitten, durch den Wind wendeten oder unter dem Schlag der Ruder vorangetrieben wurden – die einen flußaufwärts, die andern flußabwärts; sie alle erinnerten an das Meer, an ferne Völker, an berühmte Plätze und an Dinge, die wegen ihrer Seltenheit begehrt waren. Weiter ritten die Freunde das Ufer hinab, bis sie an einen See gelangten, der durch das Stauwasser des Flusses gespeist wurde. Er war klar und tief und ohne Strömung. Ein alter Palmbaum beherrschte den Eingang. Am Fuß des Baumes wandte sich Malluch nach links, klatschte in die Hände und rief:
»Sieh, sieh! Der Palmenhain.«
Der Weg folgte genau den Windungen des Seeufers.
»Sieh dort«, sagte Malluch und zeigte auf einen riesigen Baum. »Jeder Ring auf seinem Stamm bezeichnet ein Jahr seines Lebens. Zähl sie von der Wurzel bis zum Astwerk, und wenn der Scheich dir erzählt, daß der Hain gepflanzt wurde, noch ehe man in Antiochia etwas von den Seleukiden gehört hatte, zweifle nicht daran.«
Man kann einen vollkommenen Palmbaum nicht betrachten, ohne daß er mit der ihm eigentümlichen geheimnisvollen Kraft den Betrachter zum Dichter werden läßt. Das ist die Erklärung für die Ehren, die er schon durch die Künstler der ersten Könige empfangen hat, die auf der ganzen Erde keine Form finden konnten, die ihnen so gut als Modell für die Pfeiler ihrer Paläste und Tempel zu dienen vermochte. Aus demselben Grund fühlte sich Ben Hur bewegt zu sagen:
»Als ich heute Scheich Ilderim auf der Tribüne sah, guter Malluch, erschien er mir wie ein ganz gewöhnlicher Mann. Die Rabbiner in Jerusalem würden, fürchte ich, auf ihn herabblicken wie auf einen Hundesohn aus Edom. Wie kam er in

den Besitz des Haines? Und wie vermochte er ihn gegen die Habgier römischer Statthalter zu behaupten?«

»Wenn das Blut seinen Adel durch die Zeit erhält, Sohn des Arrius, dann ist der alte Ilderim ein edler Mann, obwohl er ein unbeschnittener Edomiter ist.«

Malluch sprach mit Wärme in der Stimme.

»Alle seine Vorväter waren Scheichs. Einer von ihnen – ich kann nicht sagen, wann er lebte oder die gute Tat vollbrachte – half einst einem König, der mit Schwertern gejagt wurde. Man sagt, er lieh ihm eintausend Reiter zu Pferde, die die Pfade der Wildnis und ihre Verstecke kannten wie Hirten die kargen Hügel kennen, auf denen sie ihre Herden weiden. Sie begleiteten ihn hierhin und dorthin, bis sich die Gelegenheit bot, und dann vernichteten sie den Feind mit ihren Speeren, ihn aber setzten sie wieder auf den Thron. Der König, wird gesagt, gedachte des Dienstes, brachte den Sohn der Wüste hierher und bat ihn, seine Zelte aufzuschlagen und seine Familie und seine Herde herzuholen; der See und die Bäume und das ganze Land vom Fluß an bis zu den nächsten Bergen sollten ihm und seinen Kindern auf immer gehören. Nie wurden sie in ihrem Besitzrecht gestört. Die nachfolgenden Herrscher haben es für klug gehalten, sich gut mit dem Stamm zu stellen, dem der Herr Wachstum gegeben hat an Menschen und Pferden, an Kamelen und Reichtümern, den er zum Herrn über viele Wege zwischen den Städten gemacht hat. Von daher steht es in ihrer Macht, jederzeit zum Handel zu sagen ›Geh in Frieden‹ oder ›Halt!‹, und was sie sagen, muß getan werden. Sogar der Präfekt in der Zitadelle, die Antiochia beherrscht, preist den Tag glücklich, an dem Ilderim, der den Beinamen ›der Edle‹ trägt, wegen der vielen Wohltaten, die er jedermann erwiesen hat, mit seinen Frauen und Kindern, Kamelen und Pferden und dem ganzen Troß eines Scheichs nach der Weise unserer Väter Abraham und Jakob herbeizieht und für kurze Zeit seine einsamen Brunnen mit der Annehmlichkeit vertauscht, die du hier um uns herum siehst.«

»Wie ist das denn möglich?« sagte Ben Hur. »Ich sah den

Scheich an seinem Bart ziehen, während er sich verfluchte, daß er einem Römer vertraut habe. Hätte ihn Cäsar gehört, hätte er vielleicht gesagt: ›Einen solchen Freund liebe ich nicht, fort mit ihm!‹«

»Das wäre nur ein kluges Urteil gewesen«, antwortete Malluch lächelnd. »Ilderim ist kein Freund Roms, er hat eine Beschwerde. Vor drei Jahren ritten die Parther über die Straße von Bozra nach Damaskus und überfielen eine Karawane, die unter anderem auch mit den Steuereinkünften aus dem Gebiet jenseits der Straße beladen war. Sie erschlugen, wen sie ergreifen konnten, doch all das hätten die Zensoren in Rom nachgesehen, wenn der kaiserliche Schatz geschont und abgeliefert worden wäre. Die Steuerpächter, die für den Verlust verantwortlich waren, beschwerten sich beim Cäsar, und der Cäsar hielt Herodes zur Zahlung an. Herodes wiederum beschlagnahmte Eigentum von Ilderim, den er der verräterischen Vernachlässigung seiner Pflicht beschuldigte. Der Scheich appellierte an den Cäsar, und dieser gab ihm eine Antwort, wie man sie etwa von der wachsamen Sphinx hätte erwarten können. Seit dieser Zeit ist das Herz des alten Mannes voller Ärger, er nährt seinen Groll und freut sich seines täglichen Wachstums.«

»Er kann nichts tun, Malluch.«

»Nun«, sagte Malluch, »das bedingt eine andere Erklärung, die ich dir geben werde, falls wir näher herankommen können. – Du mußt wissen«, fuhr Malluch fort, »daß der Kaufmann Simonides mir sein Vertrauen schenkt und mir manchmal sogar schmeichelt, indem er mich zu Rate zieht. Und da ich ihn zu Hause bediene, bin ich mit vielen seiner Freunde bekannt geworden, die, da sie mein Verhältnis zu dem Hausherrn kennen, auch in meiner Gegenwart frank und frei zu ihm sprechen. Auf diese Weise wurde ich mit Scheich Ilderim einigermaßen befreundet.«

Einen Augenblick lang war Ben Hurs Aufmerksamkeit abgelenkt. Vor seinem Auge erhob sich das reine, zarte, anziehende Bild Esthers, des Kaufmanns Tochter.

»Vor einigen Wochen«, sagte Malluch fortfahrend, »besuchte

der alte Araber Simonides und fand mich anwesend. Ich beobachtete, er schien um irgend etwas sehr bewegt zu sein, und bot ihm aus Rücksicht an, mich zurückzuziehen. Doch er selbst untersagte es mir. ›Da du ein Israelit bist‹, sagte er, ›bleib, denn ich habe eine seltsame Geschichte zu erzählen.‹ Vor ziemlich vielen Jahren erschienen drei Männer draußen in der Wildnis vor Ilderims Zelt. Alle waren sie Ausländer – ein Inder, ein Grieche und ein Ägypter. Sie waren auf Kamelen gekommen, den größten, die er je gesehen hatte, und alle weiß. Er hieß sie willkommen und bot ihnen Ruhe. Am nächsten Morgen erhoben sie sich und sprachen ein Gebet, das ganz neu war für den Scheich, ein Gebet, das an Gott und Seinen Sohn gerichtet war, und zwar ganz geheimnisvoll zur Seite.

Nachdem sie mit ihm gefrühstückt hatten, erzählte der Ägypter, wer sie waren und woher sie gekommen. Jeder hatte einen Stern gesehen, aus dem heraus eine Stimme sie aufgefordert hatte, nach Jerusalem zu gehen und zu fragen: ›Wo ist der neugeborene König der Juden?‹ Sie gehorchten. Von Jerusalem wurden sie von einem Stern nach Bethlehem geführt, wo sie in einer Höhle ein neugeborenes Kind fanden, vor dem sie niederknieten und das sie anbeteten. Nachdem sie es angebetet, mit kostbaren Gaben beschenkt und somit Zeugnis abgelegt hatten von seiner Würde, nahmen sie ihre Kamele und flohen ohne Pause zum Scheich, da Herodes – der mit dem Beinamen der Große – sie sicherlich getötet hätte, wenn er ihrer habhaft hätte werden können. Und treu seiner Gewohnheit trug der Scheich Sorge um sie und hielt sie ein Jahr lang versteckt; dann reisten sie, jeder auf einem anderen Weg, wieder ab und hinterließen ihm Geschenke von großem Wert.«

»Das ist in der Tat eine höchst wunderliche Geschichte«, rief Ben Hur aus, als die Erzählung beendet war. »Weiß Ilderim nicht mehr von den drei Männern? Was ist aus ihnen geworden?«

»Ah ja, das war der Grund seines Besuches bei Simonides an jenem Tag, von dem ich erzählte. Erst am Abend zuvor war

der Ägypter wieder bei ihm erschienen. Balthasar, der Ägypter.«
»Balthasar, hast du gesagt?«
»Ja. Balthasar, der Ägypter.«
»Das war der Name, den uns der alte Mann heute beim Brunnen nannte.«
Bei dieser Erinnerung geriet Malluch in Erregung. »Das ist wahr«, sagte er, »und das Kamel war dasselbe – und du hast dem Mann das Leben gerettet. Doch horch! Es holt uns jemand ein.«
Das Geräusch wurde lauter, bis sie das Rollen von Rädern und den Hufschlag von Pferden vermischt hörten. Einen Augenblick später erschien Scheich Ilderim selbst auf dem Rücken eines Pferdes, gefolgt von einem Zug, unter dem sich die vier weinroten Araber befanden, die den Rennwagen zogen. Der Scheich hielt sein Kinn und den lang wallenden weißen Bart auf die Brust gesenkt. Unsere Freunde waren ihm zuvorgekommen.
Als er sie sah, hob er den Kopf und sprach freundlich:
»Friede sei mit euch! Ah, mein Freund Malluch! Willkommen! Und sage nicht, daß du gehst, sondern daß du erst kommst und eine Nachricht vom guten Simonides für mich hast – möge der Gott seiner Väter ihn noch für viele Jahre am Leben erhalten! Nehmt die Zügel, ihr beide, und folgt mir. Ich habe Brot und Milch oder, wenn ihr es vorzieht, Arrak und das Fleisch junger Ziegen.«
Sie folgten ihm zum Zelteingang. Dort wurden sie, nachdem sie abgestiegen waren, vom Scheich stehend empfangen; auf einem Tablett bot er ihnen drei Becher mit einem kremigen Getränk an, das er einer großen, rauchgeschwärzten Lederflasche entnommen hatte, die am Mittelpfosten hing.
»Trinkt«, sagte er herzlich, »trinkt diesen Trank der Zeltbewohner!«
Sie nahmen jeder einen Becher und tranken, bis nur der Schaum übrigblieb.
»Tretet jetzt ein, in Gottes Namen.«
Nachdem sie eingetreten waren, nahm Malluch den Scheich

beiseite und sprach mit ihm unter vier Augen; danach ging er zu Ben Hur und entschuldigte sich.
»Ich habe dem Scheich von dir berichtet, er wird dir am Morgen seine Pferde zur Probe geben. Er ist dein Freund. Ich habe für dich alles getan, was ich konnte, du mußt nun das übrige tun; mich laß zurückkehren nach Antiochia. Ich habe dort heute abend eine Verabredung, die ich unbedingt einhalten muß. Morgen werde ich wiederkommen und kann dann, wenn in der Zwischenzeit alles gut abläuft, bei dir bleiben, bis die Spiele vorbei sind.«
Sie gaben einander Segenswünsche, und Malluch trat den Rückweg an.

Malluch erstattet Bericht

Während das untere Horn des Neumonds die Zinnen der Gebäude auf dem Berg Sulpius berührte und zwei Drittel der Einwohner Antiochias auf den Dächern ihrer Häuser saßen, um sich im Nachtwind, wenn er blies, Erfrischung zu holen, oder sich mit Fächern Kühlung zuzufächeln, wenn er ausblieb, saß Simonides in seinem Sessel, der gewissermaßen ein Teil von ihm geworden war, und blickte von der Terrasse hinab auf den Fluß, wo die Schiffe an den Haltetauen schaukelten. Die Mauer hinter ihm warf einen breiten Schatten auf das Wasser bis zum anderen Ufer hinüber. Über ihm setzte sich das endlose Getrampel auf der Brücke fort. Esther hielt ihm ein Tablett mit einem einfachen Abendessen vor – einige Weizenkuchen, leicht wie Waffeln, etwas Honig und eine Schale Milch, in die er dann und wann die Waffeln tauchte, nachdem er sie in den Honig getunkt hatte.
Malluch trat an den Sessel.
»Friede sei mit Euch, guter Herr«, sagte er mit einer tiefen Verbeugung, »und mit Euch, Esther, der edelsten aller Töchter.«
Er stand ehrerbietig vor ihnen. Haltung und Ansprache

machten es schwer, sein Verhältnis zu ihnen zu bestimmen; die eine war die eines Dieners, die andere offenbarte den Vertrauten und Freund. Auf der andern Seite ging Simonides nach Erwiderung des Grußes geradewegs zur Sache über, wie es in geschäftlichen Angelegenheiten seine Art war.

»Was ist mit dem jungen Mann, Malluch?«

Ruhig und mit einfachen Worten erzählte er von den Ereignissen des Tages und wurde nicht unterbrochen, ehe er zu Ende gesprochen hatte. Keine Hand bewegte der Zuhörer auf dem Sessel während der Erzählung; wären nicht seine weit offenen und glänzenden Augen gewesen und nicht gelegentlich ein tiefer Atemzug, hätte man ihn für ein Standbild halten mögen.

»Danke, ich danke dir, Malluch«, sagte er herzlich am Ende, »das hast du gut gemacht – niemand hätte es besser tun können. Nun, was sagst du über die Nationalität des jungen Mannes?«

»Er ist ein Israelit, guter Herr, und zwar aus dem Stamme Juda.«

»Bist du sicher?«

»Ganz sicher.«

»Hat er Geld sehen lassen – römische oder israelische Münzen?«

»Nichts, gar nichts, guter Herr.«

»Aber bestimmt, Malluch, wo es so viele Verlockungen zur Torheit gibt – ich meine, so viel zu essen und zu trinken –, bestimmt hat er dir irgendein großzügiges Angebot gemacht. Zumindest sein jugendliches Alter sollte das sehr erwarten lassen.«

»Er hat in meiner Gesellschaft weder etwas gegessen noch getrunken.«

»In dem was er sagte oder tat, Malluch, konntest du irgendwie entdecken, worin sein Hauptanliegen bestand? Du weißt, so etwas kommt durch Spalten hervor, durch die nicht einmal der Wind dringt.«

»Sagt mir, wie ich Euch verstehen soll«, sagte Malluch zweifelnd.

»Nun, du weißt, weder sprechen noch handeln wir, noch viel weniger entscheiden wir wichtige uns betreffende Fragen, ohne daß wir uns von einem Beweggrund leiten ließen. Was hast du in dieser Hinsicht an ihm beobachtet?«
»Was das betrifft, Herr Simonides, kann ich mit größter Sicherheit Auskunft geben. Er widmet sich ganz dem Bestreben, seine Mutter und seine Schwester zu finden, das als erstes. Sodann hegt er Groll gegen Rom; und da Messala, von dem ich Euch erzählte, irgend etwas mit dem Unrecht zu tun hat, ist sein gegenwärtiges großes Ziel, diesen zu demütigen. Das Treffen an der Quelle bot dazu eine Gelegenheit, doch sie wurde nicht genutzt, da sie nicht öffentlich genug war.«
»Messala ist einflußreich«, sagte Simonides nachdenklich.
»Ja, doch das nächste Treffen wird im Zirkus stattfinden.«
»Gut – und dann?«
»Der Sohn des Arrius wird siegen.«
»Woher weißt du das?«
Malluch lächelte.
»Ich urteile nach dem, was er sagt.«
»Ist das alles?«
»Nein. Es gibt noch ein besseres Zeichen – seinen Mut.«
Simonides blickte eine Zeitlang auf die Schiffe und ihre Schatten, die zusammen langsam auf dem Fluß schaukelten; als er wieder aufsah, beendete er die Unterredung.
»Genug, Malluch«, sagte er. »Hol dir zu essen und mach dich fertig, zum Palmenhain zurückzukehren; du mußt dem jungen Mann bei dem kommenden Kampf beistehen. Komm morgen früh wieder zu mir. Ich werde Ilderim einen Brief senden.« Dann fügte er halblaut, wie im Selbstgespräch, hinzu: »Ich könnte selbst den Zirkus besuchen.«
Als Malluch nach dem üblichen Austausch von Segenswünschen gegangen war, nahm Simonides einen langen Zug Milch und schien erfrischt und leichten Gemüts.
»Nimm das Essen fort, Esther«, sagte er, »ich bin fertig.«
Sie gehorchte.
»Komm jetzt hierher.«

Sie nahm wieder ihren Platz auf der Lehne des Sessels ein, dicht an seiner Seite.
»Gott ist gut zu mir, sehr gut«, sagte er inbrünstig. »Sein Walten ist gewöhnlich ein Geheimnis, doch manchmal erlaubt Er uns zu denken, wir sähen und verstünden Ihn. Ich bin alt, meine Liebe, und muß scheiden; doch jetzt, in dieser elften Stunde, da meine Hoffnung schon zu sterben begann, sendet Er mir neue Hoffnung mit einem Versprechen, und ich bin wieder aufgerichtet. Ich sehe meinen Weg in einer Weise, daß er mir wie eine Wiedergeburt der ganzen Welt erscheint. Und ich sehe einen Grund für die Gabe meiner großen Reichtümer und das Ende, für das sie bestimmt sind. Wahrhaftig, mein Kind, ich gewinne von neuem Interesse an meinem Leben.« Esther schmiegte sich dichter an ihn, wie um seine Gedanken wieder aus der Ferne heranzuholen.
»Der König ist geboren«, fuhr er fort, sich erinnernd, daß er noch zu ihr sprach, »und Er muß nahe in der Mitte des gewöhnlichen Lebens stehen. Balthasar sagt, Er war ein Kind auf Seiner Mutter Schoß, als er Ihn sah und Ihm Geschenke und Anbetung zuteil werden ließ. Und Ilderim meint, letzten Dezember waren es siebenundzwanzig Jahre her, daß Balthasar und seine Gefährten zu seinem Zelt kamen und um ein Versteck vor Herodes baten. Daher kann die Ankunft nicht mehr weit sein. Heute nacht, morgen kann Er kommen. Heilige Väter Israels, welch glückseliger Gedanke! Ich will ihn im Augenblick nicht weiter verfolgen. Nur, meine Teure, wenn der König kommt, wird Er Geld und Leute brauchen, denn da Er als ein Kind von einer Frau geboren wurde, wird Er nach allem nur ein Mensch sein, an menschliche Wege gebunden wie du und ich. Und was das Geld betrifft, wird Er Beschaffer und Verwalter brauchen und Führer für die Menschen. Siehst du da nicht einen breiten Weg für mich und den jungen Mann, unsern Gebieter, und am Ende Ruhm und Rache für uns beide – und – und –« Er hielt inne, betroffen von der Selbstsüchtigkeit eines Plans, an dem sie keinen Anteil und keine guten Aussichten hatte; dann küßte er sie und fügte hinzu: »Und Glück für deiner Mutter Kind.«

Scheich Ilderims Pferde

Scheich Ilderim war ein Mann von zu großer Bedeutung, als daß er mit einem geringen Aufgebot hätte erscheinen können. Er hatte bei seinem Stamm ein Ansehen zu wahren, wie es einem Fürsten und Patriarchen unter den größten der ganzen Wüste östlich von Syrien geziemte. Von anderer Art war sein Ansehen bei der Bevölkerung der Städte, nämlich das eines der reichsten Männer von nicht königlichem Rang im ganzen Orient. Und da er in der Tat reich war – an Geld ebenso als an Sklaven, Kamelen, Pferden und Kleinvieh aller Art –, hatte er Gefallen an einem gewissen Staat, der, außer daß er sein Ansehen bei Fremden erhöhte, auch zu seinem persönlichen Stolz und Komfort beitrug. Der Leser darf sich also nicht täuschen lassen, wenn so häufig auf sein Zelt in dem Palmenhain verwiesen wird. Er besaß dort in Wirklichkeit ein respektables *douar,* das heißt, er besaß dort drei große Zelte – eines für sich, ein zweites für Besucher, und das dritte für seine Lieblingsfrau und ihre Dienerinnen; dazu sechs oder acht kleinere für seine Diener und solche Gefolgsleute aus seinem Stamm, die er sich als Leibwache ausgewählt hatte – kräftige Männer von erprobtem Mut, geschickt im Umgang mit Bogen, Speer und Pferden.

Gewiß, sein Besitztum jeglicher Art war im Hain nicht in Gefahr. Doch da die Gewohnheit den Menschen in die Stadt nicht weniger begleitet als aufs Land, und da es nie klug ist, die Bande festgesetzter Regeln zu lösen, war das Innere des *douar* seinen Rindern, Kamelen, Ziegen und solchem Besitz zugewiesen, das einen Löwen oder einen Dieb hätte anlocken können.

Ilderim hielt die Sitten seines Volkes bedachtsam ein, um ihm Gerechtigkeit zukommen zu lassen, ohne auch nur die unbedeutendste aufzuheben; daher war sein Leben im Hain nur eine Fortsetzung seines Lebens in der Wüste, und nicht nur das: es war die getreue Verwirklichung der alten patriarchalischen Sitten – das echte Hirtenleben des ursprünglichen Israel.

An dem Morgen, da die Karawane in dem Hain ankam, hielt er sein Pferd an und sagte: »Hier, schlagt das Zelt hier auf«, und stieß einen Speer in den Boden. »Die Tür nach Süden, der See so davor, und unter diesen, den Kindern der Wüste, können wir sitzen bei Sonnenuntergang.«
Bei den letzten Worten ging er auf eine Gruppe von drei großen Palmen zu und streichelte eine von ihnen, wie er den Hals seines Pferdes oder die Wange seines Kindes gestreichelt hätte.
Wer anders als der Scheich konnte der Karawane mit Recht »Halt!« sagen, oder vom Zelt: »Hier werde es aufgeschlagen«? Der Speer wurde aus dem Boden gezogen, und in die Wunde, die er in den Rasen gerissen hatte, wurde der erste Pfosten für das Zelt gepflanzt, der die Mitte des Vordereingangs bezeichnete. Dann wurden drei andere Pfosten eingerammt – im ganzen drei Reihen zu drei Pfosten. Dann kamen auf einen Ruf die Frauen und Kinder und entfalteten die Zeltbahnen aus den Paketen, die die Kamele trugen. Wer anders als die Frauen konnte dies tun? Hatten sie nicht die braunen Ziegen der Herde geschoren, die Wolle zu Fäden gesponnen, die Fäden zu Tuch gewebt, die Tuchbahnen zusammengenäht und so das vollendete Dach entstehen lassen, das dunkelbraune Zeltdach, das aus der Ferne schwarz wirkte wie die Zelte von Kedar? Und mit welchen Scherzen, mit welchem Lachen zog schließlich das vereinte Gefolge des Scheichs die Zeltbahnen von Pfosten zu Pfosten, unterwegs Pflöcke eintreibend und Stricke befestigend! Und als die Wände aus luftigen Schilfmatten aufgerichtet waren, die dem Gebäude die letzte Vollendung nach dem Stil der Wüste gaben, mit welchem Anflug von Ängstlichkeit erwarteten sie das Urteil ihres guten Herrn? Dann ging er aus und ein, betrachtete das Haus und seine Lage zur Sonne, zu den Bäumen und zum See, rieb sich die Hände und sagte mit seiner ganzen Herzlichkeit: »Gut gemacht! Richtet nun so das *douar,* wie ihr es versteht, und heute abend wollen wir unser Brot mit Arrak und unsere Milch mit Honig versüßen, und an jedem Feuer soll eine Ziege braten. Gott sei mit euch! Man-

gel an Süßwasser wird es nicht geben, denn der See ist unser Brunnen. Auch die Lasttiere werden nicht hungern noch das letzte der Herde, denn hier gibt es auch grüne Weidegründe. Gott sei mit euch allen, meine Kinder! Geht.«
Und mit Freudenrufen zogen die vielen Glücklichen nun ihres Wegs, um ihre eigene Wohnstatt zu errichten. Einige blieben noch, um das Innere für den Scheich einzurichten. Von diesen hängten die männlichen Sklaven einen Vorhang vor die mittlere Pfostenreihe, so daß zwei Abteilungen entstanden, die rechte für Ilderim selbst, die andere für seine Pferde, die Kleinodien Salomons; diese wurden hereingeführt und unter Streicheln und Liebkosungen freigelassen. Am Mittelpfosten stellten sie dann den Waffenständer auf und füllten ihn mit Wurfspießen und Speeren, Bogen, Pfeilen und Schilden; außen hängten sie das Schwert ihres Herrn an, dessen Klinge wie die Sichel des Halbmonds geformt war und an Glanz mit den Juwelen wetteiferte, die in seinen Griff eingelassen waren. An ein Ende des Ständers hängten sie die Satteldecken der Pferde, von denen einige farbenfreudig waren wie die Livree eines königlichen Dieners, am anderen breiteten sie die Garderobe des großen Mannes aus – wollene und linnene Kleider, Tuniken und Hosen, und zahlreiche bunte Tücher für den Kopf. Sie ließen nicht eher von ihrer Arbeit ab, bis er sie gutgeheißen hatte.
Inzwischen waren die Frauen dazu abgestellt, den Diwan aufzurichten, der für ihn noch unentbehrlicher war als der lange, über die Brust wallende Bart, weiß wie Aarons. Sie stellten einen Rahmen in der Form von drei Seiten eines Rechtecks zusammen, die Öffnung zur Tür hin, und bedeckten ihn mit Polstern und Teppichen, die Polster wieder mit einer braun und gelb gestreiften Decke. In die Ecken legten sie Kissen und Polster mit blauen und karmesinroten Bezügen. Um den Diwan rollten sie einen Teppichläufer aus, bedeckten auch den inneren Raum, und als sie den Teppich von der Öffnung des Diwans bis zur Zeltöffnung ausgerollt hatten, war ihre Arbeit getan. Darauf warteten sie wiederum, bis ihr Herr seine Zufriedenheit geäußert hatte. Nun blieb nichts weiter

zu tun, als die Krüge zu holen und sie mit Wasser zu füllen, die Lederflaschen mit Arrak in Reichweite aufzuhängen – und morgen dann die Schläuche mit Leban, einem Gemisch aus Milch und Wasser. Kein Araber hätte sehen können, warum Ilderim nicht hätte glücklich und großherzig sein sollen – in seinem Zelt am Süßwassersee, unter den Palmen des Palmenhains.
Das war das Zelt, an dessen Eingang wir Ben Hur verlassen haben.
Diener warteten schon auf die Befehle ihres Herrn. Einer von ihnen zog ihm die Sandalen aus; ein anderer band Ben Hurs römische Schuhe los; dann tauschten beide ihre staubigen Oberkleider gegen frische aus weißem Leinen.
»Tritt ein – in Gottes Namen, tritt ein und ruhe dich aus«, sagte der Gastgeber herzlich in dem Dialekt des Marktplatzes von Jerusalem; er geleitete ihn zum Diwan.
»Ich will hier sitzen«, sagte er sodann mit zeigender Geste, »dort der Fremde.«
Eine Frau – früher hätte man sie Magd genannt – eilte herbei und richtete geschickt Kissen und Polster als Stütze für den Rücken. Darauf setzten sie sich an den Rand des Diwans, während frisches Wasser vom See gebracht wurde, und ihre Füße wurden gewaschen und mit Tüchern getrocknet.
»In der Wüste gibt es ein Sprichwort«, begann Ilderim, seinen Bart zusammen nehmend und mit den schlanken Fingern kämmend, »daß ein guter Appetit ein langes Leben verspricht.«
»Nach der Regel, guter Scheich, werde ich hundert Jahre lang leben. Ich bin ein hungriger Wolf an deiner Tür«, antwortete Ben Hur.
»Nun, du sollst nicht wie ein Wolf fortgeschickt werden. Ich werde dir vom Besten geben, was die Herde bietet.«
Ilderim klatschte in die Hände: »Such den Fremden im Gastzelt auf und sage, ich, Ilderim, sende ihm den Wunsch: sein Friede möge so lange währen, als Wasser fließt.«
Der eingetretene Diener verneigte sich.
»Sag weiter«, fuhr Ilderim fort, »daß ich mit einem weiteren

Gast zurückgekehrt bin, um mit ihm das Brot zu brechen. Und wenn Balthasar, der Weise, den Laib zu teilen wünschet, mögen drei daran Anteil haben, das Stück für die Vögel wird darum nicht geringer sein.«

Der Diener entfernte sich.

»Nun wollen wir ruhen.«

Darauf machte es sich Ilderim auf dem Diwan bequem, wie heutzutage die Händler in den Basaren von Damaskus auf ihren Teppichen sitzen. Er hörte auf, seinen Bart zu kämmen, und sagte in ernstem Ton: »Daß du mein Gast bist und von meinem Leban getrunken hast und bald auch mein Salz kosten wirst, sollte nicht verbieten zu fragen: Wer bist du?«

»Scheich Ilderim«, sagte Ben Hur, ruhig seinen Blick aushaltend, »ich bitte dich, nicht zu denken, ich spielte mit deiner Frage. Doch gab es in deinem Leben nie eine Zeit, da die Beantwortung einer solchen Frage ein Verbrechen an dir selbst gewesen wäre?«

»Beim Glanze Salomons, ja!« antwortete Ilderim. »Verrat an sich selbst ist bisweilen so niederträchtig wie Verrat am ganzen Stamm.«

»Danke, danke, edler Scheich!« rief Ben Hur aus. »Keine andere Antwort könnte dir geziemender sein. Jetzt weiß ich, daß du nur Sicherheit suchst, um das Vertrauen zu rechtfertigen, um das zu bitten ich gekommen bin, und daß diese Versicherung für dich von größerem Interesse ist als die Ereignisse meines armen Lebens.«

Der Scheich machte seinerseits eine Verbeugung, und Ben Hur eilte sich, seinen Vorteil zu verfolgen.

»So möge es dir denn gefallen«, sagte er. »Zuerst, ich bin kein Römer, wie der Name, der dir als der meine angegeben wurde, vermuten läßt.«

Ilderim umfaßte den Bart, der auf seine Brust herabwallte, und sah den Sprecher mit leicht unter dem Schatten seiner tief heruntergezogenen Brauen blinzelnden Augen an.

»Zum zweiten«, fuhr Ben Hur fort, »ich bin ein Israelit aus dem Stamme Juda.«

Der Scheich hob ein wenig die Brauen.

»Aber nicht nur das. Scheich, ich bin ein Jude mit einem Groll gegen Rom, verglichen mit dem der deine sich ausmacht wie der Kummer eines Kindes.«
Der alte Mann kämmte sich mit nervöser Hast durch den Bart und senkte die Brauen so tief, bis sogar das Blinzeln der Augen verschwand.
»Noch weiter: Ich schwöre dir, Scheich Ilderim – ich schwöre beim Bunde, den der Herr mit meinen Vätern geschlossen hat –, so du mir nur zu der Rache verhilfst, die ich suche, soll das Geld und der Ruhm des Rennens dein sein.«
Ilderims Brauen entspannten sich; er hob den Kopf; sein Gesicht begann zu strahlen; und es war fast möglich, die Befriedigung zu erkennen, die von ihm Besitz ergreifen wollte.
»Genug!« sagte er. »Wenn an der Wurzel deiner Zunge eine Lüge verborgen liegt, Salomon selbst wäre nicht sicher gewesen gegen dich. Daß du kein Römer bist – daß du als Jude Groll gegen Rom hegst und eine Rache austragen willst, glaube ich, und zu diesem Punkt genug. Doch was ist mit deinem Können? Welche Erfahrung hast du mit Wagenrennen? Und die Pferde – kannst du sie zu Geschöpfen deines Willens machen? Werden sie dich kennen? Auf deinen Ruf hin kommen? Rennen, wenn du es sagst, bis zum letzten Atemzug und zur Erschöpfung aller Kräfte? Und dann, kannst du sie im Augenblick der Gefahr mit einem Laut aus dem tiefsten Innern deiner selbst anspornen, das Letzte von allem an Kraft zu geben? Diese Gabe, mein Sohn, ist nicht jedem gegeben. Ah, bei der Herrlichkeit Gottes! Ich kannte einen König, der Millionen Menschen regierte, er war ihr vollkommener Herr, doch er konnte nicht den Respekt eines Pferdes gewinnen. – He da!«
Ein Diener trat vor.
»Laß meine Araber kommen!«
Der Mann schob einen Teil des Trennvorhangs beiseite und gab den Blick auf eine Gruppe Pferde frei, die einen Moment unschlüssig dastanden, wie um sich der Einladung zu vergewissern.

»Kommt!« sagte Ilderim zu ihnen. »Warum bleibt ihr dort stehen? Gehört nicht auch euch, was mein ist? Kommt, sage ich!«
Sie schritten zögernd herein.
Ein Kopf von edler Form – mit großen Augen, sanft wie die eines Rehs, die halb von der dichten Stirnlocke verdeckt waren, und kleinen, scharfgespitzten und vorwärtsstehenden Ohren – näherte sich ihm bis dicht an die Brust, die Nüstern offen und die Oberlippe in Bewegung. Wer bist du? fragte es, so deutlich, wie ein Mensch sprach. Ben Hur erkannte einen der vier Renner, die er auf der Bahn gesehen hatte, und hielt dem schönen Tier die offene Hand hin.
In diesem Moment entstand eine Bewegung am Hintereingang des Zeltes.
»Das Mahl – da ist es! Und dort mein Freund Balthasar, den du kennenlernen sollst. Er hat eine Geschichte zu erzählen, die anzuhören ein Israelit niemals müde werden sollte.«

Das Mahl im Zelt

Drei Decken wurden auf dem Teppich in dem vom Diwan dicht umschlossenen Raum ausgebreitet. Dann wurde ein nicht mehr als ein Fuß hoher Tisch hereingetragen, an dieselbe Stelle gesetzt und mit einem Tuch bedeckt. Seitwärts wurde in einiger Entfernung ein irdener Ofen unter der Aufsicht einer Frau aufgestellt, deren Pflicht es war, die Gesellschaft mit Brot oder, richtiger, warmem Weizenkuchen zu versorgen, deren Mehl mit beständigem Geräusch im Nachbarzelt mit Handmühlen gemahlen wurde.
Inzwischen wurde Balthasar zum Diwan geleitet, wo Ilderim und Ben Hur ihn stehend empfingen. Ein loses schwarzes Gewand umhüllte seine Gestalt. Sein Schritt war unsicher, überhaupt seine ganze Bewegung langsam und vorsichtig; offensichtlich bedurfte er eines langen Stabes und des Arms eines Dieners.

»Friede sei mit Euch, mein Freund«, sagte Ilderim ehrfurchtsvoll, »Friede und Willkommen.«
Der Ägypter hob den Kopf und antwortete: »Und mit dir, edler Scheich – dir und den Deinen Friede und Segen des Einen Gottes, des wahren und liebenden Gottes.«
»Dies hier, o Balthasar«, sagte der Scheich und legte die Hand auf Ben Hurs Arm, »ist er, der heute abend mit uns das Brot brechen wird.«
Der Ägypter sah den jungen Mann an, überrascht und zweifelnd. Als der Scheich dies bemerkte, fuhr er fort:
»Ich habe ihm für morgen meine Pferde zu einem Versuch versprochen. Wenn alles gutgeht, wird er sie im Zirkus lenken.«
Balthasar sah ihn weiter an.
»Er kam mit einer guten Empfehlung«, fuhr Ilderim einigermaßen verwirrt fort. »Ihr mögt ihn kennenlernen als den Sohn des Arrius, der ein edler römischer Seefahrer war, doch –«, der Scheich zögerte und sprach dann mit einem Lachen weiter, »doch er erklärt sich für einen Israeliten aus dem Stamme Juda. Und, bei der Herrlichkeit Gottes, ich glaube, was er mir erzählt!«
Balthasar konnte mit einer Erklärung nicht länger zurückhalten.
»Heute, edelster Scheich, war mein Leben in Gefahr und wäre verloren gewesen, wenn nicht ein junger Mann, das genaue Ebenbild zu diesem hier – wenn es in der Tat nicht derselbe ist –, eingeschritten wäre, als alle anderen flohen, und mich gerettet hätte.« Dann wandte er sich direkt zu Ben Hur: »Warst du es nicht?«
»Ich kann so umfassend nicht antworten«, entgegnete Ben Hur mit rücksichtsvoller Bescheidenheit. »Ich bin der, der die Pferde des frechen Römers anhielt, als sie auf dein Kamel an der Kastalia-Quelle zurasten. Deine Tochter hat mir eine Schale zurückgelassen.«
»Was!« sagte der Scheich zu Ben Hur. »Du hast mir nichts davon gesagt, wo du keine bessere Empfehlung hättest bringen können? Bin ich nicht Araber und Scheich meines Zehn-

tausende zählenden Stammes? Und ist er nicht mein Gast? Und bin ich dadurch nicht verpflichtet, das Gute oder Böse, das du meinem Gast antust, als mir zugefügt zu betrachten? Wo anders solltest du deine Belohnung empfangen als hier? Und wessen Hand sollte sie reichen als meine?«

Seine Stimme hatte sich gegen Ende der Rede zu schneidend schriller Schärfe erhoben.

»Guter Scheich, schone mich, bitte. Ich kam nicht um eine Belohnung, groß oder klein. Und um jedes Gedankens daran entbunden zu werden, erkläre ich, die Hilfe, die ich diesem edlen Mann leistete, hätte ich ebenso deinem geringsten Diener erwiesen.«

»Aber er ist mein Freund, mein Gast – nicht mein Diener. Und siehst du nicht in dem Unterschied die Gunst des Glücks?« Dann fügte der Scheich, zu Balthasar gewandt, hinzu: »Ah, bei der Herrlichkeit Gottes! Ich sage dir wieder, er ist kein Römer.«

Damit wandte er sich um, den Dienern zu, deren Vorbereitungen für das Mahl nahezu abgeschlossen waren.

»Kommt«, sagte er zu ihnen, »das Mahl ist bereit.«

Ben Hur reichte Balthasar seinen Arm und geleitete ihn zum Tisch, wo sie sich nach orientalischer Art auf ihren Decken niederließen. Die Waschschüsseln wurden ihnen gebracht, und sie wuschen und trockneten sich die Hände. Dann gab der Scheich ein Zeichen, die Diener hielten inne, und die Stimme des Ägypters erhob sich zitternd mit heiliger Erregung.

»Vater von allen – Gott! Was wir haben, ist von Dir. Nimm unseren Dank und segne uns, daß wir auch fürderhin Deinen Willen tun.«

Bei einer solchen Gesellschaft – einem Araber, einem Juden und einem Ägypter, die alle gleichermaßen an einen Gott glaubten – konnte es zu jener Zeit nur einen Gesprächsgegenstand geben. Und wer anders von den dreien sollte der Sprecher sein als der, dem die Gottheit sich so nahe persönlich offenbart hatte, der ihren Stern gesehen und ihre Stimme und Befehle gehört hatte und so weit und so wunderbar von ihrem Geist geführt worden war? Und wovon anders sollte er sprechen als von dem, für das Zeugnis abzulegen er gerufen worden war?

Balthasars Lehre

Die Schatten, die die Berge bei Sonnenuntergang über den Palmenhain warfen, ließen dem lieblichen Violett des Himmels und der Schlaftrunkenheit der Erde zwischen Tag und Nacht keinen Raum. Die Nacht brach früh und schnell herein, und gegen die Dunkelheit im Zelt brachten die Diener vier bronzene Kerzenleuchter herbei und setzten sie an die Ecken des Tisches.

Der Ägypter erzählte seine Geschichte von dem Treffen der drei in der Wüste und stimmte mit dem Scheich darin überein, daß es im Dezember vor siebenundzwanzig Jahren gewesen sei, daß er und seine Gefährten auf der Flucht vor Herodes zu seinem Zelt gekommen waren und um Schutz nachgesucht hatten. Man lauschte der Erzählung mit gespanntem Interesse, sogar die Diener verweilten, wenn sie konnten, um die Einzelheiten aufzufangen. Ben Hur nahm sie auf, wie es einem Mann geziemte, der einer Offenbarung von tiefer Bedeutung für die ganze Menschheit zuhörte, und für niemand mehr als das Volk von Israel. In seinen Gedanken begann, wie wir gleich sehen werden, eine Vorstellung Gestalt anzunehmen, die den ganzen Lauf seines Lebens ändern, wenn nicht gar vollständig in Anspruch nehmen sollte.

Im Verlauf der Erzählung steigerte sich der Eindruck, den Balthasar auf den jungen Juden gemacht hatte. Am Schluß waren seine Gefühle zu tief bewegt, um einen Zweifel an ihrer Wahrheit zuzulassen. In der Tat kam ihm in diesem Zusammenhang nur noch eins wünschenswert vor: nämlich Gewißheit, wenn sie zu erlangen war, ausschließlich über die Folgen des wunderbaren Ereignisses zu erhalten.

Scheich Ilderim war die Geschichte nicht neu; aber es lag in der Natur der Dinge, daß die Hauptsache, das Wichtigste an ihr ihn nicht mit der gleichen Kraft und der gleichen verzehrenden Wirkung berühren konnte wie Ben Hur. Er war Araber, sein Interesse an den Folgen war nur allgemeiner Art. Dagegen war Ben Hur Israelit und Jude und hatte mehr als ein besonderes Interesse an der – falls man die sinnwidrige Formulierung gestattet – Wahrheit der Tatsache. Er bemächtigte sich des Umstands in rein jüdischem Sinne.

Von der Wiege an – das sei zur Erinnerung gesagt – hatte er von dem Messias gehört; in den Schulen war er mit allem vertraut gemacht worden, was dieses Wesen betraf, das zugleich Hoffnung, Furcht und besonderer Ruhm des auserwählten Volkes war. Die Propheten, vom ersten bis zum letzten, hatten Ihn vorhergesagt, und Sein Kommen war das Thema endloser Erörterungen der Rabbiner gewesen und war es noch – in den Synagogen, in den Schulen, im Tempel, an Fast- und Festtagen, öffentlich und privat redeten die Lehrer nach wie vor davon, bis alle Kinder Abrahams, wohin immer ihr Los gefallen war, in Erwartung des Messias lebten und danach förmlich mit eiserner Strenge ihr Leben regelten und ausgestalteten.

Bleibt nur noch zu sagen, daß Ben Hur mit der Masse der nichtrömischen Menschen seiner Zeit übereinstimmte. Der fünfjährige Aufenthalt in der Hauptstadt hatte ihm günstige Gelegenheit geboten, das Elend der unterjochten Welt zu sehen und zu studieren. Und in dem festen Glauben, daß die Übel, die das Elend hervorriefen, politischer Art waren und nur durch das Schwert geheilt werden könnten, ging er daran, sich auf seine Rolle für den Tag vorzubereiten, der den heldenhaften Einsatz verlangte.

Man kann jetzt die Gefühle verstehen, mit denen er Balthasar zuhörte. Die Erzählung berührte zwei seiner empfindsamsten Punkte und hallte nun in ihm wider. Sein Herz schlug schnell – und noch schneller, als er sich befragt hatte und keinerlei Zweifel daran empfand, daß die Erzählung in jeder Einzelheit wahr oder daß das so wunderbar gefundene Kind der Mes-

sias war. Während er sich wunderte, daß Israel sich der Offenbarung gegenüber so gleichgültig verhielt und daß er zuvor noch nie davon gehört hatte, stellten sich ihm jetzt zwei Fragen, die alles umfaßten, was im Augenblick weiter zu wissen wünschenswert war:
Wo war das Kind jetzt?
Was war sein Auftrag?
»Wenn ich dir antworten könnte!« sagte Balthasar in seiner einfachen, ernsten und herzlichen Art. »Wenn ich nur wüßte, wo Er ist, wie schnell würde ich zu Ihm gehen! Weder die Meere noch die Berge würden mich halten.«
»Hast du denn versucht, Ihn zu finden?« fragte Ben Hur.
Ein Lächeln überflog das Gesicht des Ägypters.
»Die erste Aufgabe, die ich mir stellte, nachdem ich meine Zuflucht in der Wüste verlassen hatte« – Balthasar warf einen dankbaren Blick zu Ilderim hinüber –, »war, zu erfahren, was aus dem Kind geworden war. Doch ein Jahr war verstrichen, und ich wagte nicht, persönlich nach Judäa zu ziehen, denn noch immer hatte Herodes, blutdürstig wie zuvor, den Thron inne. In Ägypten gab es bei meiner Rückkehr ein paar Freunde, welche die wunderbaren Dinge glaubten, die ich ihnen erzählte – was ich gesehen und gehört hatte; einige wenige nur, die sich mit mir freuten, daß der Erlöser geboren war; einige wenige nur, die der Geschichte nie müde wurden. Einige von ihnen machten sich an meiner Statt auf die Suche nach dem Kind. Sie gingen zuerst nach Bethlehem und fanden dort den Khan und die Höhle. Doch der Verwalter – jener, der in der Nacht der Geburt am Tore gesessen hatte und in der Nacht, als wir dem Stern hinterdrein ankamen – war nicht mehr da. Der König hatte ihn fortgeholt, und er wurde nicht mehr gesehen.«
»Aber sie haben bestimmt Beweise gefunden«, sagte Ben Hur voller Eifer.
»Ja, mit Blut geschriebene Beweise – ein Dorf in Trauer, Mütter, die noch um ihre Kinder weinten. Du mußt wissen, als Herodes von unserer Flucht hörte, sandte er aus und ließ die jüngstgeborenen Kinder von Bethlehem ermorden. Keines

entrann. Der Glaube meiner Boten war gestärkt, doch sie kamen zurück und berichteten, das Kind sei tot, erschlagen mit den anderen Unschuldigen.«

»Tot!« rief Ben Hur entsetzt aus. »Tot, sagst du?«

»Nein, mein Sohn, das habe ich nicht gesagt. Ich habe gesagt, sie, meine Boten, hätten mir berichtet, das Kind sei tot. Ich habe damals nicht daran geglaubt, und ich tue es heute nicht.«

»Ich sehe, du weißt irgend etwas Besonderes.«

»Nein, das nicht«, fuhr Balthasar fort, die Niedergeschlagenheit bemerkend, die Ben Hur befallen hatte, »aber, mein Sohn, ich habe viel über die Sache nachgedacht – nachgedacht über Jahre hin, von Glauben beseelt, der, versichere ich euch und rufe Gott zum Zeugen an, jetzt genauso stark in mir ist wie in der Stunde, da ich die Stimme des Geistes am Seeufer mich rufen hörte. Wenn ihr zuhört, werde ich euch sagen, warum ich glaube, daß das Kind noch lebt.«

Beide, Ilderim und Ben Hur, blickten zustimmend und schienen all ihre Geisteskräfte aufzubieten, daß sie nicht nur hörten, sondern auch verstünden. Das Interesse hatte auch die Diener ergriffen, die sich dem Diwan näherten und lauschten.

Im ganzen Zelt herrschte tiefste Stille.

»Wir drei glauben an Gott.«

Balthasar neigte das Haupt, als er sprach.

»Und Er ist die Wahrheit«, fuhr er fort. »Sein Wort ist Gott. Die Berge mögen in Staub zerfallen und die Meere leergetrunken werden von den Südwinden: doch Sein Wort wird bestehen, denn es ist die Wahrheit.«

Er hatte in unbeschreiblich feierlicher Art gesprochen.

»Die Stimme, Seine Stimme, die zu mir an dem See sprach, sagte: ›Gesegnet seiest du, o Sohn Misraims! Die Erlösung kommt. Mit zweien anderen, von den entlegensten Stätten der Welt, sollst du den Erretter sehen.‹ Ich habe den Erretter gesehen – gesegnet sei Sein Name! –, doch die Erlösung, in der der zweite Teil der Verheißung bestand, steht noch aus. Siehst du jetzt? Wenn das Kind tot ist, gibt es niemand mehr,

der die Erlösung vollbringen könnte. Dann ist das Wort nichts, und Gott, nein, ich wage es nicht zu sagen!«
Er warf in einer Gebärde des Entsetzens die Arme hoch.
»Die Erlösung war das Werk, für welches das Kind geboren wurde, und solange die Verheißung besteht, kann nicht einmal der Tod Ihn von Seinem Werk abhalten, ehe es erfüllt oder wenigstens auf dem Wege der Erfüllung ist. Nehmt dies als einen Grund meines Glaubens, doch gebt weiter acht.«
Der gute Mann hielt inne.
»Willst du nicht den Wein kosten? Er steht neben dir – sieh«, sagte Ilderim ehrfurchtsvoll.
Balthasar trank und fuhr dann, augenscheinlich erfrischt, fort:
»Der Erretter, den ich sah, wurde von einer Frau geboren, der Natur nach uns gleich und all unsern Übeln unterworfen – sogar dem Tode. Nehmen wir das als ersten Tatbestand. Betrachtet sodann das Werk, das Er vollbringen soll. War das nicht eine Aufgabe, für die nur ein Mann tauglich ist? Ein weiser, fester und besonnener Mann – ein Mann, nicht ein Kind? Um ein solcher zu werden, mußte Er wachsen, wie wir wachsen. Bedenkt nun die Gefahren, denen Sein Leben in der Zwischenzeit ausgesetzt war – in der langen Zeit zwischen Kindheit und Mannesreife. Die herrschenden Mächte waren Seine Feinde; Herodes war Sein Feind; und was wäre Rom gewesen? Und was Israel betrifft – daß Er von Israel nicht anerkannt werde, war der Grund, Ihn beiseite zu schaffen. Seht nun: Welch besseren Weg hätte es gegeben, Sein Leben in der hilflosen Zeit des Heranwachsens zu schützen, als Ihn in der Verborgenheit zu halten? Deswegen sage ich zu mir und meinem horchenden Glauben, der sich nicht erschüttern läßt außer durch die Sehnsucht nach Liebe: Er ist nicht tot, nur verborgen. Und da Sein Werk noch nicht getan ist, wird Er wiederkommen.«
Ein Zittern voll Ehrfurcht ergriff Ben Hur – ein Zittern, das nur vom Schwinden seines halbaufgetauchten Zweifels kündete.
»Wo denkst du, ist Er?« fragte er mit leiser Stimme, zögernd,

wie jemand, der auf seinen Lippen den Druck heiliger Stille verspürt.
Balthasar sah ihn freundlich an und antwortete, noch immer halb in Gedanken verloren:
»In meinem Haus am Nil, das so dicht am Fluß steht, daß die Vorüberfahrenden es selbst und sein Spiegelbild im Wasser zugleich sehen – in meinem Haus saß ich vor einigen Wochen da, in Nachdenken versunken. Ein Mann von dreißig Jahren, sagte ich mir, sollte die Felder seines Lebens bereits gepflügt und wohl bepflanzt haben, denn danach ist Sommerzeit mit kaum genug Raum, daß seine Saat reife. Das Kind, sagte ich mir weiter, ist jetzt siebenundzwanzig – seine Saatzeit muß gekommen sein. Ich fragte mich, wie du mich hier fragtest, mein Sohn, und gab mir die Antwort, indem ich hierher kam als an einen guten Ruheplatz nahe dem Land, das deine Väter von Gott empfangen hatten. Wo sonst sollte Er erscheinen, wenn nicht in Judäa? In welcher Stadt sollte Er Sein Werk beginnen, wenn nicht in Jerusalem? Wer sollte der erste sein, den Segen zu empfangen, den Er bringt, wenn nicht die Kinder Abrahams, Isaaks und Jakobs? Wenn ich aufgefordert würde, Ihn zu suchen, würde ich die Weiler und Dörfer an den Hängen der Berge von Judäa und Galilea absuchen, die nach Osten zum Jordantal abfallen. Dort ist Er jetzt. In einer Tür oder auf einer Hügelspitze stehend, sah Er dort heute abend die Sonne untergehen, wieder einen Tag näher der Zeit, da Er das Licht der Welt werden soll.«
Balthasar war am Ende angelangt, die Hand ausgestreckt und mit dem Finger wie nach Judäa zeigend. Alle Zuhörer, selbst die einfältigen Diener vor dem Diwan, waren von seinem Eifer ergriffen und wie von einem majestätischen Wesen aufgeschreckt, das im Zelt erschienen war. Das Gefühl war nicht von kurzer Dauer: von denen am Tisch saß ein jeder eine Weile in Gedanken versunken da.
Die Stille wurde schließlich von Ben Hur durchbrochen:
»Ich sehe, guter Balthasar«, sagte er, »daß du viel und außerordentlich begnadet worden bist. Ich sehe auch, daß du in der Tat ein weiser Mann bist. Ich vermag nicht, dir zu sagen,

wie dankbar ich für die Dinge bin, die du mir erzählt hast. Ich bin auf den Eintritt großer Ereignisse vorbereitet und nehme mir etwas von deinem Glauben. Verpflichte mich noch mehr, ich bitte dich, indem du mir weiter erzählst von der Sendung dessen, den du erwartest, und auf den von heute nacht an auch ich warten werde, wie es einem glaubenden Sohne Judas geziemt. Er soll der Erretter sein, sagst du; soll Er nicht auch der König der Juden sein?«

»Mein Sohn«, sagte Balthasar in seiner gütigen Art, »die Sendung ist in ihrer Absicht noch in Gott verborgen. Alles, was ich hierüber denke, habe ich den Worten der Stimme entwunden, im Zusammenhang mit dem Gebet, auf das sie die Antwort waren. Sollen wir nochmals darauf zurückkommen?«

»Du bist der Lehrer.«

»Der Grund meiner Unruhe«, begann Balthasar sanft, »das, was mich in Alexandria und den Dörfern des Nils hat zum Lehrer werden lassen; was mich schließlich in die Einsamkeit trieb, wo der Geist mich fand: das war der gefallene Zustand der Menschen, verursacht, wie ich glaubte, durch den Verlust der Gotteserkenntnis. Ich sorgte mich um die Sorgen meiner Mitmenschen – nicht nur einer Klasse, sondern aller. So tief waren sie gefallen, daß mir keine Erlösung möglich schien, es sei denn, Gott selbst würde sie zu Seinem Werk machen. Ich betete zu Ihm, Er möge kommen und ich Ihn sehen. ›Deine guten Werke haben gesiegt. Die Erlösung kommt; du sollst den Erretter sehen‹ – also sprach die Stimme. Und mit der Antwort ging ich fröhlich nach Jerusalem. Nun, für wen soll die Erlösung sein? Für alle Welt. Und wie soll sie erfolgen? Stärke deinen Glauben, mein Sohn! Die Menschen sagen, ich weiß es, es werde kein Glück geben, bis Rom nicht von seinen Hügeln ausradiert sei. Das würde bedeuten, daß die Übel der Zeit nicht, wie ich denke, aus der Nichtkenntnis Gottes entspringen, sondern der Mißregierung der Herrscher. Muß man uns sagen, daß menschliche Regierungen nie um der Religion willen bestehen? Von wie vielen Königen habt ihr gehört, die besser waren als ihre Untertanen? O nein,

nein! Die Erlösung kann nicht politische Zwecke haben – Herrscher und Mächte zu stürzen und ihre Plätze nur darum frei zu machen, daß andere sie einnehmen und genießen. Wenn das alles wäre, würde die Weisheit Gottes aufhören, endlos zu sein. Ich sage euch, und sei es nur das Wort eines Blinden zu einem Blinden: Derjenige, der kommen wird, wird ein Erretter der Seelen sein; die Erlösung bedeutet, daß Gott erneut auf Erden wandeln und Rechtschaffenheit herrschen wird, daß Ihm der Aufenthalt hier möglich werde.«
Enttäuschung zeichnete sich unverhohlen auf Ben Hurs Gesicht; er ließ den Kopf sinken. Wenn er auch nicht überzeugt war, so fühlte er sich in dem Moment doch nicht fähig, die Meinung des Ägypters zu widerlegen. Nicht so Ilderim.
»Bei der Herrlichkeit Gottes«, rief er leidenschaftlich, »diese Ansicht widerspricht sämtlichen überkommenen Auffassungen. Die Wege der Welt stehen fest und können nicht geändert werden. In jedem Gemeinwesen muß es einen Führer geben, der mit Macht bekleidet ist, sonst kann es keine Änderung geben.« Balthasar nahm den Ausbruch ernst auf.
»Deine Weisheit, guter Scheich, ist von der Welt. Und du vergißt, daß wir von den Wegen der Welt erlöst werden sollen. Der Mensch als Untertan, das ist der Ehrgeiz eines Königs; die Seele des Menschen zu erlösen, ist der Wunsch Gottes.«
Ilderim war zwar zum Schweigen gebracht, doch er schüttelte ungläubig den Kopf. Ben Hur nahm ihm die Entgegnung ab.
»Vater – ich nenne dich so mit deiner Erlaubnis –«, sagte er, »nach wem solltest du an den Toren Jerusalems fragen?«
Der Scheich warf ihm einen dankbaren Blick zu.
»Ich sollte die Leute fragen«, sagte Balthasar ruhig, »wo ist der neugeborene König der Juden?«
»Und ihr saht Ihn in der Höhle bei Bethlehem?«
»Wir sahen Ihn und beteten Ihn an und gaben Ihm Geschenke – Melchior Gold, Kaspar Weihrauch, und ich Myrrhe.«
Danach trat langes Schweigen ein, die Balthasar als das Ende der Unterhaltung hinnahm.

»Guter Scheich«, sagte er dann in seiner sanften Art, »morgen oder übermorgen werde ich für einige Zeit hinauf in die Stadt gehen. Meine Tochter möchte die Vorbereitungen für die Spiele sehen. Über die Zeit unserer Abreise werde ich später mit dir sprechen. Und dich, mein Sohn, möchte ich wiedersehen. Friede sei mit euch beiden und gute Nacht.«
Sie erhoben sich von der Tafel. Der Scheich und Ben Hur blickten dem Ägypter nach, bis er aus dem Zelt geleitet war.
»Scheich Ilderim«, sagte Ben Hur darauf, »ich habe heute abend sonderbare Dinge gehört. Laß mich, bitte, ein wenig am See spazierengehen, damit ich darüber nachdenke.«
»Geh, ich werde dir nachkommen.«
Sie wuschen sich abermals die Hände. Danach brachte ein Diener auf ein Zeichen seines Herrn hin Ben Hur die Schuhe, und umgehend begab sich dieser hinaus.

Träume

Etwas aufwärts vom *douar* stand eine Gruppe Palmen, die ihren Schatten halb auf das Wasser, halb aufs Land warfen. Eine orientalische Singdrossel sang von den Zweigen ihr einladendes Lied. Ben Hur blieb daneben stehen, um zu lauschen. Seine Phantasie war erhitzt, seine Gefühle aufgewühlt, sein Wille schwankend.
Er hatte einen klaren Plan gefaßt. Doch soviel er auch darüber nachdachte, es gab eine Lücke, die er nicht zu überbrükken oder auszufüllen imstande war, so breit, daß er nur undeutlich zur anderen Seite hinüberblicken konnte. Wenn er endlich nicht nur Soldat, sondern auch Hauptmann geworden war, welchem Gegenstand sollte er dann seine Anstrengungen zuwenden? Er hatte selbstverständlich an Revolution gedacht.
Die Stunden und Tage, die er diesem Teil seines Plans gewidmet hatte, ließen sich nicht mehr zählen. Stets war er zu demselben Schluß gelangt, einer dunklen, unbestimmten allge-

meinen Idee von nationaler Freiheit. War das ausreichend? Er konnte nicht sagen, nein, denn das wäre der Tod seiner Hoffnung gewesen. Ja zu sagen, davor schreckte er zurück, denn sein Urteil belehrte ihn eines Besseren. Er konnte sich nicht einmal dessen versichern, daß Israel ganz allein imstande wäre, erfolgreich gegen Rom zu kämpfen. Er kannte die Hilfsmittel des großen Feindes und wußte, daß sein Können die Mittel noch übertraf. Ein umfassendes Bündnis könnte genügen, doch leider! Es war unmöglich, außer – und wie lange und ernsthaft war er bei dieser Ausnahme verweilt –, außer ein Held würde aus den leidenden Nationen aufstehen und durch kriegerische Erfolge die ganze Erde mit seinem Ruhm erfüllen. Welches Ansehen könnte das Makedonien des neuen Alexanders Judäa bringen! Vielleicht wurde der Held zu seiner Zeit entdeckt, vielleicht nicht. Das wußte nur Gott. Da er in einer solchen Gemütsverfassung war, ist an der Wirkung von Malluchs kurzem Bericht über Balthasars Geschichte kein Zweifel nötig. Er hörte sie mit verblüffter Befriedigung, mit einem Gefühl, daß hier die Lösung der Schwierigkeit lag, daß der gesuchte Held endlich gefunden war. Und dieser war ein Sohn des Löwenstammes Juda und König der Juden! Hinter dem Helden, sieh da! Die Welt in Waffen.

König zu sein, setzte ein Reich voraus. Er mußte ein Krieger sein, ruhmreich wie David, ein Herrscher, weise und erhaben wie Salomon. Das Reich mußte eine Macht sein, die Rom in Stücke zerschmettern würde. Ein kolossaler Krieg würde aufflammen mit den Schmerzen von Tod und Geburt – dann Friede, und das bedeutete natürlich jüdische Herrschaft auf ewig.

Inmitten seiner Träume legte sich eine Hand auf seine Schulter.

»Ich habe ein Wort zu sagen, o Sohn des Arrius«, sagte Ilderim, an seiner Seite stehenbleibend. »Ein Wort, und dann muß ich zurückkehren, denn die Nacht geht voran.«

»Ich heiße dich willkommen, Scheich.«

»Was die Dinge betrifft, die du gerade gehört hast«, sagte

Ilderim fast ohne Pause, »glaub alles außer das, was sich auf die Art des Königreiches bezieht, welches das Kind errichten wird, wenn es kommt. Was das betrifft, halte deinen Geist frei, bis du Simonides den Kaufmann gehört hast – ein guter Mann hier in Antiochia, mit dem ich dich bekannt machen werde. Der Ägypter gibt dir die Münze seiner Träume, die zu gut sind für die Erde. Simonides ist weiser; er wird dir die Sprüche der Propheten hersagen und Buch und Seite angeben, so daß du nicht leugnen kannst, daß das Kind in der Tat König der Juden sein wird – ja! bei der Herrlichkeit Gottes, ein König, wie Herodes war, nur besser und weit erhabener. Und dann, siehst du, werden wir die Süße der Rache kosten. Ich habe gesprochen. Friede sei mit dir!«
»Warte, Scheich!«
Wenn Ilderim seinen Ruf gehört hatte, er blieb nicht stehen.
»Wieder Simonides!« sagte Ben Hur bitter. »Simonides hier, Simonides dort. Erst dieser, dann jener! Ich werde wohl noch gehörig von meines Vaters Diener gequält werden, der wenigstens festzuhalten versteht, was mein ist. Daher ist er reicher, vielleicht tatsächlich auch weiser als der Ägypter. Beim Bund meiner Väter! Ein Mann sollte nicht zum Treulosen gehen, um Vertrauen zu finden – und ich werde es nicht tun.«

Fünftes Buch

Gratus wird gewarnt

Es ist jetzt von großer Wichtigkeit, daß der Leser voll über den Inhalt eines Briefes informiert werde; wir geben ihn hier daher wieder:

MESSALA AN GRATUS.

Antiochia, XII. Kal. Jul.

Mein Midas!

Ich habe dir ein erstaunliches Ereignis mitzuteilen, das, ich zweifle nicht, obwohl es noch ein wenig auf Vermutungen beruht, deine sofortige Beachtung rechtfertigen wird.

Erlaube mir zunächst, deine Erinnerung aufzufrischen. Erinnere dich – es ist schon eine Vielzahl an Jahren her – der Familie eines Fürsten in Jerusalem, unglaublich alt und unermeßlich reich, mit Namen Hur. Wenn dein Gedächtnis hinkt oder an einer Schwäche leidet, so gibt es, wenn ich nicht fehlgehe, eine Wunde auf deinem Kopf, die dir vielleicht helfen wird, dich des Vorfalls wieder zu erinnern.

Nun, um dein Interesse zu erwecken, zur Strafe für den Angriff auf dein Leben – um der teuren Ruhe des Gewissens willen mögen alle Götter verhüten, daß er sich jemals als ein Unfall erweise – wurde die Familie verhaftet und kurzerhand beiseite geschafft, ihr Vermögen konfisziert. Und insofern, o mein Midas!, als das Verfahren die Billigung unseres Cäsar erhielt, der ebenso gerecht als weise war – mögen auf immer auf seinen Altären Blumen blühen! –, sollte keine Schande darin liegen, auf die Summen zu verweisen, die uns beiden aus jener Quelle zuteil wurden, und unmöglich werde ich je aufhören können, dir dafür dankbar zu sein, gewiß nicht, solange ich weiter, wie gegenwärtig, die ununterbrochene Freude an dem mir zugefallenen Teile genieße.

Als Beleg deiner Weisheit erinnere ich ferner daran, daß du damals über die Familie Hur verfügtest und wir beiden damals unseren Plan für den wirksamsten hielten, die angestrebten Zwecke zu erreichen, nämlich Stillschweigen und Überantwortung der Familie an einen unausweichlichen, aber natürlichen Tod. Du wirst dich erinnern, was du mit der Mutter und der Schwester des Übeltäters gemacht hast, und wenn ich jetzt dem Verlangen nachgebe zu erfahren, ob sie noch leben oder tot sind, weiß ich, da ich die Liebenswürdigkeit deiner Natur kenne, o mein Gratus, daß du mir verzeihen wirst als einem, der kaum weniger liebenswürdig ist als du selbst.

Was unseren Gegenstand indes im Augenblick unmittelbarer betrifft, nehme ich mir die Freiheit, dir in Erinnerung zurückzubringen, daß der wirkliche Verbrecher als Sklave lebenslang auf die Galeeren geschickt wurde.

Wenn man die Höchstdauer des Lebens am Ruder in Betracht zieht, so müßte der gerechterweise so behandelte Verbrecher wenigstens fünf Jahre tot sein, oder besser gesprochen, eine der dreitausend Okeaniden müßte ihn eigentlich zum Gemahl genommen haben. Und wenn du mir meine momentane Schwäche nachsiehst, du tugendhaftester und zartfühlendster aller Männer, insofern, als ich ihn in der Kindheit liebte, auch weil er sehr hübsch war – ich pflegte ihn in meiner Bewunderung meinen Ganymed zu nennen –, er hätte mit Recht der schönsten Tochter jener Familie in die Arme sinken sollen. In der Meinung jedoch, daß er gewißlich tot sei, lebte ich die ganzen fünf Jahre in Ruhe und unschuldigem Genuß des Glücks, für das ich ihm bis zu einem gewissen Grade verpflichtet bin. Ich mache das Zugeständnis dieser Verpflichtung, ohne daß ich beabsichtige, meine Verpflichtung dir gegenüber zu schmälern.

Jetzt komme ich zum Hauptpunkt des Interesses.

Letzte Nacht, als ich einem Festgelage zu Ehren einer gerade aus Rom angekommenen Gesellschaft präsidierte – ihre Jugend und äußerste Unerfahrenheit erregten mein Mitleid –, hörte ich eine sonderbare Geschichte. Wie du weißt, kommt heute der Konsul Maxentius, um einen Feldzug gegen die Parther zu leiten. Unter den Ehrgeizigen, die ihn begleiten wollen, befindet sich ein Sohn des verstorbenen Duumvirn Quintus Arrius. Ich hatte Gelegenheit, mich besonders nach ihm zu erkundigen. Als Arrius zur Verfolgung der Piraten ablegte, deren Niederlage ihm die letzten Ehren einbrachte, hatte er keine Familie. Als er von seinem Zug zurückkehrte, brachte er einen Erben mit. Jetzt sei gefaßt, wie es sich einem Besitzer so vieler Talente in baren Sesterzien geziemt. Der Sohn und Erbe, von dem ich spreche, ist derjenige, den du auf die Galeeren geschickt hast – eben jener Ben Hur, der vor fünf Jahren an seinen Rudern hätte sterben sollen, jetzt mit Vermögen und in hoher Stellung zurückgekehrt und möglicherweise als römischer Bürger, um – nun, du bist in zu fester Position, um alarmiert zu sein, aber ich, o mein Midas! Ich bin in Gefahr – ich brauche dir nicht zu sagen, in welcher. Wer sollte es wissen, wenn nicht du?

Als Arrius, der Adoptivvater, mit den Piraten kämpfte, sank sein Schiff, und nur zwei von der ganzen Besatzung entgingen dem Ertrinken – Arrius selbst und dieser, sein Erbe.

Die Offiziere, die sie von der Planke holten, auf der sie schwammen, sagen, der Gefährte des glücklichen Tribuns war ein junger Mann, der, als er an Deck gebracht wurde, die Kleidung eines Galeerensklaven trug.

Das sollte, um zum Schluß zu kommen, überzeugend sein. Ich sage dir, o mein Midas, daß ich gestern ganz zufällig den geheimnisvollen Sohn des Arrius von Angesicht zu Angesicht getroffen habe. Und ich erkläre jetzt, obwohl ich ihn nicht erkannt habe, er ist jener selbe Ben Hur, der vor Jahren mein Spielgefährte war; derselbe Ben Hur, der, wenn er ein Mann – und auch nur von gemeinstem Rang – ist, in eben diesem Augenblick, da ich schreibe, an Rache denken muß – denn das würde ich, wäre ich er –, Rache, die nicht kurzerhand befriedigt werden kann, Rache für Vaterland, Mutter, Schwester, sich selbst und – ich nenne es zuletzt, obwohl du es an erste Stelle setzen würdest – für sein verlorenes Vermögen.

Die Sonne steht nun schon recht hoch. Eine Stunde noch, und zwei Boten werden von meiner Tür aufbrechen, jeder mit einer versiegelten Abschrift dieses Briefes. Einer davon wird zu Lande, der andere zur See reisen, als so wichtig sehe ich es an, daß du frühzeitig und genau über das Auftreten unseres Feindes in diesem Teil unserer römischen Welt informiert bist.

Ich erwarte hier deine Antwort.

Ben Hurs Kommen und Gehen wird natürlich durch seinen Vorgesetzten, den Konsul, geregelt sein, der, wenn er sich auch ohne Pause Tag und Nacht anstrengt, nicht vor Ablauf eines Monats fortkommen kann. Du weißt, welche Arbeit es kostet, ein Heer, das in einem öden, städtelosen Land operieren soll, zu sammeln und auszurüsten. Ich sah den Juden gestern im Daphnehain, und wenn er jetzt nicht dort ist, wird er sicherlich in der Nachbarschaft sein, so daß ich ihn leicht im Auge behalten kann. In der Tat, solltest du mich fragen, wo er jetzt ist, würde ich mit größter Sicherheit sagen, er ist im alten Palmenhain zu finden, unter dem Zelt des Verräters Scheich Ilderim, der auf lange nicht unserer starken Hand entrinnen kann. Sei also nicht überrascht, wenn Maxentius als erste Maßnahme den Araber auf ein Schiff setzt und nach Rom verbringen läßt.

Ich gehe so ausführlich auf den Aufenthaltsort des Juden ein, weil es für dich wichtig sein wird, o Erlauchter, wenn du kommst, um zu erwägen, was zu tun sei. Denn ich weiß schon, und ich schmeichle mir wegen dieser Erkenntnis, an Weisheit zugenommen zu haben, daß bei jedem menschlichen Unternehmen immer drei Dinge in Rechnung gestellt werden müssen: Zeit, Ort und ausführende Personen.

Wenn du sagst, dies sei der Ort, zögere dann nicht, die Sache deinem dich liebenden Freund anzuvertrauen, der ebenso dein gelehrigster Schüler sein wird.

MESSALA

Vorbereitung

Um die Zeit, da die Kuriere von Messalas Tür mit dem Brief aufbrachen – es war noch frühe Morgenstunde –, betrat Ben Hur Ilderims Zelt. Er war in den See getaucht, hatte gefrühstückt und erschien jetzt in einer ärmellosen Untertunika, deren Rock kaum bis an die Knie reichte.

Der Scheich begrüßte ihn vom Diwan aus.

»Ich wünsche dir Frieden, Sohn des Arrius«, sagte er voller Bewunderung, denn er hatte wahrhaftig noch nie ein perfekteres Bild strahlender, kraftvoller und selbstbewußter Männlichkeit gesehen. »Friede sei mit dir und Wohlwollen. Die Pferde sind bereit, ich bin bereit. Und du?«

»Den Frieden, den du mir wünschst, edler Scheich, wünsche

ich dir ebenso. Ich danke dir für so viel Wohlwollen. Ich bin bereit.«
Ilderim klatschte in die Hände.
»Ich will die Pferde bringen lassen. Setz dich.«
»Sind sie angeschirrt?«
»Nein.«
»Dann erlaube, daß ich es selbst besorge«, sagte Ben Hur. »Es ist notwendig, daß ich mit deinen Arabern Bekanntschaft mache. Ich muß sie mit Namen kennenlernen, Scheich, daß ich zu jedem einzelnen sprechen kann. Genauso muß ich ihren Charakter kennenlernen, denn sie sind wie Menschen: sind sie übermütig, muß man sie schelten; sind sie zaghaft, muß man sie loben und ihnen schmeicheln. Laß die Diener das Geschirr bringen.«
»Und den Wagen?« fragte der Scheich.
»Den Wagen lasse ich heute noch. An seiner Stelle laß mir ein fünftes Pferd bringen, wenn du es hast. Es sollte ungesattelt sein und flink wie die andern.«
Ilderims Neugierde war erregt, und sogleich rief er einen Diener.
»Sag ihnen, sie sollen die Geschirre für das Viergespann bringen«, sagte er, »die Geschirre für das Viergespann und den Zaum für Sirius.«
Das Geschirr wurde gebracht. Mit eigener Hand schirrte Ben Hur die Pferde an; mit eigener Hand führte er sie aus dem Zelt heraus und legte ihnen dort die Zügel an.
»Bringt mir Sirius«, sagte er.
Ein Araber hätte nicht besser auf den Rücken des Renners springen können.
»Und jetzt die Zügel.«
Man gab sie ihm, sorgfältig getrennt.
»Guter Scheich«, sagte er, »ich bin bereit. Laß einen Führer zum Feld vorausgehen und schicke einige deiner Männer mit Wasser.«
Beim Start gab es keine Störung. Die Pferde scheuten nicht. Es schien schon eine stillschweigende Verständigung zwischen ihnen und dem neuen Lenker zu geben, der seine Auf-

gabe mit Ruhe und jenem Selbstvertrauen erfüllte, das stets Vertrauen hervorruft. Die Pferde gingen genau in derselben Ordnung wie vor dem Wagen, nur daß Ben Hur auf Sirius saß, statt daß er im Wagen stand. Ilderims Begeisterung erwachte. Er kämmte sich den Bart und lächelte zufrieden, als er murmelte: »Er ist kein Römer, nein, bei der Herrlichkeit Gottes!« Er folgte zu Fuß, alle Bewohner des *douar* – Männer, Frauen und Kinder – strömten hinterdrein und teilten seine Sorge, wenn nicht sein Vertrauen.
Als sie das Feld erreichten, erwies es sich als geräumig und gut geeignet zum Trainieren, womit Ben Hur sogleich begann, indem er das Viergespann zuerst langsam und in gerader Linie, sodann in weiten Kreisen antrieb. Darauf ging er einen Schritt weiter und ließ sie im Trab gehen, schließlich trieb er sie zum Galopp an. Zuletzt zog er die Kreise immer enger, und noch später trieb er die Pferde durcheinander bald hierhin, bald dorthin, nach rechts, nach links, ohne Unterbrechung. So verging eine Stunde. Dann verringerte er die Gangart zum Schritt und lenkte die Pferde auf Ilderim zu.
»Das Werk ist getan, es fehlte jetzt nur noch die Übung«, sagte er. »Ich wünsche dir Glück, Scheich Ilderim, daß du solche Diener wie diese hast. Schau«, fuhr er fort, indem er abstieg und zu den Pferden ging, »schau, der Glanz ihres roten Fells ist ohne Fleck; sie atmen leicht, wie als ich begann. Ich wünsche dir viel Glück, und es müßte schon schlimm gehen, wenn –«, er richtete seine blitzenden Augen auf das Gesicht des alten Mannes, »– wenn wir nicht den Sieg erringen und unsere –«
Er hielt inne, errötete und verneigte sich. Erst jetzt bemerkte er an des Scheichs Seite Balthasar, auf seinen Stab gestützt, und zwei dichtverschleierte Frauen. Zu einer von diesen blickte er ein zweites Mal und sagte mit klopfendem Herzen zu sich: »Das ist sie – die Ägypterin!«
Ilderim nahm seinen abgebrochenen Satz auf:
»Den Sieg und unsere Rache!« Dann sagte er laut: »Ich habe keine Angst; ich bin frohen Muts. Sohn des Arrius, du bist der Mann. Sei das Ende wie der Beginn, und du sollst sehen,

aus welchem Futterstoff die Hand eines Arabers ist, der vermöge ist zu geben.«
»Ich danke dir, guter Scheich«, gab Ben Hur bescheiden zurück. »Laß die Diener Wasser für die Pferde bringen.«
Mit eigener Hand reichte er ihnen das Wasser.
Dann bestieg er Sirius wieder, begann erneut mit dem Training, wie zuvor ging er von Schritt zu Trab und von Trab zu Galopp über; schließlich trieb er die standhaften Renner zu noch schnellerem Lauf an, den er stetig bis zur Höchstgeschwindigkeit steigerte. Dann wurde die Vorstellung aufregend; es gab Applaus für die anmutige Handhabung der Zügel und Bewunderung für das Viergespann, das stets dasselbe war, mochte es vorwärts fliegen oder sich in verschiedenen Wendungen drehen. In ihrer Bewegung lag Einheitlichkeit, Kraft, Anmut, Genuß, alles ohne Anstrengung oder Zeichen von Ermüdung. In die Bewunderung mischte sich keine Klage und kein Vorwurf, die man dann ebenso Schwalben in ihrem abendlichen Flug hätte spenden können.
Inmitten der Übungen und der Aufmerksamkeit, die die Zuschauer ihnen zukommen ließen, erschien Malluch auf dem Platz und suchte den Scheich.
»Ich habe eine Botschaft für Euch, o Scheich«, sagte er, indem er einen Moment nutzte, den er für zum Sprechen geeignet hielt, »eine Botschaft von Simonides, dem Kaufmann.«
»Simonides!« rief der Araber aus. »Ah, gut! Möge Abaddon alle seine Feinde vernichten!«
»Er trug mir auf, Euch zuerst den heiligen Frieden Gottes zu wünschen«, fuhr Malluch fort, »und dann dies abzuliefern, mit der Bitte, Ihr möget es sofort nach Erhalt lesen.«
Ilderim brach auf der Stelle das Siegel des ihm überreichten Pakets auf und nahm aus einer Umhüllung von feinem Leinen zwei Briefe, die er sofort zu lesen sich anschickte.

(Erster Brief)

SIMONIDES AN SCHEICH ILDERIM.

Mein Freund!
Sei zuerst versichert, daß du einen Platz im Innersten meines Herzens hast.
Sodann –
In deinem douar *befindet sich ein junger Mann von schöner Erscheinung, der sich Sohn des Arrius nennt, er ist es auch durch Adoption.*
Er ist mir sehr teuer.
Er hat eine wunderbare Geschichte, die ich dir erzählen werde.
Komm heute oder morgen, daß ich dir die Geschichte erzählen und deinen Rat einholen kann.
Inzwischen komm all seinen Wünschen entgegen, sofern sie nicht gegen die Ehre verstoßen. Sollte Entschädigung notwendig sein, so fühle ich mich dir dafür verpflichtet.
Daß ich an dem jungen Mann Interesse habe, behalte für dich.
Empfehle mich deinen anderen Gästen. Er, seine Tochter, du selbst und alle, die du zu deiner Gesellschaft erwählst, müssen sich am Tage der Spiele im Zirkus an mich wenden. Ich habe schon Plätze bestellt.
Friede sei mit dir und den Deinen.
Was könnte ich anders sein, mein Freund, als dein Freund?

SIMONIDES

(Zweiter Brief)

SIMONIDES AN SCHEICH ILDERIM.

Mein Freund!
Aus der Fülle meiner Erfahrung sende ich dir ein Wort.
Es gibt ein Zeichen, das alle Nichtrömer, die Gelder oder Güter besitzen, die dem Raub ausgesetzt sind, als Warnung auffassen: Die Ankunft eines hochgestellten römischen Beamten, der mit Macht bekleidet ist, an einem Orte römischer Macht.
Heute kommt der Konsul Maxentius an.
Sei gewarnt.
Noch ein Wort des Rats.
Eine Verschwörung gegen dich, die Erfolg haben will, mein Freund, muß die Familie Herodes einschließen; du hast große Besitzungen in ihrem Gebiet.
Daher sei auf der Hut.
Sende heute morgen zu deinen treuen Wächtern an den Straßen südwärts von Antiochia und befiehl ihnen, jeden abgehenden und ankommenden Kurier zu untersuchen. Wenn sie private Mitteilungen, die dich oder deine Geschäfte betreffen, finden, solltest du sie sehen.
Du hättest dieses Schreiben schon gestern erhalten sollen, doch es ist noch nicht zu spät, wenn du umgehend handelst.
Falls heute morgen Kuriere Antiochia verlassen haben, deine Boten kennen die Seitenwege und können ihnen mit deinen Befehlen zuvorkommen.
Zögere nicht.
Verbrenne dies Schreiben, wenn du es gelesen hast.
Mein Freund! Dein Freund! –

SIMONIDES

Ilderim las die Briefe ein zweites Mal, wickelte sie dann wieder in die Leinenhülle ein und steckte das Paket unter seinen Gürtel.
Die Übungen im Feld dauerten nur noch kurze Zeit – in allem etwa zwei Stunden. Am Schluß brachte Ben Hur das Viergespann wieder in Schritt und trieb es auf Ilderim zu.
»Mit deiner Erlaubnis, o Scheich«, sagte er, »ich bringe deine Araber zum Zelt zurück und hole sie heute nachmittag wieder heraus.«
Ilderim trat auf ihn zu, während er noch auf Sirius saß, und sagte: »Ich überlasse sie ganz deiner freien Verfügung, Sohn des Arrius, bis nach den Spielen. Du hast mit ihnen in zwei Stunden erreicht, was der Römer – mögen Schakale seine Gebeine von Fleisch freinagen! – nicht in ebenso vielen Wochen ausgerichtet hätte. Wir werden siegen – bei der Herrlichkeit Gottes, wir werden siegen!«
Im Zelt blieb Ben Hur bei den Pferden, während sie versorgt wurden. Dann, nach einem Sprung in den See und einer Schale Arrak mit dem Scheich, dessen Laune sprudelte, kleidete er sich wieder in sein jüdisches Gewand und machte mit Malluch einen Spaziergang in den Hain.
Sie unterhielten sich ausgiebig, aber nicht alles war von Wichtigkeit. Einen Teil darf man jedoch nicht übergehen.
»Ich werde dir«, sagte er, »einen Auftrag, mein Eigentum betreffend, mitgeben, das in dem Khan diesseits des Flusses bei der Seleukischen Brücke aufbewahrt ist. Bring es mir heute, wenn du kannst. Und, guter Malluch – wenn ich dir nicht zuviel aufbürde –«
Malluch beteuerte herzlich, daß er gewillt sei, ihm zu Diensten zu sein.
»Ich danke dir, Malluch, danke«, sagte Ben Hur. »Ich werde dich beim Wort nehmen im Gedenken dessen, daß wir Brüder des alten Stammes sind und der Feind ein Römer. Zunächst also, da du ein Geschäftsmann bist, was, wie ich sehr fürchte, Scheich Ilderim nicht ist –«
»Das sind Araber selten«, sagte Malluch ernst.
»Nein, ich bezweifle nicht ihre Schlauheit, Malluch. Doch ist

es gut, auf sie achtzugeben. Um alle Einbußen oder Hindernisse im Zusammenhang mit dem Rennen zu vermeiden, würdest du mich sehr beruhigen, wenn du dich zum Zirkusbüro begeben könntest, um nachzusehen, ob er alle Vorbedingungen erfüllt hat. Und wenn du eine Abschrift der Regeln bekommen kannst, wird dieser Dienst mir von gutem Nutzen sein. Ich wüßte auch gern die Farben, die ich tragen soll, und besonders die Nummer der Box, die ich beim Start einnehmen soll. Wenn sie neben Messala liegt, rechts oder links, ist es gut. Wenn nicht, und wenn du es ändern kannst, daß ich neben ihm bin, versuche es. Hast du ein gutes Gedächtnis, Malluch?«

»Es hat wohl schon versagt, doch nie, Sohn des Arrius, wenn das Herz zuhalf wie jetzt.«

»Dann will ich es wagen, dich mit einem weiteren Gefallen zu beauftragen. Ich sah gestern, daß Messala ziemlich stolz auf seinen Wagen war, nicht zu Unrecht, denn die besten des Cäsar übertreffen ihn kaum. Kannst du nicht seine prächtige Bauart zum Vorwand nehmen, um herauszufinden, ob er leicht oder schwer ist? Ich hätte gern seine genauen Maße und sein genaues Gewicht, und, Malluch, sollte dir das in allem nicht gelingen, bring mir wenigstens genau die Höhe, in der seine Achse über dem Boden steht. Du verstehst, Malluch? Ich möchte nicht, daß er irgendeinen tatsächlichen Vorteil mir gegenüber hat. Es geht mir nicht um seine Pracht. Wenn ich ihn schlage, mache ich seinen Fall nur um so härter und meinen Triumph nur um so vollständiger. Wenn er aber wirklich wichtige Vorteile besitzt, muß ich sie wissen.«

»Ich sehe! Ich sehe!« sagte Malluch. »Ein Maßband vom Mittelpunkt seiner Achse bis auf den Boden brauchst du.«

»Du hast es, und sei froh, Malluch – das ist der letzte meiner Aufträge.«

Kurz darauf kehrte Malluch in die Stadt zurück.

Während der Abwesenheit der beiden war ein gutberittener Bote mit Befehlen losgeschickt worden, wie Simonides geraten hatte. Es war ein Araber, und er trug nichts Schriftliches bei sich.

Messalas Spione

Am nächsten Tag kehrte Ilderim um die dritte Stunde ins *douar* zurück. Als er abstieg, erschien ein Fremder, der augenscheinlich aus der Stadt kam.

»Ich suche Scheich Ilderim mit Beinamen ›der Edle‹«, sagte der Fremde.

Seine Sprache und Kleidung verrieten ihn als Römer.

Der alte Araber antwortete würdevoll: »Ich bin Scheich Ilderim.«

Der Mann ließ die Augen sinken, erhob sie wieder und sagte mit erzwungener Gelassenheit: »Ich hörte, Ihr brauchtet einen Lenker für die Spiele.«

Ilderims Lippen unter dem weißen Schnurrbart schürzten sich verächtlich.

»Geh deines Wegs«, sagte er, »ich habe einen Lenker.«

Und jeden Tag darauf, bis zum großen Tag der Spiele, kam ein Mann – manchmal auch zwei oder drei – zum Hain zu dem Scheich unter dem Vorwand, eine Beschäftigung als Wagenlenker zu suchen.

Auf solche Weise ließ Messala Ben Hur überwachen.

Der abgefangene Brief

Der Scheich wartete voll Zufriedenheit, bis Ben Hur für den Vormittag seine Pferde vom Felde nahm – voller Zufriedenheit, denn er hatte gesehen, nachdem sie alle Gangarten durchgeübt hatten, daß sie in voller Geschwindigkeit in einer Weise dahinsausten, daß es schien, als sei keines das langsamste und keines das schnellste – sie rannten, mit anderen Worten, als seien alle vier eins.

Ilderim zog ein Päckchen hervor und öffnete es langsam, während sie auf den Diwan zugingen und sich setzten: »Sohn des Arrius, sieh hier und hilf mir mit deinem Latein.«

Er reichte Ben Hur das Schriftstück.

»Da, lies – und lies laut und gib, was du findest, in der Sprache deiner Väter wieder. Latein ist mir ein Greuel.«
Ben Hur war in bester Laune und begann sorglos zu lesen: »Messala an Gratus!«
Er hielt inne.
Eine Ahnung trieb ihm das Blut bis zum Herzen. Ilderim beobachtete seine Erregung.
»Nun, ich warte.«
Ben Hur bat um Entschuldigung und begann von vorn. Es genügt zu sagen, daß es sich bei dem Schriftstück um eines der Duplikate des Briefes handelte, die Messala am Morgen nach dem Gelage im Palast so sorgfältig an Gratus aufgegeben hatte.
Die Absätze zu Anfang waren bemerkenswert nur als Beweis dafür, daß der Verfasser seine spottende Art in der Zwischenzeit nicht abgelegt hatte. Als sie vorgetragen waren und der Leser zu den Teilen kam, die des Gratus Gedächtnis auffrischen sollten, zitterte seine Stimme, und zweimal hielt er inne, um die Kontrolle über sich selbst wiederzugewinnen. Das Papier fiel aus seinen Händen, und er bedeckte sein Gesicht.
»Sie sind tot – tot! Ich allein bin übrig.«
Der Scheich war ein schweigender, aber nicht teilnahmsloser Zeuge von des jungen Mannes Leiden gewesen. »Lies den Brief für dich allein. Wenn du stark genug bist, mir den Rest mitzuteilen, sende ein Wort, und ich werde zurückkehren.« Er verließ das Zelt, und nichts in seinem Leben hätte ihm besser geziemt.
Ben Hur warf sich auf den Diwan und ließ seinen Gefühlen freien Lauf. Als er sich wieder einigermaßen erholt hatte, erinnerte er sich, daß er einen Teil des Briefes noch nicht gelesen hatte, nahm ihn wieder auf und las ihn zu Ende. »Du wirst dich erinnern, was du mit der Mutter und der Schwester des Übeltäters gemacht hast, und wenn ich jetzt dem Verlangen nachgebe zu erfahren, ob sie noch leben oder tot sind« – Ben Hur sprang auf, las die Zeilen wieder und wieder und brach schließlich in einen Ausruf aus:

»Sie sind nicht tot«, sagte er, »sie sind nicht tot, sonst hätte er davon gehört!«
Ein zweites Durchlesen, sorgfältiger als das erste, bestärkte ihn in seiner Meinung. Dann sandte er nach dem Scheich.
»Als ich zu deinem gastlichen Zelt kam, o Scheich«, sagte er ruhig, als sich der Araber gesetzt hatte und sie allein waren, »hatte ich nicht die Absicht, mehr von mir zu sprechen, als dich zu vergewissern, daß ich genügend Übung besaß, um mit deinen Pferden betraut zu werden. Ich lehnte es ab, dir meine Geschichte zu erzählen. Doch die Umstände, die dieses Schreiben in meine Hand geschickt und es mir zu lesen gegeben haben, sind so sonderbar, daß ich mich aufgefordert fühle, dir alles anzuvertrauen. Um so mehr sehe ich mich dazu veranlaßt durch die hier übersandte Erkenntnis, daß wir beide von demselben Feind bedroht sind, gegen den gemeinsame Sache zu machen notwendig ist. Ich werde dir den Brief vortragen und dir erklären; danach wirst du dich nicht mehr wundern, daß ich so bewegt war. Wenn du mich für schwach oder kindisch hieltest, so wirst du mich dann verstehen.«
Der Scheich schwieg und hörte gespannt zu, bis Ben Hur zu dem Absatz kam, in dem er besonders erwähnt wurde:
»– er ist im alten Palmenhain zu finden, unter dem Zelt des Verräters Scheich Ilderim, der auf lange nicht unserer starken Hand entrinnen kann. Sei also nicht überrascht, wenn Maxentius als erste Maßnahme den Araber auf ein Schiff setzt und nach Rom verbringen läßt.«
»Nach Rom! Mich – Ilderim – Scheich von zehntausend Reitern mit Speeren – mich nach Rom!«
Mehr sprang er auf die Füße, als daß er sich erhob, die Arme ausgestreckt, die Augen funkelnd wie die einer Schlange.
»O Gott! – nein, bei allen Göttern außer denen Roms! – wann soll diese Frechheit enden? Ein freier Mann bin ich, frei ist mein Volk. Müssen wir als Sklaven sterben? Oder, schlimmer noch, muß ich als ein Hund leben und zu eines Herrn Füßen kriechen? Muß ich seine Hand lecken, daß er mich nicht auspeitscht? Was mein ist, ist nicht mehr mein, ich bin nicht mehr mein eigener Herr, für einen Atemzug muß ich

einem Römer dankbar sein!? Oh, wenn ich noch einmal jung wäre! Könnte ich nur zwanzig Jahre abschütteln – oder zehn – oder fünf!«

Er knirschte mit den Zähnen und schlug die Hände über dem Kopf zusammen. Dann machte er ein paar Schritte fort, ging aber schnell wieder auf Ben Hur zu und packte ihn mit einem kräftigen Griff bei der Schulter.

»Wenn ich wie du wäre, Sohn des Arrius – so jung, so stark, so waffengeübt; wenn ich ein Motiv hätte, das mich zur Rache anspornte – ein Motiv wie deines, groß genug, um den Haß zu heiligen – hinweg mit der Verstellung bei dir und bei mir! Sohn Hurs, Sohn Hurs, sage ich –«

Bei diesem Namen stockte Ben Hur das Blut in allen Adern; überrascht, verwirrt blickte er dem Araber in die Augen, die jetzt dicht bei seinen waren und wild flammten.

»Sohn Hurs, sage ich, wäre ich wie du, mit nur dem halben Unrecht geschlagen, mit deinen Erinnerungen belastet, ich würde, ich könnte nicht ruhen.« Ohne innezuhalten, folgte ein Wort dem anderen wie ein Sturzbach. »All meinen Beschwerden würde ich jene der Welt hinzufügen und mich ganz der Rache widmen. Von Land zu Land würde ich gehen und die ganze Menschheit entflammen. Kein Freiheitskrieg würde mich nicht beteiligt finden. Des Nachts würde ich zu den Göttern beten, den guten wie den schlechten, mir ihre besonderen Schrecken zu leihen – Stürme, Dürre, Hitze, Kälte und all die namenlosen Gifte, die sie in die Luft loslassen, all die tausend Dinge, an denen Menschen zu Wasser und zu Lande sterben. Oh, ich könnte nicht schlafen. Ich – ich –«

Der Scheich hielt inne, der Atem war ihm ausgegangen, keuchend und die Hände ringend. Um die Wahrheit zu sagen: von dem ganzen leidenschaftlichen Ausbruch behielt Ben Hur nur einen unbestimmten Eindruck von flammenden Augen, einer durchdringenden Stimme und einer Wut, die zu stark war für einen zusammenhängenden Ausdruck.

Zum ersten Mal seit Jahren hatte sich der verlassene junge Mann bei seinem richtigen Namen anreden hören.

»Guter Scheich, sag mir, wie du an diesen Brief gekommen bist.«

»Meine Leute bewachen die Straßen zwischen den Städten«, antwortete Ilderim rauh. »Sie haben ihn einem Kurier abgenommen.«

»Weiß man, daß es deine Leute sind?«

»Nein. Für die Welt sind sie Räuber, die zu fangen und töten meine Aufgabe ist.«

»Noch eins, Scheich. Du nennst mich Sohn Hurs – nach dem Namen meines Vaters. Ich dachte nicht, daß ich irgend jemand auf Erden bekannt sei. Wie gelangtest du zu dieser Kenntnis?«

Ilderim zögerte, dann sammelte er sich wieder und antwortete: »Ich kenne dich, doch ich bin nicht frei, dir mehr zu sagen. – Was sagst du?« fragte er, während er auf sein Pferd und sein Gefolge wartete. »Ich habe dir erzählt, was ich täte, wenn ich du wäre, und du hast noch nicht geantwortet.«

»Ich wollte antworten, Scheich, und ich werde es.« Ben Hurs Gesicht und Stimme bekamen einen anderen Ausdruck. »Alles, was du gesagt hast, will ich tun – wenigstens alles Menschenmögliche. Schon lange habe ich mich der Rache verschrieben. Jede Stunde der vergangenen fünf Jahre habe ich mit keinem anderen Gedanken gelebt. Ich habe mir keine Pause gegönnt. Ich hatte keinerlei Freuden der Jugend. O Scheich, ich bin ein Soldat. Doch die Dinge, von denen ich träume, verlangen, daß ich ein Feldherr bin. Mit dem Gedanken habe ich am Feldzug gegen die Parther teilnehmen wollen. Wenn er vorüber ist, dann, sofern der Herr mein Leben und meine Kraft schont, dann« – er hob die geballten Fäuste und sprach ungestüm –, »dann werde ich ein in allen Dingen römisch geschulter Feind sein; dann soll Rom mir seine Übeltaten mit Römerleben bezahlen. Du hast meine Antwort, Scheich.«

Ilderim legte ihm einen Arm über die Schulter, küßte ihn und sagte leidenschaftlich: »Wenn dein Gott dir nicht gnädig ist, Sohn Hurs, dann ist er tot. Nimm diesen Schwur von mir: Du sollst meine Hände haben und ihre Fülle – Männer, Pferde,

Kamele und die Wüste zur Vorbereitung. Ich schwöre es! Für jetzt genug. Du sollst mich noch vor Nacht sehen oder von mir hören.«
Unvermittelt wandte sich der Scheich ab und war rasch auf dem Weg in die Stadt.

Gerufen

Der abgefangene Brief war für eine Anzahl Punkte aufschlußreich, die für Ben Hur von großem Interesse waren. Ben Hur hatte viel nachzudenken; umgehendes Handeln war erforderlich. Seine Feinde waren geschickt und mächtig wie überhaupt jemand im Orient. Wenn sie ihn fürchteten, hatte er noch mehr Grund, sie zu fürchten. Er mühte sich ernsthaft, über die Lage nachzudenken, doch er konnte nicht. Seine Gefühle überwältigten ihn beständig.
Gelegentlich fielen ihm die Worte Ilderims ein, und er fragte sich, woher der Araber die Information über ihn haben könnte. Sicherlich nicht von Malluch, und auch nicht von Simonides, dessen entgegengesetzte Interessen ihn stumm halten würden. Könnte Messala der Informant gewesen sein? Nein, nein: Enthüllung könnte hier gefährlich sein.
Nach Einbruch der Nacht saß Ben Hur bei der Zelttür und wartete auf Ilderim, der noch nicht aus der Stadt zurück war. Endlich waren schnelle Pferdehufe zu hören, und Malluch ritt heran.
»Sohn des Arrius«, sagte er nach der Begrüßung fröhlich, »ich grüße dich von Scheich Ilderim, der dich bittet, zu Pferde zu steigen und zur Stadt zu kommen. Er erwartet dich.«
Ben Hur stellte keine Fragen, sondern begab sich in den Raum, wo die Pferde gefüttert wurden. Kurz darauf waren beide unterwegs, schnell und schweigsam.
Auf einige Entfernung unterhalb der Seleukischen Brücke überquerten sie den Fluß auf einer Fähre, ritten dann in

einem weiten Bogen auf dem rechten Ufer weiter, kreuzten den Fluß wieder auf einer anderen Fähre und gelangten von Westen her in die Stadt. Der Umweg war weit, doch Ben Hur akzeptierte ihn als gut begründete Vorsichtsmaßnahme.

Sie ritten zu Simonides' Landungsplatz hinab, und vor dem großen Warenlager unter der Brücke hielt Malluch an.

»Wir sind da«, sagte er. »Steig ab.«

Ben Hur erkannte die Stelle.

»Wo ist der Scheich?« fragte er.

»Komm mit mir. Ich führe dich.«

Ein Wächter nahm die Pferde, und fast ehe Ben Hur es sich versah, stand er erneut vor der Tür des auf dem größeren Gebäude befindlichen Hauses und hörte von innen den Ruf:

»In Gottes Namen, tritt ein.«

Anerkannt

Malluch blieb an der Tür stehen; Ben Hur trat allein ein.

Drei Personen waren anwesend und sahen ihn an – Simonides, Ilderim und Esther.

Er blickte schnell von einem zum andern, als wolle er eine Antwort auf die Frage finden, die sich schon halb in ihm ausgeprägt hatte: Was können sie von mir wollen? Er wurde ruhig, alle Sinne auf der Hut, denn der ersten Frage folgte eine weitere: Waren sie Freunde oder Feinde?

Schließlich blieben seine Augen auf Esther ruhen.

Die Männer erwiderten seinen Blick freundlich; in ihrem Gesicht lag etwas mehr als Freundlichkeit, etwas zu *Geistiges,* als daß er es sich hätte erklären können, doch auch so prägte es sich seinem Innern ein.

Soll man es sagen, lieber Leser? Hinter seinem Blick tauchte der Gedanke an die Ägypterin auf, die sich vergleichend der sanften Jüdin gegenüberstellte; doch nur einen Moment war er lebendig und verschwand wieder ohne Schlußfolgerung, wie es bei solcherlei Vergleichen üblich ist.

»Sohn Hurs –«
Der Gast wandte sich dem Sprecher zu. »Sohn Hurs«, sagte Simonides, die Anrede langsam wiederholend und mit leisem Nachdruck, als wollte er ihre Bedeutung für ihn hervorheben, »nimm den Frieden des Herrn, des Gottes unserer Väter – nimm ihn von mir.« Er hielt inne und fuhr dann fort: »Von mir und den Meinen.«
Der Sprecher saß in seinem Sessel; da war das königliche Haupt, das blutlose Gesicht, die herrschaftliche Miene, unter dessen Einfluß der Besucher die gebrochenen Glieder und den gefolterten Leib des Mannes vergaßen. Die vollen schwarzen Augen blickten fest, aber nicht streng unter den weißen Brauen hervor. So verharrte er einen Moment, dann kreuzte er die Arme über der Brust.
»Simonides«, antwortete Ben Hur tiefbewegt, »den heiligen Frieden, den du mir bietest, nehme ich an. Wie ein Sohn dem Vater, gebe ich ihn dir zurück. Laß uns nur gegenseitig vollkommen verstehen.«
So empfindsam suchte er die Untergebenheit des Kaufmanns beiseite zu schieben und an die Stelle des Verhältnisses von Herr und Diener ein höheres und heiligeres zu setzen.
Simonides verneigte sich als Zeichen der Anerkennung.
»Esther, Kind, bring mir die Papiere«, sagte er mit einem Zug der Erleichterung.
Sie ging zu einem Wandpaneel, öffnete es, nahm eine Rolle Papyri heraus und brachte es ihm.
»Hier, Esther, stell dich neben mich und halte die Blätter, damit sie nicht durcheinandergeraten.«
Sie nahm neben seinem Sessel Platz und legte ihren rechten Arm leicht um seine Schulter, so daß es, als er sprach, schien, als legten sie gemeinsam Rechenschaft ab.
»Dies«, sagte Simonides, das erste Blatt herausziehend, »weist das Geld auf, das ich von deinem Vater hatte; es ist die Summe, die ich vor den Römern rettete. Es konnte kein Eigentum gerettet werden, nur Geld, und auch dies hätten die Römer sich besorgt, wäre nicht unser jüdisches Wechselsystem gewesen. Die gerettete Summe, die ich aus Rom,

Alexandria, Damaskus, Karthago, Valencia und aus anderen Handelsplätzen zusammengezogen habe, betrug einhundertundzwanzig jüdische Talente.«
Er gab Esther das Blatt und nahm das nächste.
»Mit dieser Summe – einhundertundzwanzig Talente – als Kredit habe ich gearbeitet. Hör jetzt meine Guthaben. Ich benutze dieses Wort, wie du sehen wirst, mehr mit Bezug auf den Gewinn, den ich aus dem Gebrauch des Geldes erzielte.«
Von verschiedenen Blättern las er nun die Gesamtsummen vor, die, unter Auslassung der Bruchteile, folgendes ergaben:

An Schiffen	60 Talente
An Waren auf Lager	110 Talente
An Transitladungen	75 Talente
An Kamelen, Pferden usw.	20 Talente
An Warenniederlagen	10 Talente
An fälligen Rechnungen	54 Talente
An Bargeld und Zahlungsanweisungen	224 Talente
Insgesamt	553 Talente

»Zu diesen fünfhundertdreiundfünfzig gewonnenen Talenten rechne jetzt das Ausgangskapital, das ich von deinem Vater hatte, und du hast *sechshundertunddreiundsiebzig Talente!* – alle dein eigen, und sie machen dich, Sohn Hurs, zum reichsten Untertanen der Welt.«
Er nahm Esther die Papyri ab und rollte sie, bis auf einen, den er beiseite legte, auf, um sie Ben Hur zu reichen. Der Stolz, der in seiner Haltung sichtbar wurde, war nicht verletzend: er mochte einem Gefühl gut vollbrachter Pflicht entsprungen sein; er mochte auch Ben Hur ohne Rücksicht auf die eigene Person gelten.
»Und es gibt nichts«, fügte er, die Stimme, aber nicht die Augen senkend, hinzu, »es gibt nichts, das du jetzt nicht tun kannst.«
Ben Hur nahm die Rolle und erhob sich, gegen seine Gefühle ankämpfend.
»O Simonides, deine Treue wiegt die Grausamkeiten anderer

auf und versöhnt wieder mit unserer menschlichen Natur. ›Es gibt nichts, das ich nicht tun kann‹: sei es so. Soll irgendein Mensch in dieser meiner Stunde von so überwältigender Vergünstigung großmütiger sein als ich? Diene mir jetzt als Zeuge, Scheich Ilderim. Höre meine Worte, wie ich sie spreche – höre sie und vergiß sie nicht. Und du, Esther, guter Engel dieses guten Mannes! Höre auch du.«

Er streckte die Hand mit der Rolle zu Simonides aus.

»Die in diesen Papieren aufgerechneten Dinge – alle: Schiffe, Häuser, Güter, Kamele, Pferde, Geld; das kleinste ebenso wie das größte – gebe ich dir zurück, o Simonides, mache sie alle dein eigen und bestätigte sie dir und den Deinen auf immer.«

Esther lächelte durch ihre Tränen; Ilderim zog sich mit heftiger Bewegung am Bart, seine Augen glänzten pechschwarz. Nur Simonides war ruhig.

»Bestätigte sie dir und den Deinen auf immer«, fuhr Ben Hur fort und beherrschte sich jetzt besser, »mit einer Ausnahme und unter einer Bedingung.«

Atemlos warteten die Zuhörer auf seine Worte.

»Die hundertzwanzig Talente, die meinem Vater gehörten, sollst du mir zurückgeben.«

Ilderims Gesicht erhellte sich.

»Und du sollst dich an der Suche nach meiner Mutter und Schwester beteiligen, und alles Nötige für ihre Entdeckung aufwenden wie ich ebenso.«

Simonides war tief bewegt. Die Hand ausstreckend, sagte er: »Ich sehe deinen Charakter, Sohn Hurs, und ich bin dem Herrn dankbar, daß Er dich mir so gesandt hat, wie du bist. Wenn ich deinem Vater zu Lebenszeit wohl gedient habe und seinem Andenken hernach, fürchte nicht, ich könnte dich vernachlässigen: doch muß ich erklären, daß die Ausnahme nicht gelten kann.«

Dann wies er das zurückgehaltene Blatt vor und fuhr fort: »Nimm dies und lies – lies laut.«

Ben Hur nahm die Ergänzung und las:

»Bericht über die leibeigenen Diener Hurs, erstattet von Simonides, Verwalter des Vermögens.

1. Amrah, Ägypterin, im Palast zu Jerusalem.
2. Simonides, der Verwalter, in Antiochia.
3. Esther, Tochter des Simonides.«

Nicht einmal, sooft Ben Hur an Simonides gedacht hatte, war es ihm in den Sinn gekommen, daß nach dem Gesetz die Tochter ihrem Vater im Stand folgte. Sooft er die liebliche, anmutige Esther in Gedanken vor sich gesehen hatte, war sie als Rivalin der Ägypterin erschienen, als möglicher Gegenstand seiner Liebe. Er erschrak vor der Enthüllung, die so plötzlich vor ihn gekommen war, und sah sie errötend an; ebenfalls errötend, senkte sie die Augen vor ihm. Dann sagte er, während sich das Papyrusblatt von selbst zusammenrollte:
»Ein Mann mit sechshundert Talenten ist in der Tat reich und kann tun, was ihm gefällt. Doch seltener als Geld, kostbarer als Besitz ist der Geist, welcher den Reichtum gesammelt hat, und das Herz, welches es nicht verderben konnte. O Simonides – und du, schöne Esther –, habt keine Sorge. Scheich Ilderim hier soll Zeuge sein, daß in demselben Moment, da ihr zu meinen Dienern erklärt wurdet, ich euch frei erklärt habe. Und was ich erkläre, will ich schriftlich niederlegen. Ist das nicht genug? Kann ich mehr tun?«
»Sohn Hurs«, sagte Simonides, »wahrhaftig, du machst Knechtschaft leicht. Ich habe Unrecht gehabt. Es gibt einige Dinge, die du nicht tun kannst. Du kannst uns nach dem Gesetz nicht freilassen. Ich bin dein Sklave auf immer, denn eines Tages trat ich mit deinem Vater vor die Tür, und an meinem Ohr sind noch die Zeichen der Ahle zu sehen.«
»Mein Vater hat das getan?«
»Richte ihn nicht«, rief Simonides schnell. »Er nahm mich als einen Diener jener Klasse, weil ich ihn darum bat. Ich habe den Schritt nie bereut. Es war der Preis, den ich für Rachel gezahlt habe, die Mutter meines Kindes, denn Rachel wollte nicht meine Frau werden, wenn ich nicht wurde, was sie war.«
»War sie Sklavin auf Lebenszeit?«
»Ja.«

Ben Hur ging im Schmerz seines unerfüllbaren Wunsches auf und ab.

»Ich war schon vorher reich«, sagte er, plötzlich stehenbleibend. »Ich war reich durch die Gaben des edlen Arrius. Jetzt kommt dieses noch größere Vermögen und der Geist, der es erwarb. Liegt in allem nicht eine Absicht Gottes? Rate mir, o Simonides! Hilf mir, das Rechte zu sehen und es zu tun. Hilf mir, meines Namens wert zu sein, und was du vor dem Gesetz mir bist, will ich dir in Tat und Wahrheit sein. Ich will dein Diener sein auf immer.«

Simonides' Antlitz strahlte. »O Sohn meines toten Herrn! Ich will mehr tun als helfen. Ich will dir mit meiner Kraft und aus ganzem Herzen dienen. Einen Leib habe ich nicht; er ging in deiner Sache zugrunde. Doch mit Geist und Herz will ich dir dienen. Ich schwöre es, beim Altar unseres Gottes und den Gaben auf dem Altar! Nur mach mich förmlich zu dem, was ich zu sein voraussetzte.«

»Nenn es«, sagte Ben Hur begierig.

»Als Verwalter soll mir die Sorge um das Vermögen obliegen.«

»Betrachte dich als Verwalter von jetzt ab; oder willst du es schriftlich?«

»Dein Wort einfach ist genug. So war es bei deinem Vater, und ich will nicht mehr von dem Sohn. Und jetzt, wenn das Verständnis vollkommen ist –«

Simonides hielt inne.

»So ist es bei mir«, sagte Ben Hur.

»Und du, Tochter Rachels, sprich«, sagte Simonides, ihren Arm von der Schulter nehmend.

So allein gelassen, stand Esther einen Augenblick verlegen da. Abwechselnd errötete und erbleichte sie. Dann trat sie zu Ben Hur und sagte mit einzigartig lieblicher Weiblichkeit: »Ich bin nicht besser, als meine Mutter war. Und da sie gegangen ist, bitte ich dich, mein Herr, laß mich für meinen Vater sorgen.«

Ben Hur nahm ihre Hand, führte sie zurück zum Stuhl und sagte: »Du bist ein gutes Kind. Hab deinen Willen.«

Simonides legte wieder ihren Arm um seinen Hals, und eine Zeitlang herrschte Schweigen in dem Raum.

Ein Racheschwur

Simonides blickte auf, um nichts weniger ein Gebieter.
»Esther«, sagte er ruhig, »die Nacht schreitet schnell voran, und damit wir nicht zu müde werden für das, was vor uns liegt, laß die Erfrischungen bringen.«
Sie läutete. Eine Dienerin antwortete mit Wein und Brot, das sie herumreichte.
»Die Verständigung, mein guter Herr«, fuhr Simonides fort, als alle bedient waren, »ist in meiner Sicht noch nicht vollständig. Von heute an wird unser Leben zusammenfließen wie zwei Flüsse, die sich getroffen und ihre Wasser vereinigt haben. Ich glaube, ihr Fluß wird besser vonstatten gehen, wenn alle Wolken vom Himmel über ihnen fortgeblasen sind. Du verließest neulich meine Tür anscheinend unter dem Eindruck der Verweigerung der Ansprüche, die ich jetzt so unbeschränkt zugestanden habe. Aber das war nicht so, fürwahr, nein. Esther ist Zeugin, daß ich dich anerkannte. Und daß ich dich nicht im Stich ließ, laß Malluch berichten.«
»Malluch!« rief Ben Hur aus.
»Wer wie ich an den Stuhl gefesselt ist, muß viele weitreichende Hände haben, wenn er die Welt bewegen möchte, von der er so grausam abgeschlossen ist. Ich habe deren viele, und Malluch ist eine der besten von ihnen. Und manchmal« – er warf dem Scheich einen dankbaren Blick zu –, »manchmal borge ich mir etwas von dem guten Herzen anderer wie etwa Ilderims des Edlen, des Guten und Tapferen. Laß ihn sagen, ob ich dich verleugnet oder vergessen habe.«
Ben Hur sah den Araber an.
»Der ist es, guter Ilderim, der von mir erzählt hat?«
Ilderims Augen funkelten, als er bejahend nickte.

»Wie, o mein Herr«, sagte Simonides, »können wir ohne Prüfung sagen, was ein Mann ist? Ich erkannte dich, sah deinen Vater in dir. Doch deinen Charakter kannte ich nicht. Es gibt Leute, für die Reichtum ein verborgener Fluch ist. Gehörtest du zu ihnen? Ich habe Malluch ausgesandt, um es für mich herauszufinden, und hierbei war er mir Auge und Ohr. Tadle ihn nicht. Er machte mir Bericht über dich, der in allem gut war.«

»Ich tue es nicht«, sagte Ben Hur herzlich. »In deiner Güte lag Weisheit.«

»Die Worte gefallen mir sehr«, sagte der Kaufmann gerührt, »sehr. Meine Furcht, mißverstanden zu werden, ist beigelegt. Mögen die Ströme nun voranfließen, wie Gott ihre Richtung bestimme.«

Nach einer Unterbrechung fuhr er fort:

»Die Wahrheit nötigt mich nun. Du hast Balthasar gesehen?«

»Und ihn seine Geschichte erzählen hören«, sagte Ben Hur.

»Ein Wunder! – ein wirkliches Wunder!« rief Simonides. »Als er sie mir erzählte, mein guter Herr, kam es mir vor, als hörte ich die Antwort, auf die ich so lange gewartet hatte. Gottes Absicht brach plötzlich vor mir auf. Arm wird der König sein, wenn Er kommt – arm und ohne Freunde; ohne Gefolge, ohne Armeen, ohne Städte oder Burgen. Ein Königreich wird errichtet werden, Rom besiegt und ausradiert. Sieh, sieh, mein Herr! Du, strotzend von Kraft, geübt in den Waffen, beladen mit Reichtum – nimm die Gelegenheit wahr, die der Herr dir gesandt hat. Soll Sein Ziel nicht das deine sein? Könnte ein Mann zu vollkommenerem Ruhm geboren sein?«

Simonides hatte seine ganze Kraft in seinen Appell gelegt.

»Aber das Königreich, das Königreich!« antwortete Ben Hur voller Eifer. »Balthasar sagt, es werde ein Reich der Seelen sein!«

Der Stolz des Juden war stark in Simonides, daher das leicht verächtliche Schürzen der Lippen, mit dem er seine Entgegnung begann:

»Balthasar ist ein Zeuge wunderbarer Dinge, von Wundern gewesen, o mein Herr. Und wenn er von ihnen spricht, ver-

neige ich mich im Glauben, denn er hat sie persönlich gesehen und gehört. Doch er ist ein Sohn Misraims und nicht einmal ein Proselyt. Darf das Zeugnis eines ganzen Volkes geringgeschätzt werden, mein Herr? Du magst von Tyros am Meer im Norden bis zur Hauptstadt von Edom in der Wüste im Süden reisen, du wirst keinen, der das Schema lispelt, keinen, der Almosen im Tempel gibt, finden oder irgend jemand, der je vom Passahlamm gegessen hat, der dir sagt, das Reich, das der König für uns zu errichten kommt, die Kinder des Bundes, werde anders sein als von dieser Welt, als das unseres Vaters David. Nun, woher haben diese ihren Glauben, fragst du?«
Simonides saß einen Augenblick nachdenklich.
»Die Frage der Macht sollte dich nicht beunruhigen«, sagte er dann.
Ben Hur sah ihn fragend an.
»Du hast gerade den König in Seiner Niedrigkeit gesehen, wie er zu den Seinen kommt«, antwortete Simonides, »hast Ihn zur Rechten gesehen und zur Linken die erzgepanzerten Legionen des Cäsaren, und du hast dich gefragt: ›Was kann Er tun?‹«
»Das waren in der Tat meine Gedanken.«
»O mein Herr«, fuhr Simonides fort, »du weißt nicht, wie stark unser Israel ist. Du hältst es für einen sorgenbeladenen alten Mann, der an den Flüssen Babylons weint. Doch mach dich am nächsten Passahfest auf nach Jerusalem, stelle dich in die Straßen und sieh Israel, wie es ist. Die Verheißung des Herrn an unseren Vater Jakob, als dieser aus Haran auszog, war ein Gesetz, unter dem unser Volk sich beständig vermehrte – sogar in der Gefangenschaft. Es wuchs unter dem Fuß des Ägypters, der Griff des Römers war nichts als eine kräftige Nahrung für das Volk. Jetzt ist es in der Tat ›ein Volk und eine Gemeinschaft von Völkern‹, wie es geschrieben steht. Aber nicht nur das, mein Herr. Um tatsächlich die Stärke Israels zu messen – und das bedeutet ja in Wirklichkeit zu messen, was der König tun kann –, darfst du nicht einfach bei dem Maßstab der natürlichen Vermehrung blei-

ben, sondern mußt noch das andere hinzufügen – ich meine die Ausbreitung des Glaubens, die in die Ferne und die Nähe der bekannten Erde reicht. Weiter ist es, wie ich weiß, üblich, von Jerusalem als von Israel zu sprechen, was vielleicht genauso berechtigt ist wie einen bestickten Fetzen zu finden und ihn als Amtskleid des Cäsaren auszugeben. Jerusalem ist nur wie ein Stein im Tempel oder das Herz im Körper. Wende den Blick von den Legionen, so stark sie sein mögen, und zähle die Mengen der Gläubigen, die nur auf den alten Alarmruf warten: ›Zu den Zelten, Israel!‹ Zähle die vielen in Persien, Kinder derjenigen, die mit den Heimkehrenden nicht heimkehren wollten; zähle die Brüder, die die Märkte Ägyptens und des ferneren Afrikas bevölkern; zähle die hebräischen Ansiedler, die im Westen nach Gewinn streben – in Lodinum und den Handelshöfen Spaniens; zähle die Reinblütigen und die Proselyten in Griechenland und auf den Inseln des Meeres, droben in Pontus und hier in Antiochia, und wenn es sein soll auch jene der Stadt, die verflucht im Schatten der befleckten Mauern Roms liegt; zähle die Verehrer des Herrn, die in den Zelten entlang der hiesigen Wüste wohnen und in den Wüsten jenseits des Nils, ja sogar in den Gebieten hinter dem Kaspischen Meer und droben in den alten Ländern von Gog und Magog. Zähle auch die dazu, die jährlich dem Heiligen Tempel ihre Gaben senden in Anerkennung Gottes. Und wenn du deine Zählung beendet hast, dann sieh, mein Herr, die Zahl der Schwerthände, die dich erwartet! Sieh ein Königreich, schon für Ihn bereitet, der ›Recht und Gerechtigkeit auf der ganzen Erde‹ üben soll – in Rom nicht weniger als in Zion. Dann hast du die Antwort: Was Israel tun kann, das kann der König.«
Das Bild war leidenschaftlich hingeworfen worden.
Auf Ilderim wirkte es wie ein Trompetenstoß.
»Oh, hätte ich meine Jugend zurück!« rief er und sprang auf die Füße.
Ben Hur saß still da. Die Rede, das sah er, war eine Einladung an ihn, sein Leben und seinen Reichtum jenem geheimnisvollen Wesen zu weihen, das für Simonides augenfällig

ebenso das Zentrum einer großen Hoffnung war wie für den frommen Ägypter.

»Wir wollen alles einräumen, was du sagst, Simonides«, sagte Ben Hur, »daß der König kommen wird und Sein Reich wie das Salomons. Nehmen wir auch an, ich bin bereit, mich selbst und alles, was ich habe, Ihm und Seiner Sache zu widmen. Nehmen wir noch weiter an, ich würde tun, wie es Gottes Absicht war bei der Lenkung meines Lebens und bei deiner raschen Anhäufung eines erstaunlichen Reichtums – was dann? Sollen wir weitermachen und wie Blinde bauen? Sollen wir warten, bis der König kommt? Oder bis Er nach mir schickt? Du hast Alter und Erfahrung auf deiner Seite. Antworte.«

Simonides antwortete sofort.

»Wir haben keine Wahl; gar keine. Dieser Brief« – während er sprach, holte er Messalas Schreiben hervor –, »dieser Brief ist das Signal zum Handeln. Dem beabsichtigten Bündnis zwischen Messala und Gratus zu widerstehen, sind wir nicht stark genug; wir haben keinerlei Einfluß in Rom noch die Macht hier. Sie werden dich töten, wenn wir warten. Wie gnädig sie sind – sieh mich an und urteile.«

»Also Rache?«

Der Funke fiel auf die leicht entzündliche Leidenschaft; die Augen des Mannes glühten, seine Hände zitterten. Schnell antwortete er: »Rache ist des Juden Recht; sie ist Gesetz.«

»Ein Kamel, selbst ein Hund erinnert sich eines Unrechts«, rief Ilderim.

Sofort nahm Simonides den unterbrochenen Gedankenfaden wieder auf.

»Es gibt ein Werk, ein Werk für den König, das vor Seiner Ankunft getan sein sollte. Wir dürfen nicht zweifeln, daß Israel Seine rechte Hand sein soll. Aber leider! Sie ist eine Hand des Friedens, ohne Kenntnis der Kriegskunst. Unter Millionen gibt es nicht einen geübten Haufen, nicht einen Feldherrn. Die Söldnertruppen des Herodes zähle ich nicht, denn sie werden gehalten, um uns zu unterdrücken. Die Lage ist so, wie der Römer sie möchte. Seine Politik hat die seiner

Tyrannei entsprechenden Früchte getragen. Aber die Zeit des Umschwungs ist da, wo der Hirte die Rüstung anlegt, Speer und Schwert zur Hand nimmt und die weidenden Herden sich in kämpfende Löwen verwandeln. Irgend jemand, mein Sohn, muß den nächsten Platz zur Rechten des Königs einnehmen. Wer sollte es sein, wenn nicht derjenige, der dieses Werk gut ausrichtet?«

Ben Hurs Gesicht erglühte bei der Aussicht, doch er sagte: »Ich sehe, doch sprich deutlich. Eine Tat zu tun, ist eins; wie sie tun, ein anderes.«

Simonides nippte von dem Wein, den Esther ihm gebracht hatte, und entgegnete:

»Der Scheich und du, mein Herr, ihr sollt die Hauptanführer sein, jeder mit einer Aufgabe. Ich werde hierbleiben und weitermachen wie bisher, darauf achten, daß die Quelle nicht versiegt. Du sollst dich nach Jerusalem und von dort in die Wildnis begeben und beginnen, die Kämpfer Israels zu zählen. Du sollst sie in Abteilungen zu zehn und hundert einteilen, Anführer auswählen und ausbilden, an geheimen Plätzen Waffen horten, mit denen ich dich versehen werde. Bis die Zeit reif ist, soll niemand wissen, was hier verabredet wurde. Ich habe nur die Rolle eines Dieners. Mit Ilderim habe ich gesprochen. Was sagst du?«

Ben Hur sah den Scheich an.

»Es ist, wie er sagt, Sohn Hurs«, antwortete der Araber. »Ich habe mein Wort gegeben, und er ist zufrieden damit. Doch du sollst meinen Schwur haben, der mich bindet, und die bereitwilligen Hände meines Stammes und was immer Dienliches ich habe.«

Die drei – Simonides, Ilderim, Esther – sahen Ben Hur gespannt an.

»Jedermann«, antwortete er zuerst traurig, »hat einen Becher von Freude, der für ihn gefüllt ist, und früher oder später kommt er ihm in die Hände, und er kostet und trinkt – jedermann außer mir. Ich sehe, Simonides, und du, edler Scheich! – ich sehe, wohin der Vorschlag zielt. Wenn ich annehme und die Bahn betrete, lebwohl Frieden und die Hoffnungen, die sich um ihn ranken. Die Türen, durch die ich treten könnte, und die Tore des ruhigen Lebens werden sich hinter mir schließen und sich nie wieder öffnen, denn Rom bewacht sie alle. Und Roms Bann wird mir folgen und seine Jäger. In den Gräbern nahe den Städten und den düsteren Höhlen der entlegensten Berge muß ich mein hartes Brot essen und meine Ruhe suchen.«

Ein Schluchzen unterbrach seine Rede. Alle wandten sich Esther zu, die ihr Gesicht auf ihres Vaters Schulter barg.

»Ich dachte nicht an dich, Esther«, sage Simonides zärtlich, denn er war selbst tief bewegt.

»Es ist gut genug, Simonides«, sagte Ben Hur. »Ein Mann trägt ein hartes Geschick besser, wenn er weiß, daß man Mitleid um ihn hat. Laßt mich fortfahren.«

Sie hörten ihm wieder zu.

»Ich wollte gerade sagen«, sprach er weiter, »ich habe keine Wahl, als die Rolle zu übernehmen, die du mir zuweist. Und da hierzubleiben einem unwürdigen Tod zu begegnen heißt, will ich sofort ans Werk gehen.«

»Sollen wir es schriftlich aufsetzen?« fragte Simonides, den seine Art als Geschäftsmann dazu trieb.

»Ich verlasse mich auf dein Wort«, sagte Ben Hur.

»Auch ich«, antwortete Ilderim.

So einfach wurde der Vertrag geschlossen, der Ben Hurs Leben verändern sollte.

Der Tag vor den Spielen

Am Tag vor den Spielen wurde nachmittags der gesamte zum Rennen dienende Besitz Ilderims in die Stadt transportiert und in neben dem Zirkus liegenden Quartieren untergebracht.

Weder er noch Ben Hur überschätzten den Einfluß Messalas. Es war jedoch ihre Meinung, daß er aktive Maßnahmen gegen sie erst nach der Begegnung im Zirkus einleiten würde. Wurde er dort besiegt, insbesondere von Ben Hur besiegt, war umgehend mit dem Schlimmsten, dessen er fähig war, zu rechnen; vielleicht würde er nicht einmal Gratus' Nachricht abwarten. Mit dieser Aussicht faßten sie ihren Plan und waren darauf vorbereitet, sich in Sicherheit zu bringen. Jetzt ritten sie gutgelaunt nebeneinander, im ruhigen Vertrauen auf den Erfolg am morgigen Tag.

Unterwegs trafen sie Malluch, der auf sie wartete. Der treue Bursche ließ in nichts erkennen, ob er um das so kürzlich anerkannte Verhältnis zwischen Ben Hur und Simonides wußte oder um den Vertrag zwischen ihnen und Ilderim.

»Nichts kann jetzt mehr dein Treffen mit Messala verhindern. Jede Vorbedingung für das Rennen ist erfüllt. Ich habe die Versicherung vom Leiter der Spiele selbst.«

»Ich danke dir, Malluch«, sagte Ben Hur.

Malluch fuhr fort: »Deine Farbe ist Weiß und Messalas Scharlach mit Gold. Die gute Wirkung dieser Wahl ist schon erkennbar. Knaben bieten in den Straßen weiße Bänder feil; morgen wird jeder Araber und Jude in der Stadt sie tragen. Im Zirkus wirst du sehen, daß Weiß die Galerien ziemlich mit Rot teilen wird.«

»Die Galerien – aber nicht die Tribüne über der Porta Pompae.«

»Nein, dort werden Scharlach und Gold vorherrschen. Aber wenn wir gewinnen« – Malluch lachte bei dem Gedanken vor Vergnügen in sich hinein –, »wenn wir gewinnen, wie werden die Würdenträger zittern! Sie werden natürlich entsprechend ihrer Verachtung alles nicht Römischen – zwei, drei, fünf zu eins auf Messala setzen, weil er Römer ist.«

»Ja, Malluch, wolltest du mir einen besonderen großen Gefallen tun, hilf mir, die öffentliche Aufmerksamkeit auf unser Rennen zu richten – Messalas und meins.«

Malluch sprach schnell: »Das kann geschehen.«

»Dann laß es geschehen«, sagte Ben Hur.

»Ein Angebot höchster Wetten wird die Antwort sein; wenn sie angenommen werden, um so besser.«

Malluch wandte seine Augen aufmerksam Ben Hur zu.

»Soll ich mir den Gegenwert des von ihm geraubten Gutes nicht zurückholen?« sprach Ben Hur, teils zu sich selbst. »Ja, es sei. Horch, Malluch! Bleib nicht dabei stehen, Sesterzen zu bieten. Geh bis zu Talenten, falls da jemand ist, der so hoch zu setzen wagt. Biete fünf, zehn, zwanzig Talente; ja, fünfzig, falls Messala selbst wettet.«
Malluch grüßte hocherfreut zum Abschied und schickte sich an davonzureiten, doch er kehrte sogleich wieder um.
»Verzeih«, sagte er zu Ben Hur, »da war noch eine Sache. Ich konnte nicht selbst an Messalas Wagen herankommen, aber jemand anders konnte für mich messen. Und nach seinem Bericht steht seine Radnabe eine ganze Handbreit höher über dem Boden als deine.«
»Eine Handbreit! So viel?« rief Ben Hur voll Freude. Dann lehnte er sich zu Malluch hinüber.
»Da du ein Sohn Judas bist, Malluch, und deinem Stamm treu, besorg dir einen Platz auf der Galerie über dem Triumphtor, unten dicht beim Balkon gegenüber den Säulen, und paß gut auf, wenn wir dort wenden; paß gut auf, denn wenn ich überhaupt Glück habe, werde ich – nein, Malluch, lassen wir es ungesagt!«
In diesem Moment stieß Ilderim einen Schrei aus.
»Ha! Bei der Herrlichkeit Gottes! Was ist das?«
Er lenkte an Ben Hur heran und wies mit dem Finger auf den Text der Bekanntmachung.
»Lies«, sagte Ben Hur.
»Nein; besser du.«
Ben Hur nahm das Papier, das vom Präfekten der Provinz als Veranstalter unterzeichnet war und wie ein modernes Programm die Abfolge der Spiele aufwies mit einer genauen Auflistung der vorgesehenen Unterhaltungsprogramme. Es informierte das Publikum darüber, daß es zunächst eine Parade von außergewöhnlicher Pracht geben sollte; daß die Parade von den üblichen Zeremonien zu Ehren des Gottes Consus gefolgt würde, woraufhin die Spiele beginnen würden: Laufen, Springen, Ringen, Boxen, jedes in der angegebenen Ordnung. Die Namen der Wettkampfteilnehmer

waren angegeben, mit ihren verschiedenen Nationalitäten und Trainingsschulen, die Wettkämpfe, an denen sie teilgenommen, und die Preise, die sie schon gewonnen hatten, sowie die Preise, die jetzt ausgesetzt waren. Bei den letzteren waren die Geldsummen in hervorstechenden Buchstaben wiedergegeben, ein Zeichen dafür, daß der Tag weit zurücklag, da ein einfacher Pinien- oder Lorbeerzweig voll genug war für den Sieger, den es mehr nach Ruhm denn nach Reichtümern hungerte.
Über diese Programmteile eilte Ben Hur mit den Augen schnell hinweg. Schließlich kam er zu der Ankündigung des Rennens.
Er las langsam. Im ganzen waren es sechs Eintragungen – nur Vierspänner waren zugelassen. Um das Interesse an dem Ereignis zu erhöhen, sollten die Teilnehmer zusammen in die Bahn gehen. Dann wurde jedes Viergespann beschrieben:

I. Ein Vierer von Lysippos aus Korinth: Zwei Grauschimmel, ein Brauner, ein Rappe. Eingeschrieben letztes Jahr in Alexandria und ebenso in Korinth, wo sie Sieger waren. Lenker: Lysippos. Farbe: Gelb.

II. Ein Vierer von Messala aus Rom: Zwei Schimmel, zwei Rappen, Sieger letztes Jahr bei den Spielen im Circus Maximus. Lenker: Messala. Farben: Scharlach und Gold.

III. Ein Vierer von Kleanthes aus Athen: Drei Grauschimmel, ein Brauner. Gewinner der Isthmischen Spiele letztes Jahr. Lenker: Kleanthes. Farbe: Grün.

IV. Ein Vierer von Dikaios aus Byzanz: Zwei Rappen, ein Grauschimmel, ein Brauner. Dieses Jahr Sieger in Byzanz. Lenker: Dikaios. Farbe: Schwarz.

V. Ein Vierer von Admetos aus Sidon: Alles Grauschimmel. Dreimal in Caesarea eingetragen, dreimal Sieger. Lenker: Admetos. Farbe: Blau.

VI. Ein Vierer von Ilderim, Scheich der Wüste: Alles Braune. Erstes Rennen. Lenker: Ben Hur, Jude. Farbe: Weiß.

Lenker: Ben Hur, Jude! Warum dieser Name statt »Arrius«? Ben Hur blickte Ilderim an. Er hatte den Grund für des Arabers Aufschrei gefunden. Beide kamen zu demselben Schluß. Das war die Hand Messalas!

Wette mit Messala

Der Abend hatte sich kaum über Antiochia gelegt, als der Omphalos, fast im Stadtzentrum gelegen, gleichsam ein aufgewühlter Brunnen wurde, von dem aus sich in jede Richtung, aber hauptsächlich hinunter zum Nymphaeum und östlich und westlich entlang der Säulengänge des Herodes Ströme von Menschen ergossen, die sich ganz Bacchus und Apollo hingegeben hatten.
Für solcherlei Leidenschaften läßt sich kaum ein passenderer Ort denken als die großen überdachten Straßen. Bei diesen handelte es sich buchstäblich um meilenlange Säulenhallen aus hochglänzend poliertem Marmor, alles Geschenke von Fürsten, die sorglos ihr Geld ausgaben, an die leichtlebige Stadt, weil sie wie in diesem Falle glaubten, sich dadurch zu verewigen. Nirgends durfte es dunkel sein. Unaufhörlich wurde gesungen, gelacht, gerufen, ein Durcheinander wie das Tosen des Wassers, das sich durch hohle Grotten ergießt und sich mit einer Vielzahl von Echos vermischt.
Die vielen Nationalitäten, die vertreten waren, mochten einen Fremden in Erstaunen versetzen, doch sie waren nichts Besonderes in Antiochia. Von den verschiedenen Aufgaben des großen Imperiums schien eine die zu sein, die Menschen zu vermischen und die Fremden miteinander bekannt zu machen. Entsprechend erhoben sich ganze Völker und zogen nach Belieben fort, ihre Kleidung, Gebräuche, Sprache und Götter mitnehmend. Wo es ihnen gefiel, machten sie Halt,

fingen Geschäfte an, erbauten Häuser, errichteten Altäre und waren, was sie zu Hause gewesen.
Es gab jedoch eine Eigentümlichkeit, die ein Betrachter in dieser Nacht in Antiochia nicht hätte außer acht lassen können. Fast ein jeder trug die Farben des einen oder andern der Wagenlenker, die für das morgige Rennen angekündigt waren, manchmal in Form einer Schärpe, manchmal ein Abzeichen, oft ein Band oder eine Feder. Gleich welche Form, immer bezeichnete die Farbe die Partei des Trägers. So offenbarte Grün einen Freund des Kleanthes aus Athen und Schwarz einen Anhänger des Byzantiners. Das entsprach einem Brauch, der wahrscheinlich so alt war wie das Rennen des Orestes – ein Brauch nebenbei, der, wenn man es als geschichtliches Wunder betrachtet, vorzüglich illustriert, bis zu welcher äußersten Torheit die Menschen oft zu gehen geneigt sind.
Der Betrachter draußen, der bei dieser Gelegenheit einmal auf das Tragen der Farben aufmerksam geworden wäre, wäre sehr schnell zu dem Schluß gekommen, daß drei Farben vorherrschten – Grün, Weiß und Scharlach-Gold.
Doch wir gehen zum Palast auf der Insel.
Die fünf großen Kronleuchter im Saal sind soeben angezündet worden. Auf dem Diwan liegen die Körper von Schläfern und Kleiderbündel, von der Tafel her hört man noch das Schütteln und Rasseln von Würfeln. Doch der größere Teil der Gesellschaft tut nichts. Sie gehen auf und ab oder gähnen fürchterlich oder bleiben stehen, um gegenseitig Nichtigkeiten auszutauschen. Ob das Wetter morgen gut ist? Sind alle Vorbereitungen für die Spiele getroffen? Unterscheiden sich die Zirkusregeln in Antiochia von denen in Rom? Die Wahrheit ist, die jungen Burschen leiden an Langeweile. Ihr schweres Werk ist getan, das heißt, könnten wir einen Blick auf ihre Notiztäfelchen werfen, würden wir sie voll von Eintragungen über abgeschlossene Wetten finden – Wetten in jeder Kampfart, Laufen, Ringen, Boxen; nur nicht auf das Wagenrennen.
Warum nicht darauf?

Guter Leser, sie können niemand finden, der auch nur einen Denar mit ihnen gegen Messala zu setzen wagte.
Im Saal gibt es keine andern Farben als die seinen. Niemand denkt an eine Niederlage Messalas.
Warum, sagen sie? Hat er keine vollendete Ausbildung? Wurde er nicht von einem kaiserlichen *lanista,* Fechtmeister, zum Diplom geführt? Waren seine Rosse nicht Sieger bei den Spielen im Circus Maximus? Und dann – ah ja! – er ist ein Römer!
In einer Ecke kann man Messala selbst bequem auf dem Diwan ruhen sehen. Um ihn herum sitzen oder stehen seine öligen Bewunderer und setzen ihm mit Fragen zu. Es gibt natürlich nur ein Gesprächsthema.
Gerade treten Drusus und Caecilius ein.
»Ah!« ruft der junge Fürst und wirft sich auf den Diwan vor Messalas Füße. »Ah, beim Bacchus, ich bin müde!«
»Wo warst du?« fragte Messala.
»Auf der Straße, oben beim Omphalos und noch weiter – ich weiß nicht, wie weit. Ströme von Menschen. Nie zuvor so viele in der Stadt gesehen. Man sagt, morgen werden wir die ganze Welt im Zirkus sehen.«
Messala lachte verächtlich.
»Die Idioten! Beim Jupiter! Sie haben noch nie vom Cäsar veranstaltete Spiele gesehen. Aber, mein Drusus, was hast du gefunden?«
»Nichts.«
»Oh – ah! Du vergißt«, sagte Caecilius.
»Was?« fragte Drusus.
»Den Aufzug der Weißen.«
»*Mirabile*!« rief Drusus, halb aufgerichtet. »Wir trafen eine Gruppe von Weißen, sie hatten eine Fahne. Aber – hahaha!«
Er sank träge zurück.
»Grausamer Drusus – nicht weiter zu erzählen«, sagte Messala.
»Abschaum der Wüste war es, mein Messala, und Abfallfresser vom Jakobstempel in Jerusalem. Was hatte ich mit ihnen zu schaffen?«

»Nein«, sagte Caecilius, »Drusus fürchtet, ausgelacht zu werden, aber ich nicht, mein Messala.«
»Also sprich.«
»Nun, wir haben die Gruppe angehalten, und –«
»Ihnen eine Wette angeboten«, sprach Drusus, sich erweichen lassend, und nahm seinem Schatten das Wort aus dem Mund. »Und – hahaha! – so ein Bursche, mit kaum genug Haut auf dem Gesicht, um einen Köder für einen Karpfen daraus zu machen, trat vor, und – hahaha! – sagte ja. Ich zog mein Täfelchen hervor und fragte: ›Wer ist dein Mann?‹ – ›Ben Hur, der Jude‹, sagte er. – Drauf ich: ›Was soll es sein? Wieviel?‹ – Er antwortete: ›Ein – ein –‹ Entschuldige mich, Messala. Beim Donner Jupiters, ich kann nicht weiter vor Lachen! Hahaha!«
Die Zuhörer beugten sich vor.
Messala sah Caecilius an.
»Ein Schekel«, sagte der letztere.
»Ein Schekel! Ein Schekel!«
Ein Ausbruch verächtlichen Lachens folgte dieser Wiederholung.
»Und was tat Drusus?« fragte Messala.
Ein Rufen an der Tür gegenüber verursachte grad jetzt einen Ansturm nach dort. Als der Lärm anhielt und lauter wurde, begab sich auch Caecilius dorthin, bemerkte aber zuvor noch:
»Der edle Drusus, mein Messala, steckte seine Täfelchen ein und – verlor den Schekel.«
»Ein Weißer! Ein Weißer!«
»Laßt ihn herein!«
»Hierher, hierher!«
Diese und ähnliche Rufe erfüllten den Saal und ließen jedes Gespräch verstummen. Die Würfelspieler gaben ihr Spiel auf; die Schläfer erwachten, rieben sich die Augen, zogen ihre Täfelchen hervor und eilten zum allgemeinen Mittelpunkt.
»Ich biete dir –«
»Und ich –«
»Ich –«

Der so überschwenglich Empfangene war der ehrwürdige Jude, den Ben Hur auf dem Schiff von Zypern kennengelernt hatte. Er trat ernst, ruhig und wachsam ein. Sein Kleid war makellos weiß, ebenso das Tuch seines Turbans. Beim Willkommensgruß verneigte er sich lächelnd und ging langsam auf die Tafel in der Mitte zu. Dort angekommen, zog er sein Gewand würdevoll enger um sich, nahm Platz und winkte mit der Hand. Das Funkeln eines Juwels an seinem Finger half ihm nicht wenig zu der Stille, die darauf folgte.

»Römer – höchst edle Römer – Ich grüße Euch!« sagte er.

»Gemach, bei Jupiter! Wer ist das?« fragte Drusus.

»Ein israelitischer Hund – Sanballat mit Namen –, Heereslieferant, wohnt in Rom, unermeßlich reich; so geworden als Vertragslieferant von Lieferungen, die er nie liefert. Er spinnt Unheil, trotzdem, feiner, als Spinnen ihre Netze weben. Komm! Bei dem Gürtel der Venus! Wir wollen ihn fangen!«

Messala erhob sich, während er sprach, und näherte sich mit Drusus der Masse, die sich um den Lieferanten drängte.

»Ich hörte auf der Straße«, sagte dieser, seine Täfelchen hervorholend und sie mit der imponierenden Miene des Geschäftsmannes auf dem Tisch ausbreitend, »daß es im Palast einigen Verdruß gebe, weil Angebote auf Messala keine Gegenbieter fanden. Die Götter, das wißt Ihr, müssen Opfer haben. Hier bin ich also. Ihr seht meine Farbe. Kommen wir zur Sache. Zuerst die Gewinnverhältnisse, dann die Summen. Was wollt Ihr mir bieten?«

Seine Kühnheit schien seine Zuhörer zu verblüffen.

»Macht schnell!« sagte er. »Ich habe eine Verabredung mit dem Konsul.«

Der Sporn wirkte.

»Zwei zu eins«, rief ein halbes Dutzend Stimmen zugleich.

»Was!« rief der Lieferant erstaunt aus. »Nur zwei zu eins, und Euer Mann ist ein Römer!«

»Also drei!«

»Drei, sagt Ihr – nur drei –, und mein Mann ist nur ein Hund von einem Juden! Gebt mir vier.«

»Gut, vier«, sagte ein Jüngling, von dem Spott gereizt.

»Fünf – gebt mir fünf«, rief der Lieferant sofort.
Tiefe Stille fiel auf die Versammlung.
»Der Konsul, Euer Herr und meiner, wartet auf mich.«
Die Ruhe wurde den meisten unangenehm.
»Gebt mir fünf – auf die Ehre Roms.«
»Es sei, fünf«, antwortete jemand.
Es gab lauten Beifall, eine Bewegung entstand, und Messala erschien: »Es sei, fünf«, sagte er.
Sanballat lächelte und machte sich zum Schreiben bereit.
»Wenn der Cäsar morgen stirbt«, sagte er, »wird Rom nicht ganz verwaist sein. Es gibt wenigstens einen mit Mut, der seinen Platz einnehmen kann. Gebt mir sechs.«
»Also sechs«, antwortete Messala.
Ein noch lauterer Jubel als der erste ertönte.
»Also sechs«, wiederholte Messala. »Sechs zu eins – der Unterschied zwischen einem Römer und einem Juden. Da wir ihn nun gefunden haben, o Erretter des Schweinefleischs, fahren wir weiter. Die Summe – schnell. Der Konsul könnte nach dir schicken, dann wäre ich allein.«
Sanballat nahm das Gelächter gegen ihn kühl auf, schrieb und reichte das Geschriebene Messala.
»Lies, lies!« verlangten alle.
Messala las:

Notiz. – Wagenrennen. Messala aus Rom wettet mit Sanballat, ebenfalls aus Rom, daß er Ben Hur, den Juden, schlagen wird. Wettsumme: Zwanzig Talente. Einsatzverhältnis gegen Sanballat: Sechs zu eins.
Zeugen:

SANBALLAT

Es gab kein Geräusch, keine Bewegung. Jeder stand erstarrt in der Haltung, in der er zugehört hatte. Messala starrte auf die Notiz, während die Augen, die ihn anblickten, sich weit öffneten und anstarrten. Er fühlte den Blick und dachte rasch nach. Noch vor kurzer Zeit hatte er an derselben Stelle gestanden und vor seinen Landsleuten ringsum auf dieselbe Weise geprahlt. Sie würden sich dessen erinnern. Wenn er

sich weigerte zu unterzeichnen, war sein Heldentum verloren. Und unterzeichnen konnte er nicht. Er besaß keine hundert Talente, nicht den fünften Teil davon. Plötzlich herrschte völlige Leere in seinem Kopf; sprachlos stand er da; die Farbe wich aus seinem Gesicht. Schließlich kam ihm eine Idee zu Hilfe.
»Du, Jude!« sagte er. »Woher hast du zwanzig Talente? Zeig sie mir.«
Sanballats Lächeln wurde noch provozierender.
»Hier«, antwortete er und reichte Messala ein Papier.
Und Messala las:

Antiochia, am 16. Tammuz.
Der Inhaber, Sanballat aus Rom, hat bei mir fünfzig Talente zu seiner Verfügung in Münzen des Cäsar.

SIMONIDES

»Fünfzig Talente, fünfzig Talente«, echote die Menge verwundert.
Da kam Drusus zu Hilfe.
»Bei Herkules!« rief er. »Das Papier lügt, und der Jude ist ein Lügner. Wer außer dem Cäsar hat fünfzig Talente zur Verfügung? Nieder mit dem unverschämten Weißen!«
Der Ausruf war zornig, und zornig wurde er wiederholt. Doch Sanballat blieb ruhig sitzen, und sein Lächeln wurde um so aufreizender, je länger er wartete. Schließlich sprach Messala.
»Ruhe! Einer gegen einen, meine Landsleute – einer gegen einen, um unseres alten römischen Namens willen.«
Das rechtzeitige Eingreifen gab ihm seine Überlegenheit zurück.
»O du beschnittener Hund!« fuhr er zu Sanballat fort, »ich bot dir sechs zu eins, nicht wahr?«
»Ja«, sagte der Jude ruhig.
»Nun, laß mir jetzt die Festsetzung der Summe.«
»Wenn die Summe nicht belanglos ist, hab deinen Willen«, antwortete Sanballat.

»Schreib also fünf statt zwanzig.«
»Hast du soviel?«
»Bei der Mutter der Götter, ich werde dir Quittungen zeigen.«
»Nein, das Wort eines tapferen Römers muß reichen. Nur mach aus der Summe eine gerade – sag sechs, und ich schreibe.«
»Schreib also.«
Und unverzüglich tauschten sie die Schriftstücke aus.
Alsbald erhob sich Sanballat und blickte in die Runde, mit Hohn auf den Lippen statt eines Lächelns. Niemand als er kannte die besser, mit denen er es zu tun hatte.
»Römer«, sagte er, »noch eine Wette, wenn Ihr es wagt! Fünf Talente gegen fünf Talente, daß der Weiße gewinnt. Ich fordere euch alle zusammen heraus.«
Wieder waren sie überrascht.
»Was!« rief er noch lauter. »Soll es morgen im Zirkus heißen, daß ein Hund von Jude in den Saal eines Palastes voll römischer Edelleute kam, fünf Talente hingelegt hat, um sie herauszufordern, und niemand hatte den Mut, die Wette anzunehmen?«
Der Stachel war unerträglich.
»Also gut, du Unverschämter!« sagte Drusus, »schreib die Herausforderung auf und laß sie auf der Tafel. Wenn wir morgen finden, daß du in der Tat soviel Geld für ein so hoffnungsloses Risiko hast, so verspreche ich, Drusus, dir, daß die Wette angenommen wird.«
Sanballat schrieb wiederum, und sich erhebend sprach er ruhig wie immer: »Seht, Drusus, ich lasse das Angebot bei Euch. Wenn es unterschrieben ist, sendet es mir zu irgendeiner Zeit, bevor das Rennen beginnt. Man findet mich beim Konsul auf einem Platz über der Porta Pompae. Friede sei mit Euch, Friede mit Euch allen.«
Er verneigte sich und ging, ohne sich um das Hohngelächter zu kümmern, mit dem sie ihn zur Tür hinausgeleiteten.
In der Nacht lief die Kunde von der ungeheuerlichen Wette durch die Straßen und durch die ganze Stadt. Auch Ben Hur,

der bei seinem Viergespann lag, wurde davon berichtet, und auch, daß Messalas ganzes Vermögen auf dem Spiel stand. Und er schlief erholsam wie nie zuvor.

Der Zirkus

Der Zirkus von Antiochia stand am südlichen Ufer des Flusses, ungefähr der Insel gegenüber, und unterschied sich in nichts von der Konstruktion solcher Bauwerke im allgemeinen.
Jedermann hatte freien Eintritt, nur die besseren Leute hatten reservierte Plätze. Diese begannen sich um die erste Morgenstunde zum Zirkus zu bewegen, die adeligen und besonders reichen unter ihnen unterschieden sich durch Sänften und ein Gefolge livrierter Diener.
Um die zweite Stunde glich der Auszug aus der Stadt einem ununterbrochenen und unzählbaren Strom.
Um die dritte Stunde war die Zuschauerschaft versammelt. Dann forderte ein Trompetenstoß zur Ruhe auf, und sogleich richtete sich der Blick von über einhunderttausend Personen auf ein Gebäude, das den Ostteil der Anlage bildete.
Aus der Porta Pompae drüben im Osten ertönte ein harmonischer Klang von Stimmen und Instrumenten. Gerade erscheint der Chor des Festzugs, mit dem die Feierlichkeit beginnt; es folgen der Veranstalter und die zivilen Autoritäten der Stadt als Ausrichter der Spiele in Festgewändern und mit Girlanden geschmückt; darauf die Götterbilder, einige auf von Männern getragenen Podesten, andere auf großen, vierrädrigen, prachtvoll geschmückten Wagen; darauf dann die Wettkampfteilnehmer des Tages, jeder genau in dem Kostüm, in dem er zum Laufen, Ringen, Springen, Boxen und Wagenrennen antreten wird.
Langsam kreuzt der Zug die Arena, um anschließend um die Runde zu marschieren. Das Schauspiel ist herrlich und imposant. Tosender Beifall geht dem Zug voran, ähnlich dem

Wasser, das vor einem fahrenden Boot schwellend ansteigt. Wenn auch die stummen Götterbilder kein Zeichen der Würdigung des Willkommensapplauses zeigen, der Veranstalter und seine Begleiter geben sich nicht so zurückhaltend.
Der Empfang der Athleten ist noch begeisterter, denn niemand im Publikum hat nicht irgend etwas auf einen verwettet, sei es auch nur einen Heller oder Pfennig. Während die Abteilungen vorüberziehen, ist zu erkennen, daß die jeweiligen Favoriten schnell herausgesondert werden: entweder erschallen ihre Namen am lautesten in dem Getöse, oder sie werden von den Zuschauerbänken aus mit Kränzen und Girlanden förmlich überschüttet.
Wenn es sonst eine Frage ist, welche der verschiedenen Spiele beim Publikum am populärsten sind, so taucht sie diesmal nicht auf. Zu der Pracht der Rennwagen und der unübertrefflichen Schönheit der Pferde fügen die Lenker die Persönlichkeit hinzu, die notwendig ist, den Glanz des Schauspiels noch zu erhöhen. Ihre kurzen, ärmellosen Tuniken, aus feinstem Wolltuch, haben die zugewiesene Farbe. Ein Reiter begleitet jeden von ihnen außer Ben Hur, der es aus irgendeinem Grund – vielleicht Mißtrauen – vorgezogen hat, allein zu gehen; ebenso sind alle außer ihm behelmt. Wenn sie näher kommen, stehen die Zuschauer auf ihren Bänken, und das Getose wächst spürbar, in dem ein genauer Zuhörer auch das schrille Pfeifen von Frauen und Kindern entdecken kann. Zur selben Zeit fliegen die Blumen in dichtem Sturm auf sie hinab, ergießen sich über die Männer und schweben in die Wagen, die davon überfüllt zu werden drohen. Selbst die Pferde haben Anteil an dem Beifallssturm, und man kann auch nicht sagen, daß sie sich der empfangenen Ehren weniger bewußt seien als ihre Herren.
Je weiter die Wagenlenker vorrücken, um so mehr schwillt die Erregung an. An den zweiten Wendesäulen, wo, besonders auf den Galerien, Weiß die vorherrschende Farbe ist, verbrauchen die Zuschauer ihre letzten Blumen und zerreißen die Luft mit Beifallsgeschrei.
»Messala! Messala!«

»Ben Hur! Ben Hur!«

So rufen sie.

Wenn der Zug vorüber ist, nehmen die Parteigänger ihre Plätze wieder ein und fahren in der Unterhaltung fort.

»Ah, beim Bacchus! War er nicht schön?« ruft eine Frau, deren Römertum die flatternden Farben in ihrem Haar verraten.

»Und wie prachtvoll sein Wagen!« antwortet ein Nachbar von derselben Partei. »Alles Elfenbein und Gold. Gebe Jupiter, daß er gewinnt!«

Die Bemerkungen auf der Bank hinter ihnen waren ganz anders.

»Hundert Schekel auf den Juden!« ruft eine hohe, schrille Stimme.

»Na, sei nicht voreilig«, flüstert ein Freund dem Sprecher mäßigend zu. »Die Kinder Jakobs haben nicht viel Talent für den heidnischen Sport; er war zu oft verflucht vor den Augen des Herrn.«

»Stimmt, doch hast du jemals einen so kaltblütig und selbstsicher gesehen? Und was für einen Arm er hat!«

»Und was für Pferde!« sagt ein dritter.

»Und man sagt«, fügt ein vierter hinzu, »daß er dazu alle Tricks der Römer beherrscht.«

Eine Frau macht das Lob komplett: »Ja, und er sieht noch besser aus als der Römer.«

So ermutigt, schreit der begeisterte Fan wiederum: »Hundert Schekel auf den Juden!«

»Du Tor!« antwortet ein Antiochier von einer Bank mehr vorn auf dem Balkon. »Weißt du nicht, daß fünfzig Talente, sechs zu eins, gegen ihn auf Messala gesetzt sind? Steck deine Schekel ein, daß Abraham nicht aufstehe und dich schlage.«

»Haha! Du Esel aus Antiochia! Laß dein Geschrei. Weißt du nicht, daß Messala auf sich selbst gewettet hat?« – so die Antwort.

Und so ging die Unterhaltung weiter, nicht immer freundlich.

Als der Marsch schließlich zu Ende und der Festzug wieder

an der Porta Pompae angelangt war, wußte Ben Hur, daß er seine Chance hatte. Die Augen des Orients blickten auf seinen Kampf mit Messala.

Das Rennen beginnt

Um drei Uhr (in unserer modernen Zeitzählung) war das Programm bis auf das Wagenrennen durchgeführt.
Die jetzt eingetretene Unterbrechung benutzte eine dritte Gruppe von Zuschauern, die aus Bürgern bestand, die nur Zeuge des Wagenrennens sein wollten, dazu, hereinzukommen und die reservierten Plätze einzunehmen; sie wollten so am wenigsten Aufsehen erregen und möglichst wenig stören.
Unter ihnen befanden sich Simonides und seine Gesellschaft, deren Plätze sich in der Nähe des Haupteingangs an der Nordseite befanden, gegenüber dem Konsul.
Auch Ilderim wurde erkannt und herzlich begrüßt; doch niemand kannte Balthasar oder die beiden Frauen, die ihm tiefverschleiert folgten.
Die Frauen waren Iras und Esther.
Als sie sich gesetzt hatten, warf die letztere einen furchtsamen Blick über den Zirkus und zog den Schleier dichter um ihr Gesicht, während die Ägypterin ihren Schleier auf die Schultern sinken ließ und sich so den Blicken preisgab; ohne sich anscheinend der sie anstarrenden Augen bewußt zu sein, betrachtete sie die Szene ganz unbefangen.
Die Neuangekommenen waren im allgemeinen noch dabei, sich einen Überblick über das große Schauspiel zu verschaffen, angefangen beim Konsul und seinen Begleitern, als einige Arbeiter hereinliefen und begannen, eine gekalkte Leine quer über die Arena von Balkon zu Balkon vor den Säulen des ersten Wendemals zu ziehen.
Zu derselben Zeit traten sechs Männer durch die Porta Pompae ein und bezogen Posten vor je einer der Boxen. Darüber erhob sich ein anhaltendes Gemurmel auf allen Rängen.

»Sieh, sieh! Der Grüne geht zu Nummer vier auf der Rechten; das ist der Athener.«
»Und Messala – ja, er ist auf Nummer zwei.«
»Sieh, der Weiße! Er geht hinüber, er bleibt stehen; das ist Nummer eins – Nummer eins links.«
»Nein, der Schwarze bleibt da stehen, und der Weiße auf Nummer zwei.«
»Ja, das stimmt.«
Diese Torhüter, muß man wissen, trugen Tuniken in der Farbe der konkurrierenden Wagenlenker; jeder erkannte so die Box, in der sein Favorit in diesem Augenblick wartete.
»Hast du schon Messala gesehen?« fragte die Ägypterin Esther.
Die Jüdin erschauerte, als sie verneinte. Der Römer war, wenn nicht ihres Vaters, so doch Ben Hurs Feind.
»Er ist schön wie Apollo.«
Iras sprach; ihre großen Augen glänzten, und sie schwenkte den edelsteinbesetzten Fächer. Esther sah sie an und dachte: »Ist er denn soviel schöner als Ben Hur?« Im nächsten Moment hörte sie Ilderim zu ihrem Vater sagen: »Ja, er hat Box Nummer zwei, links bei der Porta Pompae«, und dachte, er spreche von Ben Hur, so daß sie ihre Augen dorthin wandte. Sie warf nur einen ganz kurzen Blick auf das mit Flechtwerk versehene Tor, zog den Schleier dichter und murmelte ein kurzes Gebet.
Endlich war die Pause zu Ende.
Die Trompeter bliesen ein Signal, und die Abwesenden eilten an ihre Plätze zurück. Zur selben Zeit erschienen einige Zirkusbedienstete in der Arena, kletterten über die Trennmauer, begaben sich zu einem Säulengebälk nahe dem zweiten Wendemal am westlichen Ende und plazierten dort sieben Holzkugeln; dann kehrten sie zum ersten Ziel zurück und stellten dort auf dem Säulengebälk sieben Delphine darstellende Holzfiguren auf.
»Was wollen sie mit den Kugeln und den Fischen, Scheich?« fragte Balthasar.
»Hast du nie ein Rennen gesehen?«

»Nie zuvor, und ich weiß auch kaum, warum ich hier bin.«

»Nun, sie sind zum Zählen da. Am Ende jeder Runde wirst du sehen, daß ein Ball und ein Fisch heruntergenommen werden.«

Die Vorbereitungen waren jetzt beendet, und sogleich erhob sich neben dem Veranstalter ein Trompeter in auffälliger Uniform, bereit, unmittelbar auf dessen Befehl hin das Signal zum Beginn zu geben. Unverzüglich legte sich die Unruhe unter den Leuten, und das Gesumme ihrer Unterhaltung verstummte. Jedes Gesicht wandte sich nach Osten, alle Augen starrten gebannt auf die Tore der sechs Boxen, die die Konkurrenten einschlossen.

Wieder erscholl die Trompete, und die Torhüter öffneten gleichzeitig die Boxen.

Zuerst erschienen die berittenen Begleiter der Wagenlenker, fünf insgesamt, da Ben Hur einen solchen abgelehnt hatte. Die gekalkte Leine wurde niedergelassen, daß sie passieren konnten, und dann wieder hochgezogen. Sie waren herrlich beritten, wurden aber kaum beachtet, als sie voranritten. Die ganze Zeit lang war das Getrampel ungeduldiger Pferde und die Stimmen der kaum weniger ungeduldigen Lenker hinter den Boxen zu hören, so daß niemand auch nur einen Moment den Blick von den geöffneten Toren nehmen wollte. Als die gekalkte Leine wieder oben war, riefen die Torwächter ihre Männer; sofort winkten die Platzanweiser auf dem Balkon mit den Händen und riefen mit aller Kraft: »Nieder, nieder!«

Genausogut hätte man einem Sturm pfeifen können, daß er sich lege.

Wie Geschosse aus ebenso vielen Kanonen rasten die sechs Vierspänner aus ihren Boxen. Die riesige Versammlung sprang auf, wie elektrisiert und unbezähmbar, sprang auf die Bänke und erfüllte den Zirkus und den Himmel darüber mit Johlen und Geschrei. Das war der Augenblick, auf den sie so geduldig gewartet hatten! Das war der Augenblick höchsten Interesses in all ihren Gesprächen und Träumen seit der Ankündigung der Spiele!

»Er ist draußen – da – seht!« rief Iras, auf Messala zeigend.
»Ich sehe ihn«, antwortete Esther und sah auf Ben Hur.
Die Konkurrenten waren jetzt von fast jedem Teil des Zirkus aus sichtbar, doch das Rennen hatte noch nicht begonnen; sie mußten erst die gekalkte Leine hinter sich bringen.
Die Leine war zu dem Zweck gespannt, den Start zu egalisieren. Raste man darauf, konnte das für den Mann und das Pferd die Niederlage bedeuten. Andererseits, wenn man sich ihm zu zaghaft näherte, lief man Gefahr, schon zu Beginn des Rennens zurückgeworfen zu werden. Und das war der sichere Verlust des großen Vorteils, nach dem jeder Lenker strebte: die Position nächst der Trennmauer auf der Bahninnenseite.
Die Arena schwamm in gleißendem Licht; doch jeder Lenker blickte als erstes auf die Leine, dann nach der begehrten Innenbahn. Während so alle sechs auf denselben Punkt zielten und eilend dahinrasten, schien ein Zusammenstoß unausweichlich. Und nicht nur das. Was, wenn der Veranstalter, im letzten Moment, unzufrieden mit dem Start, das Signal, die Leine zu senken, zurückhielte? Oder wenn er es nicht rechtzeitig gäbe?
Bis zur Leine waren es ungefähr zweihundertfünfzig Fuß. Ein schneller Blick, eine sichere Hand, ein nicht irrendes Urteil waren verlangt. Wenn jetzt nur einer wegblickte! Oder sich ablenken ließe! Oder ein Zügel ihm entglitte! Welche Anziehung lag in der Ansammlung der Tausende auf den Bänken! Vielleicht lauerte dort die Boshaftigkeit mit einem Trick, die auf den natürlichen Drang zählte, einen – nur einen! – Blick zur Befriedigung der Neugier oder Eitelkeit hinaufzuwerfen! Doch auch Freundschaft und Liebe wären genauso tödlich wie Bosheit.
Die Konkurrenten strebten alle auf dem kürzesten Weg der Bahn nächst der Mauer zu; Nachgeben hätte Aufgabe des Rennens bedeutet. Von den Rängen erschollen ununterscheidbar und unbeschreiblich die anspornenden Rufe der Zuschauer.
Die Vierspänner näherten sich gleichzeitig der Leine. Da blies

der Trompeter zu seiten des Veranstalters kräftig ein Signal. Zwanzig Fuß weiter war es nicht mehr zu hören. Doch die Zielrichter sahen die Bewegung des Trompeters und senkten die Leine, keinen Moment zu früh, denn der Huf eines von Messalas Pferden berührte sie noch, als sie fiel. Unverzagt schwang der Römer die lange Peitsche, lockerte die Zügel, lehnte sich nach vorn und hatte mit einem Triumphschrei die Bahn an der Mauer erreicht.

»Jupiter mit uns! Jupiter mit uns!« johlte die ganze Anhängerschaft des Römers im Freudentaumel.

Als Messala einbog, erfaßte der bronzene Löwenkopf am Ende seiner Achse die Vorderhand von des Atheners rechtem Außenpferd und warf das Tier hinüber gegen seinen Jochgenossen. Beide schwankten, kämpften und verloren ihre Führungsposition. Die Zirkusbesucher bekamen wenigstens zum Teil ihren Willen. Die Tausende hielten voller Entsetzen ihren Atem an; nur auf der Seite des Konsuls erschollen laute Rufe.

»Jupiter mit uns!« kreischte Drusus wie toll.

»Er gewinnt! Jupiter mit uns!« stimmten seine Gefährten ein, als sie Messala vorwärtsstürmen sahen.

Als Messala vorangekommen war, war der Korinther der einzige Konkurrent zur Rechten des Atheners, und dorthin versuchte der letztere seinen besänftigten Vierer zu bringen. Da passierte das Unglück, daß das Rad des Byzantiners, des Nächsten zur Linken, das Hinterrad seines Wagens traf und ihm von unten die Beine wegschlug. Es gab ein Krachen, einen Schrei von Wut und Angst, und der unglückliche Kleanthes stürzte unter die Hufe seiner eigenen Rosse: ein schrecklicher Anblick, gegen den Esther ihre Augen verhüllte. Vorwärts raste der Korinther, vorwärts der Byzantiner, vorwärts der Sidonier.

Als die Jüdin wagte, wieder hinzublicken, war eine Gruppe von Arbeitern dabei, die Pferde und den zertrümmerten Wagen von der Bahn zu bringen; eine andere Gruppe schaffte den Mann selbst hinaus; und von jeder Bank, auf der ein Grieche saß, ertönten Verwünschungen und Rache-

schwüre. Plötzlich ließ sie die Hände sinken. Ben Hur befand sich unverletzt vorn und eilte frei an der Seite des Römers voran! Hinter ihnen folgten in einer Gruppe der Sidonier, der Korinther und der Byzantiner.
Das Rennen hatte begonnen; die Lenker setzten alles auf eine Karte; über ihnen hingen Zehntausende.

Das Rennen

Als der Sturm auf die Plätze begann, befand sich Ben Hur, wie wir gesehen haben, auf der äußersten linken Seite. Einen Moment lang war er wie die andern vom Licht in der Arena halb geblendet gewesen; doch er schaffte es, seine Rivalen auszumachen und ihre Absicht zu erraten. Messala, der für ihn mehr war als nur ein Rivale, warf er einen prüfenden Blick zu. Die leidenschaftslose stolze Miene, charakteristisch für das feine Patriziergesicht, war die alte, und genauso die italische Schönheit, die der Helm eher noch hervorhob. Aber es war mehr – vielleicht war es die Einbildung der Eifersucht oder die Wirkung des bronzenen Schattens, in den die Umrisse momentan getaucht lagen; der Israelit dachte noch, er sehe die Seele des Mannes dunkel wie durch ein Glas – grausam, verschlagen, ungehemmt; nicht so sehr erregt als zielbewußt – eine Seele in der Spannung von Wachsamkeit und wilder Entschlossenheit.
Nicht länger, als er brauchte, sich wieder auf seinen Vierer zu besinnen, so schnell spürte Ben Hur seine eigene Entschlossenheit gleichermaßen erstarkt. Was es auch koste, um jeden Preis würde er seinen Feind demütigen! Er hatte seinen Plan, und voller Selbstvertrauen machte er sich an die Aufgabe, aufmerksam und geistesgegenwärtig wie nie zuvor. Die Luft um ihn schien in neuer, vollendeter Klarheit zu erglühen.
Als sie noch nicht halb durch die Arena waren, erkannte er, daß Messala, falls es keinen Zusammenstoß gab und die Leine fiel, zur Mauer vordringen würde. Er zweifelte nicht

lange, daß die Leine fiel, und weiter überkam ihn plötzlich die blitzschnelle Einsicht, daß Messala wußte, daß sie heruntergelassen würde, und zwar im letzten Moment – es war ein leichtes, sich vorher mit dem Veranstalter so zu besprechen. Was war römerähnlicher, als wenn dieser Beamte einem Landsmann so entgegenkam, der überdies so populär war und für den ein solcher Wetteinsatz auf dem Spiel stand? Es konnte keine andere Erklärung für das Selbstvertrauen geben, mit dem Messala seinen Vierer vorwärts trieb, während seine Konkurrenten ihre Gespanne vorsichtig vor dem Hindernis zügelten – keine, es sei denn Verrücktheit.

Eine Notwendigkeit sehen, ist eins, nach ihr handeln ein anderes. Ben Hur verzichtete vorerst auf die Mauer.

Die Leine fiel, und alle Vierspänner außer seinem stürmten, durch Rufe und Peitsche angetrieben, in die Bahn. Er lenkte seine Pferde nach rechts und schoß mit der ganzen Geschwindigkeit seiner Araber quer über die Spuren seiner Gegner, in einem Winkel, unter dem er möglichst wenig Zeit verlor und gleichzeitig den größten Vorteil erzielte. Während also die Zuschauer über den Unfall des Atheners erschauderten und der Sidonier, Byzantiner und Korinther sich mit allem Geschick mühten, nicht darin verwickelt zu werden, schwenkte Ben Hur herum und gewann die Bahn Kopf an Kopf mit Messala, wenn auch auf der Außenseite. Die wunderbare Geschicklichkeit, mit der er ohne merklichen Verlust von der äußersten Linken nach rechts hinüberzog, blieb den scharfen Augen auf den Bänken nicht verborgen. Der Zirkus schien wieder und wieder unter dem Applaus ins Wanken zu geraten. Da klatschte Esther freudig überrascht in die Hände, und die Römer begannen zu zweifeln, ob nicht Messala einen ebenbürtigen Gegner, wenn nicht gar einen Meister gefunden habe, und dazu noch einen Israeliten!

Und jetzt näherten sich beide Seite an Seite, nur ein schmaler Zwischenraum zwischen ihnen, dem zweiten Wendemal.

Der Sockel für die drei Säulen dort war, von Westen gesehen, eine halbkreisförmige Steinmauer, in der Krümmung genau parallel zur Bahn und dem gegenüberliegenden Balkon. Diese Biegung zu nehmen, galt in jeder Hinsicht als die sprechendste Prüfung für jeden Wagenlenker. Als unfreiwilliges Eingeständnis des Interesses auf seiten der Zuschauer legte sich Stille über den ganzen Zirkus, so daß man zum ersten Mal in dem Rennen das Rasseln und den Klang der Wagen, die hinter den zerrenden Rossen herjagten, deutlich hören konnte. Dann, schien es, bemerkte Messala Ben Hur und erkannte ihn. Sogleich flammte die Verwegenheit des Mannes in staunenswerter Weise auf.

»Nieder mit Eros, hoch Mars!« rief er und schwang die Peitsche mit geübter Hand. »Nieder mit Eros, hoch Mars!« wiederholte er und versetzte den tüchtigen Arabern Ben Hurs einen Hieb, wie sie ihn noch nie erfahren hatten.

Der Schlag war auf allen Rängen zu sehen, und die Verwunderung war allgemein.

Die Stille nahm zu. Oben auf den Bänken hinter dem Konsul hielt selbst der Mutigste den Atem an, um den Ausgang abzuwarten. Nur einen Moment lang: dann toste von den Rängen wie Donnern der entrüstete Schrei des Volkes los.

Das Viergespann sprang erschreckt vorwärts. Nie hatte sie eine Hand – außer liebevoll – berührt, überaus zärtlich waren sie aufgezogen worden. Mit zunehmendem Alter wuchs auch ihre Zutraulichkeit zu den Menschen, ein wunderbares Lehrstück für diese. Was konnten solch zarte Geschöpfe unter einer solch schimpflichen Behandlung anders tun als wie unter Todesangst aufzuspringen?

Vorwärts sprangen sie wie von *einem* Anstoß getrieben, und vorwärts schoß der Wagen. Woher hatte Ben Hur die kräftige Hand und den mächtigen Griff, die ihm jetzt so zustatten kamen? Woher anders als vom Ruder, mit dem er so lange gegen das Meer gekämpft hatte? Und was war dieser springende Boden unter seinen Füßen gegen das schwindelerregende Schlingern und Rollen, dem früher das zitternde Schiff unter dem Schlag der schwankenden Wogen ausgesetzt war? So behauptete er seinen Platz, ließ seinem Vierer die Zügel und rief sie mit besänftigender Stimme an, nur in dem Versuch, sie um die gefährliche Biegung zu führen. Und noch ehe sich das Fieber des Volkes gelegt hatte, war er wieder völlig Herr des Gespanns. Und nicht nur das: Als sie sich den ersten Wendesäulen näherten, war er wieder Seite an Seite mit Messala; die Sympathie und Bewunderung aller – bis auf die Römer – gehörten ihm. So deutlich zeigten sich diese Gefühle, so vehement wurden sie gezeigt, daß es Messala bei all seiner Kühnheit vorzog, nicht weiter seine Spiele zu treiben.

Als die Wagen um das Ziel wirbelten, konnte Esther einen Blick auf Ben Hurs Gesicht werfen – ein wenig blaß, ein wenig mehr erhoben als sonst, ansonsten ruhig, ja friedlich. Sofort kletterte ein Mann auf das Säulengebälk an der Westseite der Trennmauer und holte eine der Holzkugeln herunter. Gleichzeitig wurde im Osten ein Delphin heruntergenommen.

Auf dieselbe Weise verschwanden die zweite Kugel und der zweite Delphin.

Und dann die dritte Kugel und der dritte Delphin.

Drei Runden waren gelaufen. Noch immer hielt Messala die innere Seite der Mauer; noch immer fuhr Ben Hur Seite an Seite mit ihm; noch immer folgten die anderen Konkurrenten wie zuvor. Der Wettstreit schien zu einem jener Doppelrennen geraten zu wollen, die in Rom in der späteren Kaiserzeit so beliebt wurden – Messala und Ben Hur im ersten, der Korinther, Sidonier und Byzantiner im zweiten. Inzwischen war es den Zirkusdienern gelungen, die Menge auf ihre Sitze zurückzuverweisen, obwohl das Geschrei weiterhin um die Bahn zog und sozusagen Schritt mit den Rivalen in der Arena hielt.

In der fünften Runde gelang es dem Sidonier, einen Platz außen neben Ben Hur zu erobern, doch er verlor ihn direkt wieder.

Die sechste Runde begann ohne Änderung in den Positionen. Nach und nach hatte die Geschwindigkeit zugenommen – nach und nach erhitzte sich das Blut der Zuschauer unter der Anstrengung. Männer und Tiere schienen gleichermaßen zu

wissen, daß die Entscheidung nahe war, der Zeitpunkt, da sich der Sieger durchsetzen mußte.
Das Interesse, das sich von Anfang an hauptsächlich auf den Zweikampf zwischen dem Römer und dem Juden konzentriert hatte, wobei die allgemeinen Sympathien dem letzteren gehörten, wandelte sich schnell in Besorgnis um diesen. Auf allen Bänken beugten sich die Zuschauer regungslos nach vorn, nur ihre Gesichter folgten den Konkurrenten. Ilderim hörte auf, seinen Bart zu durchkämmen, und Esther vergaß ihre Furcht.
»Messala hat seine äußerste Schnelligkeit erreicht. Sieh, er lehnt sich über seinen Wagenrand, die Zügel lose wie flatternde Bänder. Sieh dann den Juden. Wenn die Götter unserem Freund nicht helfen, wird der Israelit ihm davonlaufen. Nein, noch nicht. Sieh! Jupiter mit uns, Jupiter mit uns!«
Der Schrei, von jeder lateinischen Zunge ausgestoßen, erschütterte das Zeltdach über dem Konsul.
Wenn Messala wirklich seine größte Schnelligkeit erreicht hatte, war die Anstrengung erfolgreich. Langsam, aber sicher setzte er sich an die Spitze. Seine Pferde rannten, die Köpfe tief gesenkt. Von den Galerien aus schienen ihre Leiber buchstäblich über die Erde zu gleiten. Ihre gedehnten Nüstern zeigten sich blutrot, die Augen schienen aus den Höhlen zu treten. Sicherlich gaben die guten Rosse ihr Bestes! Wie lange konnten sie das Tempo halten? Es war erst der Anfang der sechsten Runde.
Vorwärts schossen sie. Als sie sich dem zweiten Wendemal näherten, bog Ben Hur hinter dem Wagen des Römers ein.
Die Freude der Messalapartei erreichte ihren Höhepunkt: sie schrien und johlten und schwenkten ihre Farben. Sanballat füllte sein Täfelchen mit den von ihnen gebotenen Wetten.
Malluch, in der unteren Galerie über dem Triumphtor sitzend, fand es schwer, ganzen Mut zu bewahren. Er hatte die vage Andeutung Ben Hurs in Erinnerung, daß »irgend etwas« bei der Wende an den westlichen Säulen geschehen werde. Es war die fünfte Runde; doch das »Irgend etwas« war noch nicht eingetreten. Dann hatte er sich gesagt, die sechste

werde es bringen. Aber sieh da, Ben Hur hielt gerade den Platz am Schwanz des feindlichen Wagens.

Drüben am Ostende waren Simonides und seine Gesellschaft ganz ruhig. Der Kaufmann hielt seinen Kopf tief gesenkt. Ilderim zerrte an seinem Bart und kniff die Augen zusammen, bis unter den dichten Brauen nur noch ein gelegentliches Funkeln zu sehen war. Esther atmete kaum. Nur Iras schien fröhlich.

Auf dem Rückweg in der sechsten Runde führte Messala, hinter ihm Ben Hur, grad so wie vorher.

So ging es zum ersten Ziel und herum. In der Furcht, seinen Platz zu verlieren, hielt Messala in gefährlicher Nähe an der Mauer; ein Fuß nach links, und er wäre in Stücke zerschmettert worden. Doch als die Runde beendet war, hätte niemand beim Blick auf die Wagenspur der beiden sagen können, hier fuhr Messala, dort der Jude. Sie ließen nur eine Spur zurück.

Als sie vorbeiwirbelten, sah Esther wiederum Ben Hurs Gesicht, und es war weißer als zuvor.

Simonides, ein schärferer Beobachter als Esther, sagte zu Ilderim, als die Rivalen gerade in die Bahn einbogen: »Ich habe kein Urteil mehr, guter Scheich, wenn Ben Hur nicht einen Plan durchführen will. Sein Gesicht hat so einen Ausdruck.«

Ilderim antwortete: »Hast du gesehen, wie rein und frisch sie waren? Bei der Herrlichkeit Gottes, Freund, sie sind noch nicht gelaufen! Doch jetzt gib acht!«

Eine Kugel und ein Delphin blieben noch auf dem Säulengebälk.

Alle Zuschauer holten tief Luft, denn der Anfang des Endes war da.

Als erster gab der Sidonier seinem Gespann die Peitsche, und von Schmerz und Furcht gepeinigt, schossen die Rosse verzweifelt voran; eine kurze Zeit versprachen sie, nach vorn zu gehen, doch der Versuch endete beim Versprechen. Darauf machten der Byzantiner und Korinther den Versuch mit gleichem Erfolg, danach waren sie praktisch aus dem Rennen. Darauf legten alle Parteien außer der römischen mit leicht

erklärlicher Schnelligkeit ihre Hoffnungen auf Ben Hur und gaben ihren Gefühlen offen Ausdruck.
»Ben Hur! Ben Hur!« riefen sie, und die vereinten Stimmen brausten überwältigend gegen den Stand des Konsuls.
Von den Bänken über ihm ertönten beim Passieren ungestüme und wohlwollende Anfeuerrufe.
»Beeile dich, Jude!«
»Nimm jetzt die Mauer!«
»Vorwärts! Laß die Araber los! Gib ihnen Zügel und Peitsche!«
»Laß dich nicht wieder von ihm abhängen! Jetzt oder nie!«
Sie beugten sich tief über die Balustrade und streckten beschwörend die Hände gegen ihn aus.
Entweder hörte er sie nicht, oder er konnte nicht besser, die halbe Runde war um, und noch immer fuhr er hinterher. Auch am zweiten Wendemal noch keine Änderung!
Und nun, um die Kurve zu nehmen, begann Messala, seine linken Pferde nach links zu lenken, was notwendigerweise ihre Geschwindigkeit minderte. Er war bester Laune. Mehr als ein Altar war mit seinen Gelübden bereichert worden; der römische Genius war nach wie vor überlegen. Nur sechshundert Fuß von den drei Säulen entfernt gab es Ruhm, Vermögenszuwachs, Beförderungen und einen unaussprechlichen Triumph, von Haß versüßt – alles für ihn! In dem Moment sah Malluch auf der Galerie, daß Ben Hur sich vorwärts über seine Araber lehnte und ihnen die Zügel ließ. Heraus flog die in seiner Hand vielfach gefaltete Peitsche. Sie schlängelte sich und zischte und züngelte über dem Rücken der aufgeschreckten Rosse hin und her, und obwohl sie nicht auf sie niedersauste, so wirkte sie als Stachel und Drohung zugleich. Und wie Ben Hur so von Ruhe zu rastlosem Handeln überging, kam wieder Farbe in sein Gesicht, die Augen leuchteten, über die Zügel schien er seinen Willen hinüberzufunken. Und umgehend antwortete nicht eins, sondern alle vier wie eins zugleich mit einem Sprung, der sie neben den Wagen des Römers brachte. Messala hörte wohl etwas von der gefährlichen Biegung am Wendemal, doch wagte er nicht,

sich umzusehen, um festzustellen, was vor sich ging. Von den Zuschauern erhielt er kein Zeichen. Über den Geräuschen des Rennens vernahm man nur eine Stimme, und die war Ben Hurs. In der alten aramäischen Sprache rief er, wie der Scheich selbst, den Arabern zu:
»Vorwärts, Atair! Vorwärts, Rigel! Was, Antares, zu zögerst jetzt? Gutes Pferd – oho, Aldebaran! Ich höre sie in den Zelten singen. Ich höre die Kinder singen und die Frauen – sie singen von den Sternen, von Atair, Antares, Rigel, Aldebaran, Sieg! – und das Lied wird nie enden. Gut gemacht! Morgen nach Haus, unter das schwarze Zelt – heim! Vorwärts, Antares! Der Stamm wartet auf uns, und der Herr wartet! Es ist geschehen! Es ist geschehen! Haha! Wir haben den Stolzen niedergeworfen! Die Hand, die uns schlug, liegt im Staub! Unser ist der Ruhm! Haha! – Ruhig! Das Werk ist getan – ruhig! Halt!«
Nie war etwas Derartiges einfacher gewesen; selten etwas so prompt.
In dem für den Ansturm gewählten Augenblick vollzog Messala gerade die Wendung um das Ziel. Um an ihm vorbeizukommen, mußte Ben Hur seine Spur kreuzen, und kluge Überlegung verlangte, daß die Bewegung in Richtung nach vorn geschah, das heißt, in einer ähnlichen Kreisbewegung, nur mit möglichst geringem Umfang. Die Tausende auf den Bänken verstanden es alle: sie sahen ihn das Signal geben und die großartige Reaktion; das Viergespann dicht außen an Messalas äußerem Rad; Ben Hurs inneres Rad hinter dem Wagen des andern – all dies sahen sie. Dann hörten sie ein Krachen, laut genug, um ein Beben durch den Zirkus gehen zu lassen, und, schneller als der Gedanke flog ein Sprühregen von glänzend weißen und gelben Splittern über die Bahn hin. Das Wagenbett des Römers kippte nach rechts. Es gab einen Aufprall, wie wenn die Achse auf die harte Erde stieß; dann noch einen und noch einen, und der Wagen zerflog in Stücke. Messala, in die Zügel verwickelt, stürzte kopfüber nach vorn.
Um die Schrecken des Anblicks durch sicheren Tod noch zu

erhöhen, konnte der Sidonier, der als nächster an der Mauer fuhr, nicht mehr halten oder ausweichen. Mit voller Geschwindigkeit fuhr er in das Wrack hinein, dann über den Römer und schließlich in das Viergespann, das wild geworden war vor Angst. Sofort kroch er aus dem Getümmel hervor, den stampfenden Pferden, dem Geräusch der Stöße und der finsteren Wolke von Staub und Sand, gerade noch rechtzeitig, um den Korinther und den Byzantiner die Bahn hinter Ben Hur hinabjagen zu sehen, der keinen Augenblick aufgehalten worden war.

Die Zuschauer erhoben sich, sprangen auf die Bänke und schrien und lärmten. Wer hinsah, konnte Messala erblicken, bald unter dem Trampeln seiner Pferde, bald unter den verlassenen Wagen. Er lag still, sie hielten ihn für tot. Doch bei weitem die Mehrzahl folgte Ben Hur in seinem Galopp. Sie hatten nicht die geschickte Berührung der Zügel gesehen, wodurch er, ein wenig nach links ziehend, Messalas Rad mit der eisenbeschlagenen Spitze seiner Achse berührte und es zertrümmerte. Doch sie hatten die Wandlung des Mannes bemerkt, fühlten selbst das Feuer und die Glut seines Geistes, den heldenhaften Entschluß, die wilde Anspannung, durch die er, mit Blick, Wort und Geste, so plötzlich seine Araber anstachelte. Und wie sie liefen! Es glich eher dem weiten Sprung von angeschirrten Löwen. Wäre nicht der polternde Wagen gewesen, hätte man meinen können, das Gespann flöge. Als der Byzantiner und der Korinther die Bahn halb zurückgelegt hatten, bog Ben Hur um das erste Ziel.

Und das Rennen war *gewonnen*!

Der Konsul erhob sich, die Leute schrien sich heiser. Der Veranstalter kam von seinem Platz herunter und krönte die Sieger.

Der glückliche Mann unter den Boxern war ein blondhaariger Sachse mit niedriger Stirn, mit einem derart brutalen Gesicht, daß Ben Hur ihm einen zweiten Blick zuwarf. Er erkannte in ihm einen Lehrer, dessen Lieblingsschüler in Rom er gewesen war. Von ihm blickte der junge Jude nach oben und gewahrte Simonides und seine Gesellschaft auf

dem Balkon. Sie winkten ihm zu. Esther war sitzen geblieben; doch Iras erhob sich, gab ihm ein Lächeln und winkte mit dem Fächer – Gunstbeweise, die um nichts weniger berauschend für ihn waren, als wir wissen, o Leser, daß sie Messala zugefallen wären, wäre er Sieger gewesen.
Dann bildete sich der Festzug und bewegte sich unter dem Rufen der Menge, die ihren Willen gehabt hatte, durch das Triumphtor hinaus. Der Tag war vorüber.

Eine Einladung

Ben Hur verweilte noch eine Zeit zusammen mit Ilderim am Fluß. Denn um Mitternacht wollten sie, wie vorher bestimmt, der Karawane folgen, die dann schon dreißig Stunden unterwegs war.
Der Scheich war glücklich; er hatte Ben Hur königliche Geschenke angeboten, doch er hatte alles zurückgewiesen: er sei mit der Demütigung seines Feindes zufrieden. Lang dauerte der großmütige Streit.
Während sie sich darüber auseinandersetzten, kamen zwei Boten an – Malluch und ein Unbekannter. Der erste wurde zuerst angehört.
»Herr Simonides schickt mich«, sagte er, »zu berichten, daß nach dem Ende der Spiele einige von der Römerpartei eilendst gegen die Auszahlung des Geldpreises Einspruch erhoben haben.«
Ilderim fuhr auf und rief in seinen schrillsten Tönen:
»Bei der Herrlichkeit Gottes! Der Osten soll entscheiden, ob das Rennen fair gewonnen wurde.«
»Nein, guter Scheich«, sagte Malluch, »der Veranstalter hat das Geld gezahlt.«
»Das ist gut.«
»Als sie sagten, Ben Hur habe Messalas Rad zertrümmert, lachte der Veranstalter und erinnerte sie an den Peitschenhieb, den die Araber an der Zielkurve erhalten haben.«

»Und was ist mit dem Athener?«
»Er ist tot.«
»Tot!« rief Ben Hur.
»Tot!« wiederholte Ilderim. »Welches Glück diese römischen Monster haben! Messala ist davongekommen?«
»Davongekommen – ja, o Scheich, mit dem Leben; aber es wird eine Last für ihn sein. Die Ärzte sagen, er werde leben, aber nie mehr laufen können.«
Ben Hur sah still zum Himmel hinauf. Das Bild Messalas trat vor ihn, an den Stuhl gefesselt wie Simonides und, gleich ihm, auf den Schultern von Dienern spazierengetragen. Der gute Mann hatte sich damit abgefunden. Doch was war mit Messala in seinem Stolz und Ehrgeiz?
»Simonides läßt mich ferner mitteilen«, fuhr Malluch fort, »Drusus und die andern, die die Wette unterzeichnet haben, brachten die Frage der Bezahlung der verlorenen fünf Talente vor den Konsul Maxentius, und der hat sie an den Cäsar weitergeleitet. Messala weigerte sich auch, seinen Verlust zu bezahlen, und die Sache ist noch in Beratung. Die besseren Römer sagen, die Proteste könnten nichts ausrichten, und alle Gegenparteien Messalas schließen sich ihnen an. Der Skandal ist Stadtgespräch.«
»Was sagt Simonides?« fragte Ben Hur.
»Der Herr lacht und ist ganz zufrieden. Wenn der Römer zahlt, ist er ruiniert. Wenn er sich weigert zu zahlen, geht ihm das an die Ehre. Die kaiserliche Politik wird die Sache entscheiden.
Den Orient zu beleidigen, wäre ein schlechter Anfang gegen die Parther. Scheich Ilderim zu beleidigen, würde bedeuten, die Wüste herauszufordern, durch die Maxentius' gesamte Operationswege führen. Daher trug Simonides mir auf, euch zu sagen, ihr sollt euch nicht beunruhigen: Messala wird zahlen.«
Ilderim hatte sogleich seine gute Laune zurück.
»Wir wollen jetzt los«, sagte er, sich die Hände reibend. »Das Geschäft wird Simonides sicher bestens bewerkstelligen. Der Ruhm ist unser. Ich will die Pferde bestellen.«

»Warte«, sagte Malluch. »Ich habe draußen einen Boten gelassen. Willst du ihn sprechen?«
»Bei der Herrlichkeit Gottes! Ich vergaß ihn!«
Malluch zog sich zurück, und nach ihm kam ein junger Mann von vornehmen Manieren und zartem Äußeren. Er kniete nieder und sprach in gewinnender Art: »Iras, Balthasars Tochter, dem guten Scheich Ilderim wohlbekannt, hat mich mit einer Botschaft an den Scheich betraut, der, sagt sie, ihr eine große Gunst erwiese, wenn er ihre Glückwünsche anläßlich des Sieges seines Vierspänners entgegennähme.«
»Die Tochter meines Freundes ist sehr liebenswürdig«, sagte Ilderim mit funkelnden Augen. »Gib ihr dieses Juwel als Zeichen meiner Freude über ihre Botschaft.«
Während er sprach, zog er einen Ring von seinem Finger.
»Ich werde tun, wie du sagst, o Scheich«, antwortete der Jüngling und fuhr fort: »Die Tochter des Ägypters gab mir noch einen Auftrag. Sie bittet den edlen Scheich Ilderim, dem Jüngling Ben Hur mitteilen zu lassen, daß ihr Vater eine Zeitlang im Palast von Idernee Wohnung genommen hat, wo sie den jungen Mann morgen nach der vierten Stunde empfangen werde. Und wenn Scheich Ilderim neben ihren Glückwünschen auch ihren Dank für diesen Gefallen annehmen wolle, werde sie um so mehr erfreut sein.«
Der Scheich sah Ben Hur an, dessen Gesicht vor Freude erstrahlte.
»Was wirst du tun?« fragte er.
»Mit deiner Erlaubnis, o Scheich, werde ich die schöne Ägypterin besuchen.«
Ilderim lachte und sagte: »Soll der Mensch nicht seine Jugend genießen?«
Darauf antwortete Ben Hur dem Boten: »Sag ihr, die dich geschickt hat, ich, Ben Hur, werde sie morgen mittag im Palast von Idernee aufsuchen, wo immer dieser liege.«
Der junge Mann erhob sich und ging.
Um Mitternacht brach Ilderim auf, nachdem er für Ben Hur, der ihm folgen sollte, ein Pferd und einen Führer zurückgelassen hatte.

In der Falle

Am nächsten Tag begab sich Ben Hur auf den Weg zu seiner Verabredung mit Iras. Am Omphalos, im Herzen der Stadt gelegen, bog er in die Säulengänge des Herodes ein und erreichte in kurzer Zeit den Palast von Idernee.
Er trat in den Schatten eines düsteren Ganges und blickte durch die Türöffnung. Er gewahrte das Atrium eines römischen Hauses, geräumig und märchenhaft prachtvoll ausgestattet.
Immer noch traumverloren, schlenderte Ben Hur umher, entzückt von allem, was er sah, und wartete. Ein wenig zu warten, machte ihm nichts aus. Wenn Iras fertig war, würde sie kommen und einen Diener senden. In jedem wohlgeordneten römischen Hause war das Atrium das Empfangszimmer für Besucher.
Zweimal, dreimal machte er die Runde. Genauso oft stand er unter der Öffnung im Dach und betrachtete nachdenklich den Himmel und seine azurne Tiefe. Dann lehnte er sich gegen einen Pfeiler und studierte die Verteilung von Licht und Schatten und ihre Effekte. Doch niemand kam.
Vielleicht war es ein Mißverständnis. Nein, der Bote war von der Ägypterin gekommen, und dies war der Palast von Idernee. Dann erinnerte er sich, wie geheimnisvoll sich die Tür geöffnet hatte, geräuschlos, wie von selbst. Er wollte nachsehen!
Er ging zu derselben Tür. Obwohl er ganz leise auftrat, hallte es wider vom Dröhnen seiner Schritte, und er erschrak davor. Er wurde nervös. Das schwergängige römische Schloß widerstand seinem ersten Versuch, es zu öffnen. Auch dem zweiten – das Blut erstarrte ihm in den Wangen – er zerrte mit all seiner Kraft: vergeblich – die Tür ließ sich nicht einmal schütteln. Ein Gefühl von Gefahr ergriff ihn, und einen Augenblick stand er unentschlossen da.
Wer in Antiochia hatte ein Motiv, ihm Schaden zuzufügen? Messala!
Und der Palast von Idernee hier? Der Vorplatz hatte etwas

von Ägypten gehabt, die schneeige Säulenhalle sah nach Athen aus, doch hier im Atrium war Rom. Alles um ihn herum verriet den römischen Besitzer. Bei all seiner Eleganz und Pracht – das Atrium war nichts weiter als eine Falle.
Der Gedanke reizte Ben Hur.
Es gab viele Türen links und rechts des Atriums, die zweifellos zu Schlafzimmern führten. Er versuchte sie, doch alle waren fest verschlossen. Vielleicht brachte Klopfen Antwort. Er schämte sich zu rufen, legte sich auf eine Liege und versuchte nachzudenken.
Ganz offensichtlich war er ein Gefangener. Aber zu welchem Zweck? Und wessen Gefangener?
Wenn das Messalas Werk wäre!
Eine halbe Stunde verstrich, die Ben Hur weit länger vorkam, als sich die Tür, durch die er eingetreten war, öffnete und geräuschlos wie zuvor wieder schloß. Er merkte es nicht. Er saß gerade am andern Ende des Raumes. Ein Schrittgeräusch schreckte ihn auf.
Endlich ist sie da! dachte er in erleichterter und freudiger Erregung und erhob sich.
Es waren schwere Schritte, begleitet vom knirschenden Klang grober Sandalen. Die vergoldeten Säulen standen zwischen ihm und der Tür. Er ging ruhig nach vorn und lehnte sich gegen eine von ihnen. Jetzt hörte er Stimmen – Männerstimmen –, eine von ihnen rauh und kehlig. Was gesagt wurde, konnte er nicht verstehen, denn es war keine Sprache des Orients oder Südeuropas.
Nach einem prüfenden Blick über den Raum wandten sich die Fremden nach links und gelangten so vor Ben Hurs Gesicht – zwei Männer, einer sehr stämmig, beide groß und mit kurzen Tuniken bekleidet. Sie sahen nicht wie die Hausherrn oder Bedienstete aus. Sie waren von niederem Stande. Das seine eigene Anwesenheit in dem Palast umgebende Geheimnis, hatten wir gesehen, hatte Ben Hur nervös gemacht. Als er jetzt in dem großen, stämmigen Mann den Nordländer erkannte, den er in Rom kennengelernt hatte und der nur einen Tag vorher als Sieger im Faustkampf gekrönt

worden war; als er das Gesicht des Mannes sah, das von Wunden aus vielen Kämpfen gezeichnet und von wilden Leidenschaften entstellt war; als er des Gefährten nackte Glieder betrachtete, wahre Wunder von Kampfgeübtheit, und seine Schultern von der Breite eines Herkules, ließ der Gedanke an Gefahr um seine Person jede Ader in ihm erstarren. Ein sicherer Instinkt warnte ihn, daß die Gelegenheit zum Mord zu perfekt war, als daß sie auf Zufall beruhen könnte. Hier waren die Schergen, und er sollte ihr Opfer sein. Er warf einen besorgten Blick auf den Kameraden des Nordländers – jung, schwarzäugig, schwarzhaarig, aussehend wie ein Jude. Er bemerkte auch, daß beide genau jene Kleidung trugen, die sie auch bei der Ausübung ihres Berufs in der Arena anlegten. Wenn er die verschiedenen Umstände zusammenrechnete, konnte Ben Hur nicht länger zweifeln: er war planvoll in den Palast gelockt worden. Fern jeder Hilfe, in dieser prächtigen Abgeschiedenheit, sollte er sterben!

Er löste die Schärpe um seinen Leib, entblößte das Haupt, warf sein weißes jüdisches Gewand ab und stand da in einer Untertunika nicht unähnlich der seiner Feinde, Körper und Geist bereit. Er kreuzte die Arme, lehnte sich gegen die Säule und wartete ruhig.

Jetzt wandte sich der Nordländer um und sagte etwas in der unbekannten Sprache; dann blickten beide auf Ben Hur. Noch ein paar Worte, und sie schritten auf ihn zu.

»Wer seid ihr?« fragte er auf Lateinisch.

Der Nordländer brachte ein Lächeln hervor, das seinem Gesicht nichts von der Brutalität nahm, und antwortete:

»Barbaren.«

»Du bist Thord, der Nordländer.«

Der Riese öffnete weit seine blauen Augen.

»Ich war dein Schüler.«

»Nein«, sagte Thord kopfschüttelnd. »Beim Barte Irmins, ich hatte nie einen Juden zum Kämpfer auszubilden.«

»Ich werde beweisen, was ich sage.«

»Wie?«

»Ihr kamt her, mich zu töten.«

»Das ist wahr.«
»Dann laß diesen Mann einzeln mit mir kämpfen, und ich werde es dir an seinem Leibe beweisen.«
Ein Schimmer von Belustigung strich über des Nordländers Gesicht. Er sprach zu seinem Gefährten, dieser antwortete. Dann erwiderte er mit der Naivität eines erheiterten Kindes: »Wartet, bis ich sage: ›anfangen‹.«
Mit einigen Fußtritten stieß er eine Liege herbei und streckte gemächlich seinen stämmigen Körper darauf aus; als er es sich voll bequem gemacht hatte, sagte er einfach: »Fangt jetzt an.«
Ohne Getue schritt Ben Hur auf seinen Gegner zu.
»Verteidige dich«, sagte er.
Der Mann, durchaus nicht abgeneigt, ging in Kampfstellung. Wie die beiden sich so in erprobter Stellung gegenüberstanden, gab es keine erkennbare Ungleichheit zwischen ihnen; im Gegenteil, sie waren gleich wie Brüder. Dem selbstbewußten Lächeln des Fremden setzte Ben Hur einen Ernst entgegen, der, wäre sein Können bekannt gewesen, als Warnung vor Gefahr aufgenommen worden wäre. Beide wußten, der Kampf würde tödlich sein.
Ben Hur täuschte mit der rechten Hand. Der Fremde deckte sich, leicht den linken Arm vorhaltend. Ehe er wieder auf Ben Hur achten konnte, faßte dieser ihn am Handgelenk mit einem Griff, den die Jahre am Ruder furchtbar wie einen Schraubstock gemacht hatten. Die Überraschung war komplett und ließ keine Zeit. Sich nach vorn zu werfen, den Arm um des Mannes Kehle und rechte Schulter zu ziehen und dabei seine linke Seite nach vorn zu drehen, mit der bereiten linken Hand sicher zuzuschlagen und den nackten Hals unter dem Ohr zu treffen, waren nur sekundenschnelle Einzelheiten desselben Vorgangs. Ein zweiter Schlag war nicht nötig. Der Scherge fiel schwer und lautlos zu Boden und lag still.
Ben Hur wandte sich zu Thord.
»Ha, was! Beim Barte Irmins!« rief dieser erstaunt und setzte sich halb auf. Dann lachte er. »Hahaha! Ich hätte es nicht besser machen können.« Er musterte Ben Hur kalt von Kopf bis

Fuß und sah ihn mit unverhohlener Bewunderung an: »Das war mein Trick – der Trick, den ich zehn Jahre lang in den Schulen Roms geübt habe. Du bist kein Jude. Wer bist du?«
»Kanntest du Arrius, den Duumvir?«
»Quintus Arrius? Ja, er war mein Patron.«
»Er hatte einen Sohn.«
»Ja«, sagte Thord, und seine zerschundenen Gesichtszüge leuchteten matt. »Ich habe den Jungen gekannt. Er wäre ein hervorragender Gladiator geworden. Der Cäsar bot ihm seine Gönnerschaft an. Ich habe ihm genau den Trick beigebracht, den du hier gegen diesen angewandt hast – ein Trick, der nur einer Hand und einem Arm wie meinem möglich ist. Ich habe damit manchen Siegespreis errungen.«
»Ich bin jener Sohn des Arrius.«
Thord trat näher und musterte ihn sorgfältig. Dann erglänzten seine Augen in aufrichtiger Freude, und lachend streckte er seine Hand aus.
»Hahaha! Er hat mir erzählt, ich fände einen Juden – einen Juden – einen Hund von einem Juden – den zu töten man den Göttern einen Dienst erweisen würde.«
»Wer hat dir das erzählt?« fragte Ben Hur, die Hand annehmend.
»Er – Messala – hahaha!«
»Wann, Thord?«
»Letzte Nacht.«
»Ich dachte, er sei verletzt.«
»Er wird nie wieder gehen. Er erzählte es mir stöhnend auf seinem Bett.«
Ein sehr lebendiges Porträt des Hasses in wenigen Worten, und Ben Hur sah, daß der Römer, wenn er lebte, weiterhin mächtig und gefährlich bliebe und ihn ohne Unterlaß verfolgen würde. Da kam ihm eine Idee, und er fragte: »Thord, was wollte dir Messala geben, daß du mich tötest?«
»Tausend Sesterzen.«
»Du sollst sie noch bekommen. Und wenn du jetzt tust, was ich dir sage, will ich noch dreitausend dazutun.«
Der Riese überlegte laut:

»Ich habe gestern fünftausend gewonnen; von dem Römer eintausend, sind sechs. Gib mir vier, guter Arrius, noch vier, und ich stehe fest zu dir, und wenn mich Thor, mein Namensvetter, mit seinem Hammer erschlägt. Mach vier draus, und ich töte den Patrizier im Bett, wenn du es willst. Ich muß nur seinen Mund mit meiner Hand bedekken – so.«

»Ich gebe dir viertausend und eine Weinschenke beim Circus«, fuhr Ben Hur fort, »und durch das, was du dafür tun sollst, wirst du deine Hand nicht mit Blut beflecken, Thord. Hör mir zu. Sah dein Freund hier nicht mir ähnlich?«

»Ich hätte gesagt, er war ein Apfel von demselben Baum.«

»Gut, wenn ich seine Tunika anziehe und ihm hier meine Kleider gebe, und du und ich gehen zusammen fort und lassen ihn hier, kannst du dann nicht auch noch deine Sesterzen von Messala bekommen? Du mußt ihn nur glauben machen, daß ich der Tote bin.«

Thord lachte, bis die Tränen ihm zum Munde liefen: »Hahaha! Nie wurden so leicht zehntausend Sesterzen gewonnen. Und eine Weinschenke beim Circus Maximus! – alles für eine Lüge, ohne Blut daran! Hahaha!«

Sie schüttelten sich die Hände, danach wurde der Kleidertausch vollzogen.

Dann wurde vereinbart, daß in der Nacht ein Bote zu Thords Unterkunft gehen und die viertausend Sesterzen überbringen sollte. Als sie fertig waren, klopfte der Riese an die vordere Tür; sie öffnete sich. Aus dem Atrium tretend, führte er Ben Hur in einen angrenzenden Raum, wo dieser sich mit den groben Kleidern des toten Faustkämpfers vollständig ankleidete. Beim Omphalos gingen sie auseinander.

»Geh nicht an der Weinschenke am Circus Maximus vorbei, o Sohn des Arrius! Hahaha! Beim Barte Irmins, nie wurde Reichtum so billig erworben. Die Götter mögen dich bewahren!«

Beim Verlassen des Atriums hatte Ben Hur einen letzten Blick auf den Schergen geworfen, wie er so in den jüdischen Kleidern dalag, und war zufrieden. Die Ähnlichkeit war schlagend. Wenn Thord Wort hielt, mußte der Betrug ein Geheimnis für immer bleiben.

Des Nachts erzählte Ben Hur in Simonides' Haus dem guten Mann alles, was in dem Palast von Idernee stattgefunden hatte. Es wurde vereinbart, nach einigen Tagen eine öffentliche Nachforschung über den Verbleib des Sohns des Arrius in die Wege zu leiten. Eventuell sollte die Sache kühn vor Maxentius gebracht werden. Wenn das Geheimnis dann auch nicht herauskam, konnte man davon ausgehen, daß Messala und Gratus ruhig und glücklich sein würden und Ben Hur frei, sich nach Jerusalem zu begeben, um nach seiner verschollenen Familie zu suchen.

Beim Abschied saß Simonides in seinem Sessel draußen auf der den Fluß überblickenden Terrasse und sprach sein Lebewohl und wünschte den Frieden des Herrn wie ein Vater.

Judah überquerte den Fluß und begab sich zur Wohnung Ilderims, wo er den Araber fand, der ihm als Führer dienen sollte. Die Pferde wurden herausgeführt.

»Dieses ist deins«, sagte der Araber.

Ben Hur sah hin, und da! Es war Aldebaran, der schnellste und herrlichste der Söhne Miras und nach Sirius der Liebling des Scheichs. Er erkannte an diesem Geschenk, daß das Herz des alten Mannes ihm gehörte.

Der Leichnam im Atrium wurde des Nachts fortgeschafft und begraben. Und als Teil von Messalas Plan wurde ein Kurier zu Gratus abgesandt, um ihn mit der Nachricht zu beruhigen, daß Ben Hur tot war – diesmal ohne Frage.

Nicht lange, und eine Weinschenke wurde beim Circus Maximus eröffnet; die Inschrift über der Tür lautete:

THORD DER NORDLÄNDER

Sechstes Buch

Die Gefangenen

In unserer Geschichte überschlagen wir jetzt dreißig Tage seit der Nacht, da Ben Hur Antiochia verließ, um mit Scheich Ilderim in die Wüste zu gehen.

Eine große Veränderung hat stattgefunden – groß wenigstens, was das Schicksal unseres Helden betrifft. *Valerius Gratus ist von Pontius Pilatus abgelöst worden!*

Die Versetzung, das soll bemerkt werden, kostete Simonides genau fünf Talente römischen Geldes, bei Sejanus, der damals als Günstling des Imperators auf der Höhe seiner Macht stand.

Trotz der Kürze der Zeit wußten die Juden bereits, daß der Herrschaftswechsel für sie nicht zum Besseren gereichte.

Der schlimmste Mensch bringt zuweilen Abwechslung in die Fülle seiner Schlechtigkeiten durch eine gute Tat, so auch Pilatus. Er ordnete eine Untersuchung aller Gefängnisse in Judäa an und einen Bericht über die Namen der gefangengehaltenen Personen, dazu Angaben über die Verbrechen, derer sie beschuldigt worden waren. Das Motiv war zweifellos das übliche aller gerade eingesetzten Beamten – die Furcht vor ererbter Verantwortung. Das Volk indes schenkte ihm Vertrauen für das Gute, das es aus der Maßnahme erhoffte, und war eine Zeitlang beruhigt. Die Enthüllungen waren erstaunlich. Es wurden Hunderte von Personen freigelassen, gegen die keine Anklage vorlag; viele andere kamen ans Licht, die schon seit langem tot gewähnt wurden; noch verwunderlicher war, es wurden Verliese geöffnet, die zu der Zeit nicht nur das Volk nicht kannte, sondern die sogar die Gefängnisbehörden vergessen hatten. Mit einem Fall dieser Art haben wir uns jetzt zu beschäftigen, und seltsamerweise passierte er in Jerusalem.

Die Antonia-Burg war ursprünglich eine von den Makedo-

nen erbaute Burg. Die ganze Verwaltungszeit des Gratus hindurch war sie Garnisonszitadelle und diente als unterirdisches Gefängnis, das von Revolutionären gefürchtet wurde. Wehe, wenn die Kohorten aus ihren Toren strömten, um Aufruhr zu unterdrücken! Wehe nicht weniger, wenn ein Jude durch dieselben Tore trat, um ins Gefängnis geworfen zu werden!
Mit dieser Erklärung eilen wir zu unserer Geschichte zurück.

Der Befehl des neuen Prokurators, betreffend den Bericht über die gefangenen Personen, wurde nach Empfang im Antonia-Turm sofort ausgeführt; zwei Tage waren gerade vergangen, seit der letzte Unglückliche zur Überprüfung heraufgeholt worden war.
Das Büro des Tribunen ist geräumig und kühl und in einem Stil möbliert, wie er der Würde eines Kommandanten auf einem in jeder Hinsicht so wichtigen Posten entspricht. Es ist die siebte Stunde des Tages, und ein Blick auf ihn zeigt den Offizier müde und ungeduldig. Sobald der Bericht abgesandt ist, will er auf das Dach des Säulengangs, um sich an der Luft zu erfrischen und sich mit der Beobachtung der Juden drüben in den Tempelhöfen die Zeit zu vertreiben. Seine Untergebenen und Schreiber teilen seine Ungeduld.
In einer Pause des Wartens erschien ein Mann in der Türöffnung zu einem angrenzenden Gemach. Er rasselte mit einem Bund Schlüssel, jeder so schwer wie ein Hammer, und zog sofort die Aufmerksamkeit des Kommandanten auf sich.
»Ah, Gesius, tritt ein!« sagte der Tribun.
Während der Ankömmling sich dem Tisch näherte, hinter dem der Kommandant in einem Lehnstuhl saß, blickte jeder Anwesende auf ihn, da sie einen gewissen Ausdruck von Besorgnis und Verdruß auf seinem Gesicht bemerkten, und wurden still, um zu hören, was er zu sagen hatte.
»Es ist jetzt ungefähr acht Jahre her, daß Valerius Gratus mich hier in der Burg zum Gefangenenwärter machte«, sagte der Mann überlegt. »Ich erinnere mich des Morgens, da ich die Pflicht meines Amtes übernahm. Am Tag zuvor hatte es

einen Aufruhr und Straßenkämpfe gegeben. Wir töteten viele Juden und hatten selbst auch Verluste. Die Sache kam, sagte man, durch einen Attentatsversuch auf Gratus, der durch einen von einem Dach geworfenen Ziegel vom Pferd gestoßen wurde. Ich fand ihn auf dem Platz, wo du jetzt sitzt, Tribun, sein Kopf verbunden. Er teilte mir seine Ernennung mit und gab mir diese Schlüssel, sie waren numeriert nach den Nummern der Zellen. Sie seien die Abzeichen meines Amtes, sagte er, und nicht aus der Hand zu geben. – Ich salutierte ihm und wandte mich zum Gehen, er rief mich zurück. ›Ah, ich vergaß‹, sagte er, ›gib mir den Plan des dritten Stocks.‹ Ich gab ihn ihm, und er breitete ihn auf dem Tisch aus. ›Hier, Gesius‹, sagte er, ›sieh diese Zelle.‹ Er legte seinen Finger auf Nummer V. ›In dieser Zelle werden drei Männer gefangengehalten, waghalsige Typen, die irgendwie Kenntnis von einem Staatsgeheimnis bekommen haben und jetzt ihre Neugierde büßen, die‹ – er sah mich streng an – ›bei solchen Dingen schlimmer ist als ein Verbrechen. Entsprechend sind sie blind und zungenlos und auf Lebenszeit dort untergebracht. Sie sollen nichts als zu essen und zu trinken bekommen, das ihnen durch ein Loch zu geben ist, das du in der Mauer mit einem Schieber verschlossen findest. Hörst du, Gesius?‹ Ich bejahte. ›Gut‹, fuhr er fort. ›Nur eins noch, das du nie vergessen darfst, oder –‹ Er sah mich drohend an. ›Ihre Zellentür – Zelle Nummer V auf demselben Stock – diese hier, Gesius‹ – er wies mit dem Finger auf die bestimmte Zelle, um sie meinem Gedächtnis einzuprägen – ›darf niemals geöffnet werden, zu keinem Zweck, weder um jemand hineinzulassen noch herauszulassen, dich inbegriffen.‹ – ›Aber wenn sie sterben?‹ fragte ich. – ›Dann soll die Zelle ihr Grab sein‹, sagte er. ›Sie wurden dort hineingebracht, daß sie sterben und vergessen werden. Die Zelle ist aussätzig. Verstehst du?‹ Damit ließ er mich gehen.«

Gesius hielt inne und zog aus der Brust seiner Tunika drei durch Alter und Gebrauch stark vergilbte Pergamente. Er suchte eins heraus, breitete es auf dem Tisch vor dem Tribunen aus und sagte einfach: »Dies ist das untere Stockwerk.«

Alle Versammelten blickten auf den Plan:

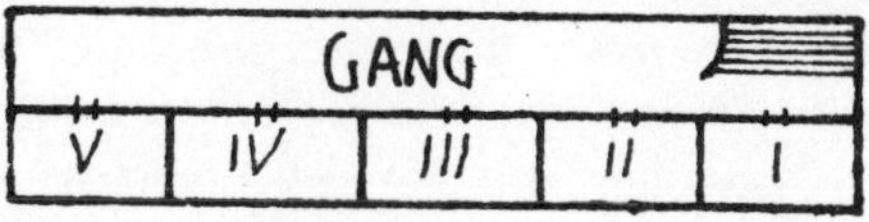

»Das ist genau der Plan, Tribun, wie ich ihn von Gratus habe. Er zeigt nur fünf Zellen in dem Stock, während es sechs sind.«
»Sechs, sagst du?«
»Ich will dir zeigen, wie das Stockwerk wirklich ist – oder wie ich es meine.«
Gesius zeichnete auf ein Notiztäfelchen folgenden Plan und gab ihn dem Tribun:

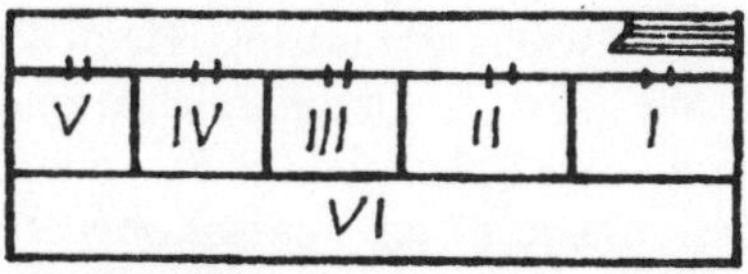

»Das hast du gut gemacht«, sagte der Tribun, die Zeichnung prüfend, und glaubte, daß die Erzählung zu Ende sei. »Ich werde den Plan berichtigen lassen oder, noch besser, einen neuen anfertigen und dir geben lassen. Komm ihn dir morgen früh holen.«
Mit diesen Worten erhob er sich.
»Hör mich noch an, Tribun, ich will mich beeilen«, sagte der Wärter unterwürfig. »Wie verlangt, habe ich alle Zellen besichtigt, angefangen mit denen im ersten Stock bis hin zu denen im untersten. Der Befehl, die Zelle Nummer V nicht zu öffnen, war respektiert worden; die ganzen acht Jahre hindurch wurde den Männern Essen und Trinken durch ein Loch in der Wand gereicht. Gestern ging ich zu der Tür, neugierig, die armen Teufel zu sehen, die gegen alle Erwartung so lange gelebt hatten. Das Schloß widerstand dem Schlüssel. Wir rüttelten ein wenig, und die Tür fiel heraus, die Angeln waren verrostet. Als ich hineinging, fand ich nur einen

Mann, alt, blind, ohne Zunge, nackt. Das Haar fiel ihm steif und verfilzt bis hinab zur Taille. Seine Haut war wie das Pergament hier. Er streckte die Hände aus, die Fingernägel waren gekrümmt und verschlungen wie die Klauen eines Vogels. Ich fragte ihn, wo seine Gefährten seien. Er schüttelte verneinend den Kopf. In dem Glauben, die andern zu finden, durchsuchten wir die Zelle. Der Boden war trocken und auch die Wände. Wenn dort drei Männer eingeschlossen gewesen wären und zwei von ihnen wären gestorben, hätten wenigstens ihre Gebeine noch vorhanden sein müssen.«

»Weshalb du glaubst –«

»Du hast erst die halbe Geschichte gehört, Tribun. Wenn du alles gehört hast, wirst du mit mir übereinstimmen. Du weißt, was ich mit dem Mann machen ließ: ich ließ ihn baden, scheren und kleiden, brachte ihn zum Burgtor und sagte, er sei frei. Ich wollte ihn los sein. Heute kam er zurück und wurde zu mir gebracht. Durch Zeichen und Tränen gab er mir endlich zu verstehen, daß er in seine Zelle zurück wollte, und ich ordnete es an. Als wir wieder in der Zelle waren und der Gefangene es merkte, faßte er mich schnell an der Hand und führte mich zu einem Loch wie dem, durch das wir ihm immer sein Essen gereicht hatten. Obwohl es groß genug war, um deinen Helm hindurchzulassen, war es mir gestern entgangen. Mich immer noch an der Hand haltend, brachte er sein Gesicht an das Loch und stieß einen tierischen Schrei aus. Ein Laut kam schwach zurück. Ich war erstaunt, zog ihn zur Seite und rief hinein ›Hallo hier!‹ Zuerst kam keine Antwort. Ich rief wieder, und bekam zur Antwort: ›Sei gepriesen, o Herr!‹ Noch erstaunlicher war, Tribun, es handelte sich um eine Frauenstimme. Ich fragte: ›Wer bist du?‹ und bekam zur Antwort: ›Eine Frau Israels, begraben hier mit ihrer Tochter. Hilf uns schnell, oder wir sterben.‹ Ich sagte ihnen, sie sollten guten Mutes sein, und eilte her, um deinen Befehl zu hören.«

Der Tribun erhob sich hastig.

»Du hast recht, Gesius«, sagte er, »das sehe ich jetzt. Der Plan war eine Lüge und auch die Geschichte von den drei Män-

nern. Es hat bessere Römer gegeben als Valerius Gratus.«
»Ja«, sagte der Wärter. »Ich brachte aus dem Gefangenen heraus, daß er den Frauen regelmäßig von dem Essen und Trinken gegeben hatte, das er bekam.«
»Jetzt ist alles klar«, antwortete der Tribun. Als er die Gesichter seiner Freunde betrachtete und ihm einfiel, wie gut es sei, Zeugen zu haben, fügte er hinzu: »Laßt uns die Frauen retten. Kommt alle.«
Gesius war erfreut.
»Wir werden die Mauer durchstoßen müssen«, sagte er. »Ich habe die Stelle gefunden, wo die Tür gewesen war, aber sie ist solide zugemauert.«
Der Tribun blieb stehen und wies einen Schreiber an: »Schick mir Arbeiter mit Werkzeugen nach. Mach Eile; aber halt den Bericht zurück, ich sehe, er wird korrigiert werden müssen.«

Die Aussätzigen

»Eine Frau Israels, begraben hier mit ihrer Tochter. Hilf uns schnell, oder wir sterben.«
Das war die Antwort, die Gesius, der Wärter, aus der Zelle erhalten hatte, die auf seinem Plan die Nummer VI trug. Und der Leser, der diese Antwort vernahm, wird zweifellos sofort gewußt haben, daß es sich bei den Unglücklichen um Ben Hurs Mutter und seine Schwester Tirzah handelte.
Am Morgen ihrer Gefangennahme acht Jahre zuvor waren sie in die Burg geschleppt worden, wo Gratus sie aus dem Weg zu schaffen gedachte. Er hatte dafür die Burg ausgewählt, weil sie direkt unter seiner Aufsicht stand, und Zelle VI, weil sie erstens leichter als die andern in Vergessenheit geraten konnte und zweitens durch Lepra verseucht war. Denn diese Gefangenen sollten nicht nur an einen sicheren Ort verbracht werden, sondern auch an einen, wo sie sterben würden.
Als letzten Schritt in dem Plan entließ Gratus kurzerhand den alten Gefängnisaufseher; nicht, weil der gewußt hätte, was

vor sich gegangen war – das wußte er nicht –, sondern weil es bei dessen guter Kenntnis der unteren Verliese nahezu unmöglich gewesen wäre, die Tat vor ihm geheimzuhalten. Dann ließ der Prokurator mit meisterhafter Schlauheit neue Pläne zur Übergabe an einen neuen Aufseher zeichnen, auf denen, wie wir sahen, die Zelle VI fehlte. Die diesem erteilten Instruktionen, zusammen mit dem unvollständigen Plan, vervollkommneten das Vorhaben: Die Zelle und ihre unglücklichen Insassen waren gleichermaßen aus dem Gedächtnis ausgelöscht.
Die beiden Frauen halten sich dicht bei der Öffnung auf; die eine sitzt, die andere lehnt halb gegen sie. Zwischen ihnen und dem nackten Felsen ist nichts.
Unsere Erinnerungen an sie aus früheren Tagen machen es uns zur Pflicht, ihnen respektvoll zu begegnen. Ohne uns ihnen durch das Verlies zu dicht zu nähern, sehen wir, daß sie sich äußerlich verändert haben, in einer Weise, die weder durch die Zeit noch durch die lange Gefangenschaft erklärt werden kann. Die Mutter war schön gewesen als Frau, Tirzah schön gewesen als Kind. Jetzt könnte selbst die Liebe das nicht von ihnen sagen. Ihr Haar ist lang, ungekämmt und sonderbar weiß. Sie lassen uns in unerklärlicher Abscheu erschrecken und erschaudern, doch das mag eine Wirkung des trügerisch einhüllenden Lichtes sein, das düster durch die ungesunde Trübheit der Luft schimmert; oder sie leiden vielleicht Qualen an Hunger und Durst, da sie nichts zu essen und zu trinken hatten, seit ihr Diener, der Sträfling, am Tag zuvor fortgeholt wurde.
Tirzah, an die Mutter gelehnt und sie halb umarmend, stöhnt erbärmlich.
»Geduld, Tirzah: sie kommen, sie sind gleich da.«
Sie glaubte, drüben an der Klappe in der Trennwand, durch die sie ihre gesamte Verbindung zur Welt besaßen, ein Geräusch zu hören. Sie täuschte sich nicht.
»Gepriesen sei der Herr auf ewig!« rief die Mutter mit der Inbrunst wiedererlangten Glaubens und neuer Hoffnung.
»He, da!« hörten sie als nächstes; und dann: »Wer seid ihr?«

Die Stimme war fremd. Aber was machte das? Außer Tirzahs waren dies die ersten und einzigen Worte, die die Mutter seit acht Jahren hörte. Der Umschwung war gewaltig – vom Tode zum Leben – und so plötzlich!

»Eine Frau Israels, begraben hier mit ihrer Tochter. Hilf uns schnell, oder wir sterben.«

»Seid guten Muts. Ich komme zurück.«

Die Frauen schluchzten laut. Man hatte sie gefunden; Hilfe war unterwegs. Von Wunsch zu Wunsch flogen ihre Hoffnungen gleich zwitschernden Schwalben. Man hatte sie gefunden; sie würden befreit. Dann würden sie alles wiedererhalten, alles, was sie verloren – Heim, Freunde, Vermögen, Sohn und Bruder! Das dürftige Licht hüllte sie ein wie die Herrlichkeit des Tages. Sie vergaßen Schmerz und Durst und Hunger, Drohung und Tod, sanken auf den Boden und riefen, eng aneinandergeklammert.

Und diesmal mußten sie nicht lange warten. Gesius, der Wärter, erzählte seine Geschichte Punkt für Punkt, doch kam er schließlich zum Ende. Der Tribun handelte unverzüglich.

»Hallo, da drinnen!« rief er durch die Öffnung.

»Hier!« sagte die Mutter, sich erhebend.

Jetzt hörte sie an einer anderen Stelle Geräusche wie von Schlägen auf die Wand – schnelle, helle Schläge von eisernen Werkzeugen. Weder sie noch Tirzah sprachen, aber sie lauschten; sie wußten, was alles zu bedeuten hatte – daß ihnen ein Weg in die Freiheit bereitet wurde. So hören Männer, die lange Zeit in tiefen Minen begraben sind, die Ankunft der Retter, das Stoßen von Stangen und das Schlagen von Picken.

Die Arme draußen waren kräftig, die Hände geschickt, der Wille unermüdlich. Jeden Augenblick hallten die Schläge deutlicher, hin und wieder fiel ein Stück krachend herunter. Die Freiheit rückte näher und näher. Jetzt konnte man die Arbeiter sprechen hören. Dann – o Glück! – blitzte durch einen Spalt rötlicher Fackelschein.

»Er ist es, Mutter, er ist es! Endlich hat er uns gefunden!« rief Tirzah mit der übereilten Phantasie ihrer Jugend.

Aber die Mutter antwortete milde: »Gott ist gut!«
Ein Block fiel herein, dann noch einer – dann eine große Masse, und die Tür war offen. Ein mit Mörtel und Steinstaub bedeckter Mann trat ein und blieb, eine Fackel über den Kopf haltend, stehen. Zwei oder drei andere folgten ihm mit Fakkeln und traten an die Seite, um den Tribun eintreten zu lassen.
Der Tribun blieb stehen, weil die Frauen vor ihm flohen – nicht aus Furcht, das sei gesagt, sondern aus Scham. Aber nicht, guter Leser, aus Scham allein! Aus der Dunkelheit ihres Verstecks hörte er diese Worte, die traurigsten, schrecklichsten, verzweifeltsten Worte von einer menschlichen Zunge:
»Komm nicht zu uns – unrein, unrein!«
Die Männer schwenkten ihre Fackeln, während sie einander anstarrten.
»Unrein, unrein!« kam es wieder aus der Ecke, ein langsames, zitterndes Wimmern, übermäßig schmerzvoll.
So erfüllte die Witwe und Mutter ihre Pflicht und erkannte in dem Moment, daß die Freiheit, um die sie gebetet und von der sie geträumt hatte, die ihr in der Ferne wie eine rotgoldene Frucht erschien, nur ein Sodomsapfel in ihrer Hand war.
Sie und Tirzah waren – Aussätzige!
Die Fackeln flatterten rötlich durch das Verlies, und die Freiheit war gekommen. »Gott ist gut!« rief die Witwe – nicht für das Gewesene, o Leser, sondern für das Gegenwärtige.
Der Tribun vernahm den Ruf mit einem Schaudern, doch er blieb.
»Wer seid ihr?« fragte er.
»Zwei Frauen, die vor Hunger und Durst sterben. Doch« – die Mutter schwankte nicht –, »kommt nicht näher und berührt nicht den Boden oder die Wände. Unrein, unrein!«
»Erzähl mir deine Geschichte, Frau – deinen Namen und wann du hierhergebracht wurdest, und von wem und warum.«
»Es lebte einst in dieser Stadt Jerusalem ein Fürst Ben Hur,

der Freund aller edlen Römer, der selbst den Cäsar seinen Freund nennen durfte. Ich bin seine Witwe, und diese hier ist mein Kind. Wie kann ich dir sagen, weshalb wir hier vergraben wurden, wenn ich es nicht weiß, falls es nicht wegen unseres Reichtums geschah? Valerius Gratus kann Euch sagen, wer unser Feind war und wann unsere Gefangenschaft begann. Ich kann es nicht. Seht, was aus uns geworden ist – oh, seht, und habt Erbarmen!«

Die Luft war schwer von dem Pestgestank und dem Rauch der Fackeln, doch der Römer rief einen der Fackelträger an seine Seite und schrieb die Antwort fast Wort für Wort nieder. Sie war kurz und bündig, enthielt zugleich eine Geschichte, eine Anklage und eine Bitte. Keine gewöhnliche Person hätte sie geben können, und er konnte nur Mitleid haben und glauben.

»Du sollst Hilfe haben, Frau«, sagte er, die Täfelchen zusammenklappend. »Ich werde dir zu essen und zu trinken schikken.«

»Und Kleidung und Wasser zur Reinigung, wir bitten dich, edler Römer!«

»Wie du willst«, antwortete er.

»Gott ist gut«, sagte die Witwe schluchzend. »Möge Sein Friede mit dir gehen!«

»Noch eins«, fügte er hinzu, »ich kann dich nicht wiedersehen. Triff alle Vorbereitungen, heute abend werde ich dich zum Burgtor bringen und in Freiheit setzen lassen. Das Gesetz kennst du. Lebe wohl.«

Er sprach mit den Männern und ging zur Tür hinaus.

Nach kurzer Zeit kamen einige Sklaven zu der Zelle und brachten einen großen Behälter mit Wasser, ein Waschbekken und Tücher, dazu ein Tablett mit Brot und Fleisch sowie einige Frauenkleider. Nachdem sie alles in Reichweite der Gefangenen abgesetzt hatten, rannten sie davon.

Um die Mitte der ersten Wache wurden die beiden zum Tor geleitet und auf die Straße gebracht. So befreite sich der Römer von ihnen, und in der Stadt ihrer Väter waren sie wieder frei.

Ben Hur kehrt zurück

Es war schon dunkel, als Ben Hur sich innerhalb der Stadtmauern von dem Hirten trennte und in eine schmale, nach Süden führende Gasse einbog. Einige der Leute, die er traf, grüßten ihn.

Schließlich gelangte er zum Haus seines Vaters. In den Ecken konnte man noch das zum Versiegeln verwendete Wachs deutlich sehen, und quer über den Türflügeln befand sich das Brett mit der Aufschrift:

DIES IST EIGENTUM DES KAISERS

Still stahl er sich herum zur Südseite. Auch dort war das Tor versiegelt und mit der Aufschrift versehen. Der sanfte Schein des Augustmondes, der sich über den Kamm des Ölberges ergoß, ließ die Schrift deutlich hervortreten. Er las, und Wut erfüllte ihn. Er ließ sich auf der Schwelle nieder, und als sich sein Blut abgekühlt hatte, gab er unmerklich der Ermüdung durch die lange Wanderung in der Sommerhitze nach, er sank zusammen und schlief schließlich ein.

Um diese Zeit kamen zwei Frauen aus der Richtung der Antonia-Burg die Straße herab und näherten sich dem Palast der Hurs. Verstohlen gingen sie voran, mit zaghaften Schritten, oft stehenbleibend, um zu horchen.

An der Ecke des verwilderten Gebäudes sagte eine leise zu der andern:

»Das ist es, Tirzah!«

Und Tirzah ergriff nach einem Blick die Hand der Mutter und lehnte sich schluchzend, aber leise an sie.

»Gehen wir weiter, mein Kind, weil« – die Mutter zögerte und zitterte; dann beruhigte sie sich und fuhr fort –»weil, sobald der Morgen anbricht, werden sie uns zum Tor hinaustreiben, und – es gibt keine Rückkehr mehr.«

Dicht an die rauhe Mauer gedrängt, glitten sie voran wie zwei Gespenster, bis sie an das Tor kamen, vor dem sie ebenfalls stehenblieben. Als sie das Brett sahen, traten sie in den

kaum erkalteten Spuren Ben Hurs auf den Stein und lasen die Aufschrift.
Tirzah lehnte sich wieder auf sie und sagte flüsternd: »Laß uns – laß uns sterben!«
»Nein!« sagte die Mutter fest. »Der Herr hat unsere Zeit bestimmt, und wir glauben an den Herrn. Wir wollen selbst hierin auf Ihn warten. Komm fort!«
Während sie noch sprach, ergriff sie Tirzahs Hand und eilte, dicht an der Mauer, zur Westecke des Hauses.
»Psst!« sagte die Mutter. »Da liegt jemand auf der Treppe – ein Mann.«
Sie überquerten Hand in Hand die Straße, geisterhaft schnell, geisterhaft still. Als ihre Schatten auf ihn fielen, blieben sie stehen. Eine seiner Hände lag, die Innenfläche nach oben, auf der Treppe. Tirzah fiel auf die Knie und hätte sie fast geküßt, doch die Mutter zog sie zurück.
»Nicht um dein Leben, nicht um dein Leben! Unrein, unrein!« flüsterte sie.
Tirzah schrak vor ihm zurück, als sei er der Aussätzige. Doch in voller männlicher Schönheit lag Ben Hur da.
Er rührte sich und zuckte mit der Hand. Sie zogen sich zurück, doch sie hörten ihn im Traum murmeln: »Mutter! Amrah! Wo ist –«
Er sank wieder in tiefen Schlaf.
Nachdenklich starrte Tirzah ihn an. Die Mutter barg ihr Gesicht im Staub und kämpfte, ein so tiefes und starkes Schluchzen zu unterdrücken, daß ihr Herz zu zerspringen schien. Fast wünschte sie, er möchte aufwachen.
Er hatte nach ihr gefragt; sie war nicht vergessen; im Schlaf dachte er an sie. War das nicht genug?
Sofort gab die Mutter Tirzah ein Zeichen, und sie erhoben sich. Sie warfen noch einen Blick auf ihn, als wollten sie sich sein Bild unauslöschlich einprägen, und gingen Hand in Hand wieder auf die andere Straßenseite. Dort, im Schatten der Mauer, knieten sie nieder, sahen ihn an, warteten, daß er aufwache – warteten auf irgendeine Offenbarung, sie wußten nicht, worauf.

Nach einiger Zeit – er schlief noch immer – erschien eine andere Frau an der Ecke des Palastes. Die beiden im Schatten sahen sie voll im Licht; eine kleine Gestalt, tiefgebeugt, dunkelhäutig, grauhaarig, sauber nach Art einer Dienerin gekleidet, mit einem Korb voller Gemüse in der Hand.
Beim Anblick des Mannes auf der Treppe blieb die Neuangekommene stehen. Dann schritt sie wie entschlossen weiter – sehr leise, als sie sich dem Schläfer näherte. Sie ging um ihn herum, trat an das Tor, schob leicht den Riegel der kleinen Tür zur Seite und legte ihre Hand in die Öffnung. Eines der breiten Bretter im linken Flügel schwang geräuschlos auf. Sie stellte den Korb hinein und wollte ihm schon folgen, als sie aus Neugier zögerte, um einen Blick auf den Fremden zu werfen, dessen Gesicht voll zu sehen unter ihr lag.
Die Zuschauerinnen auf der andern Straßenseite hörten einen leisen Ausruf und sahen, wie sich die Frau die Augen rieb, wie um ihre Sehkraft zu stärken, wie sie sich dichter über ihn neigte, die Hände zusammenschlug, wild um sich blickte, den Schläfer ansah, sich bückte und die daliegende Hand hochhob, um sie zärtlich zu küssen – das, was sie so sehnsüchtig tun wollten, aber nicht wagten.
Durch den Vorgang geweckt, zog Ben Hur instinktiv die Hand zurück; dabei trafen seine Augen die der Frau.
»Amrah! O Amrah, bist du es?«
Das gute Herz antwortete nicht mit Worten, sondern fiel ihm um den Hals und weinte vor Freude.
Sanft schob er ihre Arme zurück und küßte das dunkle, tränenfeuchte Gesicht, in nur wenig geringerer Freude als sie.
Dann hörten ihn die auf der andern Seite ihn sagen:
»Mutter – Tirzah – o Amrah, erzähl mir von ihnen! Sprich, sprich, ich bitte dich!«
Amrah weinte nur aufs neue.
»Du hast sie gesehen, Amrah. Du weißt, wo sie sind. Sag mir, sie sind zu Haus.«
Tirzah bewegte sich, doch ihre Mutter erriet ihre Absicht, hielt sie fest und flüsterte: »Geh nicht – nicht um dein Leben. Unrein, unrein!«

Ihre Liebe war despotisch. Obwohl ihrer beider Herz brach, er sollte nicht werden, was sie waren; und sie siegte.

Inzwischen weinte Amrah, so angefleht, nur um so mehr.

»Wolltest du hineingehen?« fragte er jetzt, das geöffnete Brett bemerkend. »Komm denn. Ich will mit dir gehen.« Er stand auf, als er sprach. »Die Römer! – Der Fluch des Herrn komme über sie! – Die Römer haben gelogen. Das Haus ist mein. Steh auf, Amrah, laß uns hineingehen.«

Im nächsten Augenblick waren sie drin. Die beiden im Schatten blieben zurück, und das nackte Tor sah sie an – das Tor, durch das sie nie mehr eintreten sollten. Sie kuschelten sich im Staub nieder.

Sie hatten ihre Pflicht getan und ihre Liebe bewiesen.

Am nächsten Morgen fand man sie und trieb sie mit Steinen aus der Stadt.

»Schert euch fort! Ihr gehört zu den Toten, geht zu den Toten!«

Mit dem Urteilsspruch in den Ohren gingen sie fort.

Amrahs Treue

Am zweiten Morgen nach den Ereignissen des vorangehenden Kapitels näherte sich Amrah dem Brunnen En-Rogel und setzte sich auf einen Stein.

Es war sehr früh, und sie war die erste am Brunnen. Bald jedoch kam ein Mann mit einer Leine und einem Ledereimer. Er grüßte die kleine dunkelhäutige Frau, rollte die Leine auseinander, knüpfte sie an den Eimer und wartete auf Kundschaft. Andere, die es vorzogen, konnten sich selbst Wasser heraufholen. Er machte es berufsmäßig und füllte den größten Krug, den die kräftigste Frau tragen konnte, für eine *gerah*. Amrah saß still da und hatte nichts zu sagen. Der Mann sah, daß sie einen Krug bei sich hatte, und fragte nach einer Weile, ob er ihn füllen solle. Sie antwortete höflich: »Noch nicht«, woraufhin er ihr keine Beachtung mehr schenkte. Als über dem Ölberg die Morgendämmerung ganz hereingebrochen war, kamen allmählich seine Kunden, und er hatte voll zu tun, sie zu bedienen. Die ganze Zeit saß sie da und blickte aufmerksam zum Hügel hinauf.

Die Sonne kam herauf, doch sie saß da und wartete; und während sie so wartet, wollen wir sehen, was sie vorhat.

Es war ihre Gewohnheit, nach Einbruch der Nacht auf den Markt zu gehen. Sie stahl sich unbemerkt heraus, um die Läden im Tyropoion oder jene drüben am Fischtor im Osten aufzusuchen, machte ihre Fleisch- und Gemüseeinkäufe, kehrte zurück und schloß sich wieder ein.

Man muß sich noch einmal die Freude vorstellen, die sie durch die Anwesenheit Ben Hurs im alten Hause empfand. Über ihre Herrin und Tirzah konnte sie nichts erzählen – nichts. Er wollte, daß sie an einen nicht so einsamen Ort umziehe, doch sie lehnte ab. Sie hätte gern gehabt, daß er wieder sein Zimmer genommen hätte, das sich noch in dem Zustand befand, in dem er es verlassen hatte; doch die Gefahr der Entdeckung war zu groß, und er wollte auf alle Fälle Nachforschungen vermeiden. Er wollte sie so oft als möglich besuchen, bei Nacht kommen und bei Nacht wieder gehen. Gezwungenermaßen war sie zufrieden, und sie begann sogleich, Mittel und Wege zu suchen, ihn glücklich zu machen. Daß er jetzt ein Mann war, kam ihr nicht in den Sinn, ebensowenig, daß er vielleicht seinen knabenhaften Geschmack abgelegt hatte. Um ihm eine Freude zu machen, dachte sie, ihn wieder mit all ihren alten Diensten zu versorgen. Früher war er versessen gewesen auf Süßigkeiten; sie erinnerte sich, was er am liebsten gegessen hatte, und beschloß, diese zu bereiten, damit sie stets einen Vorrat davon habe, wenn er käme. Also stahl sie sich die nächste Nacht früher als sonst mit ihrem Korb hinaus und ging hinüber zum Fischtormarkt. Während sie umherwanderte, um nach dem besten Honig zu suchen, hörte sie zufällig einen Mann eine Geschichte erzählen.

Was das für eine Geschichte war, wird der Leser mit hinreichender Gewißheit erraten, wenn er hört, daß der Erzähler zu den Fackelträgern des Kommandanten in der Antonia-Burg gehörte, als die Hurs gefunden wurden. Er berichtete alle Einzelheiten von der Auffindung, und sie hörte zu, auch die Namen der Gefangenen und die Aussage der Witwe über sich selbst.

Die Gefühle, mit denen Amrah dem Bericht lauschte, waren die der ergebenen Dienerin, die sie war. Sie erledigte ihre Einkäufe und kehrte traumverloren nach Hause zurück. Welches Glück hatte sie für ihren Jungen bereit! Sie hatte seine Mutter gefunden.

Sie stellte ihren Korb weg, bald lachend, bald weinend. Plötzlich hielt sie inne und dachte nach. Es würde ihn umbringen zu hören, daß seine Mutter und Tirzah Aussätzige waren. Er würde die schreckliche Stadt drüben auf den Hügel des Bösen Rats durchziehen – in jedes infizierte Grab würde er ruhelos hineingehen und nach ihnen fragen, die Krankheit würde auch ihn packen, und ihr Schicksal würde auch seins. Sie rang die Hände. Was sollte sie tun? Die Aussätzigen, das wußte sie, pflegten morgens von ihren Gräberwohnstätten auf dem Hügel herunterzukommen und sich einen Wasservorrat für den Tag vom Brunnen En-Rogel zu holen. Sie brachten ihre Krüge mit, stellten sie auf den Boden und warteten in der Ferne, bis sie gefüllt waren. Dahin mußten auch die Herrin und Tirzah kommen; denn das Gesetz war unerbittlich und ließ keinen Unterschied zu. Ein reicher Leprakranker war nicht besser dran als ein armer.

Daher entschloß sich Amrah, Ben Hur nichts von der Geschichte zu erzählen, sondern allein zum Brunnen zu gehen und zu warten. Hunger und Durst würden die Unglücklichen dorthin treiben, und sie glaubte, sie würde sie beim Anblick erkennen. Falls nicht, würden die beiden vielleicht sie erkennen.

Inzwischen kam Ben Hur, und sie unterhielten sich viel. Morgen würde Malluch ankommen; dann sollte die Suche unmittelbar beginnen. Ungeduldig wartete er darauf. Um sich zu zerstreuen, wollte er die heiligen Stätten in der Umgebung besuchen.

Das Geheimnis lastete schwer auf der Frau, doch sie blieb verschwiegen.
Als er gegangen war, machte sie sich daran, die guten Sachen zum Essen vorzubereiten, und sie wandte ihre ganze Kunst daran. Als die Sterne das Nahen des Tages ankündigten, füllte sie den Korb, wählte einen Krug und nahm den Weg zum Brunnen En-Rogel durch das Fischtor, das am frühesten geöffnet war. Jetzt saß sie da.
Kurz nach Sonnenaufgang, als die Betriebsamkeit am Brunnen am größten war und der Wasserschöpfer am meisten zu tun hatte, als tatsächlich ein halbes Dutzend Eimer gleichzeitig in Gebrauch war und jedermann sich beeilte fortzukommen, ehe die Morgenkühle sich in die Tageshitze auflöste, begannen die Hügelbewohner, hervorzukommen und sich vor den Türen ihrer Gräber zu bewegen. Wenig später sah man Gruppen von ihnen, darunter nicht wenige Kinder von zartestem Alter. Gerade kam eine Anzahl um die Biegung des Abhangs – Frauen mit Krügen auf den Schultern, alte und sehr schwache Männer, die auf Stöcken und Krücken daherhumpelten. Einige waren auf die Schultern von anderen gelehnt, einzelne – die allerhilflosesten – lagen wie Lumpenhaufen auf Tragen. Sogar diese Gemeinschaft des äußersten Elends besaß das Licht der Liebe, welches das Leben erträglich und sogar angenehm machte. Die Entfernung milderte den elenden Anblick der Ausgestoßenen, obwohl sie ihn nicht ganz verhüllen konnte.
Von ihrem Platz am Brunnen beobachtete Amrah die gespenstischen Gruppen. Sie bewegte sich kaum. Mehr als einmal bildete sie sich ein, die Gesuchten gesehen zu haben. Daß sie drüben auf dem Hügel waren, daran zweifelte sie nicht; daß sie nahe herunterkommen mußten, wußte sie. Wenn die Leute am Brunnen alle bedient waren, würden sie kommen.
Ganz am Fuß des Abhangs befand sich ein Grab, das durch seine weite Öffnung mehr als einmal Amrahs Aufmerksamkeit erregt hatte. Neben dem Eingang lag ein großer Stein. Die heißesten Stunden des Tages hindurch schien die Sonne hinein, und zugleich schien sie für jedes Lebewesen unbe-

wohnbar, es sei denn gerade für ein paar wilde Hunde, die von ihrer Reinigungsarbeit unten im Gehenna-Tal zurückkehrten. Zu ihrer großen Überraschung jedoch sah die geduldige Ägypterin zwei Frauen herauskommen, von der eine die andere halb stützte, halb führte. Beide waren weißhaarig, beide sahen alt aus, doch ihre Kleidung war nicht zerrissen, und sie sahen sich um, als sei die Örtlichkeit neu für sie. Die Betrachterin unten glaubte zu sehen, daß beide beim Anblick, den ihnen die gräßliche Versammlung bot, als deren Teil sie sich vorfanden, entsetzt zurückschreckten.

Die beiden blieben eine Weile bei dem Stein stehen; dann bewegten sie sich langsam, mühevoll und voller Furcht dem Brunnen zu. Darauf erhoben sich verschiedene Stimmen, sie anzuhalten, doch sie gingen weiter. Der Wasserschöpfer hob einige Steine auf und schickte sich an, sie zurückzutreiben. Die Anwesenden verfluchten sie, und die größere Gesellschaft auf dem Hügel schrie mit schriller Stimme: »Unrein, unrein!«

»Sicher«, dachte Amrah, als die beiden weiter vorankamen, »sicher sind ihnen die Gewohnheiten der Aussätzigen fremd.«

Sie erhob sich und ging mit Korb und Krug auf sie zu. Der Lärm am Brunnen ließ sogleich nach.

»Wie verrückt«, sagte jemand lachend, »wie verrückt, den Toten auf diese Weise gutes Brot zu bringen.«

»Und wie weit sie dazu gelaufen ist!« sagte ein anderer. »Ich würde sie wenigstens bis zum Stadttor kommen lassen.«

Amrah ging mit einer plötzlichen besseren Eingebung weiter. Wenn sie sich irrte! Das Herz schlug ihr bis zum Halse. Und je weiter sie ging, um so größer wurden ihre Zweifel und ihre Verwirrung. Vier oder fünf Ellen bis zu der Stelle, wo die beiden auf sie warteten, blieb sie stehen.

»Das sind alte Frauen«, sagte sie zu sich. »Ich habe sie nie zuvor gesehen. Ich kehre um.«

Sie wandte sich um.

»Amrah!« rief eine der Aussätzigen.

Die Ägypterin stellte den Krug hin und sah zitternd zurück.

»Wer rief mich?« fragte sie.
»Amrah!«
Die verwunderten Augen der Dienerin blieben am Gesicht der Sprecherin haften.
»Wer seid ihr?« rief sie.
»Wir sind die, die du suchst.«
Amrah sank auf die Knie.
»Oh, meine Herrin, meine Herrin! Da ich deinen Gott zu meinem Gott gemacht habe, sei Er gepriesen, daß Er mich zu dir führte!«
Und das arme, überwältigte Wesen begann, sich auf den Knien vorwärtszubewegen.
»Bleib, Amrah! Komm nicht näher!«
Die Worte genügten. Amrah fiel auf ihr Gesicht und schluchzte so laut, daß die Leute am Brunnen sie hören konnten. Plötzlich richtete sie sich wieder auf ihre Knie auf.
»O meine Herrin, wo ist Tirzah?«
»Hier bin ich, Amrah, hier! Willst du mir nicht ein wenig Wasser bringen?«
Die Dienerin in ihr wurde wieder lebendig. Sie strich sich das durcheinandergeratene Haar zurück, stand auf, ging zum Korb und deckte ihn auf.
»Seht«, sagte sie, »hier sind Brot und Fleisch.«
Sie wollte schon das Tuch auf dem Boden ausbreiten, doch die Herrin sprach wieder:
»Tu es nicht, Amrah. Die da drüben könnten dich steinigen und uns zu trinken verwehren. Laß den Korb bei mir. Nimm den Krug und füll ihn und bring ihn her. Wir nehmen beides zum Grab mit. Für heute hast du uns dann jeden Dienst getan, den das Gesetz erlaubt. Beeil dich, Amrah!«
Die Leute, unter deren Augen all dies vor sich gegangen war, ließen die Dienerin vorbei und halfen ihr sogar, den Krug zu füllen, so mitleiderregend war der Schmerz auf ihrem Gesicht.
»Wer sind die beiden?« fragte eine Frau.
Amrah antwortete bescheiden: »Sie sind gut zu mir gewesen.«

Sie hob den Krug auf die Schulter und eilte zurück. Aus Vergeßlichkeit wäre sie bis zu ihnen gegangen, doch der Ruf »Unrein, unrein! Paß auf!« hielt sie zurück. Sie stellte das Wasser neben den Krug, trat zurück und blieb ein wenig entfernt stehen.

»Danke, Amrah«, sagte die Herrin, die Sachen an sich nehmend, »das ist sehr gütig von dir.«

»Kann ich sonst nichts mehr tun?« fragte Amrah.

Die Mutter hatte schon die Hand auf den Krug gelegt und fieberte fast vor Durst; doch sie hielt inne, erhob sich und sprach fest: »Ja, ich weiß, daß Judah heimgekehrt ist. Ich sah ihn vorletzte Nacht schlafend auf der Treppe. Ich sah, wie du ihn wecktest.«

Amrah schlug die Hände zusammen.

»O meine Herrin! Du hast es gesehen und bist nicht gekommen!«

»Das hätte bedeutet, ihn umzubringen. Ich kann ihn nie wieder in die Arme nehmen. Ich kann ihn nie mehr küssen. Amrah, du liebst ihn, ich weiß es!«

»Ja«, sagte das treue Herz, erneut in Tränen ausbrechend. Sie kniete nieder: »Ich würde für ihn sterben.«

»Beweise mir, was du sagst, Amrah.«

»Ich bin bereit.«

»Dann sollst du ihm nicht sagen, wo wir sind oder daß du uns gesehen hast – nur das, Amrah.«

»Aber er sucht nach euch. Er ist von weit her gekommen, um euch zu finden.«

»Er darf uns nicht finden. Er soll nicht werden, was wir sind. Höre, Amrah. Du sollst uns dienen, wie du es heute getan hast. Du sollst uns das wenige bringen, das wir brauchen – nicht lange mehr – nicht lange. Du sollst so jeden Morgen und Abend kommen, und – und« – ihre Stimme zitterte, ihr starker Wille war fast gebrochen – »du sollst uns von ihm erzählen, Amrah. Aber ihm sollst du nichts von uns sagen. Hörst du?«

»Oh, es wird so hart sein, ihn von euch sprechen zu hören und nach euch suchen zu sehen – all seine Liebe zu sehen

und ihm nicht so viel zu erzählen, daß ihr am Leben seid!«
»Kannst du ihm sagen, daß es uns gutgeht, Amrah?«
Die Dienerin barg ihr Gesicht in den Händen.
»Nein«, fuhr die Herrin fort, »darum schweige ganz. Geh jetzt, und komm heute abend wieder. Wir erwarten dich. Bis dahin, leb wohl.«
»Die Last wird schwer sein, o Herrin, und kaum zu tragen«, sagte Amrah, auf den Boden fallend.
»Wieviel schwerer noch wäre es, ihn zu sehen, wie wir sind«, antwortete die Mutter, während sie Tirzah den Korb gab. »Komm heut abend wieder«, wiederholte sie, nahm das Wasser und ging los zur Grabhöhle.
Amrah wartete kniend, bis sie verschwunden waren; dann ging sie sorgenschwer heim.
Am Abend kehrte sie zurück, und von nun an kam sie regelmäßig morgens und abends, ihnen zu dienen, so daß sie nichts Notwendiges entbehren mußten. Die Grabhöhle war, wenn auch steinig und öde, weniger freudlos als die Zelle in der Burg. Das Tageslicht vergoldete ihre Tür, und sie lag frei in der schönen Welt.

Ein neuer Kampf

Am Morgen des ersten Tages des siebten Monats – Tishri im Hebräischen, der dem Oktober bei uns entspricht – erhob sich Ben Hur unzufrieden mit der ganzen Welt von seinem Bett.
Die Unterredung mit Malluch nach dessen Ankunft hatte nicht lange gedauert. Dieser begann die Suche in der Antonia-Burg, und zwar in recht kühner Weise, indem er direkt bei dem kommandierenden Tribun nachfragte.
In seiner Antwort berichtete der Tribun umständlich von der Entdeckung der Frauen in der Burg und gestattete, die Notiz zu lesen, die er von der Aussage angefertigt hatte; er gestattete sogar eine Abschrift davon.

Darauf eilte Malluch zu Ben Hur.
Der Versuch, die Wirkung der entsetzlichen Geschichte auf den jungen Mann zu beschreiben, wäre zwecklos. Der Schmerz war durch Tränen oder leidenschaftliche Ausbrüche nicht zu lindern; er war so tief, daß er keinen Ausdruck finden konnte. Still saß er eine lange Zeit da. Hin und wieder, wie um die Gedanken zu zeigen, die ihn am meisten quälten, murmelte er vor sich hin.
»Aussätzige, Aussätzige! Sie – meine Mutter und Tirzah – Aussätzige! Wie lange, o Herr, wie lange!«
Schließlich erhob er sich.
»Ich muß nach ihnen suchen. Vielleicht sterben sie.«
Malluch erhob Einspruch und erreichte schließlich so viel, daß die Führung der weiteren Bemühungen ihm anvertraut wurde. Zusammen gingen sie zum dem Berg des Bösen Rates gegenüberliegenden Tor, das seit undenklichen Zeiten die Bettelstätte der Aussätzigen war. Dort standen sie den ganzen Tag, verteilten Almosen, fragten nach den beiden Frauen und boten reiche Belohnung für ihre Entdeckung. Das taten sie wiederholt Tag für Tag den Rest des fünften Monats und den ganzen sechsten Monat hindurch. Und jetzt, am Morgen des ersten Tages des siebten Monats, bestand der Inhalt einer neuen Information darin, daß vor nicht allzu langer Zeit zwei aussätzige Frauen von Amtspersonen vom Fischtor mit Steinen vertrieben worden waren.

Zornig, hoffnungslos, voller Rachegefühle betrat Ben Hur den Hof des Khan und fand ihn überfüllt von Leuten, die des Nachts angekommen waren. Während er frühstückte, hörte er einigen zu. Eine Gesellschaft zog ihn besonders an. Es waren hauptsächlich junge, kräftige, lebhafte und abgehärtete Männer, nach Benehmen und Sprache vom Lande stammend. In ihrem Blick, ihrer unbestimmbaren Miene, der Kopfhaltung, dem Leuchten ihrer Augen lag ein Geist, der in der Regel nicht in den unteren Bevölkerungsschichten Jerusalems anzutreffen war, ein Geist, den manche für eine Eigentümlichkeit des Lebens in den Bergen hielten, der aber sicher eher auf ein Leben in gesunder Freiheit zurückzuführen war. Bald hatte er in Erfahrung gebracht, daß es Galiläer waren. Während er sie beobachtete und daran dachte, welche Erfolge eine Legion solcher Geister, ausgebildet in der strengen Disziplin des römischen Heeres, erringen könnte, kam ein Mann in den Hof, das Gesicht gerötet, die Augen funkelnd vor Erregung.

»Warum seid ihr hier?« sprach er zu den Galiläern. »Die Rabbiner und Ältesten gehen gerade vom Tempel los, um Pilatus aufzusuchen. Kommt, macht Eile, und laßt uns mit ihnen gehen.«

Sie umringten ihn einen Augenblick.

»Pilatus aufzusuchen! Wofür?«

»Man hat eine Verschwörung aufgedeckt. Pilatus' neuer Aquädukt soll mit Geld aus dem Tempel bezahlt werden.«

»Was, mit dem heiligen Schatz?«

Mit blitzenden Augen wiederholten sie einander die Frage.

»Es ist Korban – Geld Gottes. Er soll einen Schekel davon berühren, wenn er es wagt!«

»Kommt«, rief der Bote. »Der Zug ist schon über die Brücke. Die ganze Stadt strömt hinterher. Vielleicht braucht man uns. Beeilt euch!«

Da sprach Ben Hur sie an.

»Männer Galiläas«, sagte er, »ich bin ein Sohn Judas. Wollt ihr mich in eure Gesellschaft nehmen?«

»Vielleicht müssen wir kämpfen«, antworteten sie.

»Oh, dann bin ich nicht der erste, der davonläuft.«

Sie nahmen die Entgegnung humorvoll auf, und der Bote sagte: »Du scheinst kräftig. Komm mit.«

Ben Hur legte seine Oberbekleidung ab.

»Ihr glaubt, es könnte zum Kampf kommen«, fragte er ruhig, während er den Gürtel enger zog.

»Ja.«

»Mit wem?«

»Der Wache.«

»Legionäre?«

»Wem sonst kann ein Römer trauen?«

Um zum Prätorium zu gelangen, wie die Römer volltönend den Palast des Herodes auf dem Berge Zion genannt hatten, mußte die Gruppe die tiefer gelegenen Gebiete nördlich und westlich des Tempels durchqueren. Als sie schließlich das Tor des Prätoriums erreichten, war der Zug der Rabbiner und Ältesten mit einem großen Gefolge schon hineingetreten, und eine noch größere Menge lärmte draußen.
Ein Zenturio bewachte den Eingang mit einer Wache, die in voller Rüstung unter den schönen Marmorzinnen zusammengezogen war. Die Sonne traf die Soldaten glühend auf Helm und Schild; doch sie hielten ihre Reihen ungeachtet sowohl der blendenden Sonne als auch des Geschreis der Menge. Durch das offene Bronzetor strömten scharenweise Bürger hinein, während nur wenige herausdrängten.
»Was ist los?« fragte einer der Galiläer einen Herauskommenden.
»Nichts«, war die Antwort. »Die Rabbiner stehen vor der Palasttür und verlangen, Pilatus zu sprechen. Er hat sich geweigert, rauszukommen. Sie haben einen geschickt, ihm zu sagen, daß sie nicht gehen, ehe er sie angehört hat. Sie warten.«
Durch die Baumwipfel war die Vorderfront des Palastes zu sehen. Die Gruppe wandte sich nach rechts zu einem nicht weit entfernten geräumigen Platz, an dessen Westseite die Residenz des Prokurators war. Eine erregte Menge bevölkerte den Platz. Alle blickten zu einer Säulenhalle hin, die über einem geschlossenen Tor errichtet war. Unter der Säulenhalle befand sich ein weiteres Aufgebot von Legionären. Pilatus wartete nur, daß das Volk ihm einen Vorwand schaffe, Gewalt anzuwenden.
Schließlich kam das Ende. In der Mitte der Versammlung hörte man das Geräusch von Schlägen, unmittelbar gefolgt von Schreien des Schmerzes und der Wut, und eine wilde Bewegung entstand. Die ehrwürdigen Männer direkt vor der Säulenhalle blickten entsetzt um sich. Das gewöhnliche Volk hinten drängte zuerst vorwärts; in der Mitte strengte man sich an herauszukommen, und eine kurze Zeit lang gab es ein

furchtbares Drängen von hinten nach vorn und von vorn nach hinten. Tausend Stimmen fragten alle auf einmal; da niemand Zeit fand zu antworten, verwandelte sich die Überraschung rasch in Panik.
Ben Hur blieb besonnen.
»Kannst du nichts sehen?« fragte er einen der Galiläer.
»Nein.«
»Ich hebe dich hoch.«
Er faßte den Mann um die Mitte und hob ihn hoch.
»Was gibt es?«
»Jetzt kann ich sehen«, sagte der Mann. »Da sind einige mit Knüppeln Bewaffnete, und sie schlagen auf das Volk ein. Sie sind wie Juden gekleidet.«
»Wer sind sie?«
»Römer, so wahr der Herr lebt! Römer in Verkleidung. Ihre Knüppel fliegen wie Dreschflegel! Da, jetzt haben sie einen Rabbi niedergeschlagen – einen alten Mann! Sie verschonen niemand!«
Ben Hur ließ den Mann herab.
»Männer aus Galiläa«, sagte er, »das ist ein Trick von Pilatus. Wenn ihr jetzt tut, was ich sage, werden wir es den Knüppelmännern geben.«
Der galiläische Geist regte sich.
»Ja, ja!« antworteten sie.
»Gehen wir zurück zu den Bäumen am Tor, und wir werden sehen, daß die Anpflanzung des Herodes, wenn auch gesetzwidrig, so doch was Gutes hat. Kommt!«
Sie rannten alle zurück, so schnell wie sie konnten; dann warfen sie ihr vereintes Gewicht auf die Hauptäste und rissen sie vom Stamm los. In kurzer Zeit waren sie auch bewaffnet. Als sie zur Ecke des Platzes zurückkehrten, stießen sie auf die wie wild zum Tor stürmende Menge. Dahinter ging der Lärm weiter – ein Gemisch von Schreien, Stöhnen und Verwünschungen.
»Zur Mauer!« rief Ben Hur. »Zur Mauer! Laßt die Menge vorbei!«
Sie drängten sich dicht an das Mauerwerk zur Rechten und

entgingen so der Gewalt des Ansturms, gleichzeitig kamen sie Schritt für Schritt nach vorn, bis sie schließlich den Platz erreicht hatten.

»Haltet euch nun zusammen und folgt mir!«

Ben Hurs Führung war jetzt perfekt, und während er in die kochende Menge eindrang, folgte ihm sein Trupp dicht dahinter wie ein Mann. Und als die Römer, die die Leute niederknüppelten und sich einen Spaß daraus machten, sie niederzustrecken, mit den geschmeidigen, kampfbegierigen und gleich bewaffneten Galiläern aneinandergerieten, waren sie ihrerseits überrascht. So überrascht und ebenbürtig angegriffen, zogen sich die Römer zuerst zurück, wandten sich dann aber zur Flucht in Richtung auf die Säulenhalle. Die stürmischen Galiläer hätten sie bis zur Treppe hinauf verfolgt, aber Ben Hur hielt sie klug zurück.

»Halt, Männer«, sagte er. »Da drüben kommt der Zenturio mit der Wache. Sie haben Schwerter und Schilde; wir können nicht gegen sie kämpfen. Wir haben gute Arbeit geleistet. Ziehen wir uns zurück zum Tor hinaus, solange wir können.«

Der Trupp wurde von der äußeren Wache ohne Herausforderung durchgelassen. Doch kaum waren sie draußen, als der diensthabende Zenturio an der Säulenhalle erschien und Ben Hur durch das Tor zurief:

»He, Unverschämter! Bist du ein Römer oder Jude?«

Ben Hur antwortete: »Ich bin ein Sohn Judas, hier geboren. Was willst du von mir?«

»Steh und kämpfe.«

»Einzeln?«

»Wie du willst.«

Ben Hur lachte spöttisch.

»O tapferer Römer! Würdiger Sohn des römischen Bastard-Jupiter! Ich habe keine Waffen.«

»Du sollst meine haben«, antwortete der Zenturio. »Ich werde mir welche von der Wache hier borgen.«

Das Volk wurde still beim Anhören des Wortwechsels, und von ihnen breitete sich das Schweigen in die Ferne aus. Erst kürzlich hatte Ben Hur einen Römer unter den Augen Antio-

chias und des Ostens geschlagen; wenn er jetzt unter den Augen Jerusalems einen weiteren schlagen konnte, durfte die Ehre für die Sache des Neuen Königs nur überaus förderlich sein. Er zögerte nicht. Er trat frank vor den Zenturio und sagte: »Ich bin bereit. Leih mir dein Schwert und Schild.«
»Und Helm und Brustpanzer?« fragte der Römer.
»Behalt sie. Vielleicht passen sie mir nicht.«
Die Waffen wurden ihm ausgehändigt, und sogleich war der Zenturio bereit. Die ganze Zeit lang standen die Soldaten unbeweglich in Reih und Glied dicht am Tor. Sie hörten nur zu. Was die Menge betrifft, erst als die Kämpfer vortraten, um den Kampf zu beginnen, lief die Frage von Mund zu Mund: Wer ist er? Und niemand wußte es.
Die römische Überlegenheit im Kampf lag in drei Dingen begründet – der Unterwerfung unter die Disziplin, der Legionenformation in der Schlacht und einem besonderen Gebrauch des Kurzschwerts. Im Kampf hieben oder schlugen sie nie, sondern sie stießen das Schwert – stoßend rückten sie vor, stoßend zogen sie sich zurück, und in der Regel war das Ziel des Feindes Gesicht. All dies war Ben Hur wohlbekannt. Als sie kurz vor der Attacke standen, sagte er:
»Ich habe dir gesagt, ich sei ein Sohn Judas. Aber ich habe dir nicht gesagt, daß ich von einem *lanista* trainiert wurde. Verteidige dich!«
Damit war Ben Hurs Reden mit seinem Gegner zu Ende. Einen Augenblick standen beide Fuß gegen Fuß und blickten einander über den Rand ihrer buckelverzierten Schilde an. Dann griff der Römer an und stieß als Finte nach unten. Der Jude lachte ihn aus. Ein Stoß aufs Gesicht folgte. Der Jude trat leicht nach links. Der Stoß war schnell, doch der Schritt war schneller. Unter den erhobenen Arm des Feindes schob er seinen Schild, bis das Schwert und der Schwertarm gefangen obenauf lagen; noch ein Schritt, diesmal vorwärts nach links, und des Mannes ganze Seite war frei dem Stoß ausgesetzt. Der Zenturio fiel schwer auf die Brust, daß das Pflaster dröhnte, und Ben Hur hatte gesiegt. Den Fuß auf seines Feindes Rücken setzend, hob er seinen Schild über den Kopf nach

Gladiatorenbrauch und grüßte die unerschütterlich dastehenden Soldaten am Tor.
Als das Volk den Sieg begriffen hatte, benahm es sich wie toll. Auf den Häusern bis hin zum Xystos, so schnell als das Wort fliegen konnte, winkten sie mit ihren Schals und Tüchern und jubelten. Und wenn er zugestimmt hätte, hätten die Galiläer Ben Hur auf den Schultern davongetragen.
Zu einem niederen Offizier, der jetzt vom Tor herzutrat, sagte er: »Dein Kamerad starb wie ein Soldat. Ich nehme ihm keine Beute ab. Nur sein Schwert und Schild sind mein.«
Damit ging er. Ein wenig weiter sprach er zu den Galiläern: »Brüder, ihr habt euch gut gehalten. Wir wollen uns jetzt trennen, damit man uns nicht verfolgt. Kommt heute nacht zu mir zu dem Khan in Bethanien. Ich habe euch etwas für Israel sehr Wichtiges vorzuschlagen.«
»Wer bist du?« fragten sie ihn.
»Ein Sohn Judas«, antwortete er einfach.
Eine schaulustige Menge versammelte sich um die Gruppe.
»Kommt ihr nach Bethanien?« fragte er.
»Ja, wir werden kommen.«
»Dann bringt dieses Schwert und diesen Schild mit, damit ich euch erkenne.«
Er drängte sich brüsk durch die immer noch anwachsende Menge und verschwand eilendst.

Siebtes Buch

Der Bote

Das Treffen fand wie verabredet im Khan von Bethanien statt. Von da ging Ben Hur mit den Galiläern in ihre Heimat, wo seine Taten auf dem Marktplatz von Jerusalem ihm Ruhm und Einfluß verschafften. Vor Ende des Winters hatte er drei Legionen gesammelt und sie nach römischem Muster organisiert.

So verstrichen für Ben Hur die Wintermonate, und der Frühling kam mit den frohstimmenden Schauern, die vom sommerlichen Meer im Westen herübergeweht wurden. Bis dahin hatte er sich so ernsthaft und erfolgreich bemüht, daß er zu sich und seinen Anhängern sagen konnte: »Der gute König soll kommen. Er braucht uns nur zu sagen, wo Er Seinen Thron errichtet haben möchte. Wir haben das Schwert in Händen, ihn für Ihn zu behaupten.«

Eines Abends saß Ben Hur drüben in Trachonitis mit einigen seiner Galiläer am Eingang der Höhle, in der er Quartier bezogen hatte, als ein arabischer Kurier auf ihn zuritt und einen Brief ablieferte. Er brach das Paket auf und las:

Jerusalem, IV. Nisan.

Ein Prophet ist erschienen, von dem die Leute sagen, er sei Elias. Er hat jahrelang in der Wildnis gelebt, und in unseren Augen ist er ein Prophet. So ist auch seine Rede, die von einem größeren als er selbst handelt, der, sagt er, bald kommen wird und auf den er jetzt am Ostufer des Jordan wartet. Ich bin dagewesen, um ihn zu sehen und zu hören, und der, auf den er wartet, ist gewiß der König, dessen du wartest. Komm und urteile selbst.

Ganz Jerusalem zieht hinaus zu dem Propheten, und mit all den vielen Leuten sieht das Ufer, wo er sich aufhält, aus wie der Ölberg in den letzten Tagen des Passahfests.

MALLUCH

Ben Hurs Gesicht rötete sich vor Freude.
»Mit diesen Worten, meine Freunde«, sagte er, »mit diesen Worten ist unser Warten zu Ende. Der Bote des Königs ist erschienen und hat Ihn angekündigt.«
Nachdem auch sie den Brief gehört hatten, freuten sie sich ebenfalls der Verheißung, die er enthielt.
»Macht euch nun bereit«, fügte er hinzu, »und am Morgen begebt euch heimwärts. Wenn ihr dort angekommen seid, sendet den euch Unterstellten Nachricht, daß sie sich bereithalten und versammeln, wenn ich es anordne. Was mich und euch betrifft, ich will hingehen und sehen, ob der König tatsächlich bald kommt, und euch berichten. Inzwischen laßt uns in der Freude der Verheißung leben.«
Er begab sich in die Höhle und schrieb einen Brief an Ilderim und einen weiteren an Simonides, in denen er von den erhaltenen Neuigkeiten Mitteilung machte und von seiner Absicht, unverzüglich nach Jerusalem zu reisen. Die Briefe ließ er durch Eilboten befördern. Als die Nacht hereinbrach und die Sterne, die ihm den Weg zeigten, hervorkamen, bestieg er sein Pferd und machte sich mit einem arabischen Führer auf zum Jordan; er wollte den Weg der Karawanen zwischen Rabbath-Ammon und Damaskus nehmen.
Der Führer war sicher und Aldebaran schnell. Um Mitternacht hatten die beiden die Lavagegend hinter sich und eilten südwärts.

Eine Überraschung

Es war Ben Hurs Absicht, sich bei Tagesanbruch seitwärts zu wenden, um für sich einen sicheren Ruheplatz zu finden. Doch die Morgendämmerung ereilte ihn noch draußen in der Wüste, so ritt er weiter, und der Führer versprach ihm, ihn nach einer Weile zu einem von großen Felsen eingeschlossenen Tal zu bringen, wo es eine Quelle, einige Maulbeerbäume und Gras in Menge für die Pferde gebe.

Während er so dahinritt und an die wunderbaren Ereignisse dachte, die so bald eintreten sollten, und an die Veränderungen, die sie in den Verhältnissen der Menschen und Nationen mit sich bringen würden, machte ihn der Führer, stets auf der Hut, auf das Erscheinen von Fremden hinter ihnen aufmerksam.

»Es ist ein Kamel mit Reitern«, sagte der Führer.

»Sind noch mehr dahinter?« fragte Ben Hur.

»Er ist allein. Nein, da ist noch ein Mann zu Pferde – der Führer wahrscheinlich.«

Ein wenig später konnte Ben Hur selbst sehen, daß das Kamel weiß und ungewöhnlich groß war; es erinnerte ihn an das herrliche Tier, das er Balthasar und Iras zu der Quelle am Daphnehain hatte bringen sehen. Aber während er noch über die Frage nachdachte, hatte der weite, schwingende Schritt des Kamels die Reiter schon an ihn herangebracht. Das große Tier hielt dicht neben seinem Pferd, Ben Hur blickte auf und, sieh da! Iras selbst sah unter dem angehobenen Vorhang des *houdah* auf ihn herab, die großen Augen strahlend voller Staunen und Fragen.

»Der Segen des wahren Gottes sei mit dir!« sagte Balthasar mit seiner zitternden Stimme.

»Der Friede des Herrn sei mit dir und den Deinen«, entgegnete Ben Hur.

»Meine Augen sind schwach von Jahren«, sagte Balthasar, »aber sie bestätigen, daß du der Sohn Hurs bist, den ich jüngst als geehrten Gast im Zelt Ilderims des Edlen kennenlernte.«

»Und du bist Balthasar, der weise Ägypter, dessen Reden über gewisse bevorstehende heilige Dinge einiges damit zu tun haben, daß man mich an diesem wüsten Ort findet.«

Nach einer Weile kam die Gesellschaft zu einem seichten Wadi, welches der Führer sie, nach rechts wendend, hinabführte. Das Bett des Grabens war noch etwas weich von den jüngsten Regenfällen und ziemlich abschüssig. Vorübergehend jedoch weitete sich das Wadi, und nicht lange, gingen die Seiten in schroffe Felswände über, die von herabfließenden Bächen stark zerklüftet waren. Schließlich gelangten die Reisenden durch einen Hohlweg in ein herrliches, weithin sich erstreckendes Tage. Den gerade aus der gelben, einförmigen grünlosen Ebene plötzlich Hereinkommenden erschien es wie ein frisch entdecktes Paradies.

Wasser kam aus einem Felsspalt, den eine liebevolle Hand zu einer gewölbten Höhlung erweitert hatte. Darüber war in dikken hebräischen Lettern das Wort GOTT eingegraben.

»Bring mir einen Becher«, sagte Iras mit einiger Ungeduld.

Aus dem *houdah* holte ihr der Diener einen kristallenen Pokal. Dann sagte sie zu Ben Hur:

»An der Quelle will ich deine Dienerin sein.«

Sie gingen gemeinsam zum Becken. Er wollte für sie das Wasser schöpfen, doch sie lehnte sein Angebot ab und kniete nieder, um den Becher von dem Wasserstrom selbst füllen zu lassen. Sie war erst zufrieden, als er gekühlt und bis zum Rand gefüllt war, dann bot sie ihm den ersten Zug an.

»Nein«, sagte er und schob die zierliche Hand zurück. Er sah nur die großen, halb unter den Bogen der hochgezogenen Brauen verborgenen Augen: »Laß mich dich bedienen, ich bitte.«

Sie bestand auf ihrem Willen. »O Götter Ägyptens! Ich danke euch, daß das Opfer im Palast von Idernee nicht mein König der Menschen war. Und so, heilige Götter, spende ich euch und trinke!«

Einen Teil des Becherinhalts goß sie in den Strom zurück, den Rest trank sie. Als sie das Kristall von ihren Lippen nahm, lachte sie über ihn.

»O Sohn Hurs, ist es die Art der Tapfersten, sich so leicht von einer Frau überwinden zu lassen? Nimm jetzt den Becher und sieh, ob du nicht ein glückliches Wort für mich darin finden kannst!«

Er nahm den Becher und bückte sich, um ihn wieder zu füllen.

»Schönste, wäre ich ein Ägypter oder Grieche oder Römer, würde ich sagen« – er hob den Pokal über den Kopf, während er sprach – »O ihr besseren Götter! Ich danke euch, daß der

Welt trotz ihrer Ungerechtigkeiten und Leiden noch der Zauber der Schönheit und der Trost der Liebe geblieben ist, und ich trinke auf die, die beides am besten verkörpert – auf Iras, die lieblichste der Töchter des Nils!«
Sie legte ihm sanft die Hand auf die Schulter.
»Du hast gegen das Gesetz verstoßen. Die Götter, auf die du getrunken hast, sind falsche Götter. Warum soll ich nicht den Rabbinern von dir erzählen?«
»Oh!« antwortete er lachend, »da ist nicht viel zu erzählen für eine, die soviel wirklich Wichtigeres weiß.«
»Ich gehe noch weiter – ich gehe zu der kleinen Jüdin, die im Hause des großen Kaufmanns drüben in Antiochia die Rosen blühen und die Schatten hell werden läßt. Ich werde dich bei den Rabbinern der Unbußfertigkeit anklagen, und bei ihr –«
»Nun, bei ihr?«
Er war einen Moment still, als wartete er darauf, daß die Ägypterin fortfuhr. Mit lebendiger Phantasie sah er Esther an ihres Vaters Seite den Briefen lauschen, die er übermittelt hatte – bisweilen auch sie lesen. In ihrer Gegenwart hatte er Simonides die Geschichte von der Sache im Palast von Idernee erzählt. Sie und Iras kannten sich. Diese hier war klug und weltgewandt, die andere schlicht und herzlich und daher leicht zu gewinnen. Simonides konnte die Treue nicht gebrochen haben – auch Ilderim nicht –, denn wenn er auch nicht durch Ehrenwort verpflichtet war, es gab niemand, höchstens war er es selbst, für den die Folgen von Enthüllungen ernster und gewisser waren. Ob Esther die Ägypterin informiert haben könnte? Er klagte sie nicht an; doch mit dem Gedanken war ein Verdacht aufgekommen, und Verdächtigungen, das wissen wir alle, sind Unkraut des Geistes, das von selbst wächst, und besonders schnell, wenn am wenigsten erwünscht. Bevor er auf die Anspielung mit der kleinen Jüdin antworten konnte, kam Balthasar an das Becken.
»Wir stehen sehr in deiner Schuld, Sohn Hurs«, sagte er in seiner ernsten Art. »Dieses Tal ist sehr schön. Das Gras, die Bäume, der Schatten laden uns ein, zu bleiben und zu rasten, und die Quelle hier funkelt wie ein Diamant in Bewegung

und singt mir von einem liebenden Gott. Es ist nicht genug, dir für den Genuß zu danken, den wir hier finden. Komm, sitz bei uns, koste unser Brot.«
»Gestatte, daß ich dich zuerst bediene.«
Damit füllte Ben Hur den Pokal und reichte ihn Balthasar, der die Augen dankbar zum Himmel hob.
Sogleich brachte der Diener Tücher. Nachdem sie sich die Hände gewaschen und getrocknet hatten, setzten sich die drei nach orientalischer Art unter das Zelt, das Jahre zuvor den drei Weisen bei dem Treffen in der Wüste gedient hatte. Herzhaft aßen sie von den guten Dingen, die sie dem Gepäck des Kamels entnommen hatten.

Ein Retter oder ein König

Das Zelt war behaglich unter einem Baum aufgerichtet, wo das Murmeln der Quelle beständig im Ohr klang. Die Ruhe des Tales, die Frische der Luft, die gartengleiche Schönheit und die sabbatmäßige Stille schienen auf die Stimmung des älteren Ägypters gewirkt zu haben.
»Ich bin voller Ungeduld«, sagte Balthasar. »In der letzten Zeit wurde mein Schlaf von Träumen heimgesucht – oder besser, von immer wieder demselben Traum. Eine Stimme – nichts weiter – kommt und ruft: ›Eile, steh auf! Der, auf den du so lange gewartet hast, ist zur Stelle.‹«
»Du meinst den, der König der Juden sein soll?« fragte Ben Hur und sah den Ägypter verwundert an.
»Ganz genau.«
»Du hast also nichts von ihm gehört?«
»Nichts, außer die Worte der Stimme im Traum.«
»Hier hast du Nachrichten, die dich froh machen werden wie mich.«
Aus seinem Gewand zog Ben Hur den Brief, den er von Malluch erhalten hatte. Die Hand des Ägypters zitterte heftig. Er las laut, und während er las, wurden seine Gefühle immer

stärker. Die schlaffen Adern seines Halses schwollen an und hämmerten. Schließlich hob er seine tränenbenetzten Augen zum Dank und zum Gebet. Er stellte keine Fragen, hatte aber keine Zweifel.
»Du warst sehr gut zu mir, o Gott«, sagte er. »Laß mich, ich bitte dich, den Erretter wiedersehen und Ihn anbeten, und Dein Diener ist bereit, in Frieden zu gehen.«
Die Worte, die Art, die Eigentümlichkeit des einfachen Gebets berührten Ben Hur mit einem ganz neuen Gefühl.
Die Gesellschaft saß einen Moment schweigend da, bis Balthasar das Schweigen brach.
»Wir wollen aufbrechen und weiterziehen. Was ich gesagt habe, hat mir die Ungeduld zurückgebracht, Ihn zu sehen, der immer in meinen Gedanken ist. Und wenn es euch scheint, ich triebe euch an, dich, o Sohn Hurs, und dich, meine Tochter, nehmt das als Entschuldigung.«
Auf sein Zeichen hin brachte ihnen ein Sklave Wein aus einer Lederflasche; sie schenkten sich ein und tranken, dann schüttelten sie die Tücher aus und erhoben sich.
Während der Sklave das Zelt und alles übrige wieder in der Kiste unter dem *houdah* verstaute und der Araber die Pferde herbeiholte, wuschen sich die drei in dem Becken.
In kurzer Zeit befanden sie sich auf dem Rückweg durch das Wadi, mit der Absicht, die Karawane einzuholen, falls diese sie überholt haben sollte.

Nachtwache in der Wüste

Die sich lang über die Wüste hin erstreckende Karawane hatte ein sehr malerisches Aussehen; in Bewegung allerdings glich sie einer trägen Schlange. Nach und nach wurde ihre schleppende Trägheit Balthasar zum unerträglichen Ärgernis, ungeduldig wie er war. Daher beschloß die Gesellschaft auf seinen Vorschlag, auf eigene Faust weiterzureiten.
Um so genau wie möglich zu sein und vollkommen treu zu

schildern, Ben Hur fand einen gewissen Zauber an Iras' Gegenwart. Wenn sie von ihrem hohen Platz aus auf ihn herabsah, eilte er sich, in ihre Nähe zu kommen; wenn sie zu ihm sprach, schlug sein Herz schneller als gewöhnlich. Beständig war es sein Wunsch, ihr sympathisch zu sein.

Und so kamen der Nachmittag und der Abend.

Als die Sonne hinter einem Ausläufer des alten Baschan verschwand, hielt die Gesellschaft bei einem Teich klaren Wassers an, das sich draußen in der Wüste Abilene nach Regenfällen gesammelt hatte. Dort schlug man das Zelt auf, aß zu Abend und traf Vorbereitungen für die Nacht.

Ben Hur hatte die zweite Wache. Den Speer in der Hand, stand er in Armweite von dem schlummernden Kamel, sah eine Weile die Sterne an, dann über die in Dunkel gehüllte Landschaft. Die Stille war tief. Nur ganz selten strich ein warmer Windhauch vorbei, doch ohne ihn zu stören, denn in Gedanken war er bei der Ägypterin und ihren Reizen; bisweilen fragte er sich, wie sie an seine Geheimnisse gekommen war, welchen Gebrauch sie davon machte und welche Haltung er ihr gegenüber verfolgen sollte. Während all dieser Fragen stand die Liebe nur ein wenig abseits – eine starke Versuchung, stärker als der Schimmer von Klugheit in ihm. In dem Moment war er schon geneigt, der Verlockung nachzugeben, als sich eine selbst im Dunkel der mondlosen Nacht in Schönheit erstrahlende Hand sanft auf seine Schulter legte. Er fuhr auf, wandte sich um – und da war sie.

»Ich dachte, du schläfst«, sagte er sogleich.

»Sohn Hurs!« sie sprach leise, so dicht bei ihm, daß er ihren warmen Atem auf seiner Wange verspürte – »Sohn Hurs! Der, den du suchst, soll er nicht König der Juden werden?«

Sein Herz schlug schnell und kräftig.

»Ein König der Juden wie Herodes, nur größer«, fuhr sie fort.

Er blickte zur Seite – in die Nacht, zu den Sternen hinauf. Dann trafen seine Augen die ihren und blieben dort stehen.

»Seit heute morgen«, sagte sie, »haben wir beide Traumbilder gehabt. Wenn ich dir meine erzähle, wirst du dann das gleiche tun? Wie! Du schweigst noch?«

Sie schob seine Hand zur Seite und wandte sich wie zum Gehen. Doch er hielt sie fest und sagte: »Bleib – bleib und sprich!«
Sie kam zurück und lehnte sich, die Hand auf seiner Schulter, gegen ihn; er legte seinen Arm um sie und zog sie dicht, sehr dicht an sich; in der Liebkosung lag das Versprechen, das sie forderte.
»Sprich, erzähl mir von deinen Traumbildern, o Ägypten, liebe Ägypten! Kein Prophet, nicht einmal der Gesetzgeber selbst, hätte dir irgendeine Bitte abschlagen können. Ich tue, was du willst. Sei gnädig – gnädig, bitte.«
Das Flehen blieb offensichtlich ungehört, denn aufblickend und sich in seine Umarmung einkuschelnd, sagte sie langsam: »Die Vision, die mir folgte, war die eines herrlichen Krieges – zu Wasser und zu Lande –, mit Waffengeklirr und Kampfgetöse, als ob Cäsar und Pompejus wiedergekommen seien und Oktavian und Antonius. Eine Wolke aus Staub und Asche erhob sich und bedeckte die Welt, und Rom war nicht mehr. Die ganze Herrschaft kehrte in den Osten zurück, und aus der Wolke ging ein neues Heldengeschlecht hervor. Größere Statthalterschaften und herrlichere Kronen, als jemals bekannt, waren zu vergeben. Und, Sohn Hurs, während das Traumbild vor mir stand und nachdem es fort war, fragte ich mich immer wieder: ›Was soll der nicht bekommen, der dem König am frühesten und besten gedient hat?‹«.
Wieder fuhr Ben Hur zurück. Genau diese Frage hatte er sich den ganzen Tag gestellt. Jetzt glaubte er, den gesuchten Fingerzeig zu haben.
»Also«, sagte er, »ich habe dich jetzt. Statthalterschaften und Kronen sind die Dinge, zu denen du mir verhelfen wolltest. Ich sehe, ich sehe! Und es gab noch nie eine Königin, wie du eine wärst, so klug, so schön, so majestätisch – niemals! Doch leider!, liebe Ägypten, die Preise, die mir dein Traumbild zeigt, sind alle Preise des Krieges, und du bist nur eine Frau, obwohl Isis dich auf das Herz geküßt hat.«
»Du wirst den König finden«, sagte sie und legte ihre Hand streichelnd auf seinen Kopf. »Du wirst Ihn finden und Ihm

dienen. Mit deinem Schwert wirst du dir Seine reichsten Gaben verdienen; und Sein bester Soldat wird mein Held sein.«
Er drehte sein Gesicht und sah ihres dicht bei seinem. Am ganzen Himmel gab es in dem Moment nichts so Leuchtendes wie ihre Augen, obwohl ein Schatten über ihnen lag. Er legte seine Arme um sie und küßte sie leidenschaftlich: »O Ägypten, Ägypten! Wenn der König Kronen unter Seinen Gaben hat, eine soll mein sein, und ich werde sie herbringen und auf die Stelle setzen, die meine Lippen bezeichnet haben. Du sollst eine Königin sein – meine Königin, niemand schöner als du. Und wir werden unsagbar glücklich sein!«
»Und du wirst mir alles erzählen und mich dir in allem helfen lassen?« fragte sie, ihn jetzt küssend.
Die Frage kühlte seine Leidenschaft plötzlich ab.
»Genügt es nicht, daß ich dich liebe?« fragte er.
»Ganze Liebe bedeutet volles Vertrauen!« antwortete sie. »Aber laß gut sein, du wirst mich besser kennenlernen.«
Sie nahm die Hand von ihm.
»Du bist grausam«, sagte er.
Sie entfernte sich und blieb bei dem Kamel stehen, um dessen Stirn mit den Lippen zu berühren.
»O du edelstes deiner Art! Denn in deiner Liebe liegt kein Argwohn.« Einen Augenblick, und sie war verschwunden.

Ein Mann aus der Wildnis

Am dritten Tag der Reise machte die Gesellschaft mittags Rast am Fluß Jabok, wo schon hundert oder noch mehr Männer, zumeist aus Peraia, mit ihren Tieren eine Ruhepause eingelegt hatten. Kaum waren sie abgestiegen, als ein Mann mit einem Wasserkrug und einer Schale auf sie zutrat und ihnen zu trinken anbot. Während sie die Aufmerksamkeit unter höflichem Dank entgegennahmen, sagte er, auf das Kamel blickend:

»Ich komme eben vom Jordan zurück, wo sich gerade eine Menge Menschen aus den entferntesten Gegenden aufhalten, Reisende wie Ihr, erlauchter Freund. Aber keiner von ihnen hatte ein gleiches Tier wie Ihr hier. In der Tat ein edles Tier. Darf ich fragen, von welcher Rasse es ist?«
Balthasar antwortete und suchte seinen Ruheplatz.
Ben Hur aber nahm die Bemerkung einigermaßen neugierig auf.
»An welcher Stelle am Fluß sind die Leute?« fragte er.
»Bei Bethabara.«
»Das war sonst eine einsame Furt«, sagte Ben Hur. »Ich kann nicht verstehen, wie sie zu so großem Interesse gelangt ist?«
»Ich sehe«, antwortete der Fremde, »Ihr seid auch von ferne und habt die gute Nachricht noch nicht gehört.«
»Welche Nachricht?«
»Nun, ein Mann aus der Wildnis ist erschienen – ein sehr heiliger Mann –, den Mund voll sonderbarer Worte, die alle ergreifen, die ihn hören. Er nennt sich Johannes der Nazaräer, Sohn des Zacharias, und sagt, er sei ein Bote, der dem Messias vorausgeschickt sei.«
Selbst Iras hörte aufmerksam zu, während der Mann fortfuhr:
»Man sagt von diesem Johannes, er habe sein Leben von Kindheit an in einer Höhle unten bei Engeddi verbracht und habe gebetet und strenger gelebt als die Essener. Scharenweise ziehen sie hin, ihn predigen zu hören. Auch ich habe ihn gehört.«
»Sind alle die hier, Eure Freunde, dort gewesen?«
»Die meisten gehen gerade hin, ein paar kommen schon zurück.«
»Was predigt er?«
»Eine neue Lehre, wie sie noch nie in Israel gelehrt wurde, sagen alle. Er nennt sie Buße und Taufe. Die Rabbiner wissen nicht, was sie mit ihm machen sollen, wir auch nicht. Einige haben ihn gefragt, ob er der Messias sei, andere, ob Elias. Aber allen hat er geantwortet: ›Ich bin die Stimme eines Rufenden in der Wildnis: Bereitet den Weg des Herrn!‹«

An diesem Punkt wurde der Mann von seinen Freunden fortgerufen. Während er ging, sprach Balthasar.

»Guter Fremder!« sagte er zitternd. »Sagt uns, ob wir den Prediger finden, wo Ihr ihn verlassen habt.«

»Ja, bei Bethabara.«

»Wer sollte dieser Nazaräer sein«, sagte Ben Hur zu Iras, »wenn nicht der Bote unseres Königs?«

In so kurzer Zeit war er zu der Ansicht gekommen, daß die Tochter mehr an der geheimnisvollen Person, nach der er suchte, interessiert war als ihr alter Vater! Nichtsdestoweniger erhob sich dieser halb und sagte mit einem Leuchten in seinen eingesunkenen Augen:

»Laßt uns eilen! Ich bin nicht müde.«

Sie machten sich sofort daran, dem Sklaven zu helfen.

Am Ruheplatz für die Nacht westlich von Ramoth-Gilead sprachen die drei nur sehr wenig miteinander.

»Wir wollen uns früh aufmachen, Sohn Hurs«, sagte der alte Mann. »Der Erretter könnte kommen, und wir sind nicht da.«

»Der König kann nicht weit hinter seinem Boten sein«, flüsterte Iras, als sie sich anschickte, ihren Platz auf dem Kamel einzunehmen.

»Morgen werden wir sehen!« antwortete Ben Hur und küßte ihr die Hand.

Um die dritte Stunde am nächsten Tag kam die Gesellschaft aus dem Paßweg heraus, der am Fuß des Berges Gilead entlangführte und dem sie gefolgt waren, seit sie Ramoth verlassen hatten, und gelangte zu der unfruchtbaren Steppe östlich des heiligen Flusses. Sich gegenüber sahen sie die obere Grenze der alten Palmengefilde Jerichos, die sich bis zur Hügellandschaft Judäas hin erstreckten. Ben Hurs Blut rann schnell, denn er wußte, daß die Furt ganz in der Nähe lag.

»Sei zufrieden, guter Balthasar«, sagte er, »wir sind fast da.«

Der Führer trieb das Kamel an. Bald erblickten sie Buden und Zelte und angebundene Tiere; dann den Fluß und eine dicht ans Ufer gedrängte Menschenmenge, dann noch eine weitere Menge am Westufer. Sie erkannten daran, daß der Prediger predigte, und so beeilten sie sich noch mehr. Doch als sie

näher kamen, geriet die Masse plötzlich in Bewegung und begann sich aufzulösen und zu zerstreuen.
Sie waren zu spät!
»Bleiben wir hier«, sagte Ben Hur zu Balthasar, der die Hände rang. »Vielleicht kommt der Nazaräer hier entlang.«
Die Leute waren zu beschäftigt mit dem Gehörten und zu sehr in Gespräche vertieft, um die Neuankömmlinge zu beachten. Als einige hundert vorbeigezogen waren und die Gelegenheit, den Nazaräer zu sehen, vorerst verloren schien, gewahrten sie nicht weit entfernt am Fluß eine Person von so sonderbarer Erscheinung auf sie zukommen, daß sie alles andere vergaßen.
Äußerlich war der Mann rauh, ungeschlacht, fast wild zu nennen. Über ein dünnes, hageres Gesicht von der Farbe braunen Pergaments, über seine Schultern und den Rücken bis unter die Mitte herab fiel in wilden Locken sonnenverbranntes Haar. Seine Augen leuchteten strahlend. Seine ganze rechte Seite war nackt und von der Farbe wie sein Gesicht, dabei ebenso mager. Ein Kleid aus den gröbsten Kamelhaaren – grob wie das Zeltleinen der Beduinen – kleidete den Rest seiner Person bis an die Knie und war um den Leib mit einem breiten Gürtel ungegerbten Leders zusammengehalten. Seine Füße waren nackt. Eine Tasche, ebenfalls aus ungegerbtem Leder, war am Gürtel befestigt. Er benutzte einen Knotenstock zum Gehen. Seine Bewegung war schnell, entschieden und sonderbar wachsam. Alle Augenblicke strich er sich das widerspenstige Haar aus den Augen und spähte wie auf der Suche nach jemand umher.
Die schöne Ägypterin musterte den Sohn der Wüste voller Überraschung, um nicht zu sagen Abscheu. Jetzt hob sie den Vorhang des *houdah* und sprach zu Ben Hur, der zu Pferde neben ihr saß.
»Ist das der Herold deines Königs?«
»Es ist der Nazaräer«, antwortete er, ohne aufzublicken.
Während die Neuankömmlinge so interessiert zusahen und von verschiedenen Gefühlen bewegt wurden, saß ein anderer Mann für sich auf einem Stein am Rand des Flusses, offenbar

in Nachdenken über die gehörte Predigt versunken. Jetzt jedoch erhob er sich und kam langsam das Ufer herauf, so, daß er den Weg des Nazaräers kreuzen und nahe am Kamel vorbeikommen mußte.
Beide, der Prediger und der Fremde, gingen weiter, bis sie, der eine etwa zwanzig Ellen, der andere zehn Fuß von dem Tier entfernt waren. Dann hielt der Prediger an, strich sich das Haar aus den Augen, sah den Fremden an und warf die Hände hoch als Zeichen für alle in Sichtweite Befindlichen. Auch die blieben stehen, jeder in der Haltung des Lauschenden. Als vollkommene Stille eingetreten war, senkte sich langsam der Stab in der Rechten des Nazaräers und zeigte auf den Fremden.
Alle, die hören wollten, sahen jetzt auch angespannt hin.
Im selben Moment und unter derselben Eingebung richteten Balthasar und Ben Hur ihren Blick auf den Mann, und beide erhielten denselben Eindruck, nur in verschiedenem Grad. Er bewegte sich langsam auf sie zu, bis er kurz vor ihnen stand, von Gestalt etwas mehr als Durchschnittsgröße, schlank, fast zierlich. Seine Bewegung war ruhig und überlegt wie die von Leuten, die sich ernsten Gedanken über gewichtige Dinge hingeben. Sie paßte gut zu seiner Kleidung, einem Untergewand mit Ärmeln, das bis an die Knöchel reichte, und einem Talith geheißenen Obergewand. Auf dem linken Arm trug er das gewöhnliche Kopftuch, dessen rotes Stirnband lose an seiner Seite baumelte.
Das Haupt lag frei unter dem wolkenlosen Licht; langes, leicht gewelltes Haar schmückte es, das in der Mitte gescheitelt war. Es war von kastanienbrauner, ins Rötlich-Goldene spielender Farbe, wo es besonders der Sonnenstrahlung ausgesetzt war. Unter einer breiten, niedrigen Stirn, unter schwarzen, schön gewölbten Brauen strahlten dunkelblaue, große Augen, denen lange Wimpern, wie man sie manchmal bei Kindern, selten, wenn überhaupt, bei Männern sieht, außergewöhnliche Sanftheit verliehen. Was die übrigen Zuge betraf, wäre es schwer gewesen zu entscheiden, ob sie griechisch oder jüdisch waren. Die Zartheit der Nasenflügel

und des Mundes war bei dem letzteren Typ eher unüblich. Wenn man die Sanftheit der Augen, die Blässe des Gesichts, das feine Haar und den weichen Bart, der in Wellen auf die Brust fiel, zusammennahm, kein Soldat hätte im Gefecht nicht über ihn gelacht, keine Frau hätte sich ihm nicht sofort anvertraut, kein Kind hätte ihm mit schnellem Instinkt nicht Hand und argloses Vertrauen geschenkt; auch hätte niemand sagen können, er sei nicht schön.

Langsam kam er näher – auf die drei zu. Ben Hur, zu Pferde und den Speer in der Hand, hätte den Blick eines Königs auf sich ziehen müssen; doch die Augen des herankommenden Mannes waren die ganze Zeit über ihn hinweggerichtet – nicht auf Iras, deren Lieblichkeit so oft erwähnt wurde, sondern auf Balthasar, den alten und gebrechlichen. Tiefste Stille herrschte.

Jetzt rief der Nazaräer, noch immer mit seinem Stab zeigend, mit lauter Stimme:

»Sehet das Lamm Gottes, welches hinwegnimmt die Sünden der Welt!«

Balthasar fiel auf die Knie. Für ihn bedurfte es keiner Erklärung; und als ob der Nazaräer das wisse, wandte er sich zu denen, die staunend näher bei ihm standen, und fuhr fort:

»Dieser ist der, von dem ich sagte: Nach mir kommt ein Mann, der vor mir bevorzugt ist. Ich offenbare euch, *dieser ist der Sohn Gottes!«*

»Er ist es, Er ist es!« rief Balthasar mit tränenvollen erhobenen Augen. Im nächsten Moment sank er ohnmächtig nieder.

Die ganze Zeit lang, muß man erwähnen, betrachtete Ben Hur das Antlitz des Fremden, wenn auch mit ganz verschiedenem Interesse. Er war nicht unempfänglich für die Reinheit der Züge und deren Nachdenklichkeit; aber gerade jetzt fand nur ein Gedanke Raum in seinem Geist: Wer ist dieser Mann? Und was ist er? Messias oder König? Nie, schien ihm, gab es eine unköniglichere Erscheinung. Nein, wenn er dieses ruhige, gütige Gesicht ansah, kam ihm der bloße Gedanke an Krieg, Eroberung und Verlangen nach Herrschaft wie eine Entweihung vor. Er sagte sich, wie mit seinem eigenen Herzen sprechend, daß Balthasar Recht und Simonides Unrecht haben mußte. Dieser Mann war nicht gekommen, den Thron Salomons wiederzuerrichten. Er besaß weder die Natur noch die Anlage eines Herodes. König mochte Er sein, doch nicht eines anderen, gar größeren Reiches als Rom.

Um es recht zu verstehen, dies war keine Schlußfolgerung Ben Hurs, sondern nur ein Eindruck. Und während der Eindruck sich formte, während er noch das wundervolle Gesicht ansah, begann seine Erinnerung in ihm zu kämpfen und zu streiten. »Ich habe diesen Mann bestimmt schon gesehen«, sagte er zu sich, »aber wo und wann?« Daß der Blick, so mild, so erbarmungsreich, so liebevoll in der Vergangenheit einmal über ihm gestrahlt hatte, wie er jetzt über Balthasar erstrahlte, wurde ihm zur Gewißheit. Schwach zuerst, schließlich hell und licht wie die durchbrechende Sonne trat ihm die Szene beim Brunnen zu Nazareth vor Augen, als die römische Wache ihn zu den Galeeren schleppte, und sein ganzes Wesen erschauerte. Jene Hände hatten ihm geholfen, als er dem Tode nahe war. Das Gesicht gehörte zu jenen Bildern, die er seitdem immer in sich trug. Im Ausströmen der erregten Gefühle ging ihm die Erklärung des Nazaräers verloren bis auf die letzten Worte – Worte, so wunderbar: *»Dieser ist der Sohn Gottes!«*

Ben Hur sprang vom Pferd, um seinem Wohltäter seine Huldigung darzubringen; doch Iras rief ihm zu: »Hilf, Sohn Hurs, hilf, oder mein Vater stirbt!«

Er hielt inne, sah zurück und eilte ihr dann zu Hilfe. Sie gab ihm einen Becher, und während er den Sklaven das Kamel niederknien heißen ließ, rannte er zum Fluß nach Wasser. Als er zurückkam, war der Fremde gegangen.

Schließlich wurde Balthasar wieder zu Bewußtsein gebracht. Die Hände ausstreckend, fragte er schwach: »Wo ist Er?«

»Wer?« fragte Iras.

Heftige Anteilnahme erstrahlte auf dem Gesicht des guten Mannes, als sei ihm ein letzter Wunsch in Erfüllung gegangen, und er antwortete: »Er – der Erlöser – der Sohn Gottes, den ich wiedergesehen habe.«

»Glaubst du auch so?« fragte Iras leise Ben Hur.
»Die Zeit ist voller Wunder, laß uns warten«, war seine ganze Antwort.
Und während die drei am nächsten Tag dem Prediger zuhörten, brach dieser plötzlich inmitten der Rede ab und sagte ehrfurchtsvoll: »Sehet das Lamm Gottes!«
Sie sahen in die Richtung, in die er wies, und gewahrten wieder den Fremden. Als Ben Hur die schlanke Gestalt und das heilige, schöne Antlitz, mitleidsvoll bis zur Traurigkeit, musterte, fuhr ihm ein neuer Gedanke in den Sinn:
»Balthasar hat recht, und Simonides hat recht. Kann der Erlöser nicht auch König sein?«
Und er fragte jemand an seiner Seite: »Wer ist der Mann, der dort drüben kommt?«
Der andere lachte und antwortete: »Es ist der Sohn eines Zimmermanns drüben in Nazareth.«

Achtes Buch

Kein Wort für Esther

»Esther – Esther! Sag dem Diener unten, er soll mir einen Becher Wasser bringen.«
»Möchtest du nicht lieber Wein, Vater?«
»Laß ihn beides bringen.«
Es war im Sommerhaus auf dem Dach des alten Palastes der Hurs. Von der Brustwehr zum Hof hin rief Esther einem Diener; im selben Moment kam ein anderer Diener die Treppe hoch und grüßte ehrerbietig.
»Ein Paket für den Herrn«, sagte er und reichte ihr einen in Leinen gewickelten, verschnürten und versiegelten Brief.
Um den Leser zu unterrichten, halten wir inne, mit der Bemerkung, daß es der 21. März ist, fast drei Jahre nach der Ankündigung des Messias bei Bethabara.
In der Zwischenzeit hatte Malluch im Auftrag Ben Hurs, der die Leere und den Verfall seines Vaterhauses nicht länger ertragen mochte, dieses von Pontius Pilatus gekauft und vollständig reinigen und restaurieren lassen. Nichts war geblieben, das an die tragischen Umstände des Unglücks der Familie erinnert hätte, die Ausstattung des Hauses war sogar reicher als zuvor. Überall begegnete der Besucher den Beweisen feineren Geschmacks, den der junge Besitzer in den Jahren seines Aufenthalts in der Villa bei Misenum und in der römischen Hauptstadt erworben hatte.
Man sollte aus dieser Erklärung nicht schließen, daß Ben Hur öffentlich von seinem Eigentum Besitz genommen hätte. Nach seiner Ansicht war die Stunde dafür noch nicht gekommen. Auch seinen eigentlichen Namen hatte er noch nicht angenommen. Er verbrachte die Zeit mit den Vorbereitungen in Galiläa und wartete geduldig auf das Auftreten des Nazareners, der ihm täglich mehr zum Geheimnis wurde und ihn durch Wundertaten, oft vor seinen Augen, in einen Zustand

der Ungewißheit sowohl über Seinen Charakter als auch Seine Sendung hielt. Gelegentlich kam er auch in die Heilige Stadt und blieb in dem väterlichen Haus, doch stets als Fremder und Gast.
Diese Besuche Ben Hurs, das sollte auch erwähnt werden, waren mehr als nur Erholung von der Anstrengung. Balthasar und Iras waren in den Palast eingezogen, und der Zauber der Tochter wirkte noch immer in all seiner ursprünglichen Frische auf ihn, während der Vater, obgleich ziemlich schwach schon, ihn zum unermüdlichen Zuhörer seiner Reden von erstaunlicher Kraft hatte, die von der Göttlichkeit des umherziehenden Wundertäters handelten, den sie alle so sehr erwartet hatten.
Was Simonides und Esther betraf, sie waren erst wenige Tage zuvor wieder aus Antiochia gekommen – eine beschwerliche Reise für den Kaufmann, die er in einem Palankin, einer Sänfte, zwischen zwei schaukelnden Kamelen zurücklegte, die in ihrem schwankenden Gang nicht immer gleichen Schritt hielten.
Als Esther in das Sommerhaus zurückkehrte, fiel das Sonnenlicht sanft auf das staublose Dach; man sah, daß sie nun eine Frau war – klein, anmutig von Gestalt, mit gleichmäßigen Gesichtszügen, in rosiger Jugend und Gesundheit, mit hellem Verstand, von schöner, hingebungsvoller Natur – eine Frau, die man lieben mußte, da zu lieben unabänderlich zu ihrem Leben gehörte.
Sie sah sich umdrehend auf das Paket, hielt inne, sah ein zweites Mal genauer hin, und das Blut schoß rötend in ihre Wangen – es war Ben Hurs Siegel. Schnelleren Schritts eilte sie weiter.
Simonides hielt das Paket eine Weile in der Hand, während er auch das Siegel prüfte. Dann brach er es auf und gab ihr die darin enthaltene Rolle.
»Lies«, sagte er.
Sie begann sofort.

VIII. Nisan.

Auf der Straße von Galiläa nach Jerusalem.

Der Nazarener ist ebenfalls auf dem Weg. Ich bringe, doch ohne sein Wissen, eine ganze Legion meiner Leute mit. Eine zweite Legion folgt. Das Passahfest wird eine solche Menge entschuldigen. Er sagte, als er aufbrach: »Wir gehen hinauf nach Jerusalem, und alles, was bei den Propheten über mich geschrieben steht, wird in Erfüllung gehen.«

Unser Warten geht auf ein Ende zu.

In Eile.

Friede sei mit dir, Simonides.

BEN HUR

Esther gab den Brief ihrem Vater zurück. Ein würgendes Gefühl schnürte ihr die Kehle zu. Kein Wort in dem Schreiben war für sie – nicht einmal am Gruß hatte sie Teil, und es wäre so leicht gewesen zu schreiben »und den Deinen«. Zum ersten Mal in ihrem Leben spürte sie den Schmerz der Eifersucht stechen.

»Am achten«, sagte Simonides, »der achte, und heute, Esther, ist der –« – »Der neunte«, antwortete sie.

»Ah, dann sind sie jetzt vielleicht in Bethanien.«

»Und vielleicht sehen wir ihn heute abend«, fügte sie, in vorübergehendem Vergessen, erfreut hinzu.

»Vielleicht, vielleicht! Morgen ist das Fest der ungesäuerten Brote, und vielleicht will er es feiern und der Nazarener ebenfalls, vielleicht sehen wir ihn – vielleicht sehen wir beide, Esther.«

Jetzt erschien der Diener mit dem Wein und dem Wasser. Esther half ihrem Vater, und dabei kam Iras auf das Dach.

Nie war die Ägypterin der Jüdin so über die Maßen schön vorgekommen wie gerade in dem Augenblick.

»Friede sei mit dir, Simonides, und Friede mit der schönen Esther«, sagte Iras und neigte den Kopf.

Sie begaben sich zur Brustwehr und blieben an der Stelle stehen, wo Jahre zuvor Ben Hur den zerbrochenen Ziegel gelöst und auf Gratus hatte fallen lassen.

»Du bist noch nicht in Rom gewesen?« begann Iras und spielte derweil mit einem ihrer Armbänder.
»Nein«, antwortete Esther spröde.
»Wolltest du noch nie dorthin?«
»Nein.«
»Ah, wie wenig hast du bisher vom Leben gehabt!«
Der Seufzer, der dem Ausruf folgte, hätte nicht mitleidiger sein können, wäre es der Ägypterin eigenes Schicksal gewesen. Im nächsten Moment war ihr Lachen fast bis auf die Straße zu hören, und sie sagte: »Oh, oh, mein hübscher Einfaltspinsel! Die halbflüggen Vögelchen, die im Ohr des großen Steinbilds in der Wüste von Memphis ihr Nest haben, wissen fast soviel wie du.«
Wieder lachte sie, wodurch sie vortrefflich den Blick verdeckte, den sie scharf auf die Jüdin warf, und sagte: »Der König kommt.«
Esther sah sie in unschuldiger Überraschung an.
»Der Nazarener«, fuhr Iras fort, »der, über den unsere Väter so viel gesprochen haben, dem Ben Hur schon so lange dient und für den er arbeitet« – ihre Stimme sank um einige Töne – »der Nazarener wird morgen hier sein, und Ben Hur heute abend.«
Esther mühte sich, ihre Fassung zu bewahren, aber vergebens; ihre Augen blickten nach unten, das verräterische Blut stieg ihr in die Wangen und bis an die Stirn, und so brauchte sie das triumphierende Lächeln nicht anzusehen, das wie ein Strahl über das Gesicht der Ägypterin glitt.
»Sieh, hier ist sein Versprechen.«
Und aus ihrem Gürtel zog sie eine Rolle hervor.
»Freue dich mit mir, meine Freundin! Er wird heute abend hier sein! Am Tiber steht ein Haus, ein königliches Besitztum, das er mir versprochen hat; und dort Herrin zu sein, bedeutet –«
Die Geräusche von jemand, der schnell die Straße entlangging, unterbrachen das Gespräch, und sie lehnte sich über die Brustwehr, um nachzusehen.
»Gesegnet sei Isis! Er ist es – Ben Hur selbst! Daß er

erscheint, während ich gerade so an ihn denke! Es gibt keine Götter, wenn das nicht ein gutes Zeichen ist. Umarme mich, Esther, und küß mich!«
Die Jüdin sah auf. Ihre Wangen glühten, ihre Augen funkelten in einem Zorn, dessen sie zuvor nie fähig gewesen war. Ihre Sanftmut war allzu grob verletzt worden.
»Liebst du ihn denn so sehr, oder Rom um soviel mehr?«
Die Ägypterin trat einen Schritt zurück; dann neigte sie ihr hochmütiges Haupt dicht zu der Fragenden hinab.
»Was ist er für dich, Tochter des Simonides?«
Esther, am ganzen Körper erbebend, begann: »Er ist mein –« Ein Gedanke wie ein Blitz ließ sie innehalten; sie erblaßte, zitterte, faßte sich wieder und antwortete:
»Er ist meines Vaters Freund.«
Ihre Zunge versagte es ihr einzugestehen, daß sie eine Sklavin war.
Iras lachte noch heller als zuvor.
»Nicht mehr als das?« sagte sie. »Ah, bei den Liebesgöttern Ägyptens, du magst deine Küsse behalten – behalt sie. Du hast mich gerade gelehrt, daß hier in Judäa weit würdigere meiner warten; und« – sie wandte sich um und sah über die Schulter zurück – »ich gehe, sie mir zu holen. Friede sei mit dir.«
Esther sah sie die Treppen hinunter verschwinden, dann verhüllte sie ihr Gesicht mit den Händen und brach in Tränen aus, die ihr heiß durch die Finger rannen – Tränen der Scham und würgender Leidenschaft.
Alle Sterne waren schon hervorgekommen und leuchteten tief über der Stadt und der dunklen Bergwand um sie herum, ehe sie sich genügend gefaßt hatte, um ins Sommerhaus zurückzukehren und schweigend ihren gewohnten Platz an ihres Vaters Seite einzunehmen, ergeben auf seine Wünsche wartend.

Der Wundertäter

Etwa eine Stunde nach dem Vorfall auf dem Dach trafen sich Balthasar und Simonides, der letztere von Esther begleitet, im großen Saal des Palastes.

Während sie sich unterhielten, traten Ben Hur und Iras zusammen ein.

Der junge Jude ging vor seiner Begleiterin her, trat zuerst zu Balthasar, grüßte ihn und empfing den Gegengruß, dann wandte er sich zu Simonides, doch beim Anblick Esthers hielt er inne.

Einen Augenblick lang war er überrascht, doch er faßte sich wieder, trat zu Esther und sagte: »Friede sei mit dir, süße Esther – Friede! Und du, Simonides« – er sah zum Kaufmann, während er sprach –, »der Segen des Herrn sei mit dir, und wenn nur, weil du dem Vaterlosen ein guter Vater warst.«

Als er sich gesetzt hatte, wandte er sich nach einigen Worten über dies und jenes an die Männer.

»Ich bin gekommen, euch von dem Nazarener zu erzählen.«

Die beiden wurden sofort aufmerksam.

»Viele Tage bin ich Ihm jetzt schon gefolgt, und zwar mit solcher Wachsamkeit, wie man sie nur jemand geben kann, den man so sehnsüchtig erwartet. Ich habe Ihn in all den Umständen gesehen, die man als Prüfung und Probe für einen Menschen bezeichnet. Und während ich sicher bin, daß Er ein Mensch ist wie ich, bin ich nicht weniger gewiß, daß Er noch etwas mehr ist.«

»Was, mehr?« fragte Simonides.

»Ich will euch erzählen –«

Eine eintretende Person unterbrach ihn; er drehte sich um und erhob sich mit ausgestreckten Händen.

»Amrah! Liebe, alte Amrah!« rief er.

Sie trat näher, und während sie die Freude auf ihrem Gesicht sahen, dachten sie nicht einmal daran, wie runzlig und gelblich-braun es war. Sie kniete zu seinen Füßen nieder, umschlang seine Knie und küßte über und über seine Hände, und als es ihm möglich war, strich er ihr das glatte, graue

Haar von den Wangen, küßte sie und sagte: »Gute Amrah, weißt du nichts, gar nichts über sie – kein einziges Wort – nicht ein kleines Zeichen?«

Sie brach in Schluchzen aus, das ihm deutlicher als jedes Wort antwortete.

»Gottes Wille ist geschehen«, sagte er darauf feierlich, in einem Ton, der jeden Zuhörer wissen ließ, daß er keine Hoffnung mehr hatte, seine Familie zu finden. In seinen Augen standen Tränen, die er nicht zeigen wollte, da er ein Mann war.

Als er wieder konnte, nahm er Platz und sagte: »Komm, sitz bei mir, Amrah – hier. Nein? Dann zu meinen Füßen. Ich habe diesen guten Freunden viel zu erzählen, von einem wunderbaren Mann, der in die Welt gekommen ist.«

Doch sie zog sich zurück und setzte sich, den Rücken an die Wand gelehnt, auf den Boden und umfaßte mit den Händen ihre Knie, zufrieden, wie sie alle dachten, ihn nur zu sehen.

Dann verneigte sich Ben Hur wieder vor den alten Männern und begann:

»Ich traue mich nicht, die Frage über den Nazarener zu beantworten, ohne euch zuvor etwas von den Dingen zu erzählen, die ich Ihn habe tun sehen. Er bringt zwölf Männer mit Sich, Fischer und Ackerbauern, einer ist Zöllner, alle gehören sie zur unteren Klasse. Er und sie reisen zu Fuß, ohne sich um Wind, Kälte, Regen oder Sturm zu kümmern. Wenn ich sie bei Einbruch der Nacht am Weg haltmachen sah, um etwas zu essen oder sich schlafen zu legen, erinnerte mich das an vom Markt zu ihren Herden zurückkehrende Hirten, nicht an Edelleute und Könige. Nur wenn Er die Ecken Seines Kopftuchs lüftet, um nach jemand zu sehen oder den Staub vom Haupt zu schütteln, erkenne ich, daß Er ebenso ihr Lehrer ist wie ihr Gefährte – ihr Meister nicht weniger als ihr Freund.

Ihr seid kluge Männer«, begann Ben Hur nach einer Pause wieder, »ihr wißt, daß wir Geschöpfe sind, die immer wieder nach denselben Dingen streben, und daß dies fast ein Gesetz unserer Natur ist. Wenn wir nun von diesem Gesetz ausgehen als etwas, an dem wir uns selbst erkennen können, was

würdet ihr von einem Mann sagen, der reich sein könnte, indem er aus den Steinen unter seinen Füßen Gold macht, der aber aus freier Wahl arm ist?«
»Die Griechen würden ihn einen Philosophen nennen«, sagte Iras.
»Nein, Tochter«, sagte Balthasar, »die Philosophen hatten nie die Macht, solches zu tun.«
»Wie weißt du, daß dieser Mann sie hat?«
»Was würdet ihr sagen«, sprach Ben Hur mit noch größerem Ernst, »was würdet ihr sagen, wenn ihr wie ich gesehen hättet, was ich euch jetzt erzähle? Ein Aussätziger kam zu dem Nazarener, während ich mit ihm unten in Galiläa war, und sagte: ›Herr, so Du willst, kannst Du mich rein machen.‹ Er hörte den Ruf, berührte den Ausgestoßenen mit der Hand und sagte: ›Sei rein‹, und sogleich war der Mann wieder er selbst wie zuvor, gesund wie jeder von uns, die wir die Heilung beobachteten, und wir waren eine große Menge.«
Jetzt erhob sich Amrah und strich sich mit ihren hageren Fingern die drahtigen Locken aus den Augen. Das Herz des armen Geschöpfes war so voller Leid, daß sie Mühe hatte, der Rede zu folgen.
»Dann wieder«, sagte Ben Hur ohne Pause, »kamen zehn Aussätzige an einem Tag auf einmal zu Ihm, fielen vor Ihm nieder und riefen – ich sah und hörte alles – und riefen: ›Meister, Meister, hab Erbarmen mit uns!‹ Er sagte zu ihnen: ›Geht und zeigt euch den Priestern, wie das Gesetz es verlangt; und ehe ihr dort seid, werdet ihr geheilt sein.‹«
»Und waren sie es?«
»Ja. Als sie auf dem Weg waren, verließ sie ihre Krankheit, daß uns nichts mehr daran erinnerte außer ihrer unreinen Kleidung.«
»Von solchen Dingen hat man noch nie zuvor gehört – nie, in ganz Israel!« sagte Simonides leise.
Darauf, während er redete, ging Amrah geräuschlos zur Tür hinaus; niemand von der Gesellschaft sah sie gehen.
»Merkt wohl«, fuhr Ben Hur fort, »ich erzähle euch nur Dinge, deren Zeuge ich selbst gewesen bin, zusammen mit

einer Menge anderer Menschen. Auf dem Weg hierher sah ich eine noch wundersamere Tat. In Bethanien lebte ein Mann namens Lazarus, der starb und wurde begraben, und nachdem er vier Tage lang in einem von einem großen Stein verschlossenen Grab gelegen hatte, wurde der Nazarener dorthin geführt. Als der Stein weggerollt wurde, sahen wir den Mann drinnen in Tücher gehüllt und in Verwesung übergehend liegen. Viele Menschen standen umher, und wir alle hörten, was der Nazarener sagte, denn Er sprach mit lauter Stimme: ›Lazarus, komm heraus!‹ Ich kann euch meine Gefühle nicht schildern, als zur Antwort sich der Mann tatsächlich aufrichtete und in seinen Leichentüchern zu uns herauskam. ›Macht ihn los‹, sagte der Nazarener, ›macht ihn los und laßt ihn gehen.‹ Und als das Tuch vom Gesicht des Auferstandenen abgenommen wurde, sieh da! meine Freunde, das Blut rann von neuem durch den verfallenen Körper, und er war vollständig, wie er im Leben gewesen war, bevor die Krankheit ihn hinweggerafft hatte. Er lebt noch, und man kann ihn zu jeder Stunde sehen und sprechen. Ihr könnt morgen hingehen, ihn zu sehen. Und nun, da nichts mehr vonnöten ist zu der Sache, frage ich euch, was ich zu fragen kam, und das ist nur eine Wiederholung deiner Frage an mich, Simonides: ›Was mehr als ein Mensch ist dieser Nazarener?‹«

Die Frage war feierlich gestellt worden, und noch lange bis nach Mitternacht saß die Gesellschaft da und erörterte sie. Simonides wollte noch immer nicht von seinem Verständnis der Sprüche der Propheten abgehen, und Ben Hur behauptete, daß beide recht hätten – daß der Nazarener der Erlöser sei, wie Balthasar feststellte, und ebenso der verheißene König, den der Kaufmann haben wollte.

»Morgen werden wir sehen. Friede mit euch allen.«

Mit diesen Worten verabschiedete sich Ben Hur, um nach Bethanien zurückzukehren.

Gute Nachrichten

Die erste Person, die am nächsten Morgen nach Öffnung des Schafstores die Stadt verließ, war Amrah, den Korb am Arm. Kein Wärter stellte ihr eine Frage, denn der Morgen war nicht früher gekommen als sie; sie wußten, daß Amrah jemands treue Dienerin war, und das war genug für sie.
Als sie schließlich den Königsgarten erreichte, verlangsamte sie ihren Schritt, denn nun kam die schauerliche Stadt der Aussätzigen in Sicht, die sich weit um den höhlenreichen Südhügel des Tales Hinnom erstreckte.
Wie der Leser jetzt schon vermutet haben wird, war sie auf dem Weg zu ihrer Herrin, deren Grabhöhle, man erinnert sich, oberhalb des Brunnens En-Rogel lag.
Trotz der frühen Stunde war die unglückliche Frau schon auf und saß draußen, während Tirzah drinnen noch schlief. Der Verlauf der Krankheit hatte sich innerhalb der letzten drei Jahre furchterregend beschleunigt. Sich ihres Äußeren bewußt, hielt sie gewöhnlich mit dem Gefühl ihrer Natur den Körper vollständig bedeckt. Selbst Tirzah erlaubte sie so selten als möglich, sie zu sehen.
Während sie in der düsteren Einsamkeit dasaß und noch trüberen Gedanken nachging, kam plötzlich eine Frau den Hügel herauf, taumelnd und von den Strapazen des Weges erschöpft.
Die Witwe erhob sich hastig, bedeckte ihren Kopf und rief mit unnatürlich rauher Stimme:
»Unrein, unrein!«
In einem Augenblick lag Amrah, den Ruf nicht beachtend, zu ihren Füßen. Die ganze lang verschlossene Liebe des einfachen Geschöpfs brach heraus: unter Tränen und leidenschaftlichen Ausrufen küßte sie die Kleidung ihrer Herrin, und zuerst strebte diese, ihr zu entfliehen. Dann, als sie sah, daß sie nicht konnte, wartete sie, bis die Heftigkeit des Anfalls vorbei war.
»Was hast du getan, Amrah?« sagte sie. »Beweist du uns deine Liebe durch solchen Ungehorsam? Unseliges Weib! Du

bist verloren; und er – dein Herr – du kannst nie, nie wieder zurück zu ihm.«

Amrah richtete sich zu ihren Knien auf und sagte gebrochen und mit gefalteten Händen: »O gute Herrin! Ich bin nicht böse. Ich bringe dir gute Nachrichten.«

»Von Judah?« und während die Witwe sprach, zog sie ihr Tuch halb vom Kopf zurück.

»Da ist ein wunderbarer Mann«, fuhr Amrah fort, »der die Macht hat, euch zu heilen. Er spricht ein Wort, und die Kranken sind gesund. Ich bin gekommen, euch zu Ihm zu holen.«

»Arme Amrah!« sagte Tirzah mitleidig, die jetzt auch hervorgekommen war.

»Nein«, rief Amrah, den Zweifel spürend, der in dem Ausruf lag, »nein, so wahr der Herr lebt, der Herr Israels, mein Gott wie eurer, ich spreche die Wahrheit. Geht mit mir, ich bitt' euch, und verliert keine Zeit. Diesen Morgen wird Er auf Seinem Weg in die Stadt vorbeikommen. Seht! Der Tag ist gleich da. Nehmt hier und eßt, und laßt uns gehen.«

Die Mutter lauschte begierig. Nicht auszuschließen, daß sie schon von dem wunderbaren Mann gehört hatte, denn zu dieser Zeit war Sein Ruhm schon in jeden Winkel des Landes vorgedrungen.

»Wer ist Er?« fragte sie.

»Ein Nazarener.«

»Wer hat dir von Ihm erzählt?«

»Judah.«

»Judah? Ist er zu Hause?«

»Er ist gestern nacht gekommen.«

Die Witwe schwieg eine Weile, damit ihr rasendes Herz zur Ruhe komme. »Hat Judah dich geschickt, uns das zu erzählen?« fragte sie als nächstes.

»Nein. Er glaubt, ihr seid tot.«

»Da war einst ein Prophet, der einen Aussätzigen heilte«, sagte die Mutter gedankenvoll zu Tirzah, »aber er hatte seine Macht von Gott.« Dann wandte sie sich zu Amrah: »Woher weiß mein Sohn, daß dieser Mann im Besitz solcher Macht ist?«

»Er ist mit Ihm gereist und hörte die Aussätzigen rufen und sah sie geheilt fortgehen. Zuerst war da nur ein Mann, dann waren es zehn, und alle wurden geheilt.«
Die Ältere schwieg wieder. Sie stellte den Bericht nicht in Frage, denn ihr eigener Sohn war Zeuge gewesen und kündete ihr davon durch die Dienerin; aber sie mühte sich, die Macht zu begreifen, durch die so erstaunliche Werke von einem Menschen vollbracht werden konnten. Doch sie zögerte nur kurz. Zu Tirzah sagte sie:
»Es muß der Messias sein!«
Sie sprach nicht mit der Kälte des Verstandes, der einen Zweifel beiseite schiebt, sondern als eine Frau Israels, die mit den Verheißungen des Gottes ihres Volkes vertraut war.
»Es gab eine Zeit, da Jerusalem und ganz Judäa voll waren von der Nachricht, daß Er geboren sei. Ich erinnere mich daran. Jetzt dürfte er ein Mann sein. So muß es sein – Er ist es. – Ja«, sagte sie zu Amrah, »wir wollen mit dir gehen. Hol das Wasser in dem Krug aus der Höhle und gib uns von den Speisen. Wir wollen essen und dann gehen.«
Das Frühstück hatten sie, erregt wie sie waren, bald beendet, und die drei Frauen machten sich auf ihren ungewöhnlichen Weg. Als Tirzah die Zuversicht der andern gewonnen hatte, gab es nur noch eine Furcht, die die Gruppe beunruhigte. Aus Bethanien, hatte Amrah gesagt, sollte der Mann kommen; nun gab es von dort nach Jerusalem drei Straßen, oder besser Pfade – einen über den ersten Gipfel des Ölbergs, einen zweiten an seinem Fuß, einen dritten zwischen dem zweiten Gipfel und dem Berg des Ärgernisses. Alle drei lagen nicht weit auseinander, doch weit genug, es möglich zu machen, daß die Unglücklichen den Nazarener verfehlten, wenn sie den Weg verpaßten, den Er gewählt hatte.
Einige Fragen überzeugten die Mutter, daß Amrah nichts von der Gegend jenseits des Kidron wußte und noch weniger von den Absichten des Mannes, den sie zu treffen unterwegs waren, wenn sie konnten. Sie erkannte auch, daß sowohl Amrah als auch Tirzah – die eine durch die eingefleischte Haltung als Dienerin, die andere durch ihre natürliche

Abhängigkeit – von ihr erwarteten, daß sie sie führe; also übernahm sie die Aufgabe.
»Wir wollen zuerst nach Bethphage gehen«, sagte sie. »Wenn der Herr uns gnädig ist, erfahren wir dort vielleicht, was zu tun ist. Aber ich habe Angst vor der Straße. Besser, wir halten uns daneben zwischen den Felsen und Bäumen. Heute ist Festtag, und auf den Hügeln drüben sehe ich Anzeichen einer großen wartenden Menge. Wenn wir über den Berg des Ärgernisses gehen, könnten wir ihnen ausweichen.«
Tirzah hatte große Schwierigkeiten beim Gehen; bei diesen Worten wurde sie ganz mutlos. »Geh weiter mit Amrah, Mutter, und laß mich hier«, sagte sie schwach.
»Nein, nein, Tirzah. Was hätte ich davon, wenn ich geheilt wäre und du nicht? Wenn Judah nach dir fragt, wie er tun wird, was könnte ich ihm sagen, ließe ich dich allein?«
»Sag ihm, daß ich ihn liebe.«
Die Mutter sah sie an mit dem Gefühl schwindender Hoffnung, die der Vernichtung der Seele näherkommt als irgend etwas anderes. Die tiefempfundene Freude über den Gedanken an eine Heilung war untrennbar mit Tirzah verbunden, die nicht zu alt war, im Glück des zukünftigen Lebens in Gesundheit die Jahre des Elends zu vergessen, das ihren Körper so entstellt und ihren Geist so gebrochen hatte. Gerade als die tapfere Frau schon dabei war, das Unternehmen aufzugeben und der Fügung Gottes zu überlassen, sah sie einen Mann von Osten her zu Fuß eilig die Straße heraufkommen.
»Mut, Tirzah! Sei getrost«, sagte sie. »Jener dort, das weiß ich, kann uns von dem Nazarener erzählen.«
Amrah half Tirzah, sich aufzusetzen, und stützte sie, während der Mann näher kam.
»In deiner Güte vergaßest du, Mutter, wer wir sind. Der Fremde wird einen Bogen um uns machen. Seine beste Gabe für uns wird ein Fluch sein, wenn nicht ein Stein.«
»Wir wollen sehen.«
Es gab keine andere Antwort, denn die Mutter war nur zu gut vertraut mit der Behandlung, der Ausgestoßene ihrer Klasse von ihren Landsleuten ausgesetzt waren.

Wie schon gesagt, war die Straße, an deren Rand die Gruppe wartete, kaum mehr als ein ausgetretener Pfad, der sich in Krümmungen durch Kalksteinhügel hindurchwand. Wenn der Fremde ihn benutzte, mußte er ihnen von Angesicht zu Angesicht begegnen. Und so geschah es, bis er nahe genug war, den vorgeschriebenen Schrei zu hören; gleichzeitig entblößte die Mutter ihr Haupt, wie es das Gesetz weiter wollte, und rief schrill:
»Unrein, unrein!«
Zu ihrer Überraschung kam der Mann ständig näher.
»Was wollt ihr?« fragte er, keine fünf Ellenlängen vor ihnen anhaltend.
»Du siehst uns. Hab acht«, sagte die Mutter würdevoll.
»Frau, ich bin der Kurier dessen, der nur einmal zu solchen wie du spricht, und sie sind geheilt. Ich habe keine Angst.«
»Des Nazareners?«
»Des Messias«, sagte er.
»Ist es wahr, daß Er heute in die Stadt kommt?«
»Er ist jetzt in Bethphage.«
»Auf welcher Straße, Meister?«
»Auf dieser.«
Sie faltete die Hände und blickte dankbar zum Himmel.
»Für wen hältst du ihn?« fragte der Mann mitleidig.
»Für den Sohn Gottes«, antwortete sie.
»Dann bleib hier stehen, oder, da eine große Menge bei ihm ist, stell dich dort an jenem Felsen auf, dem weißen unter dem Baum. Und wenn Er vorbeigeht, vergiß nicht, Ihn anzurufen. Rufe, und fürchte dich nicht. Wenn dein Glaube deinem Wissen gleichkommt, wird Er dich hören, und wenn alle Himmel donnern. Ich gehe, Israel in und außer der Stadt zu sagen, daß Er nahe ist, und daß sie sich bereit machen, Ihn zu empfangen. Friede sei mit dir und den Deinen, Frau.«
Er ging weiter, und sie begaben sich langsam zu dem Felsen, den er ihnen gezeigt hatte, hoch wie ihre Köpfe und kaum dreißig Ellen rechts von der Straße entfernt. Die Mutter stellte sich davor und überzeugte sich, daß sie von den Vorbeikommenden, deren Aufmerksamkeit sie auf sich ziehen

wollten, deutlich gesehen und gehört werden konnten. Dort legten sie sich unter dem Baum in den Schatten, tranken und ruhten erfrischt. Nicht lang, und Tirzah schlief, und um sie nicht zu wecken, verhielten sich die andern schweigend.

Geheilt

Während der dritten Stunde wurde die Straße vor dem Ruheplatz der Aussätzigen nach und nach immer belebter; immer mehr Menschen gingen in Richtung Bethanien und Bethphage. Jetzt jedoch, zu Beginn der vierten Stunde, erschien eine große Menge auf dem Kamm des Ölbergs, und wie die Tausende an Zahl die Straße herunterkamen, bemerkten die beiden wachenden Frauen erstaunt, daß jeder einen frischgeschnittenen Palmzweig trug. Während die Neuigkeit sie voll in Anspruch nahm, zog der Lärm einer anderen, sich von Osten her nähernden Menge ihren Blick dorthin. Jetzt weckte die Mutter Tirzah.

»Was bedeutet das alles?« fragte die letztere.

»Er kommt«, antwortete die Mutter. »Die wir hier sehen, kommen aus der Stadt, um Ihn zu treffen; die wir im Osten hören, sind Seine Freunde, die Ihn begleiten. Es würde mich nicht wundern, wenn beide Züge sich hier vor uns begegneten.«

Inzwischen kamen die Leute aus dem Osten langsam herauf. Als schließlich der vorderste von ihnen in Sicht war, heftete sich der Blick der Aussätzigen auf einen Mann, der inmitten einer, wie es schien, auserlesenen Gesellschaft ritt, die in überschwenglicher Freude um ihn herum sang und tanzte. Der Reiter war barhäuptig und ganz in Weiß gekleidet.

Als er nahe genug war, daß er deutlich gesehen werden konnte, sahen die Frauen ängstlich blickend ein olivfarbenes Gesicht, das von langem, kastanienbraunem, leicht sonnengebleichtem und in der Mitte gescheiteltem Haar umschattet war. Er sah weder nach rechts noch nach links. Niemand

brauchte den Aussätzigen zu sagen, daß Er es war – der Nazarener!
»Er ist da, Tirzah«, sagte die Mutter, »Er ist da. Komm, mein Kind.«
Während sie sprach, trat sie vor den weißen Fels und sank auf die Knie.
Der Augenblick des Aufeinandertreffens der beiden Scharen war gekommen und mit ihm die Gelegenheit, welche die Leidenden suchten. Wenn sie diese nicht ergriffen, so war sie für immer verloren und sie ebenfalls.
»Näher, mein Kind – gehen wir näher. Er kann uns nicht hören«, sagte die Mutter.
Sie erhob sich und wankte vorwärts. Ihre totenbleichen Hände hebend, schrie sie mit furchtbar schriller Stimme. Die Leute sahen sie – sahen ihr gräßliches Gesicht und blieben vor Scheu stehen –, eine Wirkung, die äußerstes menschliches Elend, wie man es hier sieht, ebenso hervorrufen kann wie eine Majestät in Purpur und Gold. Tirzah, ein wenig hinter ihr, fiel nieder; sie war zu schwach und erschrocken, um weiter zu folgen.
»Die Aussätzigen! Die Aussätzigen!«
»Steinigt sie!«
»Die Gottverfluchten! Tötet sie!«
Diese und ähnliche Schreie brachen über die Hosianna-Rufe des Teils der Menge herein, der zu weit entfernt war, um die Ursache der Unterbrechung zu sehen und zu verstehen. Es waren jedoch einige unter ihnen, die die Natur des Mannes besser kannten, den die Unglücklichen anriefen, einige, die durch langen Umgang mit Ihm etwas von Seinem göttlichen Mitleid in sich aufgenommen hatten: sie sahen Ihn an und schwiegen, während Er, weithin sichtbar, weiterritt und vor der Frau anhielt. Sie sah ebenfalls Sein Gesicht – sanft, mitleidvoll, von ungesehener Schönheit, die großen Augen mild und voller Güte.
Und dies war das Gespräch, das folgte:
»O Meister, Meister! Du siehst unsere Not, Du kannst uns rein machen. Hab Erbarmen mit uns – Erbarmen!«

»Glaubst du, ich bin fähig, das zu tun?« fragte Er.
»Du bist der, von dem die Propheten sprachen – Du bist der Messias!« antwortete sie.
Seine Augen erstrahlten, Seine Art gab Zuversicht.
»Frau«, sagte Er, »dein Glaube ist groß; es geschehe dir, wie du willst.«
Dann verweilte Er noch einen Augenblick, anscheinend unbewußt der Gegenwart der Menge hinter ihm – einen Augenblick –, dann ritt Er fort.
»Ehre sei Gott in der Höhe! Gesegnet, dreimal gesegnet der Sohn, den Er uns gegeben hat!«
Sogleich schlossen sich beide Scharen, die aus der Stadt und die aus Bethphage, um Ihn unter freudigen Rufen, unter Hosiannarufen und Palmenschwingen, und so ging Er von den Aussätzigen für immer. Die Mutter bedeckte ihren Kopf und eilte zu Tirzah, schloß sie in die Arme und rief: »Tochter, sieh auf! Ich habe Sein Versprechen, Er ist wirklich der Messias. Wir sind gerettet – gerettet!« Und beide verweilten kniend, während der Zug langsam hinter dem Berg verschwand. Als der Lärm der singenden Menge in der Ferne kaum noch zu hören war, begann das Wunder.
Zuerst fand in den Herzen der Aussätzigen eine Wiederbelebung des Blutes statt; dann floß es schneller und stärker und durchschauerte ihre ausgezehrten Körper mit einem unendlich angenehmen Gefühl schmerzloser Heilung. Jede fühlte die Geißel von sich weichen; ihre Kräfte belebten sich; sie kehrten zu sich selbst zurück.
Diese Umwandlung – denn so kann man die Heilung genauso gut nennen – hatte noch einen anderen Zeugen außer Amrah. Der Leser erinnert sich der Beharrlichkeit, mit der Ben Hur dem Nazarener auf dessen Wanderungen gefolgt war. Und wenn man sich jetzt die Unterhaltung der letzten Nacht zurückruft, wird man nur wenig überrascht sein, wenn man erfährt, daß der junge Jude zugegen war, als die aussätzigen Frauen auf dem Pfad der Pilger erschienen. Er hörte ihr Gebet und sah ihr verunstaltetes Gesicht; er hörte auch die Antwort, und war an Vorfälle dieser Art, wenn auch

er sie oft gesehen hatte, noch nicht so gewöhnt, daß er das Interesse daran verloren gehabt hätte. Zu Ende des Vorfalls hatte sich Ben Hur dementsprechend von dem Zug zurückgezogen und sich auf einen Stein gesetzt, bis er vorüber war. Von seinem Platz aus nickte er vielen unter den Leuten grüßend zu – Galiläer in seinem Bündnis, die unter ihren langen Gewändern kurze Schwerter trugen. Nach einer Weile kam ein dunkelhäutiger Araber mit zwei Pferden heran; auf ein Zeichen von Ben Hur hin kam auch er aus dem Zug heraus.

»Bleib hier«, sagte der junge Herr, als alle vorbeigegangen waren, sogar die Nachzügler. »Ich möchte früh in der Stadt sein, dazu brauche ich Aldebaran.«

Er streichelte die breite Stirn des Pferdes, das jetzt in seiner besten Kraft und voller Schönheit stand, dann überquerte er die Straße zu den beiden Frauen hin.

Sie waren für ihn – daran muß man denken – Fremde, an denen er nur insoweit Interesse fühlte, als sie Gegenstand eines übermenschlichen Versuchs waren, dessen Ergebnis ihn vielleicht der Lösung des Geheimnisses näherbrachte, das ihn so lange beschäftigte. Als er voranschritt, blickte er zufällig auf die Gestalt der kleinen Frau, die drüben bei dem weißen Felsen stand und das Gesicht in den Händen barg.

»So wahr der Herr lebt, das ist Amrah!« sagte er zu sich.

Er eilte vorwärts an der Mutter und ihrer Tochter vorbei, ohne sie zu erkennen, und blieb vor der Dienerin stehen.

»Amrah«, sagte er zu ihr, »Amrah, was tust du hier?«

Sie stürzte vorwärts und sank vor ihm auf die Knie, blind von den Tränen und beinahe sprachlos vor Freude und Furcht zugleich.

»O Herr, Herr! Dein Gott und meiner, wie gut Er ist!«

Die Frau, die er mit dem Nazarener gesehen hatte, stand da, die Hände gefaltet, die Augen strömend von Tränen, und sah zum Himmel hinauf. Die einfache Umformung wäre Überraschung genug gewesen, doch das war die letzte Ursache seiner Erregung. Konnte er sich täuschen? Nie im Leben hatte er eine Fremde gesehen, die seiner Mutter so ähnlich war, so ähnlich wie am Tage, da der Römer sie ihm entrissen hatte.

Und wer war das an ihrer Seite, wenn nicht Tirzah? – lieblich, schön, vollkommen, gereifter, doch sonst in jeder Hinsicht genau dieselbe in der Erscheinung wie an dem Morgen des Unfalls mit Gratus, als sie mit ihm über die Brustwehr schaute. Seinen Sinnen kaum glaubend, legte er die Hand auf den Kopf der Dienerin und fragte zitternd:
»Amrah, Amrah – meine Mutter! Tirzah! Sag mir, ob ich richtig sehe.«
»Sprich zu ihnen, o Herr, sprich zu ihnen«, sagte sie.
Er wartete nicht länger, sondern rannte mit ausgestreckten Armen los: »Mutter! Mutter! Tirzah! Hier bin ich!«
Sie hörten seinen Ruf und stürzten sich ihm mit einem Aufschrei voller Liebe entgegen. Plötzlich hielt die Mutter an, zog sich zurück und stieß die alte Warnung aus:
»Bleib stehen, Judah, mein Sohn, komm nicht näher. Unrein, unrein!«
Er hatte keine solchen Gedanken. Sie standen vor ihm, er hatte sie gefunden, sie hatten geantwortet. Wer oder was sollte sie jetzt von ihm fernhalten? Im nächsten Moment lagen sich die drei so lang Getrennten in den Armen, und ihre Tränen mischten sich ineinander.
Als der erste Freudentaumel vorüber war, sagte die Mutter:
»In diesem Glück, meine Kinder, laßt uns nicht undankbar sein. Laßt uns das Leben neu beginnen, indem wir Den lobpreisen, Dem wir alle so verpflichtet sind.«
Sie fielen auf die Knie, Amrah mit ihnen; und das Gebet, das die Mutter sprach, klang wie ein Psalm.
Begreiflicherweise dachte die Mutter als erste an die Sorgen des Lebens.
»Was sollen wir jetzt tun, mein Sohn? Wohin sollen wir gehen?«
An die Pflicht erinnert, bemerkte Ben Hur jetzt, wie vollständig jede Spur der Krankheit von seiner ihm zurückgegebenen Familie verschwunden war. Jede hatte die frühere Vollkommenheit der Gestalt wiederbekommen, ihr Fleisch war wieder zart wie das Fleisch eines kleinen Kindes. Er nahm seinen Mantel ab und legte ihn Tirzah um.

»Nimm ihn«, sagte er lächelnd, »vorher wäre dir das Auge eines Fremden ausgewichen, jetzt soll es dich nicht beleidigen.«
Ein Schwert an seiner Seite wurde sichtbar.
»Ist Krieg?« fragte die Mutter ängstlich.
»Nein.«
»Warum bist du dann bewaffnet?«
»Vielleicht wird es notwendig, den Nazarener zu verteidigen.« So umging Ben Hur die volle Wahrheit.
»Hat Er Feinde? Wo sind sie?«
»Leider, Mutter, sind es nicht nur Römer!«
»Ist er nicht Israelit und ein Mann des Friedens?«
»Nie gab es jemand, der es mehr gewesen wäre als Er; aber in der Meinung der Rabbiner und Schriftgelehrten ist Er eines großen Verbrechens schuldig.«
»Welches Verbrechens?«
»In Seinen Augen ist der unbeschnittene Heide ebenso der Gnade wert wie der strenggläubigste Jude. Er predigt eine neue Ordnung.«
Die Mutter schwieg, und sie begaben sich in den Schatten unter dem Baum bei dem Felsen. Seine Ungeduld zügelnd, sie wieder zu Hause zu haben und ihre Geschichte zu hören, wies er sie auf die Notwendigkeit hin, dem Gesetz zu gehorchen, das in Fällen wie den ihren herrschte, dann rief er den Araber und hieß ihn, die Pferde zum Tor bei Bethesda zu bringen und ihn dort zu erwarten. Darauf brachen sie auf und nahmen den Weg über den Berg des Ärgernisses. Ihre Rückkehr war ganz anders als der Hinweg; sie gingen schnell und leicht, und in kurzer Zeit erreichten sie eine neu hergerichtete Grabhöhle neben der Absaloms, die über den Tiefen des Kidrontales lag. Da sie diese frei fanden, nahmen die Frauen von ihr Besitz, während Ben Hur forteilte, um die für ihre neue Lage nötigen Vorbereitungen zu treffen.
Er schlug draußen am oberen Kidron, ein wenig östlich von den Königsgräbern, zwei Zelte auf und stattete sie mit jeder Bequemlichkeit aus. Dorthin führte er dann, ohne Zeit zu verlieren, seine Mutter und Schwester, dort sollten sie blei-

ben, bis der prüfende Priester ihre vollständige Reinigung bescheinigt hätte.
Im Verlauf dieser Pflichtausübung hatte sich der junge Mann selbst der Befleckung durch die Krankheit ausgesetzt, so daß er an den Zeremonien des gerade vor der Tür stehenden Festes nicht teilnehmen konnte. Er konnte nicht einmal den am wenigsten heiligen Vorhof des Tempels betreten. Gezwungenermaßen also, aber nicht weniger freiwillig blieb er mit seinen geliebten Angehörigen bei den Zelten. So viel hatte er von ihnen zu hören, und so viel hatte er ihnen von sich selbst zu erzählen.
Gelegentlich fand der erregte Plänemacher Gefallen daran, eine Rede für den Nazarener zu entwerfen:
»Höre, Israel! Ich bin der von Gott verheißene König der Juden, ich komme zu euch mit der Herrschaft, von der die Propheten sprachen. Erhebe dich jetzt und nimm die Welt in Besitz!«
Wenn der Nazarener nur diese wenigen Worte spräche, welch ein Aufruhr würde folgen! Wie viele Münder würden sie aufnehmen wie Trompetenschall und sie hinaustragen und die Massen zu den Waffen rufen! Würde Er sie sprechen?

Entlarvt

Ben Hur saß am Tor des Khans ab, von dem die drei Weisen mehr als dreißig Jahre zuvor den Weg hinunter nach Bethlehem angetreten hatten. Dort ließ er das Pferd in der Obhut seiner arabischen Begleiter, und kurz darauf befand er sich am Eingangspförtchen zu seinem Vaterhaus, gleich darauf im großen Gemach. Zuerst rief er nach Malluch; da der Gute abwesend war, sandte er einen Gruß zu seinen Freunden, dem Kaufmann und dem Ägypter. Diese hatte man in die Stadt gebracht, damit sie die Feierlichkeiten sehen konnten. Der letztere, wurde ihm berichtet, sei sehr schwach und in einem Zustand tiefer Niedergeschlagenheit.

Während der Diener ihm noch Antwort gab, wurde der Vorhang vor der Tür zur Seite geschoben, und die junge Ägypterin trat ein und schritt – oder eher: schwebte, getragen von der weißen Wolke ihres Gazekleides, das sie so liebte – zur Mitte des Raums, wo das Licht von den Lampen des siebenarmigen Bronzeleuchters am hellsten war.
Der Diener ließ die beiden allein.
Der ganze Einfluß der Frau machte sich mit aller Kraft wieder in dem Moment geltend, da Ben Hur sie sah. Er eilte auf sie zu, doch dann hielt er inne und schaute sie an. Eine solche Veränderung hatte er noch nie gesehen.
Es gibt nur wenige Menschen, die keine Doppelnatur haben, eine wirkliche und eine angeeignete; die letztere ist meist Ergebnis der Erziehung. Was die Ägypterin betrifft, so kam jetzt ihre wahre Natur zum Vorschein.
Keinen Fremden hätte sie schärfer zurückstoßen können, dabei schien sie leidenschaftslos wie eine Statue, nur der kleine Kopf war ein wenig zur Seite geneigt, die Nasenflügel ein wenig heruntergezogen, und die sinnliche Unterlippe war gegen die obere gedrückt, so daß sie ihr das letzte bißchen ihrer natürlichen Wölbung nahm.
Sie sprach zuerst.
»Du kommst zur rechten Zeit, Sohn Hurs«, sagte sie in deutlich scharfem Ton. »Ich möchte dir für deine Gastfreundschaft danken; ab übermorgen dürfte ich dazu nicht mehr die Gelegenheit haben.«
Ben Hur verneigte sich leicht, ohne seine Augen von ihr zu nehmen, und antwortete gleichgültig, doch wachsam: »Ein Mann soll eine Frau nicht hindern, die ihren Weg gehen will.«
»Sag mir«, fuhr sie fort, den Kopf neigend und den Hohn deutlich werden lassend, »sag mir, o Fürst von Jerusalem, wo ist Er, jener Zimmermannssohn aus Nazareth und nicht weniger Sohn Gottes, von dem man in letzter Zeit so gewaltige Dinge erwartet hat?«
Er winkte ungeduldig mit der Hand und antwortete: »Ich bin nicht sein Aufpasser.«

Der schöne Kopf senkte sich noch tiefer nach vorn.
»Hat er Rom in Trümmer geworfen?«
Wieder hob Ben Hur abwehrend seine Hand, doch jetzt voller Zorn.
»Ich fürchte, du hast dein Königtum noch nicht angetreten – das Königtum, das ich mit dir teilen sollte.«
»Die Tochter meines weisen Gastes ist freundlicher, als sie selbst denkt; sie lehrt mich, daß Isis ein Herz küssen kann, ohne es besser zu machen.« Ben Hur sprach mit kalter Höflichkeit, und Iras schloß an, mit dem herabhängenden Solitär ihrer Münzhalskette spielend:
»Für einen Juden ist der Sohn Hurs klug. Ich sah den Cäsar deiner Träume in Jerusalem einziehen. Du hast uns erzählt, Er werde sich an diesem Tag auf den Treppen des Tempels zum König der Juden ausrufen. Ich habe den Zug den Berg herabsteigen sehen, der Ihn begleitete. Ich hörte den Gesang. Es war ein schöner Anblick mit den geschwungenen Palmzweigen. Ich suchte überall unter ihnen nach einer Gestalt, die etwas Königliches verhieße – einen Reiter in Purpur, einen Streitwagen mit einem Lenker in strahlendem Erz, einen stattlichen Krieger hinter einem runden Schild, an Größe seinem Speer nahekommend. Ich sah nach Seiner Leibwache. Es wäre schön gewesen, einen Fürsten von Jerusalem und eine Kohorte der galiläischen Legionen zu sehen.«
Sie warf ihrem Zuhörer einen Blick voll herausfordernder Verachtung zu, dann lachte sie herzlich, als sei das Bild in ihrer Vorstellung zu lächerlich, um Geringschätzung zu verdienen.
»Anstatt eines im Triumph zurückkehrenden Sesostris oder eines Cäsar mit Helm und Schwert – hahaha! – sah ich einen Mann mit Frauengesicht und Weiberhaar, der in Tränen auf einem Eselsfüllen ritt. Der König! Der Sohn Gottes! Der Erlöser der Welt! Hahaha!«
Unwillkürlich zuckte Ben Hur zusammen.
»Tochter Balthasars«, sagte er mit Würde, »laß uns mit den Worten zu Ende kommen. Daß du eine Absicht verfolgst, dessen bin ich sicher. Auf die will ich dir eine Antwort

geben, dann laß uns unserer Wege gehen und vergessen, daß wir uns je trafen. Sag an, ich will hören, doch nicht mehr von dem, was du schon gesagt hast.«

Sie sah ihn einen Moment aufmerksam an, als überlege sie, was zu tun sei – vielleicht wollte sie seine Willenskraft messen –, dann sagte sie kalt: »Meinetwegen – geh.«

»Friede sei mit dir«, antwortete er und ging.

Er wollte gerade durch die Tür schreiten, als sie ihm nachrief: »Ein Wort noch.«

Die blaßrot bemalten Finger spielten anmutig mit dem strahlenden Hänger an ihrem Hals, und ihre Stimme klang überaus leise und sanft; nur ein Aufstampfen ihrer seidenen Sandale auf dem Boden ermahnte ihn, vorsichtig zu sein.

»Es gab einmal einen Juden, einen entflohenen Galeerensklaven, der tötete einen Mann im Palast von Idernee«, begann sie langsam.

Ben Hur erschrak.

»Derselbe Jude tötete einen römischen Soldaten vor dem Marktplatz hier in Jerusalem; derselbe Jude hat drei trainierte Legionen aus Galiläa, um heute nacht den römischen Prokurator gefangenzunehmen; derselbe Jude hat Bündnisse geschlossen zu einem Krieg gegen Rom, und Scheich Ilderim ist einer seiner Partner.«

Sie trat noch näher an ihn heran und flüsterte fast:

»Du hast in Rom gelebt. Nimm an, diese Dinge würden vor Ohren, die wir kennen, wiederholt. Ah! Du wechselst die Farbe.«

Er wich vor ihr zurück mit einem Blick, den man sich gut auf dem Gesicht eines Mannes vorstellen kann, der mit einem Kätzchen zu spielen glaubte, aber auf einen Tiger geraten ist, und sie fuhr fort:

»Du bist bekannt bei Hofe und kennst Sejanus gut. Nimm an, es würde ihm erzählt mit den Beweisen in der Hand – oder ohne die Beweise –, daß derselbe Jude der reichste Mann im Orient ist – nein, im ganzen Imperium. Die Fische im Tiber würden eine ganz andere Mast bekommen, als sie jetzt aus ihrem Morast herausholen, nicht wahr? Und während sie gemästet werden – ha! Sohn Hurs! –, welcher Glanz wäre da bei den Schauspielen im Zirkus! Die Leute zu unterhalten ist eine ganz andere, noch feinere Kunst. Und gab es hier je einen Künstler, der an Sejanus herankam?«

Ben Hur war von der offensichtlichen Niederträchtigkeit der Frau nicht so angerührt, daß sein Erinnerungsvermögen dadurch beeinträchtigt worden wäre. Die Szene an der Quelle auf dem Weg zum Jordan kam ihm in den Sinn, und er erinnerte sich, daß er damals daran gedacht hatte, Esther könnte ihn verraten haben, und da er jetzt ebenso dachte, sagte er, so ruhig er konnte:

»Um dir eine Freude zu machen, Tochter Ägyptens, ich erkenne deine Schlauheit an und daß ich von deiner Gnade abhänge. Vielleicht gefällt es dir auch zu hören, daß ich keine Hoffnung auf deine Gunst hege. Ich könnte dich töten, doch du bist eine Frau. Die Wüste ist offen, mich zu empfangen; und obwohl Rom ein guter Menschenjäger ist, es müßte mir dort lange und weit folgen, ehe es mich ergriffe, denn im Herzen der Wüste gibt es ebenso die Wildnis der Speere wie die Wildnis des Sandes, und sie ist dem unbesiegten Parther nicht reizlos. Doch in den Schlingen, in denen ich mich befinde, übertölpelt, wie ich wurde, gibt es noch eins, worauf ich ein Recht habe: wer hat dir all das erzählt, was du über mich weißt? Auf der Flucht, in der Gefangenschaft, oder auch im Sterben, wird es mir ein Trost sein, dem Verräter den Fluch eines Mannes zu hinterlassen, der in seinem Leben nichts als Elend kennengelernt hat. Wer hat dir erzählt, was du über mich weißt?«

Vielleicht war es gekünstelt, vielleicht war es ernst, der Gesichtsausdruck der Ägypterin bekam einen Zug des Mitleids.

»Nun«, antwortete sie sogleich, »ich sammelte einige Anhaltspunkte von dieser Person, andere von jener, und schließlich konnte ich sie zusammensetzen.«

»Das ist nicht genug«, sagte Ben Hur, »morgen sterbe ich vielleicht.«

»Einiges hörte ich von Scheich Ilderim«, sagte sie darauf,

»während er mit meinem Vater in einem Hain draußen in der Wüste lag. Die Nacht war still, sehr still, und die Zeltwände, sozusagen, waren ein armseliger Schutz gegen Ohren, die draußen – den Vögeln und Käfern in der Luft lauschten.«
Sie lächelte bei dem Einfall, fuhr aber fort:
»Einiges andere hatte ich – von –«
»Von wem?« – »Vom Sohn Hurs selbst.«
»Sonst hat niemand dazu beigetragen?«
»Nein, niemand.«
Ben Hur atmete erleichtert auf und sagte gleichgültig: »Danke. Es wäre nicht gut, Sejanus auf dich warten zu lassen. Die Wüste ist nicht so empfindsam. Nochmals, o Ägypten, Friede!«
Bis jetzt hatte er unbedeckt dagestanden; jetzt nahm er das Kopftuch von seinem Arm, richtete es sich auf dem Kopf zurecht und wandte sich zu gehen. Doch sie hielt ihn zurück; in ihrem Eifer streckte sie sogar eine Hand nach ihm aus.
»Bleib«, sagte sie.
Er sah zu ihr zurück, doch ohne die Hand zu ergreifen, obwohl sie sich durch das Funkeln der Edelsteine deutlich bemerkbar machte. Er kannte ihre Art zu gut und wußte, daß jetzt der eigentliche Punkt der für ihn so überraschenden Szene kommen werde.
Sie sprach schnell und lebhaft, und tatsächlich war sie ihm nie so bezaubernd vorgekommen.
»Du hattest einst einen Freund«, fuhr sie fort. »Es war in deiner Kindheit. Es gab einen Streit, und ihr wurdet Feinde. Er tat dir Unrecht an. Nach vielen Jahren trafst du ihn wieder im Zirkus von Antiochia.«
»Messala!«
»Ja, Messala. Du bist sein Gläubiger. Vergiß das Vergangene; werde wieder sein Freund; gib ihm das Vermögen zurück, das er in der großen Wette verloren hat; rette ihn. Die sechs Talente sind für dich wie nichts; nicht soviel wie eine verlorene Knospe auf einem Baum, der in vollem Laub steht. Aber für ihn – Ah, er muß mit zerbrochenem Körper umhergehen; wo immer du ihn triffst, muß er vom Boden zu dir aufsehen.

O Ben Hur, edler Fürst! Für einen Römer von der Abkunft wie er ist Bettelarmut nur der andere verhaßte Name für den Tod. Rette ihn aus der Armut!«

Es schien ihm, als sie endlich innehielt, um eine Antwort zu erhalten, als ob Messala selbst über ihre Schulter auf ihn starrte. Und das Gesicht des Römers zeigte nicht den Ausdruck eines Bettlers oder eines Freundes; es war dasselbe Hohnlächeln des Patriziers wie eh und je, dieselbe uneingeschränkte und aufreizende Arroganz.

»Die Bitte ist schon entschieden – ein für allemal. Messala bekommt nichts. Das muß ich mir in mein Buch der großen Erlebnisse eintragen – ein Urteil eines Römers gegen einen Römer! Aber hat er – hat Messala dich mit dieser Bitte zu mir geschickt, o Ägypten?«

»Er hat einen edlen Charakter und hat dich danach beurteilt.«

Ben Hur ergriff die Hand auf seinem Arm.

»Da du mit ihm auf so freundschaftlichem Fuße stehst, schöne Ägypterin, sag mir, würde er, stünden die Dinge umgekehrt, für mich das tun, worum er mich bittet? Antworte, bei Isis! Antworte, um der Wahrheit willen!«

Es lag Nachdruck in der Berührung seiner Hand und in seinem Blick ebenfalls.

»Oh!« begann sie, »er ist –«

»Ein Römer, wolltest du sagen. Du meinst also, daß ich, ein Jude, meine Verpflichtung ihm gegenüber nicht an seiner Verpflichtung mir gegenüber messen darf; da ich ein Jude bin, soll ich ihm meinen Gewinn erlassen, weil er ein Römer ist. Wenn du mir noch mehr zu sagen hast, Tochter Balthasars, sprich schnell, sehr schnell, denn bei dem Herrn, dem Gott Israels, wenn die wachsende Hitze meines Blutes ihren Höhepunkt erreicht, bin ich vielleicht nicht länger in der Lage zu sehen, daß du eine Frau bist und schön! Vielleicht sehe ich dann in dir nur die Spionin eines Gesellen, der mir um so verhaßter ist, weil er ein Römer ist. Sag an, und schnell.«

Sie schüttelte seine Hand ab und trat zurück in das volle Licht; die ganze Bösartigkeit ihres Wesens versammelte sie in ihren Augen und ihrer Stimme.

»Du Hefetrinker und Schotenfresser! Zu denken, daß ich dich lieben könnte, nachdem ich Messala gesehen habe! Solche wie du sind geboren, ihm zu dienen. Er hätte sich damit zufriedengegeben, wenn du auf die sechs Talente verzichtet hättest. Aber ich sage dir, zu den sechs Talenten sollen noch zwanzig hinzukommen – zwanzig, hörst du? Der Kaufmann hier ist dein Geldverwalter. Wenn er bis morgen mittag nicht deine Anweisung zugunsten Messalas auf sechsundzwanzig Talente – merk dir die Summe! – ausgeführt hat, sollst du es mit Sejanus zu tun bekommen. Sei weise und – lebe wohl.«
Als sie zur Tür ging, stellte er sich ihr in den Weg.
»Das alte Ägypten lebt in dir«, sagte er. »Ob du Messala morgen siehst oder übermorgen, ob hier oder in Rom, richte ihm diese Botschaft aus. Sag ihm, ich habe das Geld zurück, genau die sechs Talente, die er mir raubte, indem er meines Vaters Besitz raubte; sag ihm, ich habe die Galeeren überlebt, auf die er mich geschickt hat, und daß ich mich in meiner Kraft freue an seiner Bettelarmut und Schande; sag ihm, daß ich das Elend seines Körpers, das er durch meine Hand empfangen hat, für den Fluch unseres Herrn, des Gottes Israels, halte, ihm mehr angemessen als der Tod für seine Verbrechen an Hilflosen; sag ihm, meine Mutter und meine Schwester, die er in ein Verlies in der Antonia-Burg geschickt hat, daß sie an Aussatz stürben, sind wohlbehalten am Leben dank der Macht des Nazareners, den du so verachtest; sag ihm, daß sie, um mein Maß an Glück voll zu machen, mir zurückgegeben wurden und ich von hier zu ihrer Liebe zurückkehren werde und darin mehr als hinreichenden Ersatz finden werde für die unreinen Leidenschaften, die du ihm bringst; sag ihm, dies dir zum Trost, o eingefleischte Verschlagenheit, und ihm, sag ihm, daß, wenn Sejanus kommt, um mich zu berauben, er nichts finden wird; denn das Erbe von dem Duumvirn, einschließlich der Villa bei Misenum, sind verkauft, und das Geld von dem Verkauf ist außer seiner Reichweite, in Form von Wechselbriefen auf den Märkten der Welt; und daß dieses Haus und die Güter und Handelsware, die Schiffe und Karawanen, mit denen Simonides

seinen Handel mit solch fürstlichem Gewinn treibt, durch kaiserlichen Schutzbrief gedeckt sind; sag ihm, daß ich ihm mit meiner Verachtung keinen Fluch in Worten sende, sondern als besseren Ausdruck meines unsterblichen Hasses ihm jemand sende, der sich für ihn als die Summe aller Flüche herausstellen wird; und wenn er dich ansieht, während du diese meine Botschaft wiederholst, Tochter Balthasars, wird seine römische Schläue ihm schon genau sagen, was ich meine. Geh jetzt – auch ich will gehen.«
Er geleitete sie zur Tür und hielt, während sie hinausschritt, in förmlicher Höflichkeit den Vorhang zurück.
»Friede sei mit dir«, sagte er, als sie verschwand.

Verrat

Die Straßen waren voll von Menschen, die kamen und gingen oder in Gruppen, Fleisch bratend, um Feuer herumstanden, singend und fröhlich, in Feststimmung. Der Geruch des bratenden Fleisches, gemischt mit dem Geruch des brennenden Zedernholzes, lastete in der Luft. Und da dies die Gelegenheit war, da jeder Sohn Israels sich ganz als Bruder des andern fühlte und die Gastfreundschaft keine Grenzen kannte, wurde Ben Hur auf Schritt und Tritt gegrüßt, während ihn die Gruppen um die Feuer bestürmten: »Bleib und nimm Teil am Mahl mit uns. Wir sind Brüder in der Liebe unseres Herrn.« Doch dankend eilte er jedesmal weiter, um das Pferd aus dem Khan zu holen und zu den Zelten am Kidron zurückzukehren.
Um dorthin zu gelangen, mußte er die große Durchgangsstraße kreuzen. Auch dort war die fromme Feierlichkeit auf ihrem Höhepunkt. Die Straße hinaufblickend, sah er die wie Wimpel flackernden Feuer von Fackeln; dann beobachtete er, daß das Singen dort nachließ, wo die Fackeln hinkamen. Seine Verwunderung stieg aufs höchste allerdings, als er gewiß war, daß er inmitten des Rauchs und der tanzenden

Funken das durchdringendere Funkeln polierter Speerspitzen sah, die von der Anwesenheit römischer Soldaten zeugten. Was machten sie, die spottenden Legionäre, in einem religiösen Festzug der Juden? Das war etwas Unerhörtes, und er blieb stehen, um zu sehen, was es bedeutete.

Als der Zug an Ben Hur vorbeizuströmen begann, wurde seine Aufmerksamkeit besonders auf drei nebeneinandergehende Personen gelenkt. Sie waren ziemlich weit vorn, und die ihnen voranschreitenden Diener schienen ungewöhnlich sorgfältig in ihren Diensten. In der Person, die links der Gruppe ging, erkannte er einen Hauptmann der Tempelwache; die auf der rechten Seite war ein Priester; der Mann in der Mitte war zuerst nicht so leicht unterzubringen, da er schwer auf die Arme der andern gelehnt ging und den Kopf so dicht auf die Brust gesenkt hielt, daß sein Gesicht verborgen war. Seine Erscheinung war die eines noch nicht vom Schrecken der Haft erholten Gefangenen oder zu etwas Gräßlichem Geführten – zu Folter oder Tod. Mit großer Kühnheit reihte sich Ben Hur rechts von dem Priester ein und ging neben ihm mit. Wenn jetzt der Mann nur seinen Kopf erhöbe! Und augenblicklich tat er es, das Licht der Laternen fiel voll auf sein blasses, verwirrtes, angstbedrücktes Gesicht. Der Bart hing wirr, die Augen waren trübe, eingesunken und verzweifelt. Ben Hur war dem Nazarener lange gefolgt, so hatte er auch seine Jünger kennengelernt. Und als er jetzt das elende Gesicht erblickte, rief er laut aus:

»Ischarioth!«

Langsam wandte der Mann den Kopf um, bis seine Augen auf Ben Hur fielen, und seine Lippen bewegten sich, als wolle er sprechen; aber der Priester schritt ein.

»Wer bist du? Fort mit dir!« sagte er zu Ben Hur und stieß ihn fort.

Der junge Mann nahm den Stoß gutmütig auf, dann wartete er eine Gelegenheit ab und reihte sich wieder in den Zug ein. So wurde er die Straße entlang mitgezogen, durch die von Menschen vollen Niederungen zwischen dem Hügel Bezetha und der Antonia-Burg und weiter am Teich Bethseda vorbei

zum Schafstor. Überall waren Menschen, und überall waren sie mit heiligen Gebräuchen beschäftigt.
Weiter die Schlucht hinab und über die Brücke an ihrer Sohle. Es gab ein großes Gepolter, als die Menge, jetzt ein ungeordneter Haufen, mit ihren Knütteln und Stäben darüberstampfte. Ein wenig weiter, und sie wandten sich nach links in Richtung eines steinumhegten, von der Straße aus sichtbaren Olivenhains. Hier hielt der Zug an. Vorn ertönten erregte Stimmen; ein Gefühl des Schauderns lief von Mann zu Mann; sie wurden zurückgedrängt und strauchelten wie blind übereinander. Nur die Soldaten blieben in Reihe stehen.
Ben Hur brauchte nur einen Augenblick, um sich von der Menge zu lösen und nach vorn zu laufen. Dort fand er einen Torweg ohne Tor, der zu dem Hain führte, und blieb stehen, um die Szene in sich aufzunehmen.
Vor dem Eingang stand ein weißgekleideter, barhäuptiger Mann, die Arme auf der Brust gekreuzt – eine schlanke, vorwärts gebeugte Gestalt mit langem Haar und schmalem Gesicht –, in resignierter, wartender Haltung.
Es war der Nazarener.
Dieser höchst unkriegerischen Gestalt stand die Menge gegenüber, gaffend, schweigend, furchtsam, geduckt – bereit, auf das erste Zeichen Seines Zorns hin auszubrechen und davonzulaufen. Ben Hur sah von Ihm zu ihnen, dann zu Judas, der in ihrer Mitte zu sehen war; ein schneller Blick, und ihm war klar, wem der Besuch galt. Hier war der Verräter, dort der Verratene; und die hier mit ihren Knütteln und Stöcken sowie die Legionäre sollten Ihn gefangennehmen.
Jetzt ertönte die klare Stimme des Messias:
»Wen sucht ihr?«
»Jesus von Nazareth«, antwortete der Priester.
»Das bin ich.«
Auf diese einfachen Worte hin, ohne Leidenschaft oder Erregung gesprochen, wichen die Angreifer einige Schritte zurück, die furchtsamen unter ihnen kauerten sich am Boden zusammen; und sie hätten Ihn vielleicht gelassen und wären abgezogen, wäre nicht Judas auf Ihn zugeschritten.

»Sei gegrüßt, Meister!«
Bei diesen freundlichen Worten küßte er Ihn.
»Judas«, sagte der Nazarener mild, »verrätst du den Menschensohn mit einem Kuß? Wozu bist du gekommen?«
Da er keine Antwort erhielt, sprach der Meister wieder zu der Menge.
»Wen sucht ihr?«
»Jesus von Nazareth.«
»Ich habe euch gesagt, ich bin es. Wenn ihr also mich sucht, laßt diese ihres Weges gehen.«
Auf diese Worte der Bitte hin gingen die Rabbiner auf Ihn zu; einige der Jünger, die ihre Absicht erkannten und für die er eingetreten war, kamen näher; einer von ihnen schlug einem Mann das Ohr ab, doch ohne den Meister vor der Gefangennahme zu bewahren. Und noch immer stand Ben Hur still. Während die Soldaten sich mit ihren Stricken bereit machten, verübte der Nazarener Seine größte Wohltat – nicht die größte der Tat nach, sondern als größte zur Veranschaulichung Seiner Kraft des Vergebens, welche die der Menschen so weit übertraf.
»Gewiß wird Er ihnen nicht erlauben, Ihn zu binden.«
So dachte Ben Hur.
»Steck dein Schwert in die Scheide. Soll ich nicht den Kelch trinken, den mir mein Vater gegeben hat?« Von dem Ihn verteidigenden Jünger wandte sich der Nazarener an seine Häscher. »Seid ihr herausgekommen wie gegen einen Dieb, mich mit Schwertern und Knüppeln zu fangen? Ich war täglich bei euch im Tempel, und ihr habt mich nicht ergriffen; aber das ist eure Stunde und die Macht der Finsternis.«
Der Haufen faßte wieder Mut und umzingelte Ihn; und als Ben Hur sich nach den Getreuen umsah, waren sie fort – keiner war geblieben.
Er legte sein langes Obergewand ab und nahm das Tuch vom Kopf, dann warf er beides auf die Mauer zum Hain und eilte dem Haufen nach, dem er sich kühn anschloß. Durch die Nachzügler hindurch schaffte er sich Bahn, und nach und

nach erreichte er schließlich den Mann, der das Ende des Stricks trug, mit dem der Gefangene gefesselt war.
Der Nazarener schritt langsam, den Kopf gesenkt und die Hände auf den Rücken gebunden; das Haar fiel Ihm dicht über das Gesicht, und Er ging gebeugter als sonst; offensichtlich hatte er vergessen, was um Ihn her vorging. Einige Schritte vor Ihm gingen Priester und Älteste, die sich unterhielten und gelegentlich zurückblickten. Als sie schließlich alle nahe der Brücke bei der Schlucht waren, nahm Ben Hur dem Diener, der den Strick hielt, diesen ab und trat hinter ihn.
»Meister, Meister!« sagte er eilig und sprach dem Nazarener dicht ins Ohr. »Hörst Du, Meister? Ein Wort – ein Wort. Sag mir –«
Der Bursche, dem er den Strick abgenommen hatte, forderte ihn jetzt zurück.
»Sag mir«, fuhr Ben Hur fort, »gehst Du mit diesen freiwillig mit?«
Die Leute kamen jetzt dicht heran und fragten ihn wütend: »Wer bist du, Mann?«
»O Meister«, beeilte Ben Hur sich zu sagen, Angst in der Stimme, »ich bin Dein Freund. Sag mir, ich bitte Dich, wenn ich Dir Rettung bringe, wirst Du sie annehmen?«
Der Nazarener blickte nicht auf und gab auch nicht das geringste Zeichen, daß er ihn erkenne. Doch etwas schien ihm zu sagen: Laß Ihn allein, Er ist von Seinen Freunden verlassen, die Welt hat Ihn verleugnet; in der Bitterkeit des Herzens hat Er Abschied von den Menschen genommen; Er geht, Er weiß nicht wohin, und es kümmert Ihn nicht. Laß Ihn allein.
Und dazu wurde Ben Hur jetzt getrieben. Ein Dutzend Hände legten sich auf ihn, und von allen Seiten wurde gerufen: »Er ist einer von ihnen. Ergreift ihn, knüppelt ihn – tötet ihn!«
Mit einem Ausbruch der Leidenschaft, der ihm oft seine gewöhnliche Kraft zurückgegeben hatte, richtete sich Ben Hur auf, drehte sich einmal mit ausgestreckten Armen

herum, schüttelte die Hände ab und durchbrach den sich schnell um ihn schließenden Kreis. Die nach ihm greifenden Hände rissen ihm die Kleider vom Leibe, und so rannte er nackt die Straße davon. Die Schlucht und die dort dunkler als anderswo herrschende Dunkelheit nahmen ihn sicher auf.
Er holte sein Kopftuch und Oberkleid von der Mauer zum Hain und begab sich zurück zum Stadttor; von dort ging er zum Khan und ritt auf seinem treuen Pferd zu den Zelten seiner Lieben draußen bei den Königsgräbern.
Während er einherritt, versprach er vor sich, am Morgen den Nazarener aufzusuchen – gelobte es, ohne zu wissen, daß der freudlose Mann geradewegs zum Hause des Annas gebracht wurde, um in der Nacht verhört zu werden.

Zeit zu kämpfen

Am nächsten Morgen um die zweite Stunde ritten zwei Männer in vollem Tempo auf Ben Hurs Zelte zu, stiegen ab und verlangten, ihn zu sprechen. Er war noch nicht aufgestanden, gab aber die Anweisung, sie vorzulassen.
»Friede sei mit euch, Brüder«, sagte er, denn sie gehörten zu seinen Galiläern und waren treue Offiziere. »Wollt ihr euch setzen?«
»Nein«, erwiderte der Ältere kurz, »zu sitzen und es sich bequem zu machen, heißt, den Nazarener sterben zu lassen. Steh auf, Sohn Judas, und komm mit uns. Das Urteil ist gefallen. Das Kreuz steht bei Golgatha bereit.«
Ben Hur starrte sie an.
»Das Kreuz!« war alles, was er für den Moment sagen konnte.
In seinem Gesicht leuchtete Entschlossenheit, und er klatschte in die Hände.
»Die Pferde – schnell!« sagte er zu dem Araber, der auf das Zeichen antwortete. »Und sag Amrah, sie soll mir frische Kleider schicken, und bring mein Schwert! Es ist Zeit, für

Israel zu sterben, meine Freunde. Wartet draußen, bis ich komme.«

Er aß einen Kanten Brot, trank einen Becher Wein und war bald unterwegs.

»Wohin willst du zuerst?« fragte der Galiläer.

»Die Legionen sammeln.«

»Ach!« antwortete der Mann, die Hände hochwerfend.

»Warum ach?«

»Meister« – der Mann sprach mit Beschämung –, »Meister, ich und mein Freund hier sind als einzige treu geblieben. Der Rest folgt den Priestern.«

»Wozu?« Ben Hur zog die Zügel an.

»Ihn zu töten.«

»Doch nicht den Nazarener?«

»Du hast es gesagt.«

Furcht befiel ihn. Vielleicht war sein Planen, seine Mühe, die Geldausgaben nur eine lästerliche Auflehnung gegen Gott gewesen? Als er die Zügel wieder aufnahm und sagte: »Laßt uns weiter, Brüder«, war alles vor ihm Ungewißheit. Die Fähigkeit zu schnellem Entschluß, ohne die jemand inmitten erregter Szenen kein Held sein kann, war in ihm wie erstarrt.

»Laßt uns weiter, Brüder, auf nach Golgatha.«

Sie kamen durch aufgeregte Volksmassen auf dem Weg nach Süden, wie sie selbst. Das ganze Land nördlich der Stadt schien wachgerüttelt und in Bewegung.

Da sie hörten, daß man den Zug mit dem Verurteilten vielleicht irgendwo in der Nähe der großen weißen Türme, die Herodes hinterlassen hatte, treffen konnte, ritten die drei Freunde dorthin, um Akra im Südosten einen Bogen beschreibend. Im Tal unter dem Teich des Ezechias war es unmöglich, durch die Menge hindurchzukommen, sie waren gezwungen, abzusteigen und hinter der Ecke eines Hauses wartend Schutz zu suchen.

Das Warten war, als stünden sie an einem Flußufer und beobachteten die Flut, wie sie vorbeizog, so erschienen die vorbeiströmenden Massen.

Der Zug war einzigartig ruhig. Der Hufschlag eines Pferdes,

das Gleiten und Rattern rollender Räder, Stimmen in Unterhaltung, dann und wann eine rufende Stimme, das waren alle Laute, die im Rauschen der mächtigen Bewegung hörbar wurden.
Schließlich hörte Ben Hur aus der Richtung der großen Türme, zuerst schwach in der Ferne, das Geschrei vieler Menschen.
»Horcht! Sie kommen jetzt«, sagte einer seiner Freunde.
Die Leute auf der Straße blieben stehen, um zu hören, doch als der Lärm über ihren Köpfen weiter erklang, sahen sie einander in schweigendem Schauder an und bewegten sich vorwärts.
Das Geschrei kam jeden Augenblick näher; die Luft war bereits davon erfüllt und zitterte, als Ben Hur Simonides' Diener mit ihrem Herrn in seinem Sessel kommen sah und Esther an seiner Seite; hinter ihnen folgte eine zugedeckte Sänfte.
»Friede sei mit dir, o Simonides – und mit dir, Esther«, sagte Ben Hur, als er sie traf. »Wenn ihr nach Golgatha wollt, bleibt, bis der Zug vorbei ist; dann komme ich mit euch. Hier bei dem Haus findet ihr genug Platz, um einzukehren.«
Des Kaufmanns großer Kopf ruhte schwer auf seiner Brust; er raffte sich auf und antwortete: »Sprich zu Balthasar. Was ihm recht ist, soll mir recht sein. Er ist in der Sänfte.«
Ben Hur eilte hin und zog den Vorhang zur Seite. Drinnen lag der Ägypter, das blasse Gesicht war eingefallen und glich dem eines Toten.
»Können wir Ihn sehen?« fragte er schwach.
»Den Nazarener? Ja. Er muß wenige Schritte von uns vorbeikommen.«
»Lieber Gott!« rief der alte Mann inbrünstig. »Noch einmal, noch einmal! Oh, es ist ein schrecklicher Tag für die Welt!«
Jetzt wartete die ganze Gesellschaft im Schutz des Hauses. Sie sprachen nur wenig, wahrscheinlich aus Angst, einander ihre Gedanken mitzuteilen. Alles war ungewiß, und nichts so sehr wie Vermutungen. Balthasar stieg kraftlos aus der Sänfte und stand da, von einem Diener gestützt; Esther und Ben Hur leisteten Simonides Gesellschaft.

Inzwischen strömte die Menge eher noch dichter als zuvor des Wegs; und das Geschrei kam näher, durchdringend schrill in der Luft, heiser am Boden, ein grausames Geschrei. Endlich war der Zug da.

»Seht!« sagte Ben Hur bitter. »Was jetzt kommt, ist Jerusalem.«

Ein Trupp vollbewaffneter Legionäre bildete die Spitze; sie marschierten in gleichgültiger Entschlossenheit, umgeben vom Ruhm polierten Erzes.

Dann kam der Nazarener!

Er war beinahe tot. Alle paar Schritte wankte Er, als wolle Er niederfallen. Ein beflecktes, zerrissenes Kleid hing über einer saumlosen Untertunika von der Schulter herab. Die nackten Füße hinterließen rote Kleckse auf den Steinen. Ein Brett mit einer Aufschrift war Ihm um den Hals gehängt, und auf Sein Haupt hatte man fest eine Dornenkrone gedrückt, die grausame Wunden verursacht hatte, aus denen Ströme von Blut, jetzt trocken und schwarz, über Gesicht und den Hals geflossen waren. Das lange, in den Dornen verwickelte Haar war dick mit Blut verklumpt. Die Haut war, wo man sie sehen konnte, geisterhaft weiß. Die Hände waren Ihm vor der Brust zusammengebunden. Hinten irgendwo in der Stadt war Er erschöpft unter dem Querbalken Seines Kreuzes zusammengebrochen, das Er nach der Forderung alter Sitte als Verurteilter selbst zum Hinrichtungsplatz schleppen mußte; jetzt trug ein Landmann die Bürde an Seiner Statt. Vier Soldaten begleiteten Ihn als Wache gegen die Menge, die trotzdem manchmal durchbrach, mit Stöcken auf Ihn einschlug und Ihn bespuckte. Doch kein Laut entfloh Ihm, weder ein Vorwurf noch eine Klage. Er blickte auch nicht auf, bis Er dem Hause nahe war, das Ben Hur und seine Freunde schützte, von denen alle von tiefstem Mitleid bewegt waren. Esther klammerte sich an ihren Vater, und dieser, willensstark wie er war, zitterte. Balthasar sank sprachlos nieder. Selbst Ben Hur rief aus: »O mein Gott! Mein Gott!« Da, als habe Er ihre Gefühle erraten oder den Ruf gehört, wandte der Nazarener Sein bleiches Antlitz zu der Gesellschaft hin und sah jeden

einzelnen an, so daß sie den Blick das ganze Leben hindurch in ihrer Erinnerung trugen. Sie konnten sehen, Er dachte an sie, nicht an Sich, und die brechenden Augen gaben ihnen den Segen, den Er nicht sprechen durfte.
»Wo sind deine Legionen, Sohn Hurs?« fragte Simonides aufgerüttelt.
»Annas kann es dir besser sagen als ich.«
»Was, treulos?«
»Alle, bis auf diese zwei.«
»Dann ist alles verloren, und dieser gute Mann muß sterben!«
Das Gesicht des Kaufmanns zog sich zuckend zusammen, während er sprach, und der Kopf sank ihm auf die Brust. Er hatte seinen Teil bei Ben Hurs Arbeit gut getragen und hatte einige Hoffnungen gehegt, die jetzt ausgeblasen waren, um nie mehr entzündet zu werden.
Dem Nazarener folgten zwei andere Männer, die auch Kreuzbalken trugen.
»Wer sind diese?« fragte Ben Hur die Galiläer.
»Diebe, die mit dem Nazarener sterben sollen«, antworteten sie.
Als nächster im Zug stolzierte eine Gestalt mit Mitra einher, ganz in die goldenen Gewänder des Hohenpriesters gekleidet. Angehörige der Tempelwache schirmten ihn rings ab; nach ihm schritten zuerst der Hohe Rat und dann eine lange Reihe Priester daher, die letzteren in ihren einfachen weißen Gewändern mit gefalteten, farbenprächtigen Schärpen.
»Der Schwiegersohn von Annas«, sagte Ben Hur leise.
»Kaiphas! Ich habe ihn gesehen«, fügte Simonides antwortend hinzu, nach einer Pause, während der er den hochmütigen Hohenpriester nachdenklich beobachtete. »Und jetzt bin ich überzeugt. Mit der Gewißheit der hellen Erleuchtung des Geistes weiß ich jetzt, daß der, der dort drüben als erster mit der Aufschrift um Seinen Hals geht, das ist, was die Aufschrift Ihn nennt – *der König der Juden.* Ein gewöhnlicher Mensch, ein Betrüger, ein Verbrecher hat nie ein solches Gefolge gehabt. Denn sieh! Hier sind die Nationen – Jerusa-

lem, Israel. Hier ist das Ephod, hier das blaue Gewand mit seinem Saum, seinen purpurnen Granatäpfeln und goldenen Glocken, das man nicht sah in den Straßen seit dem Tag, da Jaddua dem Makedonenkönig entgegenzog – alles Beweise, daß dieser Nazarener ein König ist. Könnte ich aufstehen und Ihm folgen!«

Ben Hur hörte ihm überrascht zu, und als ob ihm sein ungewöhnlicher Gefühlsausbruch plötzlich bewußt werde, sagte Simonides ungeduldig:

»Sprich mit Balthasar, ich bitte dich, und laß uns fort von hier. Der Unrat von Jerusalem kommt.«

Da sprach Esther: »Ich sehe dort einige Frauen, die weinen. Wer sind sie?«

Sie sahen in die Richtung, in die sie mit der Hand wies, und gewahrten vier Frauen in Tränen; eine von ihnen lehnte auf dem Arm eines Mannes, der an Aussehen dem Nazarener nicht unähnlich war. Ben Hur antwortete.

»Der Mann ist der Jünger, den der Nazarener am meisten von allen liebt; die Frau, die sich auf seinen Arm stützt, ist Maria, des Meisters Mutter; die andern sind befreundete Frauen aus Galiläa.«

Esther sah den Klagenden mit tränenglänzenden Augen nach, bis die Menge sie ihren Blicken entzogen hatte.

»Kommt«, sagte Simonides, als Balthasar bereit war, »kommt, gehen wir weiter.«

Ben Hur hörte den Ruf nicht. Der gerade vorbeiziehende Teil des Zuges, seine Brutalität und sein Mordhunger, erinnerten ihn an den Nazarener.

In dem Augenblick fiel sein Blick auf eine Gruppe von Galiläern. Er eilte durch die Menge und holte sie ein.

»Folgt mir«, sagte er. »Ich möchte mit euch reden.«

Die Männer gehorchten ihm, und als sie unter dem Schutz des Hauses standen, sprach er wieder:

»Ihr gehört zu denen, die meine Schwerter nahmen und einwilligten, mit mir für die Freiheit und den kommenden König zu kämpfen. Ihr habt jetzt die Schwerter, und jetzt ist die Zeit, mit ihnen zu kämpfen. Geht, seht überall nach und

sucht eure Brüder und sagt ihnen, daß sie sich mit mir an dem Kreuz treffen, um sich für den Nazarener bereit zu machen. Beeilt euch! Steht nicht so da! Der Nazarener ist der König, und die Freiheit stirbt mit Ihm.«
Sie sahen ihn ehrerbietig an, aber rührten sich nicht.
»Hört ihr?« fragte er.
Da antwortete einer: »Sohn Judas« – bei dem Namen kannten sie ihn –, »Sohn Judas, du bist getäuscht worden, nicht wir oder unsere Brüder, die deine Schwerter haben. Der Nazarener ist nicht der König, und er hat auch nicht den Geist eines Königs. Wir waren bei Ihm, als Er nach Jerusalem kam; wir haben Ihn im Tempel gesehen; Er verleugnete Sich und uns und Israel; bei der Schönen Pforte wandte Er Gott Seinen Rücken zu und lehnte den Thron Davids ab. Er ist kein König, und Galiläa ist nicht mit Ihm. Doch höre, Sohn Judas! Wir haben deine Schwerter, und wir sind bereit, sie zu ziehen und um die Freiheit zu kämpfen, und Galiläa mit uns. Für die Freiheit, Sohn Judas, für die Freiheit! Und wir werden dich beim Kreuze treffen.«
Der entscheidende Augenblick im Leben Ben Hurs war gekommen. Hätte er das Angebot annehmen und das Wort sagen können, wäre die Geschichte vielleicht anders verlaufen, als sie ist. Verwirrung überkam ihn, er wußte nicht wie, doch hinterher schrieb er sie dem Nazarener zu; denn als der Nazarener vom Tode wiederauferstanden war, begriff er, daß der Tod notwendig gewesen war zur Begründung des Glaubens an die Wiederauferstehung. Die Verwirrung ließ ihm keine Möglichkeit zu einer Entscheidung; er stand hilflos da – sogar wortlos. Er barg das Gesicht in den Händen und zitterte in dem Konflikt zwischen seinem Wunsch und der Macht, die auf ihn einwirkte.
»Komm, wir warten auf dich«, sagte Simonides zum vierten Mal.
Darauf ging er mechanisch hinter dem Sessel und der Sänfte her. Esther begleitete ihn. Wie Balthasar und seine Freunde, die Weisen, am Tag, als sie in der Wüste zusammentrafen, wurde er seinen Weg geführt.

Der König der Juden

Als die Gesellschaft – Balthasar, Simonides, Ben Hur, Esther und die beiden treuen Galiläer – die Stätte der Kreuzigung erreichten, ging Ben Hur als Führer voran. Dort blieb er stehen, die übrigen ebenfalls.

Vor ihnen war ein Platz auf dem Gipfel eines niedrigen Hügels, rund wie eine Schädeldecke, trocken, staubig, ohne Pflanzenwuchs außer einigen struppigen Ysopsträuchern. Eine lebende Mauer von Menschen umgrenzte den Platz, hinter der weitere Menschen sich drängten und mühten, hindurch- oder darüber wegzusehen. Eine innere Mauer aus römischen Soldaten hielt die dichte äußere Mauer rücksichtslos zurück. Ein Zenturio überwachte die Soldaten. Ben Hur war ganz bis zu dieser aufmerksam bewachten Grenze vorgedrungen; dort stand er jetzt, das Gesicht nach Nordwesten gewandt.

Der Hügel war das alte aramäische Golgatha – lateinisch: calvaria, eingedeutscht: Kalvarienberg, übersetzt: die Schädelstätte.

Alle Augen waren auf den Nazarener gerichtet. Vielleicht war es Mitleid, von dem Ben Hur bewegt wurde; was auch die Ursache war, er wurde sich eines Wandels seiner Gefühle bewußt. Eine Vorstellung von etwas Besserem als dem Besten dieses Lebens – etwas um so viel Besseres, daß es einem Schwachen ermöglicht, voller Kraft Qualen des Geistes wie des Körpers zu ertragen; etwas, das den Tod wünschenswert machte – vielleicht ein anderes, reineres Leben als dieses – vielleicht das vergeistigte Leben, an dem Balthasar so festhielt: eine solche Vorstellung begann immer klarer in seinem Geist heraufzudämmern, die ihm das sichere Gefühl vermittelte, daß die Sendung des Nazareners die eines Führers war, die, welche Ihn liebten, über die Grenze hinauszuführen, über die Grenze, hinter der Sein Königtum errichtet war und auf Ihn wartete. Da hörte er wieder wie etwas durch die Luft aus der Vergessenheit Herausgetragenes, oder es kam ihm so vor, die Worte des Nazareners:

»ICH BIN DIE AUFERSTEHUNG UND DAS LEBEN.«

Wieder und wieder hörte er diese Worte, und sie nahmen Gestalt an, die Dämmerung berührte sie mit ihrem Licht und gab ihnen eine neue Bedeutung. Und wie der Mensch eine Frage zu wiederholen pflegt, um ihre Bedeutung zu erfassen, fragte er mit dem Blick auf die Gestalt auf dem Hügel, die unter ihrer Dornenkrone litt: Wer ist die Auferstehung? Wer ist das Leben?

»ICH BIN ES«,

schien die Gestalt zu sagen – zu ihm zu sagen; denn alsbald empfand er einen Frieden, wie er ihn noch nie gekannt hatte – den Frieden, der das Ende des Zweifels und des Geheimnisses ist und der Anfang des Glaubens und der Liebe und des klaren Verständnisses.

Aus dieser Träumerei wurde Ben Hur durch das Geräusch von Hammerschlägen geweckt. Auf dem Gipfel des Hügels sah er jetzt, was ihm zuvor entgangen war – einige Soldaten und Arbeiter richteten Kreuze her. Die Löcher, sie einzupflanzen, waren bereit, und jetzt wurden die Querbalken an ihren Plätzen befestigt.

»Laß die Männer sich beeilen«, sagte der Hohepriester zu dem Zenturio. »Diese« – und er wies auf den Nazarener – »müssen tot sein bis zum Sonnenuntergang und begraben, damit das Land nicht unrein werde. So ist das Gesetz.«

Ein gutmeinender Soldat ging zu dem Nazarener hin und bot Ihm zu trinken an, doch Er wies den Becher zurück. Dann trat ein anderer zu Ihm und nahm das Brett mit der Aufschrift darauf von Seinem Hals und nagelte es an den Stamm des Kreuzes – die Vorbereitungen waren beendet.

»Die Kreuze sind bereit«, sagte der Zenturio zu dem Hohenpriester, der die Meldung mit einem Winken seiner Hand entgegennahm und antwortete:

»Den Gotteslästerer zuerst. Der Sohn Gottes sollte in der Lage sein, sich zu retten. Wir werden sehen.«

Die Leute, die die Vorbereitungen in ihren verschiedenen Schritten hatten sehen können und die bis jetzt den Hügel mit nicht endenden Rufen der Ungeduld belagert hatten, beruhigten sich, und bald trat eine umfassende Stille ein. Der schrecklichste Teil der Strafe, wenigstens für das Denken, war erreicht – die Männer sollten an das Kreuz genagelt werden. Als die Soldaten zu dem Zweck zuerst Hand an den Nazarener legten, durchlief ein Schaudern die große Ansammlung; sogar die Verrohtesten erschraken vor Furcht. Sie gehörten danach zu jenen, die sagten, die Luft sei plötzlich eisig kalt geworden und habe sie erschauern lassen.

»Wie still es ist!« sagte Esther, während sie den Arm um ihres Vaters Hals legte.

In Erinnerung der Foltern, die er selbst erlitten hatte, zog er ihr Gesicht herab an seine Brust und saß zitternd da.

»Sieh nicht hin, Esther, sieh nicht hin!« sagte er. »Ich weiß nicht, aber alle, die jetzt dastehen und zusehen – die Unschuldigen wie die Schuldigen –, sind vielleicht verflucht von dieser Stunde an.«

Balthasar sank auf die Knie.

»Sohn Hurs«, sagte Simonides mit wachsender Erregung, »Sohn Hurs, wenn Jahwe nicht Seine Hand ausstreckt, und zwar schnell, ist Israel verloren – und wir sind verloren.«

Ben Hur antwortete ruhig: »Ich habe geträumt, Simonides, und gehört, warum all dies sein soll und warum es weitergehen muß. Es ist der Wille des Nazareners – es ist Gottes Wille. Tun wir, wie der Ägypter hier – laßt uns stille sein und beten.«

Als er wieder zum Hügel aufblickte, wurden ihm erneut die Worte durch die schaurige Stille zugetragen:

»ICH BIN DIE AUFERSTEHUNG UND DAS LEBEN.«

Er verneigte sich ehrfurchtsvoll, als habe jemand zu ihm gesprochen.

Auf dem Hügel ging in der Zwischenzeit die Arbeit weiter. Die Wache nahm dem Nazarener die Kleidung ab, so daß er nackt vor den Tausenden dastand. Die Striemen der Peitsche, die Er am frühen Morgen empfangen hatte, bluteten noch auf Seinem Rücken, doch mitleidlos wurde Er hingeworfen und auf das Kreuz gestreckt – zuerst die Arme auf den Querbalken; die Nägel waren scharf – ein paar Schläge, und sie waren durch die zarten Handflächen getrieben. Dann zogen sie die Knie hoch, bis die Fußsohlen flach auf dem Baum ruhten; darauf legten sie einen Fuß über den anderen, und ein Nagel heftete beide fest an das Kreuz. Die stumpfen Geräusche der Hammerschläge waren bis außerhalb des bewachten Platzes hörbar, und diejenigen, die sie nicht hören konnten, sahen doch von Angst durchschauert den Hammer niederfahren. Dazu kein Stöhnen, kein Schrei, kein Wort des Protestes von seiten des Leidenden: nichts, über das ein Feind hätte lachen können; nichts, was ein liebender Anhänger hätte bedauern können.

»Wohin willst du sein Gesicht gewendet haben?« fragte ein Soldat grob.

»Zum Tempel hin«, antwortete der Hohepriester. »Wenn er stirbt, möchte ich, daß er sieht, daß das heilige Haus nicht durch ihn gelitten hat.«

Die Arbeiter packten das Kreuz und trugen es mitsamt seiner Last zu der Stelle, wo es eingepflanzt werden sollte. Auf ein Wort senkten sie den Stamm in das Loch; zugleich sank der Körper des Nazareners schwer herab und hing an den blutenden Händen. Weiterhin kein Schrei des Schmerzes – nur der göttlichste Ausruf, der je erklungen ist:

»VATER, VERGIB IHNEN, DENN SIE WISSEN NICHT, WAS SIE TUN.«

Das jetzt aufgerichtete und alle anderen Gegenstände überragende Kreuz stand einsam gegen den Himmel und wurde mit einem Ausbruch der Freude begrüßt; alle, die die Aufschrift auf dem Brett über dem Kopf des Nazareners sehen und lesen konnten, beeilten sich, sie zu entziffern. Sobald sie gelesen war, wurden die Worte weitergegeben, und die ganze riesige Versammlung ließ von der einen Seite bis zur anderen den Gruß ertönen und wiederholte ihn unter Lachen und Stöhnen: »König der Juden! Sei gegrüßt, König der Juden!«

Der Hohepriester hatte einen klareren Begriff von der Bedeutung der Inschrift und protestierte gegen sie, aber vergeblich. Und so sah der auch so benannte König vom Hügel aus mit brechenden Augen die Stadt Seiner Väter unter Sich ruhen – sie, die Ihn so schändlich hinausgestoßen hatte.

Die Sonne stieg rasch zur Mittagshöhe empor; die Hügel genossen verlangend ihr Licht, und die weiter entfernten Berge erfreuten sich des Purpurs, in den sie sie so königlich kleidete. In der Stadt schienen sich die Tempel, Paläste, Türme, Zinnen und alle durch Schönheit herausragenden Punkte dem unvergleichlichen Strahlen entgegenzustrecken, als wüßten sie um den Stolz, der die vielen erfüllte, die sich von Zeit zu Zeit nach ihnen umblickten. Doch plötzlich begann Dunkelheit den Himmel zu erfüllen und die Erde zu bedecken – zuerst nicht mehr als ein kaum merkliches Verklingen des Tages, ein unzeitiges Zwielicht, ein Abend, der auf den strahlenden Tag herabsank. Doch sie wurde tiefer und zog alsbald Aufmerksamkeit auf sich; das Geschrei und Gelächter brachen ab, und die Menschen, die ihren Sinnen nicht trauten, sahen einander verwundert an; dann blickten sie wieder auf die Sonne; dann zu den Bergen, die weiter fortrückten; darauf zum Himmel und auf die nahe Landschaft, auf die sich Schatten senkte; auf den Hügel, wo sich die Tragödie abspielte; und dann sahen sie einander wieder an, erbleichten und verstummten.

»Das ist nur ein Nebel oder eine vorüberziehende Wolke«, sagte Simonides besänftigend zu Esther, die sich ängstigte. »Es wird gleich wieder hell.«

Ben Hur war anderer Meinung.

»Das ist kein Nebel oder eine Wolke. Die Geister, die in der Luft leben – die Propheten und Heiligen – sind am Werk, aus Erbarmen mit sich und der Natur. Ich sage dir, Simonides, so wahr Gott lebt: Der dort hängt, ist der Sohn Gottes.«

Er überließ Simonides dem Staunen über solche Worte aus seinem Mund und ging zu Balthasar, der in der Nähe kniete. Die Hand auf des guten Mannes Schulter legend, sagte er:

»O weiser Ägypter, horch! Du allein hast recht gehabt – der Nazarener ist fürwahr der Sohn Gottes.«

Balthasar zog ihn herab zu sich und antwortete schwach: »Ich sah Ihn als Kind in der Krippe, wo Er zuerst lag; es ist nicht verwunderlich, daß ich Ihn früher kannte als du; doch daß ich diesen Tag erleben mußte! Wäre ich doch gestorben mit

meinen Brüdern! Glücklicher Melchior! Glücklicher, glücklicher Kaspar!«
»Tröste dich!« sagte Ben Hur. »Zweifellos sind auch sie hier.«
Das Dämmern verstärkte sich zur Dunkelheit und die zu eigentlicher Finsternis, doch ohne die kühneren Geister auf dem Hügel abzuschrecken. Einer nach dem andern wurden die Diebe auf die Kreuze gezogen und die Kreuze aufgerichtet. Dann wurde die Wache zurückgezogen, und wie eine zusammenlaufende Woge strömte nun die freigesetzte Menge auf die Höhe des Hügels. Gerade mochte einer einen Blick auf das Kreuz geworfen haben, als ein Neuankömmling ihn vorwärtsstieß und seinen Platz einnahm, um gleich selbst wieder fortgestoßen zu werden, und überall Hohngelächter und Zotenreißerei und Schmähungen, alles gegen den Nazarener.
Die übernatürliche Nacht, die sich so von den Himmeln herabgesenkt hatte, erregte Esther, wie sie Tausende anderer, tapferer und stärker, erregte.
»Laßt uns heimgehen«, bat sie – zweimal, dreimal. »Es ist der Zorn Gottvaters. Wer kann sagen, welch andere schreckliche Dinge noch geschehen können? Ich habe Angst.«
Simonides war hartnäckig. Er sagte wenig, doch er stand deutlich unter großer Erregung. Als er um das Ende der ersten Stunde bemerkte, daß die Heftigkeit der Menge auf dem Hügel etwas nachließ, begab sich die Gesellschaft auf seinen Vorschlag hin näher an die Kreuze heran. Ben Hur reichte Balthasar seinen Arm; doch der Ägypter kam nur mühsam die Steigung herauf. Von ihrem neuen Standpunkt aus konnten sie den Nazarener sehen, wenn auch nicht vollständig. Er erschien ihnen als nichts weiter denn als eine dunkle, hängende Gestalt. Sie konnten Ihn jedoch hören – hörten Sein Seufzen, das zeigte, daß Er mehr litt oder erschöpft war als die mit Ihm Gekreuzigten, denn die erfüllten jedes Nachlassen des Lärms mit ihrem Stöhnen und Flehen.
Die zweite Stunde nach der Kreuzigung verstrich wie die erste. Für den Nazarener waren es Stunden der Beleidigung,

der Schmähung und des langsamen Sterbens. Nur einmal sprach Er während der Zeit. Einige Frauen kamen und knieten am Fuße Seines Kreuzes nieder. Unter ihnen erkannte Er Seine Mutter und den Lieblingsjünger.
»WEIB«, sprach Er, die Stimme erhebend, »SIEH DEINEN SOHN!« Und zu dem Jünger: »SIEH DEINE MUTTER!«
Die dritte Stunde kam, und noch immer wogte die Menge um den Hügel, von seltsamer Anziehung festgehalten, mit der die Nacht bei Tage wahrscheinlich viel zu tun hatte. Sie waren ruhiger als die Stunde zuvor, doch von Zeit zu Zeit konnte man sie in der Finsternis rufen hören, eine Menge zur andern. Jetzt war auch zu bemerken, daß sie sich dem Kreuz des Nazareners im Schweigen näherten, schweigend hinaufblickten und ebenso sich entfernten. Diese Änderung erstreckte sich selbst auf die Wache, die erst kurz zuvor um die Kleider des Gekreuzigten das Los geworfen hatten; mit ihren Offizieren standen sie ein wenig beiseite, mehr auf den einen Verbrecher achtend als auf die kommenden und gehenden Massen. Wenn Er nur schwer atmete oder den Kopf auf dem Höhepunkt des Schmerzes zurückwarf, wurden sie sofort aufmerksam. Am unwahrscheinlichsten jedoch war das geänderte Benehmen des Hohenpriesters und seines Gefolges, jener weisen Männer, die ihm in der Nacht während des Verhörs beigestanden und im Angesicht des Opfers fanatisch seinem Urteil zugestimmt hatten. Als die Dunkelheit hereinbrach, begannen sie, ihre Zuversicht zu verlieren. Unter ihnen gab es viele der Astronomie Kundige, die mit den in jenen Tagen für die Massen so schrecklichen Himmelserscheinungen vertraut waren. Einen Großteil der Kenntnisse hatten ihnen ihre Vorväter aus alter Zeit hinterlassen, andere hatten sie aus der Gefangenschaft in Ägypten mitgebracht, und die Notwendigkeiten des Tempeldienstes bewahrten sie dem Bewußtsein. Diese nun rückten zusammen, als die Sonne begann, vor ihren Augen wegzudämmern, und die Berge und Hügel zurückwichen. Sie zogen sich zu einer Gruppe um ihren Hohenpriester zusammen und besprachen, was sie sahen. »Es ist Vollmond«, sagten sie, »eine

Sonnenfinsternis kann es nicht sein« – da hatten sie recht. Da nun niemand die Frage, die sie alle beschäftigte, beantworten konnte, da niemand die Finsternis erklären konnte, oder wenigstens ihr Auftreten zu genau dieser Zeit, brachten sie es im Innern insgeheim mit dem Nazarener in Verbindung, so daß sie einem Gefühl der Angst nachgeben mußten, welches das lange Andauern der Erscheinung beständig vermehrte. An ihrem Standplatz hinter den Soldaten merkten sie auf jedes Wort und jede Bewegung des Nazareners, hingen angstvoll an Seinen Seufzern und unterhielten sich nur flüsternd.
Vielleicht war der Mann wirklich der Messias, und dann – doch sie würden warten und sehen!

Inzwischen hatten Ben Hur nicht einmal die alten Gedanken heimgesucht. Vollkommener Friede wohnte in ihm. Er betete einfach, daß das Ende schnell kommen möge. Er wußte, was in Simonides vorging – daß er an der Schwelle des Glaubens zögerte. Er sah den mächtigen Kopf in ernstem Nachdenken gesenkt. Er bemerkte, daß er fragende Blicke auf die Sonne warf, als suche er nach dem Grund der Finsternis. Er übersah auch nicht die Besorgtheit, mit der Esther sich an ihn schmiegte, und wie sie ihre Angst niederkämpfte, um seinen Wünschen gefällig zu sein.
»Hab keine Angst«, hörte er ihn zu ihr sagen, »bleib und beobachte mit mir. Du magst doppelt so lange leben wie ich und wirst nichts sehen, was von gleicher Bedeutung für die Menschen wäre wie dies; vielleicht gibt es noch weitere Offenbarungen. Laß uns bis zum Schluß bleiben.«
Als die dritte Stunde etwa halb um war, kamen einige Menschen von der rohesten Sorte – Lumpenpack aus den Grabhöhlen außerhalb der Stadt – und hielten vor dem mittleren Kreuz an.
»Das ist er, der König der Juden«, sagte einer von ihnen.
Die andern riefen hohnlachend: »Sei gegrüßt, sei gegrüßt, König der Juden!«
Da sie keine Antwort erhielten, gingen sie dichter heran.

»Wenn du der König der Juden bist oder der Sohn Gottes, komm herab«, sagten sie laut.

Darauf unterbrach einer der Diebe sein Stöhnen und rief dem Nazarener zu: »Ja, wenn du der Messias bist, rette dich und uns.«

Die Leute lachten und applaudierten; dann hörte man, während sie auf eine Antwort warteten, den andern Verbrecher zu dem ersten sagen: »Fürchtest du Gott nicht? Wir empfangen den gerechten Lohn für unsere Taten; doch dieser Mann hat nichts Verfehltes getan.«

Die Umstehenden waren erstaunt; inmitten der folgenden Stille sprach wieder der zweite Verbrecher, doch diesmal zu dem Nazarener:

»Herr«, sagte er, »gedenke mein, wenn Du in Dein Königreich kommst.«

Simonides fuhr unvermittelt auf. »Wenn Du in Dein Königreich kommst!« Das war genau der Punkt des Zweifels in seinem Innern; der Punkt, den er so oft mit Balthasar erörtert hatte.

»Hast du gehört?« sagte Ben Hur zu ihm. »Das Königreich kann nicht von dieser Welt sein. Jener Zeuge dort sagt, der König geht erst in Sein Reich; und in der Tat, dasselbe hörte ich in meinem Traum.«

»Still!« sagte Simonides gebieterisch, wie er noch nie zu Ben Hur gesprochen hatte. »Still, ich bitte dich! Wenn der Nazarener vielleicht antwortet –«

Und während er sprach, antwortete der Nazarener tatsächlich mit klarer Stimme und voller Zuversicht:

»WAHRLICH, ICH SAGE DIR, HEUTE SOLLST DU MIT MIR IM PARADIESE SEIN!«

Simonides wartete, ob noch mehr zu hören sei; dann faltete er die Hände und sagte: »Nicht weiter, nicht weiter, Herr! Die Finsternis ist gewichen; ich sehe mit anderen Augen – genau wie Balthasar, ich sehe mit den Augen vollkommenen Glaubens.«

Der treue Diener hatte endlich den gebührenden Lohn. Sein gebrochener Körper mochte nie wiederhergestellt werden; es gab auch keine Erlösung von der Erinnerung an seine Leiden oder eine Zurücknahme der Jahre, die durch sie bitter geworden waren; doch plötzlich war ihm ein neues Leben gezeigt worden, mit der Gewißheit, daß es für ihn war – ein neues Leben nach diesem –, und sein Name war Paradies. Dort würde er das Königreich finden, von dem er geträumt hatte, und den König. Völliger Friede senkte sich auf ihn.

Der Atem des Nazareners wurde schwerer; Seine Seufzer gerieten zu heftigem Keuchen. Nur drei Stunden am Kreuz, und Er lag im Sterben!

Die Kunde wurde von Mann zu Mann getragen, bis jedermann sie wußte. Alles verstummte. Der Wind ließ nach und legte sich. Ein stickiger Dunst erfüllte die Luft. Zu der Finsternis trat noch die Hitze. Keiner, der es nicht wußte, hätte gedacht, daß den Hügel hinab unter dem verhangenen Himmel Zigtausende von Menschen furchtsam auf das warteten, was als nächstes geschehen sollte – so still waren sie!

Da erscholl durch die Düsternis über die Köpfe derer hinweg, die auf dem Hügel um den Sterbenden herumstanden, ein Schrei der Verzweiflung, wenn nicht des Vorwurfs:

»MEIN GOTT! MEIN GOTT! WARUM HAST DU MICH VERLASSEN?«

Die Stimme erschreckte alle, die sie hörten. Einen berührte sie unbezähmbar.

Die Soldaten hatten beim Kommen ein Gefäß mit Wein und Wasser mitgebracht und es ein wenig abseits von Ben Hur abgestellt. Mit einem in die Flüssigkeit getauchten Schwamm, den man an das Ende eines Stockes heftete, konnte man den Leidenden nach Belieben die Zunge befeuchten. Ben Hur dachte an den Trunk, den er am Brunnen bei Nazareth gereicht bekommen hatte. Eine Eingebung packte ihn, und er nahm den Schwamm, tauchte ihn in das Gefäß und machte sich auf zum Kreuz.

»Laß ihn!« riefen die Leute am Wege zornig, »laß ihn!«

Doch er beachtete sie nicht, er rannte weiter und hielt den Schwamm an des Nazareners Lippen.

Zu spät, zu spät!

Das Antlitz, das Ben Hur jetzt deutlich sah, zerschunden und schwarz von Blut und Staub, strahlte trotzdem in plötzlichem Leuchten auf; die Augen öffneten sich weit und richteten sich auf jemand, der ihnen allein in fernen Himmeln sichtbar war; Zufriedenheit und Erleichterung, sogar Triumph lag in dem Ausruf, den das Opfer von Sich gab.

»ES IST VOLLBRACHT! ES IST VOLLBRACHT!«

So feiert ein Held, der ein großes Werk vollbringend stirbt, seinen Erfolg mit einem letzten Triumphruf.

Das Licht in den Augen erlosch; langsam sank das dornengekrönte Haupt auf die schwer arbeitende Brust. Ben Hur dachte, der Kampf sei vorbei; doch die schwindende Seele sammelte sich wieder, so daß er und die ihn Umstehenden die letzten Worte, leise, wie zu einem in der Nähe Lauschenden gesprochen, vernehmen konnten:

»VATER, IN DEINE HÄNDE EMPFEHLE ICH MEINEN GEIST.«

Ein Zittern erschütterte den gepeinigten Körper; ein Schrei stärkster Qual, und die Sendung und das irdische Leben waren auf einmal zu Ende. Das Herz, mit all Seiner Liebe, war gebrochen; denn daran, o Leser, starb der Mann!

Ben Hur kehrte zu seinen Freunden zurück und sagte einfach: »Es ist vorbei; Er ist tot.«

In unglaublich kurzer Zeit war die Menge über den Umstand informiert. Niemand wiederholte es laut; in alle Richtungen des Hügels ging ein Murmeln, ein Murmeln, wenig mehr als ein Flüstern. »Er ist tot! Er ist tot!« – Das war alles. Das Volk hatte seinen Willen. Der Nazarener war tot. Doch entsetzt starrten sie einander an. Sein Blut lag auf ihnen! Und während sie einander anstarrten, begann der Boden zu erbeben. Ein jeder suchte Halt bei seinem Nachbarn, um sich zu stützen. Im Nu verschwand die Finsternis, und die Sonne kam heraus. Wie mit demselben Blick sah jeder zu den Kreuzen auf dem Hügel hin, die alle wie trunken in dem Erdbeben wankten. Sie sahen alle drei, doch das eine in der Mitte war beherrschend; es allein wollte gesehen werden. Dazu schien es sich in die Höhe zu verlängern und seine Bürde höher und höher zu heben, daß sie in dem Blau des Himmels hin und her schwang. Und jedermann, der den Nazarener verhöhnt hatte; jeder, der Ihn geschlagen hatte; jeder, der eingestimmt hatte, Ihn zu kreuzigen; jeder, der in dem Zug aus der Stadt mitmarschiert war; jeder, der Ihm in seinem Herzen den Tod gewünscht hatte – und sie waren zehn zu eins –, sie alle fühlten, jeder für sich, daß er einzeln aus der Menge herausgehoben war, und daß er, wenn er leben wollte, so schnell als möglich der Drohung aus dem Himmel entfliehen mußte. Sie begannen zu rennen; sie rannten mit aller Kraft, flohen zu Pferde und auf Kamelen und auf Wagen oder auch zu Fuß. Aber da verfolgte sie das Erdbeben, als sei es außer sich wegen ihrer Tat und als habe es die Sache des unschuldigen und freudlosen Toten übernommen; es schleuderte sie herum, warf sie zu Boden und erschreckte sie noch mehr durch den entsetzlichen Lärm der unter ihnen knirschenden und berstenden Felsen. Sie schlugen sich an die Brust und schrien vor Furcht. Sein Blut lag auf ihnen. Die Einheimischen und die Fremden, Priester und Laien, Bettler, Sadduzäer, Pharisäer, alle wurden bei der Flucht eingeholt und stürzten unterschiedslos übereinander. Wenn sie den Herrn anriefen, antwortete ihnen die aufgebrachte Erde voller Wut und behandelte alle gleich. Sie wußte nicht einmal, worin der Hohepriester besser sei als seine schuldigen Brüder; sie erfaßte auch ihn und warf ihn zu Boden, beschmutzte den Saum seines Gewandes, füllte die goldenen Glocken mit Sand und seinen Mund mit Staub. Er und sein Volk waren in einem Ding gleich – das Blut des Nazareners lag auf ihnen allen.

Als das Sonnenlicht über der Kreuzigungsstätte erschien, waren die Mutter des Nazareners, der Jünger und die treuen Frauen aus Galiläa, der Zenturio und seine Soldaten sowie Ben Hur und seine Gesellschaft die einzigen, die auf dem Hügel geblieben. Diese hatten nicht Zeit, die Flucht der Menge zu beobachten; sie waren zu laut aufgefordert, auf sich selbst zu achten.

»Setz dich hierher«, sagte Ben Hur zu Esther und bereitete ihr einen Platz zu ihres Vaters Füßen. »Jetzt bedecke deine Augen und sieh nicht auf; doch vertraue auf Gott und den Geist jenes so ruchlos getöteten gerechten Mannes.«

»Nein«, sagte Simonides ehrerbietig, »laß uns hinfort von Ihm als dem Messias sprechen.«
»Sei es so«, sagte Ben Hur.
Jetzt erschütterte eine Welle des Erdbebens den Hügel. Die Schreie der Diebe an den schwankenden Kreuzen waren schrecklich anzuhören. Obwohl schwindelig von der Erschütterung des Bodens, hatte Ben Hur Zeit, Balthasar anzusehen; er sah ihn hingestreckt und ruhig auf dem Boden liegen. Er rannte zu ihm und rief – keine Antwort. Der gute Mann war tot. Da erinnerte sich Ben Hur, einen Schrei gehört zu haben als Antwort sozusagen auf den Schrei des Nazareners in seinem letzten Augenblick, doch er hatte nicht nachgesehen, von wo er gekommen war. Jetzt war Ben Hur überzeugt, daß der Geist des Ägypters dem seines Meisters über die Grenze hin zum Königreich des Paradieses folgte. Die Vorstellung beruhte nicht nur auf dem gehörten Schrei, sondern auch darauf, daß er es für eine überaus angemessene Auszeichnung hielt. Wenn der Glaube in Kaspar den gebührenden Lohn erhielt und die Liebe in Melchior, sollte sicher der einen besonderen Lohn haben, der sein ganzes Leben hindurch in so außerordentlicher Weise die drei Tugenden zusammen verkörpert hatte – Glaube, Liebe und gute Werke.
Balthasars Diener hatten ihren Herrn verlassen; doch als alles vorüber war, trugen die beiden Galiläer den Greis in seiner Sänfte zurück in die Stadt.
Es war ein trauriger Zug, der an jenem denkwürdigen Tag durch das Südtor gegen Sonnenuntergang den Palast der Hurs betrat. Um dieselbe Stunde wurde der Leib des Messias vom Kreuz genommen.
Balthasars Reste wurden in das Gästegemach getragen. Alle Diener eilten weinend herbei, ihn zu sehen, denn er besaß die Liebe eines jeden, mit dem er etwas zu tun hatte. Doch als sie sein Gesicht sahen und das Lächeln darauf, trockneten sie ihre Tränen und sagten: »Es ist gut. Er ist glücklicher heute abend als am Morgen, da er auszog.«
Ben Hur wollte keinen Diener damit betrauen, Iras darüber zu informieren, was ihrem Vater geschehen war. Er ging

selbst, um sie zu dem Leichnam zu holen. Er stellte sich ihren Schmerz vor; jetzt wäre sie allein auf der Welt; es war Zeit, ihr zu verzeihen und sie zu bemitleiden. Er erinnerte sich, daß er gar nicht gefragt hatte, warum sie am Morgen nicht bei der Gesellschaft war oder wo sie war; er entsann sich, daß er gar nicht an sie gedacht hatte. In seiner Beschämung war er bereit, alles wiedergutzumachen, um so mehr, als er sie jetzt in so herben Schmerz stürzen mußte. Er schüttelte die Vorhänge an ihrer Tür; und obwohl er das Klingeln der kleinen Glocken drinnen hörte, erhielt er keine Antwort; er rief ihren Namen, rief ihn nochmals – noch immer keine Antwort. Er zog den Vorhang beiseite und trat in den Raum. Sie war nicht da. Er stieg eilig zum Dach hinauf, um nach ihr zu suchen; dort war sie auch nicht. Er fragte die Diener. Keiner von ihnen hatte sie während des Tages gesehen. Nachdem er überall im Hause nachgefragt hatte, kehrte Ben Hur in das Gästegemach zurück und nahm den Platz bei dem Toten ein, der ihrer hätte sein sollen, und er dachte daran, wie gnädig der Messias zu seinem alten Diener gewesen war. An dem Tor des Königreichs des Paradieses blieben glücklicherweise alle Leiden des Lebens, auch seine Verlassenheit, zurück, vergessen von denen, die dort eingehen und ruhen.

Als die traurige Stimmung um das Begräbnis im Schwinden begriffen war, holte Ben Hur am neunten Tag nach der Heilung – das Gesetz war so erfüllt – seine Mutter und Tirzah heim. Und von dem Tag an waren die heiligsten Namen in diesem Hause: Gott der Vater, und Christus der Sohn.

Fünf Jahre später

Ungefähr fünf Jahre nach der Kreuzigung saß Esther, Ben Hurs Frau, in ihrem Zimmer in der schönen Villa bei Misenum. Es war Mittag, und die sommerliche italienische Sonne schien auf die Rosen und die Reben draußen. Alles im Gemach war römisch, außer daß Esther die Kleidung einer jüdischen Frau trug. Tirzah und zwei Kinder beim Spiel auf einem Löwenfell auf dem Boden leisteten ihr Gesellschaft. Man brauchte nur zu beobachten, wie liebevoll sie auf die Kleinen sah, um zu wissen, daß es ihre waren.

Die Zeit war wohlwollend zu ihr gewesen. Sie war schöner als je, und indem sie Herrin der Villa geworden war, hatte sich einer ihrer liebsten Träume erfüllt.

Inmitten dieser einfachen, trauten Szene erschien ein Diener in der Tür und sprach zu ihr:

»Eine Frau im Atrium wünscht, die Herrin zu sprechen.«

»Laß sie hereinkommen! Ich will sie hier empfangen.«

Sogleich trat die Fremde ein. Bei ihrem Anblick erhob sich die Jüdin und wollte sprechen; dann zögerte sie, wechselte die Farbe, wich schließlich zurück und sagte: »Ich habe dich gekannt, gute Frau. Du bist –«

»Ich war Iras, die Tochter Balthasars.«

Esther bezwang ihre Überraschung und hieß den Diener, der Ägypterin einen Stuhl zu bringen.

»Nein«, sagte Iras kalt. »Ich will mich gleich wieder zurückziehen.«

Die beiden sahen einander an. Wir wissen, was Esther darstellte – eine schöne Frau, eine glückliche Mutter, eine zufriedene Gattin. Auf der anderen Seite war es offensichtlich, daß das Glück ihrer früheren Rivalin nicht so günstig gewesen war. Die hohe Gestalt mit einem Rest ihrer Anmut war geblieben; doch ein übles Leben hatte die ganze Person gezeichnet. Das Gesicht war derb, die großen Augen waren gerötet und unterhalb der unteren Augenlider faltig geworden; ihre Wangen wiesen keine Farbe auf. Die Lippen waren zynisch und hart, und allgemeine Vernachlässigung hatten

schnell zu einem frühen Altern geführt. Ihre Kleidung war schlecht gewählt und beschmutzt. Der Straßendreck haftete an ihren Sandalen. Iras brach das peinliche Schweigen.
»Sind das deine Kinder?«
»Ja. Willst du nicht mit ihnen sprechen?«
»Ich würde sie erschrecken«, antwortete Iras. Dann trat sie näher zu Esther, und als sie sah, daß diese erschrak, sagte sie: »Hab keine Angst. Überbring deinem Gatten eine Botschaft für mich. Sag ihm, sein Feind ist tot und daß ich für das viele Elend, das er mir gebracht hat, ihn selbst getötet habe.«
»Sein Feind!«
»Messala. Sag deinem Gatten ferner, ich sei für das Böse, das ich ihm antun wollte, gestraft, daß sogar er mich bemitleiden würde.«
Tränen traten in Esthers Augen, und sie wollte sprechen.
»Nein«, sagte Iras, »ich will kein Mitleid oder Tränen. Sag ihm endlich, ich habe herausgefunden, daß ein Römer zu sein, bedeutet: ein Tier zu sein. Lebe wohl!«
Sie wandte sich zum Gehen. Esther folgte ihr.
»Bleib und warte auf meinen Gatten. Er hegt keine bösen Gefühle gegen dich. Er hat überall nach dir gesucht. Er wird dein Freund sein. Ich werde deine Freundin sein. Wir sind Christen.«
Die andere blieb fest.
»Nein, ich bin, was ich bin, aus freien Stücken. Es wird bald vorüber sein.«
»Aber« – Esther zögerte – »haben wir nichts, was du dir wünschst? Nichts zu – zu –«
Das Gesicht der Ägypterin wurde sanft; etwas wie ein Lächeln spielte um ihre Lippen. Sie sah auf die Kinder auf dem Boden.
»Es gibt etwas«, sagte sie.
Esther folgte ihren Augen, und mit schnellem Verständnis antwortete sie: »Du sollst es haben.«
Iras ging zu den Kindern, kniete nieder auf dem Löwenfell und küßte sie beide. Dann erhob sie sich langsam, sah sie an, ging zur Tür und war ohne ein Wort des Abschieds draußen.

Sie ging schnell und war gegangen, bevor Esther überlegen konnte, was zu tun sei.
Als Ben Hur von dem Besuch hörte, wurde ihm klar, was er schon lange vermutet hatte – daß Iras am Tage der Kreuzigung ihren Vater für Messala verlassen hatte. Nichtsdestoweniger machte er sich sofort auf und suchte nach ihr, doch vergebens; sie sahen sie nie mehr und hörten auch nichts von ihr. Die blaue Bucht, bei all ihrem Lachen unter der Sonne, hat doch ihre dunklen Geheimnisse. Hätte sie eine Zunge, sie könnte uns von der Ägypterin erzählen.

Simonides lebte bis ins hohe Alter. Im zehnten Jahr der Herrschaft Neros gab er das Geschäft auf, das so lange im Warenhaus zu Antiochia seinen Mittelpunkt hatte. Bis zum Schluß behielt er einen klaren Kopf und ein gutes Herz und war erfolgreich.
Eines Abends in dem genannten Jahr saß er in seinem Lehnstuhl auf der Terrasse des Warenhauses. Ben Hur und Esther und ihre drei Kinder waren bei ihm. Das letzte der Schiffe schaukelte vor Anker in der Strömung des Flusses; alle übrigen hatte er verkauft. In der langen Zeit zwischen diesem und dem Tag der Kreuzigung hatte sie nur ein Kummer befallen: als Ben Hurs Mutter starb. Doch damals wie jetzt wäre ihr Schmerz größer gewesen ohne den christlichen Glauben.
Das erwähnte Schiff war erst einen Tag zuvor angekommen und brachte Nachricht von der Verfolgung der Christen, die Nero in Rom begonnen hatte. Die Gesellschaft auf der Terrasse sprach über die Neuigkeiten, als Malluch, der noch immer in ihren Diensten stand, herantrat und Ben Hur ein Päckchen ablieferte.
»Wer bringt es?« fragte dieser, nachdem er gelesen hatte.
»Ein Araber.«
»Wo ist er?«
»Er ist sofort gegangen.«
»Höre«, sagte Ben Hur zu Simonides.
Dann las er den folgenden Brief:

Ich, Ilderim, der Sohn Ilderims des Edlen, und Scheich des Stammes Ilderim, an Judah, Sohn Hurs.
Erfahre, o Freund meines Vaters, wie mein Vater dich liebte. Lies, was beiliegend mitgeschickt ist, und du wirst es wissen. Sein Wille ist mein Wille; daher ist dein, was er dir gab.
Alles, was die Parther in der großen Schlacht, in der sie ihn erschlugen, geraubt haben, habe ich zurückgeholt – darunter dieses Schreiben und die Rache, dazu die ganze Nachkommenschaft jener Mira, die in seiner Zeit Mutter so vieler Sterne war.

Friede sei mit dir und all den Deinen.

Diese Stimme aus der Wüste ist die Stimme von

ILDERIM, Scheich.

Dann entrollte Ben Hur einen Papyrusstreifen, gelb wie ein verwelktes Maulbeerblatt. Darauf las er weiter:

Ilderim mit dem Beinamen der Edle, Scheich des Stammes Ilderim, an den Sohn, der mir nachfolgt.
Alles, was ich habe, o Sohn, soll dein sein am Tage deiner Nachfolge, außer jenem Besitztum bei Antiochia, bekannt als der Palmenhain; er soll dem Sohn Hurs gehören, der uns soviel Ruhm im Zirkus gebracht hat – ihm und den Seinen auf immer.
Mach deinem Vater keine Schande.

ILDERIM DER EDLE, Scheich.

»Was sagst du?« fragte Ben Hur Simonides.
Esther nahm erfreut die Papiere und las sie. Simonides schwieg. Seine Augen lagen auf dem Schiff, doch er dachte nach. Schließlich sprach er:
»Sohn Hurs«, sagte er ernst, »der Herr ist gütig zu dir gewesen in diesen letzten Jahren. Du hast viel, um dankbar zu sein. Ist es nicht an der Zeit, endgültig über die Bedeutung des großen Vermögens zu entscheiden, das eine Gabe des Herrn ist und jetzt ganz in deiner Hand ist und immer noch wächst?«

»Darüber habe ich schon vor langer Zeit entschieden. Das Vermögen ist zum Dienst des Gebers bestimmt, nicht ein Teil, Simonides, sondern alles. Meine Frage ist gewesen, wie kann ich es am nützlichsten zu Seiner Sache verwenden? Dazu sag mir etwas, ich bitte dich.«

Simonides antwortete:

»Ich bin Zeuge der großen Summen, die du der Kirche hier in Antiochia gegeben hast. Jetzt kommt fast gleichzeitig mit diesem Geschenk des edlen Scheichs die Nachricht von der Verfolgung der Brüder in Rom. Da öffnet sich ein neues Feld. Das Licht in der Hauptstadt darf nicht erlöschen.«

»Sag mir, wie ich es am Leben erhalten kann.«

»Das will ich dir sagen. Die Römer, sogar dieser Nero, halten zwei Dinge heilig – ich weiß nichts, was sie sonst heilig hielten –, das ist die Asche der Toten und alle Begräbnisstätten. Wenn du keine Tempel zur Verehrung des Herrn über der Erde errichten kannst, dann bau sie unter der Erde. Und um sie vor Entweihung zu schützen, bring die Leichname aller dorthin, die im Glauben sterben.«

Ben Hur erhob sich erregt.

»Das ist ein großer Gedanke«, sagte er. »Ich will nicht warten, anzufangen. Die Zeit verbietet Aufschub. Das Schiff, das die Nachricht vom Leiden unserer Brüder gebracht hat, soll mich nach Rom mitnehmen. Ich segle morgen.«

Er wandte sich zu Malluch.

»Mach das Schiff fertig, Malluch, und sei auch du bereit, mit mir zu gehen.«

»So ist es gut«, sagte Simonides.

»Und du, Esther, was sagst du?« fragte Ben Hur.

Esther trat an seine Seite, legte ihm die Hand auf den Arm und antwortete:

»So wirst du Christus am besten dienen. O mein Gatte, laß mich kein Hindernis sein, sondern dich begleiten und dir helfen.«

Wenn einer meiner Leser Rom besucht und den kurzen Ausflug zur Katakombe des Heiligen Calixtus machen will, die älter ist als die des Heiligen Sebastianus, wird er sehen, was aus dem Vermögen Ben Hurs geworden ist, und ihm Dank sagen. Aus jener weitläufigen Gräberstätte trat das Christentum hervor, um die Cäsaren zu stürzen.

Gestalten dieses Buches

Ben Hurs Familie

Ben Hur	Held der Erzählung. Jude. Gutaussehend, stark, tapfer, reich. Auch Judah, Sohn Ithamars, genannt; Adoptivsohn des Arrius.
Seine Mutter	Eine Frau von außergewöhnlicher Würde. Nach einer schrecklichen Zeit im Gefängnis auf wundersame Weise von Lepra geheilt.
Tirzah	Die schöne jüngere Schwester Ben Hurs. Genauso wundersam von der Lepra geheilt.
Amrah	Die alte Amme der Familie Hur, allen treu ergeben.

Simonides' Familie

Simonides	Ehemaliger Sklave Ithamars, des Vaters von Ben Hur. Gewitzt, aber ehrenhaft, durch Folter verkrüppelt. Er wird der zuverlässigste Ratgeber des Helden.
Esther	Attraktive Tochter des Simonides. Verliebt in Ben Hur.
Malluch	Treuer Diener des Simonides, getreuer Gefährte Ben Hurs.

Die drei Weisen

Kaspar	Der Grieche
Melchior	Der Inder
Balthasar	Der Ägypter In der späteren Überlieferung wurden aus den drei Weisen die Drei Könige, doch die Evangelien sagen nichts über ihre Anzahl oder ihre Namen. Balthasar überlebt die beiden andern und stirbt während der Kreuzigungsszene zur selben Zeit wie Jesus.
Iras	Balthasars Tochter. Nach außen voller Naivität und Liebreiz, im Innern verschlagen und boshaft; zu spät bereut sie ihre Fehler.
Scheich Ilderim	Genannt der Edle. Ein gerissener Wüstenfuchs, Freund Balthasars. Überläßt Ben Hur Rennwagen und Gespann und gewährt ihm großzügig Hilfe.
Sanballat	Ein ehrwürdiger Jude.

Messala	Kindheitsfreund, als Erwachsener geschworener Feind Ben Hurs. Arrogant, selbstsüchtig, tapfer, schön, reich.
Valerius Gratus	Prokurator von Judäa und Samaria von 14 bis 25 n. Chr. Ben Hurs unglücklicher »Attentatsversuch« führte zum Untergang der Familie Hur.
Quintus Arrius	Edelmann. Marinekommandant. Duumvir. Adoptivvater Ben Hurs.
Maxentius	Konsul. Zu seinen Ehren werden während seines Aufenthalts auf dem Weg zu einem Feldzug gegen die Parther in Antiochia Festspiele abgehalten.
Drusus	Freund Messalas.
Gesius	Gefängniswärter in der Antonia-Burg. Ein ehrenwerter Mann.
Herodes der Große	König der Juden, man mißtraute ihm wegen seiner griechischen Denkungsart. Starb 4 v. Chr., nachdem er die Ermordung aller Säuglinge Bethlehems befohlen hatte.

Daneben treten viele weitere Gestalten auf, in erster Linie Jesus Christus. Josef von Nazareth, Maria und Johannes der Täufer (der Nazaräer) spielen die Rollen, wie wir sie aus den Evangelien kennen. Thord der Nordländer (Sachse) bringt einen Hauch des Gladiatorentums in das Buch, bevor er sich in seine Weinschänke am Circus Maximus zurückzieht. Rabbi Samuel, ein Zelot (Angehöriger einer jüdischen Sekte zur Zeit der Römerherrschaft), taucht kurz auf; ebenso die erstaunten, namenlosen Hirten, die in der Heiligen Nacht ihre Herden hüteten.

Erläuterungen

Abaddon – hebräisches Wort, das »Zerstörung« bedeutet und »Hölle«.

Adoption – die Annahme an Kindes Statt. Bei den Römern verbreitetes Verfahren zur Erbschaftsregelung: Auch Erwachsene konnten adoptiert werden.

Alexandria – ägyptische Hafenstadt, benannt nach Alexander dem Großen. Auf seinen Eroberungszügen erhielten Dutzende von Städten denselben Namen. Alexandria war berühmt wegen seines Museums *(Museion)* und seiner *Bibliothek*, der größten des Altertums mit unzähligen kleinen Leseräumen, die zeigen, daß man damals auch allein laut las. *Rhakotis:* Stadtteil im Süden; *Bruchion:* Stadtteil im Osten; *Serapeion (= Sarapeion)* Heiligtum des *Serapis (= Sarapis)*, eines ägyptischen Fruchtbarkeitsgottes.

Aplustra – fächerartige Verzierung am Oberteil eines Schiffshecks.

Averner See – See in Kampanien/Italien in der Nähe von Neapel, den Krater eines erloschenen Vulkans ausfüllend; vermutlich stiegen giftige Dämpfe von ihm aus. Man hielt den See für den Eingang zur Unterwelt.

Bakchen – auch »Mänaden« genannt, in der griechischen Mythologie die ausgelassenen, ekstatisch tanzenden Begleiterinnen des Dionysos (Bakchos, lat. Bacchus), des Gotts des Weins.

Bethabara – Dorf südlich des Sees Galiläa, an einer Furt über den Jordan.

Bethanien – Dorf östlich von Jerusalem.

Bethphage – Dorf, wahrscheinlich nordwestlich von Bethanien gelegen.

Brahmane – Mitglied der Hindu-Priesterkaste, Brahma ist das Höchste Wesen, die Weltseele, des Hinduismus. Vgl. auch *Schudra.*

Byzanz – der ursprüngliche Name von Konstantinopel (Istanbul).

Caesar – ursprünglich Beiname des Gaius Julius Caesar, römischer Feldherr, letzter Diktator »auf Lebenszeit« der römischen Republik, ermordet 44 v. Chr. Später Titel der römischen Alleinherrscher seit Augustus, daraus das deutsche Wort »Kaiser«.

Chalkedon – Stadt fast direkt gegenüber Byzanz auf der anderen Seite des Marmara-Meeres.

Chersones – wörtlich »Landinsel, Halbinsel«, hier im Buch die Krim.

Circus Maximus – die größte und prächtigste Kampfbahn für Wagen- und Pferderennen in Rom. Die Form des Circus war die eines länglichen, schmalen U, drei *stadia* lang und ein *stadium* breit (d. h. etwa 555 × 184 m). Der Circus Maximus besaß riesige Ausmaße und soll zu verschiedenen Zeiten 150 000, 260 000 und 385 000 Zuschauer gefaßt haben. Andere *Circi* scheinen nach sehr ähnlichen Maßstäben gebaut worden zu sein. Vgl. auch *Rennen.*

Consul – die beiden Konsuln, die es in Rom gab, waren die höchsten römischen Beamten zu Zeiten der Republik. Ihre Macht war im Krieg und im Frieden nahezu unbegrenzt. In der Kaiserzeit jedoch schwanden Macht und Einfluß des Konsulats, vor allem, weil die Kaiser das Amt als bequeme Möglichkeit betrachteten, ihre Freunde und Günstlinge auszuzeichnen.

Consus – alte römische Gottheit, manchmal mit Neptun gleichgesetzt.

Cupido – anderer Name für den römischen Liebesgott Amor (griech. Eros).

David – israelitischer König, etwa 1004/03 bis 965/64 v. Chr. Bekannt ist die Erzählung von David und Goliath. Seine Regierung galt Israel und dem Judentum als Goldenes Zeitalter.

Dekurio (decurio) – ein Unteroffizier, verantwortlich für einen Trupp *(decuria)* von 10 Reitern.

Denar – kleine römische Silbermünze.

douar – kleines arabisches Zeltlager rund um ein Viehgehege.

Dragoman – Dolmetscher oder Führer in Ländern, wo arabisch, türkisch oder persisch gesprochen wird.

Duumvir – höherer römischer Beamter; als *duumvir navalis* oblag ihm die Ausrüstung und Instandhaltung der Flotte. Vgl. auch *Tribun.*

Edom – vgl. *Idumäer.*

Essener – mit den Pharisäern und Sadduzäern zusammen waren die Essener eine der drei jüdischen Sekten. Manche Gelehrte haben sie mit den Christen gleichgesetzt, andere vertreten die Ansicht, daß vieles von Jesu Lehre von ihnen herrühre; andere wiederum lehnen diese beiden Ansichten völlig ab. Die Essener, die in den Schriften des Neuen Testaments nicht erwähnt werden, strebten nach völliger Reinheit und Freiheit von materiellen Dingen. Sie lebten eine Art mönchisches Leben in ländlichen Gegenden, und da sie in völliger mystischer Abgeschiedenheit lebten, ist es schwer, viel über sie in Erfahrung zu bringen, einiges durch die Schriftrollen von Qumran.

Ethnarch – griech., »Volksherrscher«. Statthalter über eine Nation oder ein Volk.

Faustkampf – Boxen und Ringen gehörten zu den Hauptsportarten; als Berufssport wurde es später ein ziemlich zwielichtiges Geschäft, nichtsdestoweniger während der Kaiserzeit bei den Volksmassen beliebt.

Hain der Athene – Griechenland oder Athen (Athene: Tochter des Zeus, Schutzgöttin der Stadt Athen).

Hinnom (Tal) – auch Gehenna (Dschehenna) genannt. Dieser unwirtliche Ort lag etwas außerhalb der Mauern Jerusalems im Südwesten und diente der Verehrung des ammonitischen Gottes Moloch, dem Kindesopfer dargebracht wurden. Nachdem dieser Ritus abgeschafft worden war, benutzten die Juden den nun als entheiligt angesehenen Ort als Deponie für jede Art Abfall, einschließlich Tierkadavern bis hin zu den Leichen hingerichteter Verbrecher. Zur Vernichtung der Abfälle wurden beständig Feuer unterhalten. Der Gestank und das nie verlöschende Feuer machten aus dem Tal von Hinnom das Symbol für immerwährende Bestrafung nach dem Tode.

Hiob (Job) – altjüdischer Prophet; nach ihm ein Buch des Alten Testaments, das zwischen dem 7. und 4. Jh. v. Chr. entstanden ist.

houdah – von einem Kamel oder Elefanten getragene Sänfte.

Idumäer – oder Edomiten. Diese semitische Völkerschaft, die die Sinaihalbinsel bewohnte, befand sich lange Zeit in erbitterter Gegnerschaft zu den Juden. Im 1. Jh. v. Chr., unter Antipater und Herodes dem Großen, vermischten sich beide zu einer Nation.

Imperator – »Befehlshaber«, seit der Kaiserzeit (Augustus) Titel der römischen Kaiser.

Jabbok – östlicher Nebenfluß des Jordan.

Katakombe des Hl. Calixtus – ein Netz unterirdischer Grabstätten der christlichen Gemeinde in Rom. Die Katakombe liegt ein wenig nach Süden außerhalb der Stadtmauern an der Via Appia.

XII. Kal. Jul. – römische Datumsangabe für den 21. Juni.

Kedron – Bach im Süden zwischen Jerusalem und dem Ölberg in der Nähe des Gartens Gethsemane.

Kreuzigung – eine schon von den Griechen geübte Art, Verbrecher hinzurichten. Bei den Römern im allgemeinen der Bestrafung von Sklaven und Schwerstverbrechern vorbehalten. Das Auspeitschen war üblicher Bestandteil der Strafe; im Falle Jesu war es jedoch etwas Besonderes, da es vor dem Urteilsspruch erfolgte.

Kythera – Insel an der südlichsten Spitze des Peloponnes/Griechenland.

lanista – lat., »Fechtmeister«. Die *lanistae* waren die Trainer der Gladiatoren.

leban – arabisches Getränk aus geronnener saurer Milch.

Leviten – einer der zwölf Stämme Israels. Verschiedene niedrige Tempeldienste waren den Leviten zugeteilt, doch nur einer Levitenfamilie, der Familie Aarons, war gewöhnlich das Priesteramt vorbehalten.

Makedonen – Volk in Nordgriechenland. Unter Philipp II. (359–336 v. Chr.) Aufstieg zur griechischen Großmacht. Sein Sohn Alexander der Große dehnte das Makedonische Reich bis zum Indus aus.

Makkabäer – Name einer Familie, die sich unter Judas Maccabaeus gegen die syrische Oberherrschaft über Judäa erhob. Unter ihrer Herrschaft wurde das Land praktisch frei von seinen Unterdrückern. Judas Maccabaeus fiel etwa 160 v. Chr.

Messias – griech.-lat., der »Gesalbte«, Christus, der von den Propheten des Alten Testaments verheißene Erlöser der Menschen.

Misraim – hebräischer Name für Ägypten (arab. Misr). Nach der Überlieferung war Misraim ein Enkel Noahs, ein Sohn Hams.

Moab – Land an der Südostküste des Toten Meeres.

Myrrhe – Gummiharz eines kleinen Baumes *(Commiphora myrrha)*, der sich in Arabien und Äthiopien findet. Es wurde verwandt für Parfums und zur Einbalsamierung.

Myrtilos – der Wagenlenker des Oinomaos, des Königs von Pisa in Elis (Peloponnes/Griechenland). Dem König war durch ein Orakel geweissagt worden, er werde von seinem Schwiegersohn getötet werden. Um diesem Schicksal zu entgehen, bot er die Hand seiner Tochter Hippodameia demjenigen, der ihn im Wagenrennen besiege; zur Bedingung machte er, daß der Verlierer sterben solle. Da er die schnellsten Pferde der Welt besaß, fühlte er sich des Sieges sicher – und sicher vor Schwiegersöhnen. Nachdem jedoch verschiedene Bewerber das Rennen verloren hatten und getötet worden waren, kam Pelops und bestach Myrtilos, ihm beim Sieg über Oinomaos zu helfen – dafür sollte er das halbe Reich bekommen. Myrtilos ließ sich überreden und zog seinem König die Achsnägel aus dem Rennwagen. Im folgenden Rennen wurde Oinomaos aus dem Wagen geschleudert und getötet. Pelops dachte jedoch nicht daran, Myrtilos gegenüber sein Versprechen zu halten; als er mit ihm eines Tages an einer Klippe entlangfuhr, stürzte er ihn ins Meer. Als Myrtilos versank, verfluchte er Pelops und seine Familie.

Narde – a) eine Duftpflanze, b) Salbe oder Balsam, das aus dieser Pflanze gewonnen wird.

Nazarener – aus Nazareth gebürtig.

Nazaräer – ein Nazaräer war – hier – jemand, der sein Leben ganz Gott verschrieben hatte. Er führte ein äußerst asketisches Leben, enthielt sich jeden Weines und aller starken Getränke, hielt sich fern von der Befleckung durch die Körper Verstorbener und ließ sich das Haar lang wachsen (Johannes der Täufer).

Okeaniden – niedrige weibliche Meergottheiten, Meeresnymphen.

Olympischer Glaube – der Götterglaube der alten Griechen. Nach ihm lebten die Götter, der oberste von ihnen Zeus, in einem Palast auf dem Berg Olymp. Der »Olympische Glaube« war ursprünglich der Glaube der Aristokratie, später die mehr »offizielle« Religion. Daneben wurden, besonders vom einfachen Volk, zahlreiche örtliche Gottheiten, vor allem Fruchtbarkeitsgottheiten, verehrt. Zu diesen gehörte z. B. auch Dionysos.

Padan Aram – die Syrische Wüste.

Palaestra – öffentliche Sportstätte.

Parther – Volk in Nordostpersien.

Passahfest – das große jüdische Fest zur Erinnerung an die Befreiung aus der Sklaverei in Ägypten. Das Fest findet im April statt und dauert eine Woche. Wichtigste Zeremonie war die Auswahl eines einjährigen Lamms für jede Passah-Festgruppe (zwischen zehn und zwanzig Personen). Das Lamm wurde geschlachtet und mit ungesäuertem Brot verspeist, das Blut um den Altar vergossen. Heute begnügt sich die Opferzeremonie mit einem symbolischen Akt.

Pharao – bedeutet »großes Haus«, Titel der ägyptischen Herrscher. Der erste Pharao der 1. Dynastie regierte – vermutlich – um 3000 v. Chr. Die letzte Dynastie, die 33. (323–30 v. Chr.), war die der makedonischen Ptolemäer, ihre letzte Vertreterin die berühmte und schöne Kleopatra.

Pharisäer – jüdische Sekte, die die mosaischen Gesetze streng bewahrte und zusätzlich die von den Rabbinern geschaffenen und überlieferten Lehren achtete. Sie wurden der Unaufrichtigkeit bezichtigt und an verschiedenen Stellen der Evangelien von Jesus rundum verurteilt. Obwohl sie primär eine religiöse Organisation darstellten, waren sie politische Gegner der Nachfolger Herodes' des Großen und der römischen Besatzungsherrschaft über Judäa.

Pilatus' neuer Aquädukt – die Römer beabsichtigten, diese Wasserleitung aus dem Korban, dem Heiligen Tempelschatz, zu finanzieren.

Pontius Pilatus – folgte Valerius Gratus als Statthalter Judäas im Jahre 26 n. Chr. Sein beständiges Streben, römische Normen und Sitten in Jerusalem einzuführen, und seine Mißachtung jüdischen Eigentums machten ihn höchst unpopulär.

Pontus Euxinus (lat.) – *Pontos Euxeinos* – das Schwarze Meer. Wörtlich (griech.) das »gastfreundliche Meer«.

Propontis – das Marmarameer.

Proselyte – gebürtiger Nichtjude, der zum jüdischen Glauben übergetreten ist.

Ptolemäer – makedonische Herrscherdynastie, die seit Alexander dem Großen über Ägypten herrschte (323–30 v. Chr).

das Rennen – die Wagenlenker (in *Ben Hur* sind es sechs Konkurrenten) nannte man *auriga*. Zu jedem gehörte ein Pferdepfleger. Beim Vierspänner *(quadriga)* waren die inneren, stärkeren Pferde an die Deichsel gespannt, während die äußeren Zugpferde nur mit langen Zügeln unter Kontrolle gehalten wurden. Der Rennwagen selbst hatte zwei Räder, war U-förmig, vorn geschlossen, hinten offen und sehr leicht von Gewicht.

Sadduzäer – religiöse jüdische Sekte. Im Gegensatz zu den Pharisäern hatten sie gemäßigte, »vernünftigere« Ansichten. Sie hielten sich streng an den ursprünglichen jüdischen Glauben und lehnten spätere Auslegungen und Traditionen ab. Durch ihre Art, die Schriften des Judentums streng wörtlich auszulegen, verloren sie leicht den Blick für die Wirklichkeit.

Sanhedrin – der Hohe Rat der Juden, oberste Autorität in allen religiösen und zivilen Angelegenheiten. Er setzte sich aus je derselben Zahl (24) von Priestern, Schriftgelehrten und Ältesten zusammen, die alle verheiratet und über 30 Jahre alt waren. Die Römer nahmen ihm das Recht, über Leben und Tod zu entscheiden, respektierten jedoch während der Zeit, in der *Ben Hur* spielt, seine übrigen Befugnisse.

Säulen des Herakles (Herkules) – die beiden großen Felsen von Gibraltar und Cëuta am Eingang zum Mittelmeer (Straße von Gibraltar).

Sejanus – Günstling des Kaisers Tiberius (14–31 n. Chr.) und von beherrschendem Einfluß auf ihn während der meisten Zeit seiner Regierung. Sein Bestreben war, selbst Kaiser zu werden; als Tiberius dessen gewahr wurde, ließ er seinen Günstling hinrichten.

Seleukiden – makedonische Herrscherdynastie, die 312–64 v. Chr. in Vorderasien herrschte.

Semele – der »trunkene Sohn der Semele«: Dionysos (Bacchus), Sohn des Zeus und der Semele, der Gott des Weins.

Separatisten – Anhänger einer Bewegung, die zumeist aus politischen Gründen die »Abtrennung« eines Gebiets von einem Staat zur Gründung eines eigenen Staats anstreben.

Sesterze – römische Silbermünze, Wert: ¼ Denar.

Schekel (= Sekel) – jüdisches Gewicht von ungefähr 15 Gramm. 3000 Schekel entsprachen einem Talent. Auch eine Silbermünze dieses Gewichts.

Schema – das jüdische Glaubensbekenntnis, »Höre, Israel«.

Schudra – die unterste der vier großen Kasten (religiös-gesellschaftliche Klassen) des Hinduismus. Die übrigen waren (in steigender Ordnung) die *Waischja* (Händler und Bauern), *Kschatrija* (Aristokratie und Krieger) und *Brahmanen* (Priester).

Sklaverei – selbstverständliche Einrichtung der Alten Welt zur Beschaffung von Arbeitskräften. Antikes Leben fußte auf der Sklaverei. Das mosaische Gesetz, das die Juden verpflichtete, erkannte die Einrichtung der Sklaverei ebenfalls an; auch im Neuen Testament findet sich keinerlei Verurteilung der Sklaverei.

Sulla – der Diktator Lucius Cornelius Sulla (138–78 v. Chr.), Liebhaber der Literatur und hervorragender Feldherr.

Talent – vgl. Schekel.

Tribun – mit Bezug auf Quintus Arrius ist wahrscheinlich das Amt des Militärtribuns gemeint. Ansonsten bezeichnete Tribun einen der zehn Volkstribunen *(tribuni plebis)*, Beamte, die die Interessen des römischen Volkes gegenüber dem Senat, dem herrschenden Organ aus Vertretern der Patrizier, der Aristokratie, wahrnahmen.

Trachonitis – Bergregion östlich vom See Galiläa.

Veden – religiöse Schriften des Hinduismus.

Wadi – arabischer Name für ein ausgetrocknetes steiniges Flußbett, das sich zur Regenzeit mit reißendem Wasser füllt.

Xerxes – König von Persien 485–465 v. Chr. Er fiel 480 v. Chr. in Griechenland ein, schlug einen Trupp Spartiaten unter Leonidas bei den Thermopylen. Im selben Jahr jedoch wurde seine Flotte bei Salamis von den Griechen vernichtend geschlagen, und er zog sich mit dem Rest seiner Flotte nach Persien zurück.

Zeloten – jüdische Partei in erbittertstem Gegensatz zu Herodes dem Großen und der römischen Besatzung Judäas. Bei verschiedenen Erhebungen um nationale Unabhängigkeit wurden sie brutal unterdrückt.